致力于中国人的心灵成长与文化重建

立 品 图 书·自觉·觉他
www.tobebooks.net
出 品

The Disappearance of The Universe

告别娑婆

[美] 葛瑞·雷纳 著 若水 译

河南文艺出版社
·郑州·

图书在版编目（CIP）数据

告别娑婆 /（美）葛瑞·雷纳（Gary R. Renard）著；若水译. — 郑州：河南文艺出版社，2017.12

ISBN 978-7-5559-0608-7

Ⅰ.①告… Ⅱ.①葛… ②若… Ⅲ.①长篇小说-美国-现代 Ⅳ.①I712.45

中国版本图书馆CIP数据核字（2017）第262263号

豫著许可备字-2017-A-0232

出版发行 河南文艺出版社
本社地址 郑州市鑫苑路18号11栋
邮政编码 450011
承印单位 三河市华晨印务有限公司
经销单位 新华书店
开　　本 700毫米×1000毫米 1/16
印　　张 24.25
字　　数 340 000
印　　数 1—3000
版　　次 2017年12月第1版
印　　次 2017年12月第1次印刷
定　　价 88.00元

印厂地址 三河市杨庄镇杨庄村
邮政编码 065299 电话 0316-3655168

目录

CONTENTS

自　序

当我还住在缅因州的乡下时，两位自称为白莎和阿顿的高灵上师活灵活现地出现于我眼前。他们日后透露了自己的前身曾是耶稣的门徒 St.Thomas 与 St.Thaddaeus——虽然教会将他们封为圣人，其实那并不是他们的最后一世，他们并没有在那一世成道。

这两位来访者无意老调重弹众所周知的灵修观点，他们揭示了宇宙最深的奥秘，探讨人生的真正目的，对近代新出土的《多玛斯福音》也着墨不少。最重要的，他们针对近年来流传甚广、将人类思潮推向新禧年的一部旷世灵修经典，做了一番澄清，而且还生动地点出了书中的精髓。

至于你信不信白莎和阿顿的现身，那并不重要，也丝毫影响不到本书的讯息所能带给你的启发和帮助。但我敢跟你保证，若无两位上师提供灵感，我这个胸无点墨的一介凡夫是不可能写出这样一本书的。不论如何，我让读者自己决定这本书的来历。

我个人相信，只要心胸够开放、够宽阔，《告别娑婆》能为修行人士节省下大量时间，不用寻寻觅觅地迂回于灵修道上。一旦真正读懂了书中的讯息，你再也不可能用以前的眼光来看自己的生活和这个娑婆世界了。

对我而言，这一切，正是如此。

本书是根据 1992 年 12 月到 2001 年 12 月的会谈资料而写成的，全书以三人对话的方式呈现，三人即葛瑞（也就是我）与化身为人形的高灵上师阿顿和白莎。有一点，我必须解释一下，虽然在准备这些文稿的漫长过程中，每次读到书中呈现的那个嚣张跋扈又幼稚无知的自己时，简直如坐针毡，但我仍然坚持不去修饰那些对话以及处处出言不逊的语气。直至今日，回顾起来，我不得不承认，自己是一直拖到最后几章的那一段时日，才算真正用心在练习宽恕。

两位上师的解说化为白纸黑字以后，有时会显得咄咄逼人，然而，我可以作证，他们的神态始终是温柔、幽默、谦和、充满慈爱的。就好比有经验的父母，不但知道如何运用儿女的语言来修正他们的错误，而且知道何时应该坚定立场，毫不妥协，然而他们用心良苦的修正，背后的动机其实是善的。因此，如果你感到某些说法过于严厉，请记住，他们是为了我好的缘故。阿顿和白莎在跟我说话时，特意用我所习惯的那种对话语调，慢慢将我诱导入他们的教诲里头。白莎事后透露，他们故意用那种调调儿跟我对话，我才可能听得进去。由此，你不难想见我的“程度”了。

说实在的，我已经尽了最大的努力来正确地传达他们的讯息，但我不是完美的，因此本书也不是完美的，如果书中仍有谬误之处，不用分说，那必定是我的错误，而非出自两位来访者。还有一点，我需要厘清的，阿顿和白莎不仅允许我，还鼓励我用日后的一些对话来增补先前的讨论，偶尔有些句子也不必拘泥于当时的逐字记录稿，这类的指示，有一部分已顺理成章地纳入书中了。总而言之，这本书的缘起虽然是出自他们的指引，但仍应视为我个人的作品。

书中所引用的《奇迹课程》章节，也都编入书后的“本书引文与《奇迹课程》章句代码对照索引”中。对于默示这一部课程的“那声音”，我心怀无尽的感激，两位上师也谈论到“那声音”的真实身份。

最后，我必须向这些年来协助我完成此书的众多师友们致谢：Chaitanya York，Eileen Coyne，Dan Stepenuck，Paul D.Renard，Ph.D.，Karen Renard，Glendon Curtis，Louis Flynt，Ed Jordan，Betty Jordan，Charles Hudson and Sharon Salmon，尤其是“奇迹课程基金会”会长肯尼斯（Kenneth Wapnick）。读者随后会读到，我的上师特别叮嘱我向他请益就教，因而，本书的内容也自

然呈现出我从他那里受惠无尽的点点滴滴。不过，我仍须声明，《告别娑婆》里的观点纯属于我个人的诠释与了解，未必代表《奇迹课程》的立场。

葛瑞·雷纳

上　篇

梦中细语

已经能与上主直接相通的人，会圆满地忆起自己的终极身份，再也不受世间的种种限制所束缚了。他们可说是“众师之圣师”；虽然他们已无形体可见，我们仍能向他们的形象求助。他们会在对众生最有益的时刻及场合中出现。如果以形现身可能会引起惊吓不安，他们就会透过心念传递讯息。任何人向他们祈求，都不会落空的。他们不会忽略任何一人的需求。[1]

1 阿顿与白莎的出现

天人交流本来就不限于这个世界所懂的狭隘管道。[2]

1992 年圣诞节那一周，我觉得自己的生活与心境似乎改善了不少。犹记得去年圣诞，生活蛮困顿的，我深为物质生活的匮乏而烦恼。虽然我以前还算是相当成功的专业乐师，却不曾存下多少钱，后来又转行为股票交易员，做得也很辛苦。加上那一段期间，我认定某位相交多年的同事欺诈了我，而提出法律诉讼，那时，我自己还在四年前的破产阴影下苟延残喘（这都怪我急功近利，奢侈浪费，加上时运不济，过去所有的投资都血本无归）。我毫不知情，在那一段日子里，我其实是在与自己交战，而且败得很惨。我也毫不知情，那时大部分的人也都活在交战状态下，即使外表上好像偶占上风，其实也输得很惨。

突然，我内心深处发生了某种转变——十三年前，我就开始追寻灵性的生活，我学到不少东西，但从未认真地将那些课程运用到生活中。此刻，我似被一股不可抗拒的念头所攫获："非改不可了，一定有比这更像样的过日子法！"

我写信给正跟我打官司的朋友，告诉他，我决心放下这种充满冲突的生活形态，撤回法律诉求。他在电话里感谢我，我们重新建立友谊。事后，我才发现，在过去十年中，这类情节不知在人间上演了几千遍，只是形式不同而已。世上不少纠缠在某种矛盾中的人，不约而同地在那一段时间内开始聆听内在更高的一种智慧，慢慢放下了手中紧握的攻击武器。

面对每天的挑战，我试着发挥出宽恕与爱的精神（当然，我只能按照当时所了解的程度去做），有时，效果不错，但对方一旦触及我的要害，我便故态复萌了。不论如何，我感到自己的生活确实转向了，在这一段期间，我留意到有一种亮光在眼角处闪烁，或是笼罩着我所见之物。这些晶莹的亮光并没有影响我的视线，它只是集中在某个角落而已，我根本不了解它的意义，直到后来“他们”为我解释了原委。

在这转变期间，我不时向 J 祈祷求助。他在我的心目中，是最有智慧的先知，与他，我感到一种说不出的缘分。我常在祈祷中向他表示：我多么希望自己能回到两千年前，做他的门徒，体会一下亲炙于他的教诲的感受。

到了 1992 年圣诞周，不可思议的事情发生了。我当时独自在家里，因为我是在家工作的人，我的妻子凯伦则每天通勤到路易斯顿上班，我们膝下无子，除了爱犬努比偶尔的吠声以外，我常在家独享缅因州乡下宁静的生活。那天，我在客厅里静坐一会儿，当我从冥想中回过神来时，张开眼睛，惊愕地发现不是只有我在家里，一男一女正坐在对面的沙发上，微笑地看着我，清澈的眼神好似穿透了我的肺腑。他们毫无敌意，事实上他们看起来如此祥和，让我顿时安下心来。事后回想起来，也奇怪当时自己并没有想象中那么惊骇。两个活生生的人不知从哪儿冒出来的，是如此不可思议，我当时大概连害怕都忘了。

这两人看来约莫三十岁，很健康，穿着也很合乎时尚，一点都不像传说中的天使、高灵，或是某方神圣，没有耀眼的光明，身上也没有光圈，他们若在餐馆里吃饭，也不致惹人注目。望着沙发上的两个人，我的眼光情不自禁地落在那动人的女子身上，那女子见此情景，便先开口了。

✡ 我们出现在你眼前的形式，只是一种象征性的化身而已，它所带来的讯息会帮你们解除这个虚幻的娑婆世界。

白莎：嗨，我亲爱的弟兄，我看得出来，你很惊讶我们的出现，但还不算太害怕。我叫白莎，这是我们的弟兄，阿顿。我们出现在你眼前的形式，只是一种象征性的化身而已，它所带来的讯息会帮你们解除这个虚幻的娑婆世界。我说我们只是象征，因为任何东西，只要有形有相，都属于幻化之身，唯一真实的存在只有真神或纯灵。在天堂里，两者是同一回事。真神与纯灵是不具任何形象的，是以天堂也没有男女性别的观念。属于五蕴六识的娑婆世界里的任何形象，包括你所感受到的身体在内，既称之为“形象”，表示它只能算是另一物的象征。许多圣经学家常对十诫中第二诫“你不可制造偶像”感到百思不解，为什么真神不让你为他塑像？摩西以为这条诫文是针对异教的神像而说的，其实它真正的意思是，你不该塑造任何神像，因为他根本无形无相。这一观点对我们日后所要谈的内容非常重要。

葛瑞：你究竟在说什么？能不能再重复一遍？

阿顿：我们会不断重复，直到你领会了为止。葛瑞，你会发现，我们交谈的用语好似仿效你的说话格调，我们也绝不拐弯抹角，我们认为你承受得了这一挑战，我们不是来这儿与你穷耗的。你向J兄求助，他很乐意亲自前来，但目前的情形不太合适，因此我们代表他出面。在此顺便一提，他同意我们直称他为J兄，待时机成熟时，我们自会告诉你原因的。

你想要知道两千年前门徒在他跟前受教的情形，我们很乐意与你分享自己的亲身经验。你也许会惊讶，做他现代的学生，远比我们那个时代要容易多了，我们会以J兄以前或未来（根据你们的时间观念）挑战我们的方式来挑战你，我们不会轻易放过你，也不会尽挑你爱听的讲。你若怕碰伤跌痛，应该去儿童游乐场，你已准备好接受成人的待遇了。你应先明白，为什么你们的娑婆世界从长远来看是没有出路的，我们才能言归正传，教你认清这一切是如何开始，又是如何结束的。怎样？有话要说吗？

葛瑞：我不知道该说什么。

阿顿：好极了，这正是学徒最佳的学习条件，此外还需具备另一条件，即是有心学习的意愿。我知道你具备了这一条件，我也知道你不多话，你这种人可以闷不吭声地在修道院里混上几年。你也有超乎常人的记忆力，这会为你将来的工作带来许多方便。实际上，我们对你的一切了如指掌。

葛瑞：我所有的事情？

白莎：对，你的一切。放心，我们不是来找茬的，所以你不必费神隐瞒，也没有什么好难为情的。我们会出现于此时此地，纯粹因为时机到了，你不妨借这千载难逢的机会将我们物尽其用一下，心里想到什么，就问什么吧！

你此刻心里挺纳闷我们这一身打扮，答案是，不论我们去哪里，一向入境随俗，这一身世俗的穿着，表示我们不代表任何宗教或学派。

葛瑞：哦，所以你不是那个不请自来的耶和华见证人（Jehovah's Witnesses）的传道员，我已经跟他们讲明了，我是不会参加任何宗教的。

白莎：我们是真神地地道道的见证人，不是那个教会的"见证人"。他们依旧活在旧时代的信仰下，认为只有少数人才能与他同享天国；当天国来临时，他们的肉身会转化为不朽的身体……这绝不是我们要传授的道理。我们可以不信别人的教义，但也不去批判，应尊重每个人都有权利信仰自己愿意接受的那一套。

葛瑞：酷！不过我不太喜欢天堂里没男没女这类观念。

白莎：天堂里的一切，无二无别，永不变易，全都具有恒常的本质。唯有如此，它才安稳可靠，永不混乱。

葛瑞：那不是挺乏味的吗？

白莎：我问你，葛瑞，你觉得性交很乏味吗？

葛瑞：呵！呵！根据我的经验，一点儿都不。

白莎：那么，想象一下性高潮的滋味，那种感觉不仅持续不断，而且力道不减。

葛瑞：你这番话倒激起我的兴趣了。

白莎：肉体的性经验比起天堂的福乐，差得可远了，那只是天人合一的一个拙劣仿制品而已。它成了你们崇拜的虚妄偶像，目的是把人的注意力吸引到身体以及世界上，勾引你们不断回头光顾它的生意罢了，说穿了，它和麻醉剂没有两样。天堂正好相反，它的福乐完美得不可思议，而且永无终极。

葛瑞：听起来妙极了。你不是指灵魂出体、濒死经验与亡灵沟通那类"彼岸"

的经历吧！

阿顿：不论你称它为此岸或彼岸，都是一个铜币的两面而已，仍属于五蕴六识的娑婆世界。即使在死亡中，你的身体停止了运作，其实，你的心识仍照常运作下去。你喜欢看电影，对不？

葛瑞：人总得有一点嗜好吧！

阿顿：当你由此岸过渡到彼岸时，不论是由今生到来世，或是再度投胎，就像你看完一场电影，再走进另一场电影一样。唯一不同的，是你的影片比较像未来的那一种虚拟实境的影片（virtual reality），每一个情节，经由触觉，带给你身临其境的真实感。

葛瑞：这说法让我想起我读过的一篇报道，麻省理工学院实验室里有一部机器，你若把指头伸进去，会经验到根本不存在的东西。你说的可是这一类科技？

阿顿：正是，你们的发明绝大部分都是仿照你们心识本有的功能。当你落入生死轮回时，你好似再度进入一具肉体，忘记过去的一切（至少失去绝大部分的记忆），这都是心识玩的把戏。

葛瑞：你好像说，我的一生都存在我的脑袋里？

阿顿：存在你的心识里。

葛瑞：我的脑袋不在心识里？

阿顿：你的头脑，你的身体，你的世界，整个娑婆世界，甚至三千大千世界，只要是有形可见之物，都是心识的投射。它们不过是同一个心念的种种示现而已。

我们以后会告诉你那个心念究竟是什么。还有一个更贴切的描述法，你可以把整个娑婆世界视为一场梦。

> ✡ 没有人要求你放弃一堆东西来换取那个『空』，正好相反，你迟早会看清，你放弃之物才是空的，却换得了一切。

葛瑞：老兄，它显得比梦真实多了！

阿顿：日后我们自会告诉你，为什么它显得那么真实。你还需要先预修一些课程，别跳得太快了。白莎不过是让你知道，没有人要求你放弃一堆东西来换取那个“空”，正好相反，你迟早会看清，你放弃之物才是空的，却换得了一切。那个境界是如此庄严美善，那种福乐超乎一切言语所能形容，你若想达到实相的境界，就必须心甘情愿地接受圣灵指导的“修正课程”，那确实不太容易。

葛瑞：你所谓的“修正课程”和西方所谓的“政治观念正确”（political correctness）有关吗？

阿顿：无关！你会发现我们的发言自由得很，我们所谓的“修正”二字，不可按照字面去解，因为“修正”通常意味着你把一物修理好了，继续使用下去；但娑婆世界一经圣灵的修正，它就结束了，消失了踪影。

结束或消失的是它的表相，因为在实相里，它根本从未存在过。真正的宇宙乃是神的宇宙，我们称为天堂，天堂和这虚妄的娑婆世界一点儿边都沾不上。然而，仍有一种宇宙“观”，能领你返回真正的天乡。

葛瑞：你把这个娑婆世界讲得好像是个“错误”似的。可是西方文明一致认为神创造了世界，而且大部分的人类都如此相信，我想这也是新时代普遍接受的观念。世上主客二元的对立存在，难道不是神的杰作？

白莎：不！神并没有创造二元性的存在，他也没有创造混乱的世界。如果混乱的世界是他造的，那么这种真神真的有问题。然而，神没有那么愚痴，我们会证明给你看的。J兄也不是白痴，因为他没有被虚妄的娑婆世界所蒙蔽。他的事情，我们会慢慢地告诉你。你可记得《新约》中“浪子回头”的故事？

葛瑞：当然！不过，你不妨再给我一点提示。

白莎：你把那儿的《新约》拿来，念给我们听。

阿顿：请翻到《路加福音》第十五章十一节。

葛瑞：好的，这是J兄说的故事，对吧！

阿顿：是的。J兄并不像经典所描写的那么多话，他每次说话都被世人误解，打从一开始，他的话一直被扭曲，包括我们在内。我们对他的认识还算是不太离谱的，但我们仍有许多地方还没开窍，我们今天对你所说的一切，乃是后来继续学习的成果。

世人任意改变他的话，原是为了增加戏剧效果，成了当代流行传诵的版本，结果全都编入了经典里。他确实说了一些金玉良言，但并不是经典里所有的话都出自他的口；同样的，他确实行了几件奇妙的事迹，但并非经典里记载的每一件事情。

葛瑞：就像电视剧开头时，常写着“这是根据一个真实的故事改编的”，其实绝大部分都是他们自己编出来的。

阿顿：正是，你这学生挺不错嘛！

葛瑞：在进入故事以前，希望你别介意我再问一个问题。

白莎：请说，我们不赶时间。

葛瑞：“神并没有创造世界”，这不是诺斯替教派（Gnostic）的说法吗？

阿顿：这一观念并非始于诺斯替教派，许多宗教与学派早就有此一说了。提到诺斯替教，他们相信神没有创造世界，是正确的，但他们犯了其他人所犯的另一错误，就是在心理层面上，他们照样把这虚妄的世界当真了。他们视世界为邪恶的，必欲除之而后快。J 兄的态度正好相反，他以圣灵的眼光去看世界，把世界看成宽恕与得救的最好机会。

葛瑞：所以我们不该抵制世界，而应设法把它当成回家的途径。

白莎：一点也没错，真是好学生！ J 兄曾说过：“你们听见有人说，‘以眼还眼，以牙还牙’，只是我告诉你们，不要与恶人作对。”这说法在当时颇为震撼人心，而且也正好答复了你的问题。你何不开始念一下这个“浪子回头”的故事，J 兄的用心便不说自明了。

葛瑞：好吧！这一方面，我还算是个生手，请多包涵。故事是这样的：

一个人有两个儿子。小儿子对父亲说：“父亲，请你把我应得的家业分给我。”他父亲就把产业分给他们。过了不多几日，小儿子就把他一切所有的，都收拾起来，往远方去了，在那里任意放荡，浪费资财。既耗尽了一切所有的，又遇着那地方大遭饥荒，就穷苦起来。

于是去投靠那地方的一个人，那人打发他到田里去放猪。他恨不得拿猪所吃的豆荚充饥，也没有人给他。他醒悟过来，就说，我父亲有多少的雇工，口粮有余，我倒在这里饿死吗？我要起来，到我父亲那里去，向他说，父亲，我得罪了天，又得罪了你。从今以后，我不配称为你的儿子，把我当作一个雇工吧。

于是起来往他父亲那里去。相离还远，他父亲看见，就动了慈心跑去抱着他的颈项，连连亲着他。儿子说："父亲，我得罪了天，又得罪了你，从今以后我不配称为你的儿子。"父亲却吩咐仆人说："把那上好的袍子快拿出来给他穿，把戒指戴在他指头上，把鞋穿在他脚上。把那肥牛犊牵来宰了，我们可以吃喝快乐。因为我这个儿子，是死而复活，失而又得的。"他们就快乐地庆祝起来。（《路加福音》15：11 ～ 24）

阿顿：多谢，葛瑞。这个故事还算保留了它的原貌，但我可以跟你担保，若用亚美文（Aramaic）来读，更为动听。J 兄说故事时，当然会用在场听众所习惯的事物来做比喻，但我们若能心无成见且不加诠释地去听这个故事，会领悟得更深更多。

首先，你该明了，这个孩子不是被踢出家门的，他只是单纯又无知地认为：如果他自己出去闯的话，可能会混得更好。这是 J 兄对伊甸园故事的诠释，上主并没有把你驱逐出乐园，你离开他以后的种种境遇，不是他的责任。

其次，你该注意的是，这孩子耗尽了他有限的财力资源，开始经验到匮乏了，那是天堂不曾有的经验。自从他感觉到与自己的无限资源切断以后，他首度有了"需求"之感（我们以后会找合适的机会跟你探讨这个主题）。请留意一下，我们在此说的是他"感觉"到"好像"发生了这事，其实，在实相里，根本就没发生过。我们了解你们很难接受这种观念，我们慢慢讲下去，就会逐渐澄清这问题的。

这孩子如今经验到了匮乏，他试着和当地的人合伙营生，来填补这个匮乏的洞，这象征着你们试着在自己身外寻求解决问题的办法，建立各式各样的"特殊关系"。你们向外追寻无尽也无望的解决途径，直到像那浪子一样，有一天突然醒悟过来，明白了，唯一能够真正解决他的问题的办法，就是回到他父亲家里，而且把回家当作比世上任何事情都重要才行。

于是，我们进到这个故事的核心了：这孩子心目中对自己的看法和他父亲对他的看法两者有天壤之别，这孩子“认为”自己犯了罪，不配被称为他父亲的儿子，但爱他的父亲根本不理他那一套，他既不愤怒，也不想惩罚他，连一点教训他的意思都没有。这才是天父的真实面目！他没有我们人类的想法，因为他根本不是一个人。

这个故事只是个比喻，显示出天父的爱是怎样冲过去迎接他的孩子，他知道自己的圣子永远纯洁无罪，因为他是他的孩子，没有一件好似发生的往事能够改变这一事实。如今，这个浪子回到生命之源了，不再流转于那匮乏、无常与死亡的梦境里，理所当然应该庆祝一番！

葛瑞：我并不是说你讲得没道理，但我有几个问题。第一，你是说，整个娑婆世界里的一切都是这个浪子的杰作，而不是天父的责任了，但世界、自然以及这一具血肉身躯，在我的眼中相当壮观伟大。我可不是你认为的那种无可救药的乐观主义者，但宇宙蕴藏的美丽、次序以及复杂性，在我眼里，堪称神的造化。其次，如果我跟别人讲，世界不是神所创造出来的，我可以预测，那比在电梯里放屁还会激起众怒。

阿顿：让我们先处理那个屁再说。其实，你不必跟任何人讲任何事情，你大可以闭门自修我们教你的灵修理念，没有任何人知道你在干嘛，这完全是你与圣灵或J兄之间的私事。不论你选哪一个，圣灵与J兄之间唯一的差异，就是一个是抽象无形的，一个是具体有形的存在，他们其实完全一样，而你的任务不过是在自己的心里和他们一起修而已。

没有人要你去拯救世界，外面的一切都是虚无的，你要拯救世界的话，应该把你的精力都集中在你自己的宽恕课程上面。如果每个人都能专心去做自己的功课，而不管别人的或是全人类的闲事，这个浪子早就咻的一声回到家了。

在你们的时间观念里，这事要等到世界末日才会发生。我们以后还会谈到时间的问题，慢慢教你看出，娑婆世界内的一切，没有一样是你眼中所看到的样子。不管在何种情况下，你不需要等到未来，你的时刻就在眼前，只要你愿意听从圣灵的思想体系，而不再拽着地球团团转。

世界不需要另一个摩西，J兄当年也没有建立宗教的意思。不论是过去或未来，宗教对于世界，就像臭氧层的那个大洞一样。J兄本人可算是最上乘的学徒，因为他后来只聆听圣灵了。当时，他曾与我们分享他的经验，但他明白，我们了解的能力有限，有一天我们也会抵达他的境界的。

至于你所说的宇宙的美丽与精密，那好似你用一个有瑕疵的画布、劣质的画笔作画，还没等你画完，颜料已经开始剥落，图像开始变形了。人类身体看起来像是鬼斧神工的杰作，直到它出了问题，就是另一回事了。我不必提醒你，你父母离世以前的那个模样。

葛瑞：拜托别提此事了。

✡ 世界存在的目的就是为了要遮蔽潜意识隐藏的思想体系，人类毫不自觉地被那一妄念系统掌控着。

阿顿：你们的娑婆世界，没有一样东西不是受制于成住坏空的运作模式的，而且你们这儿没有一个生命不是靠着另一生命的死亡而生存下去的。你的世界确实相当动人，但你必须懂得如何真正去看。然而，人们并不想要真正地去看事情的，不只是因为那实在不好看，而是因为世界存在的目的就是为了要遮蔽潜意识隐藏的思想体系，人类毫不自觉地被那一妄念系统掌控着。因此，你得让我们卖个关子，等你有了整体的概念以后，再容我们进一步的解释。

葛瑞：我想，不妨再给你们一些自我澄清的机会，大概无碍吧！但你别怪我心里充满了怀疑。

白莎：这是意料中的事。J兄在世时一再受人指责亵渎神明，新经对此也直言不讳。他当时不曾因此而避讳不言，你也别寄望我们会缄口不语，我们一定会实话实说的。

有些人需要糖衣的哄骗，有些人可以挨得起几棒，像禅宗那样。我们不会不好意思去摇撼一下那囚禁你们的铁笼子的，你怎么想我们，对我们没有一点作用，我们自愿当教师，而不是来当政客的。我们不会拍你的马屁，让你飘然欲醉，结果什么也没学到，你不需要附和我们所说的话，我们也不想哗众取宠，我们更无意征服这个光怪陆离的世界，硬要人们听我们的话，否则，我们和那个传诵荒唐故事的白痴就没什么两样了。我们的心态虽然宁静平和，但我们的讯息却是立场坚定，不容妥协的。

我们只会帮你澄清一些灵修原则，并无意取代它们，我们的话也只不过是学习的教具而已，目的只是帮你了解某些观念，使你在阅读过程以及日常经验里比较容易向圣灵开放。

我们先前说过，我们会先谈一谈过去，然后再进入J兄的新教诲，这些教诲必须等到今日，你们才有了解的能力。葛瑞，有一部灵修经典，在20世纪80年代，跟你一起上过六天EST的那位学员曾经跟你提过，那时你连翻都没翻。这也没关系，只是在以后的几个礼拜里，你该读一读它了，书里的讯息虽然出自你的时代，却不出自这个世界。这书已经传布到不少国家了，而且也已经开始被人扭曲，受人误解了，正如两千年前J兄的讯息所受到的扭曲一样。这原是预料中的事，为此，我们在你开始进入那一形上经典之前，帮你开一个正确的起头，这样你才可能听清它的讯息。

葛瑞：你认为自己无所不知，甚至知道我的未来，我为你高兴；但我要读什么书，什么时候去读，由我自己决定。不过，我一直认为J兄是个很酷的家伙，你也提到不少他的事情，只是我的新时代朋友很少提及他，觉得提到J兄的名字不是一件风光的事情，你知道是什么原因吗?

阿顿：他们嫌的，其实不是真正的J兄，只是古经里描写的J兄，他们从小就被灌输一堆J兄的言行故事，直到脑海里J兄的形象都僵化了。这还牵涉到另一个问题，我们不久就会谈到。人们迟早得停止把世人借他之名而干的好事这一笔烂账算在J兄的头上。那些事根本与他无关，就像娑婆世界中的一切根本与神无关一样。

葛瑞：你跟我讲的这一套，听起来挺极端的。

阿顿：啊，精彩的还在后头呢!

在过去几十年间，出现了好几本违反传统教条的流行书籍，它们就像过去的宗教一样，摆出一副直接来自神或圣灵启示的姿态，其实那些书籍不过反映出某种灵性意识，说不上有什么独到之处。从整个意向与目的来讲，全世界的思想层面都属于二元论的（我们下次再来拜访的时候，会帮你界定这个名词），连大多数自认为皈依“一体不二”（non-dualism）灵修传统的人，仍然不免掉回二元性的思维。

虽然圣灵确实是用人们所能了解的形式与他们互动（这就是为什么人间需要这么多种的灵修法门），我们在此的一个重任即是帮你由“二元性”的学说，慢慢带向“半二元”“非二元”的修持理念，最后臻至“纯粹非二元论”，如此你才可能经验到真神之爱。听起来好像挺复杂的，你放心，其实道理简单得很，我们会一步一步地向你解释。

在你们这世代，有不少人幻想自己已经准备好从地球上幻化而去，一走了之；不幸的是，事情不是想象中那么容易，如果你们真有本事一个弹指咻的一声就到了乐园净土，你们早就进入“天国”了；然而，你们还觉得自己仍在此地，否则你们心里不会有仍在此地的那种感受。你的那批新时代朋友还没突破一个关键问题，那是许多新时代的畅销书籍避而不谈的。

几乎所有的宗教、学派，包括形形色色新时代思潮，都忽略了一个重大的关卡，它们没有了解到，即使你学了积极思考、活在当下、祈祷求助、用肯定语、否定负面想法、聆听名家演说，它们对你都能产生一时的效益，却无法释放你锁在潜意识下的东西。那个早已被你彻底遗忘的潜意识（否则，它就不叫潜意识了），受制于一种病态的思想体系，凡是来到这个虚妄的娑婆世界的人，不论在个体层面或集体层面，都存着同样的思想体系，否则他们不会全都集中到这儿来。

这就是你们的处境，直到你们懂得透视心里隐藏的念头，真实地宽恕它们，交托给圣灵，以他的思想体系取而代之为止。在那以前，你们的隐藏信念还会继续用那预设好的方式来操控且维系自身的存在。世界不过是那些信念的化身而已，每个人来到此地以前都已建立某种共识了。

葛瑞： 这个世界有时确实很糟糕，这一点用不着你来提醒，但它也有一些不错的东西，每个人都有过一段美好时光，你又怎么讲呢？

阿顿： 在此世上，你们所谓的美好时光，只是跟不幸的时光对比之下的感觉，这种对比并没有太大的意义，因为表面上美好或不美好，都不是天堂，你迟早会懂得，这不过是你的知见与感受欺骗你的伎俩。偏偏这两个家伙都是你最信赖的伙伴。

就算你的潜意识决定不再隐瞒而跟你讲实话，你也不屑听那一套想法的，因为你若仔细瞧进去，它显得如此龌龊，听它看它，实在是一种折磨，让你不能不落荒而逃。J兄会陪你一起去看的，他会教你如何把潜意识的东西提到意识层面，那方法绝对是弗洛伊德做梦都想不到的，我们日后的讨论就是以此为目的，但我们还有其他几件事情需要先谈一下。

✡在此世上，你们所谓的美好时光，只是跟不幸的时光对比之下的感觉，你迟早会懂得，这不过是你的知见与感受欺骗你的伎俩。

葛瑞： 你能不能说一些比较好听的或谈些积极的事？

白莎： 当然，你若想回家的话，J兄就站在地球这疯人院的门外，唤你出来，要你到他那里去，但你老想把他拉到疯人院里。两千年前的人类就干过这事，如今还在干同样的事情。有人说过：太阳底下无新事，人世间万变不离其宗，这句话一语刺入了娑婆世界的要害。然而，人生是有出路的，这句话够光明够乐观了吧！

阿顿： 为了帮助你，我们不会给你所谓的万古长新的智慧哲学，那是你们这一代心灵术士的最爱了；反之，你会慢慢懂得，世上认为万古长新的智慧其实都是胡扯，“宇宙的神圣智慧”这些名称，你可以把它全都丢到垃圾桶里去。你会逐渐明白，婴儿降生时绝不是一张纯净的白纸，或是原本充满了爱的能量，都怪世界污染了他。你也愈来愈清楚，你想回到天乡的话，你有不少工作要做，我不是指世上的工作，而是你心念上的功夫。

当我们在教你时，你会感到我们一直在批判，毫不留情，这实有不得已的苦衷，因为具体比较一下圣灵的想法与世界的想法，是你能听懂的唯一方式。

如此，你才会看出，他的判断真实不虚，直指天国；而你的判断大有问题，让你一而再、再而三地轮回此世。

白莎：你还会从我们的访谈里重新认出自己的真实面目，你是怎么沦落此地的，彻底明了你和他人为什么会有这种感觉，做出这类事情，为什么娑婆世界不断重复同样的生存模式，为什么人们会生病，以及所有的失败、意外、上瘾和种种天灾人祸背后的原因；你也会了解世上的灾难、罪行、战争以及恐怖分子的真正起因，以及真正能够解决这些问题的唯一办法，还有该如何应用于生活当中。

葛瑞：如果你真能告诉我那一切，我一定给你一个大奖牌！

白莎：世上的人只应对一个奖赏有兴趣。

葛瑞：天堂？

阿顿：对了。你听过这话：真理带给你自由，说得没错，但没有人告诉你真理究竟是什么。你也听人说过：天国就在你内，说得也没错，但没有人告诉你怎么到达那里。就算有人告诉你，你肯听吗？我们只能把人带到泉水那里，却不能勉强他喝下去。我们会为你指出泉水所在，等到你真的准备好修自己时，自会饮用那一活泉了。我们所要介绍的这种灵修，跟真理一样，是超乎这个娑婆世界的。

J兄的教诲与人间的教诲最根本的不同是：人间的教诲是分裂的潜意识心态发展出来的。在那层面上，你不能不委曲求全；然而你一旦妥协，便错失了它的全面真相。

我们不会跟你妥协周旋的，有时可能还会让你不高兴，不要紧的，如果我们给你心目中想要的一切，下个月你又会要其他东西了。我们无需帮你增加对这娑婆世界的好感，它实在不值这个票价的，永远都不值得的。

人间还有更值得你追求的事情，就是怀着神的祝福，沿着路回家去，我们来此的目的就是帮你找回你的路的。我们很快会回来二度拜访，预计会拜访你十七次，下一次的会谈将是最长的一次。在这期间，你不妨思考一下，如果你觉得我们所教的这些原则确实具有灵性智慧，显然，它不可能来自人类或世界，因为这些原则把世间认为天经地义的事全给翻案了。

2　J的真面目

只为上主及其天国而儆醒。[1]

阿顿与白莎瞬间消失了踪影，我却感到晕头转向，这究竟是怎么一回事？难道只是我的幻觉？他们真会再度来访吗？我连他们怎么来的或是他们究竟是何方神圣都忘了问，他们究竟是天使，高灵上师，超越时空的旅者，还是什么玩意儿？更重要的是，他们为什么会出现在我这儿，给我这么深奥的形上课程？我不过是个凡夫俗子，只是对于灵修有一点儿兴趣而已，连大学的门都没进过。

我立刻决定隐瞒这一事件，连凯伦我都不准备向她提起此事，她在公司里正面临相当大的工作压力，我不愿让她忧心分神，她现在绝对无法承受她的丈夫竟然在家和一些活生生的角色上演一出“圣女贞德与神对话”的闹剧。

我只跟我的爱犬努比说，它永远是个不批判不置评的可靠朋友。然后我试着退一步，放松下来，抱着“等着瞧”的心理，看看这个怪异的幻觉究竟是我冥想过度的后遗症，还是它真的会再度发生。

那一晚，凯伦已经沉沉睡去，我还清醒地回想两位不速之客所说的话。我心里对于“神根本没有创造世界”这个观念感到很大的抗拒，因为这违反了我前半辈子的教育。但我仔细一想，这个观念确实答复了许多难解的人生疑问。我常不解为什么上主容许这么多的痛苦及恐怖发生在这世上？为何许多好人常得承受地狱般的煎熬？如果阿顿与白莎说的是真话，一句话就把真神和人间的苦难撇清关系了，上主反倒不再显得那么可怕了。

当我迷迷糊糊快睡过去时，我还在怀疑，我们若不把创造世界的责任栽赃给真神，是否真的有辱真神的地位？但若把阿顿与白莎的观点当真，我又怎么知道这不是自己一厢情愿的把戏，想把真神变得平易近人一点？

一周之后的星期二晚上，我一人在客厅里准备我生意所需的资料，白莎与阿顿意外地二度出现了，这回，我坐在沙发上，他们两人各坐在椅子上，阿顿一点都不浪费时间，即刻发言了。

阿顿：我们选择今天来访，因为我们知道凯伦跟朋友出去了。你不打算告诉她我们的会晤，是正确的决定，她目前有她该忙的事情，让她去学她该学的吧！有些老师会告诉你，人生并不是一个教室，你也不是来这儿修课受教的，只是来经验一下你内在的实相而已。这说法是错误的，你的人生是个地地道道的教室，你若不学好你的课程，是不可能经验到你内在的真相的。

去经历你这一生的说法，本身并不错，实际上，以你们的存在状态，也不可能不去感受或经验。只是，除了感受与经验以外，还有另一种对人生更好的“看法”。

白莎：这一个礼拜以来，你想了不少事情。我们可以继续吗？

葛瑞：在这之先，我想要多知道一点关于你们的事情，例如：你们究竟是什么东西？你们是如何示现在这里的？为什么来找我？为什么不去找那些忧国忧民的先知们？我这一生最大的目标就是有一天能搬到夏威夷去住，浸润在大自然里，喝喝啤酒（当然，优先的顺序可以前后调换）。

阿顿：我们明白。首先，我们都是高灵上师，不是天使，因为天使从未投胎成人间的形体。我们就像你一样，在人间投胎了上千次，至少从表相来说是这样的。如今，我们已经脱离了轮回。其次，我们的形体所显示的，乃是我们最后一世的身份，我们不会告诉你那是什么时代，因为它是你们的未来，我们不愿向你透露未来可能的模样。

葛瑞：你们不想干扰时空世界的自然律，对不？

阿顿：我们对时空这个大迷宫一点儿兴趣都没有，我们只是不想剥夺你们人生课程的第一手学习经验，加速你们回归天乡的旅程。大部分的高灵上师都用最后一世的身份来进行他们的教育任务，但记住，“最后”两字实际上也是个幻相，一个直线式的时间观念。

有一些灵魂显现世间，他们自称为上师高灵，其实那只是他们一厢情愿的心念所投射出来的幻影而已。那种显现好像一种幽灵或失落的灵魂，更好形容为一个状似分裂的个别灵魂体；真正的高灵上师知道自己从未与真神或任何人分开过。

葛瑞：你说你们在两千年前曾与J兄在一起，不是逗着我玩的吧！能否告诉我你们那时是谁？

阿顿：那时的我们正是你们现在所称的圣人。你以为所有的圣人都是高灵上师？其实并非如此，不是因为教会封他们为圣人，就表示他们已经达到了J兄的境界。我一直感觉到教会封我为圣，实在过于慷慨了，因我从来没进过他们的教会。我们是犹太人，像J兄一样，你们若问我们任何一位门徒有关西方宗教的事，我们大概会反问：“那是什么东西？”

我们当中确实有人根据恩师的教诲组织了一些犹太人的团体，但绝不是另一个宗教。教会是经过几百年才慢慢形成宗教的，与我们扯不上任何关系，它至今还在继续塑造中。在当代的美国信徒中有多少人明白，他们所重视的一些神圣词汇，例如“被提拔升天”（Rapture）这字，是到了19世纪才产生的字眼，这些观念随着世间的潮流而起起落落。一些早期的信徒（现代也有不少这类基督徒），认为J兄很快就会以一具荣耀的身体再度来临。但你会看出，J兄现在的教法，就像圣灵一样，专门从你的心灵下手。

白莎：至于我们怎么现形的，这事不是你所能了解的，但我们会告诉你，身体形象都是心灵投射出来的。你以为肉体是来自于另一具肉体，大脑负责思考，其实，只有人的心灵具有思考能力[2]，大脑只是肉体的一部分而已，每一具形体，包括你的身体在内，都是心灵投射出来的。我说的不是你自以为是的那个小小

> ✡ 整个娑婆世界以及世上每一个形体都是由此心灵营造出来的。问题在于，为什么？

心智，我指的是超越时间、空间与形体的那整个心灵，那是佛陀当时所悟入的“心”（许多人并不明了，他那时离那圆满的合一之境还有重要的一步之遥），整个娑婆世界以及世上每一个形体都是由此心灵营造出来的。问题在于，为什么？

我们会为你解释，在你们的世界里，为何要造出形体，原因都藏在潜意识里，但活在觉醒之境的我们所现的形体则是另一回事。我们能够刻意造出这种身形，纯粹是依你们所能了解以及接受的形式，才好通传圣灵的讯息。对于自己，我们很清楚，除了与圣灵认同以外，我们没有其他的身份，因此我们只是为他“示现”，为他传话。

当J兄被钉十字架之后，显现在我们面前时，也不过是为了与我们沟通而造出另一具身体。他的心灵可以让这身体出现或消失，例如在坟墓里的那一景。我们那时根本无法了解是怎么一回事，因此犯了很大的错误，把他有形的显现大肆渲染，其实，那根本不算什么；他的心灵境界才是真正的核心。[3]

然而，你也不能怪我们当初兴奋过度，如果你明知你认识的某人千真万确地死了，却前来跟你聊天，甚至让你摸摸他，证实他是真货，你又会怎么反应？

葛瑞： 我不知道我会做出什么愚蠢的反应。

白莎： 我们当时的反应也够笨的，只是表达的形式有所不同。让我问你，你可记得雷蒙神父？

葛瑞： 当然。

白莎： 你可记得他告诉过你有关弗洛伊德同时代的人 Groddeck？[1]

葛瑞： 记得。他跟我说了一些事，很像你讲的这一套。雷蒙神父说，Groddeck 很受弗洛伊德的敬重，他才是真正具有革命精神的人。Groddeck 在世时已经下此结论：大脑与身体其实都是心灵的产物，心灵绝不是大脑或身体的

---

[1] 我虽然不是天主教徒，我答应陪一位朋友（就是我撤回官司的那人）去参加马萨诸塞州天主教会举办的三天灵修活动，叫作 Cracille。那活动特别强调欢笑、唱歌和宽恕，让我耳目一新，因为我很少遇到真正快乐的天主教徒。在那个周末，我认识了同时是心理学家的雷蒙神父，他跟我提起，他对一个叫作 Groddeck 的人做过一番研究，这个研究深深震撼了他。——作者注

产物；而且心灵——Groddeck当时称之为势能（force）之所以这样做，是有它自己的企图的。

白莎：嗯，相当贴近，你真是个好学生，有绝佳的记忆力。Groddeck博士虽然没有J兄的整体视野，结论却是正确的。顺便一提，Groddeck博士并没有像耶稣的门徒与早期教父那样认为自己无所不知，他只说自己所懂的那一点，但他比他那批崇拜头脑的后学们先进多了！结果可想而知，他的观点让世人敬而远之，我以后还会提到他。我不过在此先提示一下，世上不乏聪明绝顶的人，他们对人世的观察远超过同时代的人，与真理实相相去不远。

葛瑞：我还有另一个问题，你为什么不显示给其他比我更有资格的人？

白莎：我们上回已经告诉过你，你却听不进去，因为你觉得那个解释太平凡了。我们会在此示现，只因"此刻"出现于"此地"的因缘已经具足了。你只需要知道这一点就够了。

葛瑞：若这么说，我不知道自己在你们的示现中扮演什么角色，究竟是我的心灵投射出了你们，还是这纯粹是你们心灵的投射？

阿顿：这问题有问题，因为心灵只有一个，问题也只有一个，即是关于"最终的目的"这一问题。但在娑婆世界里，思想与它引发的经验确实会显示出层次不同的幻相，我们以后还会回到这一主题的。

葛瑞：你知道我不能不问，你们究竟是历史上哪两位圣人？

白莎：我们确实该告诉你，这是合情合理的问题，但我们只想点到为止。我们宁愿利用造访的机会为你澄清J兄的角色以及他的教诲，不想把时间浪费于介绍我们自己无足轻重的角色上。

我们愿你学到东西，你得信任我们知道怎样跟你讲对你的学习最有益。根据历史档案，我是多玛斯（Thomas），被人称为圣多玛斯，也是目前流行的《多玛斯福音》中部分资料的作者。但我并未写完就被杀了。

葛瑞：现实很残酷，对不？

白莎：那就看你怎么诠释了。对了，我假定你见多识广，知道人们可以有几世生为男人，有几世生为女人，这是很常见的事。

葛瑞： 这我还能了解。你呢，阿顿？你不会告诉我你是童贞圣母玛利亚吧！

阿顿： 我不是。玛利亚倒真是个了不起的女性，你大概对我没印象，因我不是那么有名，我不在乎这些。我是达太（Thaddaeus），我的本名是 Lebbaeus，J 兄帮我取了 Thaddaeus 的新名字。我那时挺谦逊且不多话的，我是个乖学生。教会称我为圣达太，也称我雅各的圣犹大，但请别把我和伊斯卡略特的犹大（出卖耶稣的门徒）混为一谈了。我跟多玛斯一起建立过一个小门派，造访过波斯，但我没有参与历史所谓的那个殉道热潮，我只是正好赶上了时机，就被封为圣人了。

葛瑞： 你这幸运的家伙！达太，我能不能应征你这类工作？

阿顿： 你现在已经在做了啊！你到底要不要我们继续教你？

葛瑞： 要！主要是因为自从上次跟你们会面以后，我对真神的看法改变了，我觉得他比较值得信赖了。也许他真的无意跟人作对，也许我过去的痛苦或现在的问题并不是他的责任。

阿顿： 不错，我的弟兄，你很不错。

葛瑞： 但我得再确认一下，你并不是说，上主没有创造某一部分的娑婆世界，你是说，他和整个宇宙一点关系都没有。

阿顿： 这样吧！我们还是先把过去的旧账为你澄清一下吧！我们来此的目的并非要贬低某人某派，我们已经表示过了，我们不过重申彼此都有不同意（agree to disagree）别人教义的权利而已。

大家都不难看出，古经里最重要的一面就是法律，以及对不遵守法律条文的惩罚。虽然罪与罚这个因果的真正目的并不是你们想的那样，但为了建立一个有秩序的社会，订立法规本身并没有错。两千年前的多玛斯跟我都十分尊重古经，但我们那时已经逐渐看清，当时的法律跟你们现代的法治体系一样，后来只为维护法律条文而存在，逐渐和正义脱节了。

古经里除了一些警世的威胁语句以外，也有不少相当优美深奥的句子，即使到今天，我们依旧能够接受。

《创世纪》的故事是这样说的，上主创造了世界，看到样样都很好。

葛瑞：他在强调自己的作品。

阿顿：于是，上主继续创造了亚当，并且帮他找了伴侣夏娃，生活像个乐园。但是，上主为他们订了一条法规：你们样样事情都可以做，尽量繁殖下去，甚至把自己整个半死都行，但绝对不可吃那棵知识树上的果子。于是，蛇开始干它的好事，夏娃咬了一口，还引诱亚当（那你们就有理由把所有的账都算在女人头上了），结果，亚当也咬了一口。于是，造物主一脚把亚当夏娃踢出了乐园，甚至还警告夏娃，为了她的好，从此她生小孩时会受产痛之苦，这下子她总该学乖了吧！

暂时在此打住一下，如果上主是真神的话，他不是全知全能的吗？那他岂会不知道一切后果？连现代的父母都知道，你只需告诫孩子不可以做某件事，保证他一定会去做。如果上主是个无所不知的真神，他真会干这种事吗？你如果有孩子，你会做这种事吗？那么，真相究竟如何？答案非常明显，任何人只要愿意摘下眼罩，都能看出，真神绝不会干这种事的，《创世纪》的故事充满象征性，比喻无意识的心灵是怎样造出世界和一具一具形体的。

你们一向不敢面对背后的理由，但那正是你们来到世间所要学习的悟性与觉力。

葛瑞：从你这些话和先前讲的那一套，我可以推测，J兄所教的其实更具有原创性，只是大部分的人都无法接受，所以他们用自己相信的一套去取代J兄的说法了。

白莎：对。J兄为人诠释的古经，不只正确还有事实凭据。他不会专挑当代人喜欢听的话来说，而这是世间成功的关键，不论从事哪一类行业，“供应”必须对上“需求”，只要你有别人想要的东西，你就会成功。

人们总想要把世间的富裕灵性化，你不知道这观点并无意义，你在世上多有钱或多成功与你在心灵上悟性多高，根本是两码子的事。“五饼二鱼”的故事只是一种比喻，它只表示，即使在物质世界里，你也可能接受上天的指引，学习如何活在世上。这事我们以后会提到，但别再企图把金钱灵性化了，虽然金钱和成功本身没有错，但它们根本没有什么灵性。顺便在此一提，教会把 J 兄的一句话“凯撒的归凯撒，上帝的归上帝”诠释得妙不可言，J 兄当时根本不是谈钱的事情，他只是说：“让凯撒拥有世上的一切，因为它们原是虚无；让上主拥有你的灵性，因那才是一切的一切。”他真是一位充满爱与智慧的恩师。

许多人认为约翰和 J 兄都属于艾赛尼派（Essenes），他们当时确实拜访过艾赛尼派，也有些交情的，但他们都是云游者，从未参加过这个门派，后来艾赛尼派慢慢冷淡了 J 兄，比较喜欢施洗者约翰，因为他比较尊重他们的法律与信条。他们最后开始憎恨 J 兄，因为他不太买那些宝贝法律的账了，当 J 兄死亡的消息传到库姆兰时，为他掉泪的寥寥可数。

三十五年后，大部分的艾赛尼派信徒都跑到耶路撒冷去参加反抗罗马统治的革命了，他们和大伙儿一样都认为末日快到了，你知道，就是光明之子大战黑暗之子这类无聊的故事，结果惨不忍睹。艾赛尼信徒靠刀剑而活，结果也死在刀剑之下，现代的神学家把他们和《死海古卷》（*Dead Sea Scrolls*）推崇得像什么似的，就像你们老爱把过去的一些人歌功颂德成灵修大师，其实根本就不是那么一回事，他们跟你一样都是普通老百姓。

你们这一代有人认为玛雅人由地球上羽化升到某个灵性悟境去了，究竟是什么让你们以为他们都大彻大悟了？他们还停留在杀人祭天的阶段呢！你想他们的灵性会高到哪里去？他们只是一堆老百姓，就像艾赛尼派、欧洲人、美国印第安人，跟你没两样。接受这一事实之后，我们就可以继续探讨下去了。

葛瑞：这么说来，我实在无须如此崇拜古代的经典书籍，就像我目前为了做生意而钻研的那本《战争的艺术》？[2]

白莎：战争哪有什么艺术可言，你们一心想要提升世界的意境，故意把什

[2] 《战争的艺术》（*The Art of War*），即《孙子兵法》。——译者注

么都精神化了。我不只是指《战争的艺术》一书而已。你们迟早会明白，你不可能把根本没有灵性的东西灵性化，也就是说，你不可能把娑婆世界里的任何东西灵性化，真正有灵性的都在世界之上，那才是你的真正归宿，也是你迟早要回去的家乡。

✡ 你不可能把娑婆世界里的任何东西灵性化，真正有灵性的都在世界之上，那才是你的真正归宿，也是你迟早要回去的家乡。

你们有意把世界万物灵性化的另一个例子，就是你们把南美洲热带雨林想得那么浪漫，好像地球上最神圣之地似的。如果你们能用快速放映影片的方式，观察到地底下发生的事情，就会看出那儿的树木都在彼此抢夺水源，如同雨林中所有生物一样，都在为生存而斗得你死我活。

葛瑞： 乖乖，原来那儿也是“树咬树”的世界！抱歉，我又插嘴了！

白莎： 这一切再把我们领回到我们的弟兄J兄和他的讯息这儿来。当初有几个相当关键的因素让我们当时无法领会J兄的教诲，故在此提出，因为那将来也可能妨碍你了解他的讯息。

首先，这些话是直接针对你而说的，不是为其他人讲的，因为没有所谓的其他人存在，外面没有任何人在那里；但光是这样说还不够，你必须迟早经验到这一事实才行。这个经验远比世上任何法宝更具有释放的力量。我们当初听不懂J兄的讯息最大的原因在于，我们老把自己先入为主的信念硬套在他头上，J兄在那边激励我们提升到他的层次去，我们这群门徒却在这边拼命把他往下拉到我们的层次来。

我们那时虔信古经，我现在可以告诉你，我们那时对J兄的认识，不可能不透过当时旧信念的过滤网。他确实是个救主，他所传扬的绝非当时那种代罪羔羊式的救恩，他一直想要教我们如何善尽自救的责任。当他说，他是道路、真理、生命时，意思是说，我们可以跟随他的楷模，而不是相信他这个人。你不该荣耀他那有形的身体，连他都不信赖自己的形体，你干嘛要信呢？我们那时都犯了这个错误，希望你不要重蹈覆辙。今日，许多人透过《新约》的眼光或是新时代的角度去看他，但你如果真的懂了他的讯息，你绝不会把它跟一般教诲相提并论的。

葛瑞：历史上不也常常出现一些和J兄一样大彻大悟、了解终极真相的人吗？

白莎：有是有，但并不常见。代代确有高人出，未必来自同样的心灵学派，这已将我们带入另一个重要的主题了。不论你信仰哪一个宗教或学派，并不足以评断你的觉性或悟境有多高，这在所有的宗教、学派或灵界里都一样，毫无例外。

葛瑞：为什么呢？

白莎：阿顿，你愿意答复这一问题吗？

阿顿：当然！其原因是，在回归上主的路上，你需要历经四种基本的学习境界。而在学习过程中，人往往会不由自主地从一种境界到另一种境界之间跳来跳去。每一境界都有它特殊的想法和随之而来的经验，也因此，人会根据自己当前的学习心态对同样的经典做出完全不同的诠释。

二元论可以说是娑婆世界中人们的普遍心态，相信世界可分为主体与客体两种领域，对于信仰真神的人来讲，他们相信两种世界，神的世界与人的世界都一样真实。在人的世界里，你很具体也很客观地相信，真的有一个存在主体，就是你自己；还有一个客体，包括外在的一切存在。这种普遍心态，已在牛顿的物理原则里彻底表达出来了。

> ✡二元论可以说是娑婆世界中人们的普遍心态，他们相信两种世界，神的世界与人的世界都一样真实。

构成人类这个娑婆世界的一切客体存在，在过去几百年间，你们称之为世界，作为一切“形”与“色”的总称，你们相信它存在于你的色身之外，受你的掌控。所谓的“你”，则指这一具由大脑来操作的肉体。我们先前已经提过这一点了，你称之为自己的这个身体与大脑，看起来好像是世界的产物，我们会证实，事实正好相反。

在这一学习心态下，你对神的观感必然是：他存在于你身外的某一处，你和他，好似互不相属的两个个体，那真实不虚的真神，显得如此遥远，如此虚幻；

那个虚幻不实的世界，反而显得既切身又真实了。

我们以后还会详细解释其中原委的，你的分裂心识就像那个离家出走的浪子一样，下意识地把自己分裂的心理取向套在神的身上，于是“上主”和那好似来自他的“讯息”之间，显出了矛盾。

不要忘了，所有这些，都是在你的潜意识中进行的，也就是说，看起来属于外在世界的一切，其实是存在于你自己分裂的意识中。于是，在我们心目中，上主既是宽恕的神，也是义怒之神；他是仁慈的，但也会遽下杀手，全凭他当时的心情而定。这种心态，用来描述自相矛盾的二元世界，倒很贴切，但套在神的身上，显然有些离谱。

我们不难想见，这种妄见会牵引出多少荒谬的观念和怪事，认为上主会命令一个民族去侵犯另一民族，夺取所谓的福地，或是让一个国家把自己的正义观念或正统宗教带给其他的国民，这类不可理喻的二元对立的人间悲剧，疯狂到了极点，却被现代的社会视为天经地义的事了。

在回归上主的道路上，你下一阶段该学习的课程，可称之为“半二元心态”，它比一般的二元心态还要良性一点，因为心灵到了这一阶段，能够开始接受一些“真实”的观念了。不妨再提醒你一下，这和信仰什么宗教一点关系都没有，正因如此，所有的宗教里，都会出现一些相当善良且已不再批判的人。

这一阶段的心灵逐渐能够接受“神是爱”这类单纯的概念。我们若真的信得过这句话，这一个简单的概念便足以引出种种难以作答的问题，例如：神既是爱，他可能恨人吗？神若是完美的，他可能有缺陷吗？神若是造物主，他可能报复他自己所创造出来的一切吗？

如果你心里相当清楚它的答案是“当然不会”，一扇封闭已久的大门顿时就被推开了。在这“半二元”心境下，你对上主秘而不宣的恐惧心态会慢慢松绑，神对你的威胁也逐渐降低。这现象已经显示在你身上了，宽恕的雏形已经进入你心中了。

虽然你仍视自己为一具肉体的存在，视上主与世界为“身外”之物，至少你已经体会出一点，神不是你目前处境的始作俑者，当你到处碰壁时，也只跟一个人脱离不了干系，那就是你自己。

完美的爱只可能带来善，任何不善必然来自他处。不过，等我们进入下一学习阶段时，你便能看出，根本没有什么“他处”。

白莎：现在，我们可以进入非二元论的主题了。请记住，不论我们在谈学习心态还是灵性慧见，指的都是一种心境，一种内在心态，不是世间肉眼所能看到之物。让我们由一个简单的观念开始，你可记得一个古老的谜题：森林里的一棵树倒下时，若没有人在那儿听，它依旧会发出声音吗？

葛瑞：当然知道，因为它无从证明，这个谜题常常引起热烈的争辩。

白莎：你如何答复这个问题呢？我保证不跟你争辩。

葛瑞：我会说，树总会发出声音的，不论有没有人听到。

白莎：那你就大错特错了，即使从物质世界的层面来讲，树木最多只能送出音波，而音波就像收音机的电波一样，需要一个收听器才能接收得到声音。此刻，房间里充满了种种电波，但你却听不到一点声音，就是因为这儿没有收听器的缘故。人类与动物的耳朵是个收听器，如果森林里的一株树木倒下去，没有人在那儿听的话，它不会有声音的，因为在你听到以前，声音不算声音。同样的，在你看到或触摸到以前，能量磁波也不会构成物质的。

总而言之，需要两个人才舞得出探戈来，互动需要二元，一点也没错，若非二元对立，你就没有东西可以互动了。镜子的对面如果没有一个形象扮演观者的角色，镜子就显示不出任何东西。若非二元对立，就没有森林里的树木。

有些量子物理学家已经明白了“二元的存在”只是一个迷思（myth），如果二元存在之境根本是个迷思的话，那么，根本就没有树，也没有这个宇宙了，除非有你在那儿知它、觉它，否则宇宙等于不存在。

按照这个逻辑推论下去，宇宙若不存在，那么你也不存在了，如要维系存在的幻相，你必须把那个一体做一些表面的分割，这正是你们人类一直在进行的伎俩，说穿了，它纯粹是一套花招而已。

一体论在现代并不是什么新奇的观念，只是很少人追问下去：我究竟跟什么玩意儿一体？而能够提出这问题的，通常又会自答：跟神一体；接着很可能引申出错误的结论，认为那个神圣的生命源头创造了眼前的我和这个宇宙。

事实不然。这一误解使得寻道者无缘一探真神的境界——即使是已经悟入自性的佛陀。佛陀确实已经悟入那营造出二元世界的心性真相了，他这一悟，超越了人类所有的存在层面，悟入了空性，跳脱了时、空、形三界之外。这是一体论必然导向的境界，但它还没有抵达神的境界。说实话，它虽带到了一个尽头，其实，那只是山穷水尽之后的一个新开始而已。

我们至此便不难了解，为什么堪称世上最具心理哲思的佛教，竟然丝毫不谈神的问题，因为佛陀在世的那一段因缘，并没有处理神的问题。为此之故，我们下面所谈的一体论，会分别由“非二元论”与“纯粹非二元论”两种层次来讲。

当佛陀说“我已悟道”时，是指他已经彻悟：原来他并不是这虚幻世界的一分子而已，他其实是整个幻境的创造者。

至此，这个营造出整个幻境的心，还需要向前再推进一步，心必须彻底放弃自己的存在而选择神的存在境界。像佛陀已经证入这么高境界的人，对神的境界当然会有惊鸿一瞥的经验，与J兄证悟的境界相去不远了，但佛陀在另一世才成就了那一境界，活在世间的人类根本不可能知道这些事的。

许多证入和J兄类似境界的高人，在他们悟道的那一世通常默默无闻，但世界可能会在他的前几世就将他奉若神明，其实他那时可能根本还没到那一境界。这种事情我们已经看多了。

在灵修上真有造诣的人，根本没有兴趣去做领导人物，那些曝光率甚高的人也往往未必是真正的灵修导师，显赫的名声，不过显示出他们外向的个性或爱炫的特质罢了。

葛瑞：那么J兄又是怎么悟入他与上主一体的？

阿顿：这事我们会慢慢讲到，上述的开场白，不过是给你一个整体的背景介绍，你才能了解他的言行事迹。J兄不能只悟出娑婆世界的空幻，还得悟出他是个纯粹的“灵”，他的存在与整个物质世界毫不相干。

没有人真正想知道这一人生真相的，因为它会激起潜意识中最深的恐惧，深恐转眼失落了自己的个别身份，或是个人独特的存在价值。

葛瑞：我曾听过 Deepak Chopra 对他的听众说：“我不在这儿。”你是指这类经验吗？

阿顿：这位医师只是个辩才无碍的聪明人。你对人生真相若缺乏整体的认知，只说“我不在这儿”，对你一点好处都没有，当然，它至少也能把你引到正确的方向。我此刻所说的，不只是“我不在这儿”，而是连“自我感”都没有了，不论从任何角度来讲，既没有个别的灵魂，也没有印度教的梵我，那都是对心灵的一种误解而已，唯一的存在只有上主、真神。

葛瑞：你是说，你不在这儿，你根本就不存在，只是心灵投射出来的二元磁波，显示成某种物质存在，才好跟人沟通，就像电影一样。你又说，很少人意识到他们投胎人世的真正原因，对吗？

阿顿：你还真不错！我说过，我们代表圣灵而来。大部分的人完全搞不清自己究竟是谁，怎么混到这儿来的，你所说的只呈现出问题的冰山之一角而已。不只我不存在，你也不存在，整个虚妄的娑婆世界都不存在。我们所谓的回归实相，回归上主，绝非故弄玄虚，你不可能同时拥有自己及上主，两者是相互抵触的，你必须选择其一。但不急，因为你有的是时间，时间才是故弄玄虚的烟幕弹，我们会传授给你J兄的一些教诲，教你如何出离娑婆。

> ✡ 你不可能同时拥有自己及上主，两者是相互抵触的，你必须选择其一。

这确实不简单，却是可能做到的，圣灵不会给你一个行不通的出路。失去存在感的那种恐惧会不时地冲击着你，为此，我们才在此多绕了一些路，让你看清，你真的只是放弃虚无而换得一切。但你还需要一些时日和一些经验，才可能消化得了我们所说的这些话。

葛瑞：是否可以这样说，非二元论，就像传统宗教所说的，

表面上你活在世界中，其实你心里却有两种浑然不同的世界——真理的世界与幻觉的世界。唯有真理是真的，其余的一切全然非真？

阿顿： 对，你这学生真讨人喜欢。即使在那传统教义中，人们仍然犯了一个错误，以为幻觉世界是从真实世界里生出来的，所以他们依旧想尽办法把幻相合理化，而不肯彻底放弃。只要这个谬误不除，你是无法切断轮回的。人在潜意识中千方百计想要回避神的存在这一实相，不管是假装他根本不存在，或是由这非二元之境慢慢退化到二元的心态。最明显的例子就是印度最伟大的吠陀哲学（Vedanta）。

吠陀哲学原属于非二元论的灵性学说，它主张梵（Brahman）是一切的一切，除此之外，都是幻相，非真，虚无，空。仅此而已。商羯罗（Shankara）智慧地把吠陀思想诠释成“非二元论”，那不是够好了吗？不！一千人中大概有九百九十九个人不满意这个答复，后来才会衍生出种种违背经义却大受欢迎的学派，糟蹋了那“一体不二”的形上理论，把它改造得面目全非，例如Madvas的学说，就想把“不地道的非二元论”转为“不地道的二元论”。

我们发现印度的吠陀思想与J兄的教诲所遭受到的命运极其相似，J兄当初也是传授“纯粹非二元论”的，却被世界诠释成了二元论；吠陀原来也是非二元学说，同样被世界诠释成了二元论。如今，世上两大宗教都操纵在自卫性颇高的反动派（reactionary）的强势团体手中，两派都费尽心思地争取这虚幻世界中的人，一个宗教发展成金钱帝国的象征，另一个宗教成了政权的象征，随时准备跟另一个同它一样又自卫又反动的邻国掀起核战争。

这类怪现象，对地球上的某些人来讲尚可接受，但你不必如此委曲求全。非二元论告诉你，你眼前所见的一切都不是真的，既然不是真的，你又如何论断？你一论断，不就把它当真了？你又怎么可能用论断把那根本不存在之物弄假成真？它若真的不存在，你们干嘛夺个你死我活？把某些东西捧得更神圣、更珍贵？为什么你们会把人间的某一处看得比其他地方更重要？为什么虚幻世界里的林林总总被看得那么严重？莫非你已经赋予那幻相本来没有也永远不可能拥有的力量？为什么某一事件或处境会带给人那么巨大的影响？莫非你已经在那事件下开始你的造神运动了？

我知道这一套说法你听不太进去，但是不论你在世上采取什么行动或不采取行动，原本没有什么大碍；只是，你的行动下面所怀的眼光与心态，则有很大的影响。当然，只要你的形体还活在这复杂的世界里，不可能没有现实上的顾虑，我们也无意忽略你在世上的需求。我们说过，圣灵没有那么笨！你目前既然已经觉得自己活在世界上了，那么，有一种过日子的方法，能带领你去做你这一生本来就想做的事情，只是，如今，你不再独自去做了。

你从未真正落单过，这才是你该学的课程。

因此，我们并不要求你不要那么现实！别老顾着自己！我们只是告诉你，你的真正老板不在这个世界上。你也不必告诉任何人你不是老板，除非你想要如此；如果你想要成立公司，让自己“像个”老板，也无伤大雅。怎样做对你最合适，听从你的感觉，并且不妨对自己好一点。我们真正关心的是你的心态，而不是你外在的表现。你迟早会发现的，不论你以什么方式谋生，只是帮幻相中的你撑腰，这个了悟便能让你不再继续为幻相撑腰了。

根据上述所言，你不难体会到，非二元心境能逐渐培养出你反身质问自己的判断与信念的能力。你现在可能了解了，并没有主体或客体的分别，只有一体。你目前还无法看清的是，那种心境说穿了，只能算是真正的一体论的仿冒品而已，因为极少人能够分辨得出，“与心合一”的境界（此心很可能仍陷于天人分裂的幻觉中）和“与神合一”的境界有何不同。这颗心必须回归于他那源头才行。[4]

然而，“传统非二元论”仍是灵修必经之道，你必须先学会没有一物是跟另一物分开的，你也不可能跟任何东西分开的。

我先前稍微提过，量子物理学已经把这观念阐述得相当清楚了，牛顿物理学主张客体存在于主体之外，且是一个真实而且个别之物；量子物理则证实了这一理论的谬误，宇宙并非你们原先认定的样子，状似存在的个体其实都是出自本质上不可分的念头。你的观察本身都会引起此物“次原子”层次的变化，一切都存在你的心内，连你的身体都包括在内。

佛教说得很正确，由心念幻化出纷纭万象的心，其实只是“一心”，而此心是全然超越时空幻相之外的。归根结底，连这颗心本身都是幻的。[5]只有这一套学说是真的，一般人却很难接受这种说法。

毋庸赘言，如果只有一个“一体”的话，那么其他状似存在之物都成了虚构。它虚构得这般有模有样，一定有它充分的理由（人类历史上一直没有在这理由上给人一个满意的解释，这类灵性讯息直到最近才开始传到地球）。因此，与其批评世界及万物，不如去反问自己，你当初是什么动机而打造出这样一个虚拟世界的？这样对你可能更有帮助；或是反问自己，你现在该如何答复这一真相？这才是上智之举。

白莎：这一反问将我们引向J兄的教诲，他已经证悟了“纯粹非二元境界”、灵修的终点、最后的一站了。

你得记住，上述所说学习过程中的四种关键心境，各有作用，你会像乒乓球一样在它们之间来回弹跳，但圣灵会一路指导你，将你带回正路。就算是一时误入迷途，也不必气馁，世上没有一个人，包括J兄在内，能保证不陷入诱惑的。想在世上表现得十全十美，这种迷思本身便是自讨苦吃，根本不必要；必要的只有一件事，就是随时甘心接受纠正。

好比飞机上的电脑导航装置，每一分钟都在调整飞行路线，圣灵也一直在纠正你，不论你外表上在忙什么，不论你的悟境有多高。飞机会不断偏离航线，经过不断地修正，它终将抵达目的地的。因此，你也会抵达目的地的，这是注定的事，不论你怎么努力，都不可能把事情搞砸的，真正的问题在于，你究竟还想受苦多久？

✡ 你会抵达目的地的，这是注定的事，不论你怎么努力，都不可能把事情搞砸的，真正的问题在于，你究竟还想受苦多久？

时候已经到了，你该开始学习“纯粹非二元论”思考了，即使你难以贯彻始终，但总该有个开始吧！你得开始学习J兄的思考方式，像他一样聆听圣灵的指导了。我们接下来会由两个不同层面来解释这“纯粹非二元”

境界的。

葛瑞：为什么？

白莎：那是因为你们人类已经分裂为两种存在层面了，代表天上“老大”的那个“声音”若要跟你讲话，就不能不把你当成真的活在世上的样子，否则，你怎么可能听得到他？

阿顿：我们先从“纯粹非二元论”的一般观念开始，至于它该如何应用于生活，留待以后再说。

J兄所修的宽恕属于高层次的，不要和世间偶尔倡导的那种比较原始且落伍的宽恕搞混了，你对这方面的了解，尚待加强。好，让我们言归正传吧！

只要翻一翻《新约》，不难看出，J兄并不是一个喜欢批判的人，也不属于那类自卫心超强的反动分子。

葛瑞：不像“西方宗教激进分子”那批人吧！

白莎：你对他们没啥好感，是吧？

葛瑞：我早已听烦了那些自称为基督徒的右派政客那一套毫不宽容的政见。耶稣出现在他们眼前，他们大概都认不出来！，

白莎：小心这个隐形陷阱，一不小心人就栽进去了。从有形世界的层面来说，没错，大部分激进分子所信仰的宗教，都可以改名为“批判教”（Judgmentalism），但你若批判他们的批判，那么你和他们所做的又有何不同？你们陷入了同一困境，都被锁在形体与世界里面了。你若不懂得宽恕，那么形体与世界在你心里便会变得真实无比。

觉得难以全然宽恕别人的人，绝大多数都先认定那是生死攸关的事情，其实，这种心态对你“真正”的生命而言，才真有生死攸关的影响。与其提醒你，J兄在世时连杀害他的人都能宽恕，还不如帮你问清楚J兄是怎么做到的，这对你反倒实用一点。

我们慢慢讲下去，你就会逐渐看清，人间的组织，像共和党、民主党、美国民权自由联盟等，它们成立的目的跟你心目中所认为的，差了十万八千里。

葛瑞：我想，最好让你讲下去，但能否容我再问一下有关非二元论的问题？

白莎：只要你问得有水平一点，哈！别打断了我说话的兴头了。

葛瑞：我记得有个物理系学生曾对我说，物质是由空中生出的，它几乎全由空虚的空间所组成，而你说，物质是出自思想？

白莎：没错，物质是由空中生出的。但一般人没有注意到，也是你必须学会去看的，就是：即使物质现形以后，仍然不存在于任何地方。一切空间都是空的，都不存在，即使是那好像含有某些实质的极小元素，也不存在。

以后，我们会解释那些元素究竟是怎么一回事。至于，你说不同的思想造出种种形象，更准确地讲，应该说是一个思想造出一切形象，因为它们外表好似不同，所代表的却是同一个东西。这观念在J兄最近传到人间的一本书里谈得比较多，它故意写成你们现代人看得懂却不易消化的语言。现在，我们还是回到主题，先把过去的事情交代一下，你才知道该如何进入目前的课题。

葛瑞：好吧！反正你们已经到这儿来了……哦，不，我是说，反正我们曾几何时集体创造出目前这一会晤了。

阿顿：我说过，J兄不喜批判，也不像反动派那般自卫，再加上先前我们对非二元论的简单介绍，你大概已经有一点概念了，他是很有逻辑原则、不轻易妥协的人。既然没有一物存在于你心灵之外，那么你一旦开始论断它，就无异于赋予它力量来控制你；你若不去论断，等于是撤回了控制你的力量。这一原则一定有助于消除你们人间的痛苦，然而，我们的J兄，并没有就此打住。

他的“纯粹非二元论”，对神的主权肯定得如此全面，能够消除人们对“非神”的一切所怀的心理执著。这种心境强调出了所谓“同气相求”的原则：凡是出自真神的，必然肖似他。在“纯粹非二元论”下这一原则是不容妥协的，它甚至说：凡是出自真神的，必然“完全”肖似他，真神不可能创造出不完美之物，否则他本身就不算完美了。这一逻辑真实不虚，真神若是完美且永恒的，在此前提下，他所创造的一切也必是完美且永恒的。

葛瑞：你的说法，真是深得我心。

阿顿：世上的一切显然没有一物是完美及永恒的，J兄由此认清了世界的虚无真相。他也知道，世界的出现必有其因，最终目的不过是诱骗人们远离上主及天国的实相。

葛瑞：它为什么要诱骗人们远离真理实相？

阿顿：我们以后会解释。你应明白，J兄在上主以及万物之间做了绝对的划分，万物的存在本身微不足道，只是给人一个学习聆听圣灵的机会，不再听信世界的诠释。

只要是可知可觉之物，本质上便不可能是完美的，柏拉图很早就谈到了这点，只是他那时还未能推论到神的层面而已。J兄在世时即已超越了知见，时时刻刻都能选择灵性完美的圣爱。

当他看透了无常世界与完美灵性两种境界彻底的不同，圣灵的声音便愈来愈清晰了，他也愈容易宽恕了。真理之声愈来愈响，愈来愈强，到了某个地步，他便只能听见那一个“声音”，万物的假相在他眼前破灭。最后，J兄变成了，更好说是，“再度成为”那声音所代表的境界，也就是他与你同样属灵的本然境界，与天国融为一体了。

记住，你若相信上主和这个充满知见与无常的娑婆世界有任何瓜葛，或是，你若相信那营造出世界的妄心和上主有任何瓜葛，你便不可能听到圣灵之声，为什么？原因之一与你潜意识的内疚有关，我们日后会讨论到这一问题。另一个原因是，若想获得天国的力量与平安，有一先决条件，即是你必须放下自己的假权威和摇摇欲坠的王国。你若还相信自己妄造出来的一切是出自神的旨意，怎么可能放弃得了它？你若把自己的弱点视为力量，又怎么可能放得了手？

你必须甘心把“主权”交回上主，你才能享有真实的权能，而这，唯有谦虚一途，但不是自惭形秽的谦虚，而是地道的谦虚，就是认出上主是你唯一的根源。你会发现，除了他的圣爱以外，你一无所需，而这一无所需的人，值得你将一切委托给他。

所以当J兄说“靠自己，我什么也不能做”，还有“我和父原是一体的”这些话时，不是为了显示他的独特地位，而是在放弃自己的特殊性及自主权，接纳他真正的力量，也就是上主的力量。

从J兄的角度来讲，当时并没有J这个人，事后确实也没有这个人。他目前的真实面目是纯粹的灵性，全然超乎幻相世界之外，这一真实面目也全然超乎那造出娑婆世界的心灵之上；人们常常误把那个心灵与真正一体的心灵源头混为一谈了。

J兄深知，虚妄的娑婆世界和真理实相两者毫不相干，他的终极身份乃是与神一体，此外无他。“上主那超乎人所能理解的平安”也不再是苦修而来的境界，就摆在眼前等着他去领取，更好说是，等着他恢复记忆。他不再去追求完美的爱，因为他所做的种种明智选择，已经移除了横亘在他与完美实相之间的一切障碍。

他的圣爱，一如神的爱，毫无保留，非个人性的，不加拣择，而且是无所不容的。他对所有的人，上自教师，下至妓女，都一视同仁。他已非关形体的存在，不再是一个人而已，他已经“穿越了针孔”，恢复了与上主同样的纯灵身份。

这就是“纯粹一体”的境界，属于一种心境，在圣灵的指引下，回归本来面目。你和J兄都是一样的，我们全都一样，此外无他。但你还需要一些训练和修持才可能经验到这一境界。

葛瑞：我曾听某位老师说：“我是上主的创造同工（co-creator）。”这是真的吗？

阿顿：不是在你目前这个层面上，只有在天堂里，你才真的算是上主的创造同工，因为在那儿，你跟他既无相异之处，跟他也无任何隔阂，那你怎么可能不是他的创造同工？但在人间，你仍有门路可循，只要像J兄一样，接受圣灵的思想体系，反映天堂之律，那便是你回家之路。

我们会慢慢深入“纯粹非二元论”的特质，以及如何在生活中实践的问题。此刻，你只需试着铭记于心，上主是完美的爱，他不是任何东西，你也一样。事实上，你根本就是上主之爱，你真实的生命与他同在，你会像J兄一般，慢慢了悟，甚至亲身体验到上主并不在你之外。形体不过是你为存在画地自限而已，你再也不会把自己视为一具脆弱的身体或任何有限之物了。反之，你会悟出自己纯粹属灵的真实身份，那是永恒不变、凛然不可侵犯的。

葛瑞：你知道，我最近听到不少人嘲弄这类灵性观念。有个人，他原是魔术师，现在自称为“专门拆穿西洋镜的怀疑论者”，这类人通常会说灵性的话题缺乏科学根据。他主张我们应随时聆听身体感官与经验给你的讯息，我该怎么应付这些人呢?

阿顿：宽恕他们吧！我们会告诉你怎么做；这类人真可怜，丝毫不觉察他们已经像恐龙一样过时了。他自认为重视科学，难道爱因斯坦不算科学家吗?

葛瑞：我想爱因斯坦比他有名多了。

阿顿：你可知道爱因斯坦怎么形容人世的经验?

葛瑞：他怎么说的?

阿顿：他说，人的经验乃是他意识中所产生的视觉性的幻相。[3]

葛瑞：爱因斯坦说过这话?

阿顿：没错！你那专拆西洋镜的朋友，在做假设前提时，应该谦虚一点。那人其实非常聪明，可惜没有用在正途上。但是，我们来此不是为了谈他的事情，时候一旦到了，他自然会认出真理的。

还有，不要期待他或世界会蜂拥到你家门口，向你求教。你只需看一看J兄最后一天被钉在十字架上的景象就知道了。你真的认为当时在场的人真想聆听他最后的遗言吗？你真的认为其他的外邦人会比那群犹太人更有智慧吗？算了吧！那些西方人得等到一千两百年以后才开始学习阿拉伯的数字和算术呢！当时他们忙着烧杀掳掠，整个欧洲大陆根本还锁在黑暗时代里。

葛瑞：你是否在说，西方宗教是黑暗时代的遗物?

阿顿：我只是说，欧洲人和世界各地的民族一样，都还没有准备好接受真理，娑婆世界并不真想由梦中醒过来；娑婆世界只想要一点蜜糖让它好受一点而已。

---

[3] 眼睛所接收到的影像其实是外界物体的颠倒形象。——作者注

但蜜糖的设计就是要让你继续恋栈于娑婆。

> ✡ 娑婆世界并不真想由梦中醒过来，娑婆世界只想要一点蜜糖让它好受一点而已。但蜜糖的设计就是要让你继续恋栈于娑婆。

白莎：这样跟你概要性地讲解了灵性发展的过程以后，你才会明白为什么J兄会说："你们要从窄门进去，因为宽门和大路导向丧亡，但有许多人喜欢走大门。那导入生命的门是多么窄，路是多么狭，找到它的人的确不多。"当时他并没有用末世毁灭的论调来吓唬那些不肯去走那一窄门的人，他只是告诉他们，他们目前的生活，并没有活出真正的生命，然后为他们指出生命之路。

你们在此经验到的只是死亡与毁灭，J兄却找到了出离之道，因此他说："欢乐吧！因为我已战胜了世界。"如果他不是跟你同样是有课程待修的凡人，哪里需要去战胜世界？他的人生体悟多得不胜枚举，我们当时却懵懂无知，他所悟出的道理最后都可连结成一贯的思想体系，那便是圣灵的思想体系。例如：他知道古经的某些经文未能反映出完美而平等的圣爱来，所以不可能是上主的话。

葛瑞：例如？

白莎：有些例子，明眼人一看便知。例如，你真的相信《利未书》第二十章所说的，上主告诉摩西：淫妇、术士、灵媒、同性恋都该处死？

葛瑞：确实过分了一点，我一向对灵媒颇有好感的。

白莎：正经一点！

葛瑞：正经地说，不，我不相信神会说出这种话来。

阿顿：于是，你面对了一个基本（fundamental）的问题。

葛瑞：哈！这基本问题（funda）一定属于心理（mental）方面的。

阿顿：世界的出现本来就显示了人类的心智出了问题。但我们此刻所要指出的是：人们硬要融合两种根本无法相容的思想体系。我指的不是新经与古经的问题，它们的分歧点主要是针对J而发的，不是针对真神，但初期教团想尽办法要把J跟旧时代连线，结果他们最多只能编出一部"新版的旧时代思潮"而已。

我们要对照的是世界与J兄两套不同的思想体系，不论在古经或新经中，你都能看到世界的思想体系的阴影，但你却无法在它们当中真正看到J兄的思想体系；虽然你偶尔也能从沙中淘金地瞥见J兄的踪影，但最多也不过如此了。

我不是在比较犹太教或西方宗教哪一个比较地道，我已经说过，所有的宗教里都有圣贤，也有庸才，然而连这个都是虚幻的，因为J兄早已看破这一具身躯的虚幻。

说到这里，你已经看到了那个使得世界的想法与J兄的想法势不两立的关键因素，因为J兄所讲的真相与形体毫无关系，而世界的想法彻头彻尾与形体脱不了关系，而且还把那形体视为真实的你。

即使有些人的眼光偶尔能够超越形体之上，但仍然会把个别存在的意识抓得紧紧的,那种自我意识其实跟一具身体没有两样。事实上,正是这种分别意识，以及由它生起的纷纭万象，你把自己继续囚禁于人影幢幢的娑婆世界里。

你认为我们的恩师为什么能够一反当代的习俗，对男男女女一视同仁？

葛瑞：还是你告诉我吧！我猜他不是想跟那些女人胡来吧！

白莎：因为他从不由外在形体的角度去看人，他本人没有“男女”的观念。他知道每个人都是个灵，不受任何限制，因此也没有男性女性的分别心。现代女性主义老想鼓吹女性的伟大，把女性称为女神，把神的代名词改成“她”，真是有趣！这些努力不过是以讹止讹而已。

当J兄用大写的“他”来称呼上主时，不过是沿用古经的语言，一种比喻而已。他若要与人沟通，不能不用一些比喻，但你们把一切都看得太严重、太刻板了。J兄深知,真神是没有性别的,人也一样没有,因为他们并不是真正的人，你如果不是这一具身体，怎么可能称得上是个人？这事远比你目前的种种疑问更值得去推敲。

J兄既已悟入了真理实相，故能对一切形体一视同仁，反正都不是真的存在。为此,他的眼光才可能完全越过外形而看到永恒不易又永恒不朽的灵性之光，那才是我们所有人的唯一存在真相。

总之，我们那时跟你们大家一样，只想去看或听我们想要看或听到的事情，并没有真心聆听J兄教导的一切，只想用他的话来证明自己的看法是对的，为自己活在这一具身体内的特殊经验撑腰。很自然的，我们也把他当成一个有形有相而且极其特殊的个人。当初我们都是这样看自己的，而至今你们仍是如此看待自己。

纵然我们中间有几个人显得比较有学问，其实，早期门徒的信仰单纯得很。J兄被钉死之后，我们都看过他，但我们那时还无法了解他的整套教诲，所以各门各派众说纷纭，例如，说他将来会以同样的方式重回人间，还会把我们带回天国去。

在我的福音中，J兄说过，天国早已来临了，只是人们看不见而已。总而言之，我们从一开始就意见分歧，绝大多数的门徒仍怀着期待，等着他重返人间。

一年一年地过去，环境愈来愈难熬了，一些团体领袖为了继续维系人们的信仰热忱，不能不因应当时的需要而发展出一个新的宗教来。

没有多久，就有一批人把J兄塑造成超越一切个体之上的特殊人物。他们早已相信上主创造了一群随时会犯错的亚当夏娃这类不完美的人，活在充满缺陷的世界。丝毫不顾逻辑上的矛盾：上主既能创造不完美之物，表示他自身亦有不完美之处；否则他就是故意创造一群会犯错的人，借机来惩罚他们，把他们遗弃在这个疯狂的星球里受苦受难。

葛瑞：经你这一讲，确实不合乎情理，那一套思想体系实在有辱真神的本性。

阿顿：如此一来，神的形象成了可怕的象征，而非爱的象征。我们无意蔑视这个宗教，但我们必须提出一些值得讨论的问题，你们社会里很少人愿意去碰这个问题。

J兄在世时，确实是有史以来灵性发展得最高的人物，但每一个人，包括你在内，迟早也会达到同样境界的，绝无例外。J兄与其他人毫无不同之处，只是他已彻底了悟了，没有一个人会被弃于天堂门外，因为我们都是同一个生命，并非你目前梦境里形形色色的人物。

葛瑞：你是说，连杀人犯都会上天堂吗？

阿顿：即使是圣保罗（他原先叫扫罗，为了入境随俗而改名为保罗，他在改邪归正之前，也是个杀人凶手）。你这个问话显示你还不明白我们所要说的重点，根本没有圣保罗的存在，他并非是真的，没有一个人是真的，包括J兄在内，都是梦中幻影而已。说到究竟，什么人也没有，真正存在的，只有一个上主之子，就是你。

你迟早会懂的，只是还需要修持一段时间，才可能经验到这个境界，但你必须先有这种意愿。我知道你确有此愿。

葛瑞：如果我们都在做梦，为何我们尽管各有各的梦境，却会有类似的经验？就像我们从不同的窗口看去，看到的却都是同一座山。

阿顿：那是因为终究来讲，整个世界只是一个人生大梦，这解释了人们共有的经验；但心灵会在幻境中把自己分裂成小小的单元，再从不同的角度去看同一个梦，这解释了你们个人的经验。

这一访谈难免会勾出你许多疑问，这是意料中的事情，并无大碍，但还是请你尽量不要偏离主题。其他的事情，我们日后自会谈到的。

葛瑞：好吧！你说，J兄认为所有的人和他自己跟真神都一样，都具有无限的生命，同样的完美，如果我们在他人或真神身上看到了不同的本质，其实都是潜意识中我们对自己的信念的投射而已。

白莎：我知道你并不像看起来那样笨，你知道我是说着玩的吧！

葛瑞：当然，我只是走运，有个灵界的上师来找我麻烦。

白莎：这个麻烦也是幻相而已，纯粹是为了教学的目的。让我再提醒你一点……

葛瑞：你说吧，我哪有选择的余地？

白莎：你当然有！言归正传，你该明白，当初身为犹太后裔的我们，打从心里相信我们的宗教才是人类由多神教进化到一神教的一个大跃进。我们当时毫不知情，一神教其实是源自古埃及的Akhnaton派，经过我们的推广而演变成一神论。说穿了，那不过是把过去“一切神明”好好坏坏的性格特质一股脑地套在“一神”的身上而已。

葛瑞：你是说，我们送走了“一群”糊里糊涂的神明，迎来“一个”糊里糊涂的神？

阿顿：说得好。你当然懂得，事实上，只有一个真神，他从不糊涂，也不会乱来。那已经宽恕了世界的J兄也是如此，他的心灵已经回归圣灵根源了，那也是你心灵的归宿。你曾把心给拐跑了，现在你得把心归还原处。[6]

而且容我提醒你一声，你若不这样做，是不可能真正快乐的，不论你这一生梦到自己有多大的成就，你里面始终会感到自己缺了什么，因为在梦幻世界里，你确实缺了某个东西！

葛瑞：你说，你会告诉我，J兄是怎样的人，让我想起，大多数人都认为他姓 Christ（基督），名叫 Jesus（耶稣）。

白莎：是的，姓与名之间，还有一个H呢！幸好，大多数人都知道，基督只是希腊文的一个心理学名称，可以套在任何人身上，并不是J兄的专属名号。我告诉你，当J兄被钉死后，数次向我们显现，我们每次想要描述给别人听时，都感到词穷，不知从何说起。哦！对了，忘了跟你提一件事。

葛瑞：连你也会忘事？真丢人，若再犯一次，你就得接受审判了。

白莎：我要说的是，我们当初有少数几个人对复活事件有所存疑，我们认为复活只是发生在心理上的经验，跟这具人身并没有关系。这一论调被保罗和古代宗教彻底推翻，却在诺斯替“灵知”教派（Gnosticism）中传留了下来；我后来才搞明白，这一说法其实完全正确。

这一切，都不是所能教你的，却也因此促成了阿顿跟我来此的因缘。我们要教你J兄的新课程，这些讯息，以后都会有科学印证的；古经里许多说法如今已经被科学推翻了，科学还会继续证明它的谬误的。凡是真正来自上主的讯息，本来就该经得起科学的考验的，不是吗？

依照福音的记载，我有时被人称为“缺乏信心的多玛斯”，和J兄的遭遇差不多。你们都被福音里多玛斯的故事给误导了，传说中的故事往往反映不出历史的真相，虽然许多人宁愿如此相信。圣灵真实的教诲所带给人的经验，都是不证自明的。

葛瑞：那么，历史上的J兄又是怎么一回事？

白莎：他从来没有咒死过任何树木，也不曾在圣殿前大发雷霆，掀翻商人的桌子；不过，他倒真的治愈了几个已经宣告死亡的人。他的身体也确实死在十字架上，但不是你们所想象的那般惨烈。

至于他的临在，是完全无法用一般言词来形容的。那种经验如此特别，只会让你神往不已。他那稳定不移的平安与爱，能把你完全罩住，有些人甚至会受不了而移开自己的眼光。他的心境如此平和而肯定，让你震慑，一心只想知道究竟他是怎么达到这种境界的。我们那一批人有不少和他独处的机会，就以我自己来说吧，每次和他私下谈过话后，都会被他对上主的那种全然信任而鼓舞不已。

这里有个经常被人误解的吊诡现象：J兄彻底地依靠上主，而这种依靠，绝非世间眼中的驯服或无能，反而带给他一种境界，那种境界充满了不可思议的心理力量。吓唬得了猛士悍将的事情，也无法动他分毫，因为那些事情在他心中根本不算什么，他内心没有恐惧。他对世事的心态好比你昨晚做的一个梦，不同的是，你当时很清楚那只是一个梦而已。正因为你知道自己在做梦，自然知道梦中的一切绝对伤害不了你。你也明白，梦里的一切都不是真的，自己只是旁观种种象征性的影像而已，它们其实并不真的在那里。

J兄与我们私下相处时，常说世界只是一个无足轻重的梦，但大部分的人都没有准备好接受这种观念，因为他们所经验到的，不只与此说相反，而且强势得让你难以招架。J兄还进一步强调了，知道世界是个幻境，还不够，诺斯替“灵知”教派以及初期教会都说世界是个梦，印度称为玛雅，佛教称为无常，意思大同小异。但你若不知道做梦的企图何在，不知道该如何去诠释梦中的形象（这一点，我们日后还会深入），那么“世界只是梦幻泡影”的概念，对人并没有多大的益处。

当时，他也曾说过，时机成熟时，圣灵会教导人们这一切，让人们明白，只有上主才算真实的存在，我们这回前来想要与你分享的正是J兄这个新教诲。J兄在世时，有时会在我们私下谈话的最后，撂下一句话："上主永恒如是（God is）！"就离开了。[7]

还有一件事，人们很少提到的，J兄挺有幽默感的，有时还不太正经，他喜欢大笑，引发别人内在的喜乐。

✡世界只是一个无足轻重的梦，但你若不知道做梦的企图何在，不知道该如何去诠释梦中的形象，那么『世界只是梦幻泡影』的概念，对人并没有多大的益处。

葛瑞：这样还算是大彻大悟的人？

阿顿：当然，不过我们最好再澄清一下，我们并不是说，在人生梦境里，他比较清醒一点而已，而是说，他已经由梦中觉醒过来了。两者之间可说是咫尺天涯。真的，葛瑞，在梦境中显得比较清醒，会给大部分的人一种"悟道"的形象，但这绝不是我们所要说的。你可以把一只狗训练得更机警，引人注目，活出它所谓的"一生"所有的潜能；你也不难教人提升他们的意识境界，你甚至有办法找出一套更聪明的"思考模式"，为你的梦境带来更多、更好、更不同的东西。但J兄已经完全出离了梦境。

他并无意改善你的幻境，也不会教你怎样发挥潜能，表达自己，让你死而无憾。那些技巧也许会带给你一时的满足，但你仍是在沙堆上建造城堡。

当然，J兄不会反对你在人间活得更好一点，但他关心的不是你接受"什么样"的指引，而是那个指引究竟来自"哪一个"源头？因为他知道，你若忠实地追随圣灵的指引，那源源不绝的智慧宝藏就在你的指掌之间。他真正的目标不在美化你的人生，而是要将你由你自认为的那个人生中唤醒。那样，你的城堡才算是建造在岩石上。

J兄的讯息不是帮你去修整世界，想一想，当你的肉体眼看着就要消逝时，你要把这个世界扛到哪里去？这个世界，你可以尽量美化它，但你无法把它带到任何地方去！

葛瑞：这些观念好像在某些福音中提到过，后来却被传统教派否定掉了，不是吗?

白莎：你这说法，算是客气的了。在许多案例中，好几部福音已经被传统教派毁掉，人们再也读不到了。现代人忽略了一桩事实，当君士坦丁大帝尊奉某一宗教为罗马帝国的国教时，根据这一法律，其他宗教或灵修学派顿时变成“非法”组织了。

这情形好比是你们的国会突然通过了一项法案，规定凡是与“右派政客联盟”见解不合的团体，一律禁止，任何异议者都将视同罪犯来处置。

白莎：君士坦丁大帝是军人、政客，杀人无数，他除了处心积虑地扩展权势以外，没干过什么正经事。他看到当时的教会在罗马帝国内已经成了最受欢迎的宗教了，他只是拥“宗教”而自重而已。对于这些杀人不眨眼的人，你不至于认为他真的有什么宗教修养吧!

葛瑞：不也有人相信“圣战”是合乎天理的吗?

阿顿：“圣战”！又一个自相矛盾的大帽子!

葛瑞：连近人 Edgar Cayce 也说过，战争有时是必然的。

阿顿：“神圣”与“必然”之间可有天壤之别。Edgar 是个颇具天赋与品格的人，但他会毫不犹豫地告诉你，他不是 J。J 兄对于这类“宗教暴力”的说法只会一笑置之，整个世界对他都是很好笑的事。

葛瑞：好吧！让我们再回到那个君士坦丁以及早期教派上去。你说，其他几部福音以及有关 J 兄的不同观点都被传统教派废除了?

白莎：不错，这让你不得不重新去看一看历史为你们保留下来的东西。你大概以为我们正在给你另一个修正版的历史，却不知道，整个历史都是经过修正的版本，不论是宗教史、自然史或政治兴亡史。说真的，你根本不知道你们真正的历史。不论你把历史称作 history，或是女性主义改成的 herstory，都是根据“胜者为王，败者为寇”的原则而写出的。

如果轴心国在第二次世界大战中获胜的话，你们今天大概就会读到希特勒、墨索里尼和日本天皇是何等的时代伟人，只有极少数不怕死的地下分子会讲出犹太集中营与南京大屠杀的真相。你们算是幸运的一代，同盟国最后获胜，今天才能自由地学灵性课程，而不是去读法西斯主义。历史上并不是每一个时代的人都这么幸运，有权相信自己想要信的东西。

J兄被钉死以后，我的宣道活动大多集中在叙利亚，比保罗早了十四年。我也长途跋涉到过埃及、阿拉伯、波斯甚至印度。我为J兄作的见证相当直接而单纯，完全根据我由他那儿听到的，包括他公开的演讲和私下的教诲。在那段期间，我们并没有刻意渲染J兄的事迹。其中最早的一部福音，称为《福音语录》(*Sayings Gospels*)，就是根据门徒口述而记录下来的J兄言论。

后来被编入“正统福音”的种种故事，都是后期的创作，它虽然排在保罗书信的前面，其实比保罗书信晚了二十到六十年。由于我当时只引用J兄的公开和私下的言论，还有我与当代人来往的信件，包括我的福音在内，常给人一种比较理性的感觉。不论如何，我福音中许多说法对当时中东文化的意义远大于对现代西方文化的冲击。因此，我只举出几个对你们可能比较有意思的观念来讲。

在美国城镇长大的你，可能很难相信我的说法。当时的阿拉伯世界在各方面都比欧洲或罗马帝国先进多了。你的历史包袱，让你以为欧洲是世界文明的高峰，其实，跟中东皮特拉（Petra）城相比，那时的欧洲简直像个贫民窟。

埃及的金字塔也不像你们今天所看到的样子，它壮丽的外表，和磨得发亮的石灰岩，你在百里之外的沙漠，都能看到它熠熠生辉。埃及的亚历山大图书馆，拥有上百万种文件，囊括了人类历史累积的知识之总和。我们都知道它的命运，一部分毁在入侵的罗马人手里，又历经一连串匪夷所思的人为糟蹋与掠夺，再加上几场火灾……

我说这些，并无意把幻境当真，也不想把梦中故事讲得更诗情画意，我们只是点明事实，让你知道你们的历史观经过多少扭曲。你们罔顾黑暗时期，认为那时的欧洲文明好似比起世界各地都更为文明。其实，那时最野蛮的地区首推欧洲，不论是北方的族群、罗马族群或是后来的教派族群，他们的暴虐事迹证明了他们的野蛮。可想而知，他们对J兄教诲的诠释，也不会高明到哪里去。

没错，后来当其他国家开始衰退、没落之际，欧洲的情况慢慢好转，但传统教派在这之前已经成型了。不仅如此，它还全力抵制欧洲文艺复兴运动，而这正是它的一贯作风，只要是不合乎它狭隘鄙俗的神学的，它一律予以销毁。

葛瑞：你对西方宗教的看法好像不太友善。我所认识的信徒中大多数都是好人。

阿顿：我并不是说教会里没有好人，也不否认基督徒有时确是“地上的盐”，但这个宗教龙蛇杂处，世界既是人心的投射，它便成了龙蛇混杂的一个大袋子。人心若想得到治愈，必须仰赖这个袋子以外的东西。总而言之，别以为你们很知道自己的历史，其实，你们所知道的，只是极小而且相当扭曲的一部分。

✵ 人类这种生命形式的存在，已经在地球上开创过也毁灭过许多高度科技文明了。开创文明，再毁灭文明，你们一直在重复同样的模式。

再看一看自然史，人类在地球上的存在，远远早于你们科学家愿意承认的年代，即使证据确凿，科学家也不敢公布这类资讯，唯恐有损他们的职业声誉。他们的研究若不符合当代的科学“典范”（paradigm），就申请不到研究经费；没有钱，一切研究计划只好停摆了。

别寄望你们的政府以及接受企业资助的高等学府会在不久的将来向你们透露真相。事实上，人类这种生命形式的存在，已经在地球上开创过也毁灭过许多高度科技文明了。开创文明，再毁灭文明，这一模式在地球上已经重演过好多次，你们只是浑然不觉而已。传说中的亚特兰底斯（Atlantis）不过是其中一例而已。你们一直在重复同样的模式。

伟大的灵魂甘地曾提醒世人说：“人生除了往前冲以外，还有更值得活的事情。”世界从他那儿学到的非常少，却还以为自己学到很多智慧。

现在，我给你一个预言，你将来会写出一部关于我们的书，把我们的对话内容流传出去。

葛瑞：写书？我连支票都写不好。

阿顿：这是一个让你发挥记忆力的大好机会，还有你记的这些笔记。

葛瑞：如果我跟别人讲你们现身于我家的事，鬼才会相信呢！

阿顿：事实上，有些人会相信，有些人不信。这样吧，让我给你一个建议，帮你开始时安心一点。你何不试着“不要企图”去说服别人，就像讲故事一样地开始，好像是你编出的故事，甚至告诉他们，一切都是杜撰出来的？弟兄，这正是我们所要传递的关键讯息。

葛瑞：我不敢说，我大概连标点符号都搞不清。

阿顿：那又有何妨？只要人们看得懂书中某些观念就够了，不要担心细节问题，只需写出我们跟你讲的这一切。讯息本身比什么都重要，而非传递的形式工具。就算你的标点符号搞错了，实质内容和它的一贯思想自然会弥补这些缺陷的。此外，你若试着祈求圣灵协助，你会惊讶地发现，一切问题都会迎刃而解。

葛瑞：你这建议不是跟你先前所说的自相矛盾吗？你说过，我若不想告诉任何人的话，我就不需要说什么；你也说了，你不会告诉我将来会发生的事情，不是吗？

白莎：我们不会告诉你未来的事情，如果你不想写的话，就不要写；就算你写了这一部书，但如果你不习惯公开演讲，你也不必成为公众人物的。你不喜欢在大众场合说话，对吧？

葛瑞：我情愿坐针毡，下油锅。

白莎：不必这么夸张，我的意思是，你想做或不做什么，悉听尊便，只希望你聪明一点，别只身奋斗。有时间的话，不妨问一问J兄或圣灵，让他们来帮你做决定。

我们之所以这样有把握，因为将要发生的事情，其实已经发生了。我们并非给你什么特殊任务，只是告诉你已经发生的事情。以后我们还会回到这个问题上的。

葛瑞：我还没告诉凯伦这件事情，感到有些不安。如果她在场的话，也能看到你们吗？

白莎：当然！我们投射出来的形体跟你们的肉体具有一样的密度，只是脑袋不太一样。我是说着玩的，任何人都能看到我们，就像看到你一样。可是你暂且别让她知道，可能对她更好。

葛瑞：怎么说？

白莎：你若现在告诉她我们的事，她会相信你，但那会改变她的生活轨道，引出一连串不必要的事情。你最好等我们的“示现”结束以后再告诉她。目前我们只希望你一人参与此事。

葛瑞：我可以为你们拍照，录下你们的声音吗？

阿顿：可以是可以，但最好不要，理由有三：首先，你很想向别人证明我们的存在，但你随便请一位演员，一样可以扮演我们的角色，假冒我们的声音，这并不能证明什么；其二，我们并无意去说服任何人，证明你没说假话，我们的目的不过想分享一些观念，帮他们这一路上走得顺当一点而已；其三，利用我们的现身来诱使人们相信我们，有违我们教导的初衷。

我们会提供一些具体的应用方法，让人们得到一些具体经验，借着这种教学方式来巩固你们的信心，这才是比较究竟的方式。

葛瑞：万一别人排斥你们这套说法，或是有些人中途而废，去找其他法门……

> ✡所有的无知，其实都是一种压抑，它是为了某个理由而造出的结果罢了。

阿顿：这将是绝大部分人的反应，但总会有一小部分的人踏实地修下去，而且获益良多的。我们说过，别担心这些枝节问题，没有任何学习经验是白费的，不论你们学到什么，永远都会存留在心里，不可能失落的；即使你意识不到，它仍在那儿。为此，你大可不必担心你这辈子可能到不了天堂。

你其实是心知肚明的。

葛瑞：酷！所以没有一个人真的像我们外表看起来那么笨！

阿顿：没错，所有的无知，其实都是一种压抑，它是为了某个理由而造出的结果罢了。我们将来还会谈到的。

葛瑞：嗯！很有意思，你说的种种，都是我第一次听到的，心里却生出本来就是如此的共鸣。

阿顿：那是因为你前几世对这类灵性哲学并不陌生。过去几年里，你也曾经看过自己前几世的形象，你具有看到神秘意象的天赋。这一世，你之所以会有许多灵性经验，是因为过去几世的学习成果仍然存在你内，这也是你为什么会热衷灵性的追求，就像鸭子热衷于水塘一样。

葛瑞：你可以简述一下我的过去吗?

阿顿：我可以很简单地讲一些。记住，过去那些事情并不会让你显得独特或与众不同，每个人到了最后都会被类似的东西所吸引。

有一世，你很幸运地拜在犹太神秘学派 kabbalah 的伟大先知 Moses Cordovero 的门下，他有句名言："上主是一切实相，但并非一切实相就是上主。"这句话说出了一个非常重要的观点，成了 kabbalah 派与一般泛神论的重要分野。

在你的轮回道上，有一站，你是神秘学派的苏菲（Sufi）。

葛瑞：真有趣，犹太人与阿拉伯人如此不共戴天，其实，在许多世纪里，他们两边都活过。

阿顿：说得好！即使在有形的层面上，阿拉伯与犹太人，塞尔维亚人和伊斯兰教徒，基本上都是一样的。这显示出，人们是如何不惜任何代价也要显得跟别人不一样才行。这是人们共通的习性，只不过有一些例子在我们眼中显得特别极端而已。

即使今日，犹太人、黑人、印第安人一样觉得历史对不起他们，绝大部分的人如果知道他们过去几世是怎样做尽坏事，迫害他人的话，一定会大吃一惊。同理推之，许多童年遭到虐待的受害者，在他们这一生内，很可能摇身一变，成为虐待别人的迫害者。受害者与迫害者的双人舞就这样不断地演下去，让每一个人都有机会穿上正义法官的血腥长袍。

当你还是苏菲的那一世，你精进地修炼"一体"或"一神"的观念，颇有成就，你能透过表面分立的事物悟出那就是真神的实相，也认清了万物的无足轻重。你特别喜欢《古兰经》的一句话：“一切受造之物都得承受断灭之苦，而那儿恰是上主崇高而富裕的面容所现之处。”

你同时了悟了，每个幻相的核心都会变化；你身为佛教徒的那一世，知道那叫无常、空幻，它的反面则是净光（Clear light）。这一切学习经验，正好与你在另一世所学的相互呼应，那就是柏拉图的学说。他在演说与著作中提到世上一切不完美事物背后的完美理念，他称之为“至善”（the Good），还把它描述成永恒的实相，驾驭于一切荣衰、浮沉的循环之上。

六个世纪以后，你的另一位老师，新柏拉图学者，名叫普罗汀（Plotinus），沿袭柏拉图的学说，又往前推了一步，说：“至善，是至上的一位。”（the Good is the One）他企图把这个至善界定为万物的终极根源。

然而，我们敢这样说：除了J兄以外，历史上所有伟大的哲学家几乎都不了解这世界究竟是“从何”而来，尤其是，这世界究竟是“为何”而来的。

葛瑞：柏拉图的宝贝徒孙普罗汀大概也只是抄袭柏拉图的学说而已。

阿顿：你再口无遮拦，就要被罚了。你现在应该听得出我们什么时候是说笑的了吧！言归正传，柏拉图在世的话，大概会很喜欢普罗汀。

在此要提醒一下，我们所说的每一个事件，对你而言，都是一生的经历，我们只能简单地一语带过，只为了让你看出，你确实花了好几辈子研究过它们了。

永恒不易的实相，这个观念不可轻忽了。为什么？让我们先看一看“阴”与“阳”的观念，你有好几世投胎在远东地区，学过道家与佛家的传统。

葛瑞：乖乖，我还挺会跑的呢！

阿顿：每个人迟早都会这样绕一圈的；说到究竟，其实它们全都发生在当下。爱因斯坦说过：过去、现在与未来是同步发生的。

葛瑞：那个爱因斯坦可真灵光啊！

阿顿：对，但他却不知道，这一切其实根本没有发生过，你迟早会明白的。就以我们今晚的聚会为例，结束时，你会觉得我们在此跟你混了好几个钟头，其实，根据你手表上的时间，才过了 20 分钟。

（此刻，我瞄了一眼手表，果然，只过了 11 分钟，我却感到白莎和阿顿已经跟我讲了一个多钟头了！）

葛瑞：嗬！还真不是吹牛！我手表的秒针走得挺正常的，你这花招可真开了我的眼界！

阿顿：放心，我们知道这次对话是最长的一次，所以我们决定在时间上动一动手脚，以免让你熬夜，我们知道你需要充足的睡眠，明天你还得干活呢！

时间是可以改变的，虽然你的经验属于直线性的，但你其实是“非直线性的存在”。我们通常不喜欢玩这些花招，但以后我们还会玩一下空间的花招（不是外太空的空间，而是指一般的空间），无非为了让你明白，你也不是“空间性的存在”，而是“非空间性”的存在。若用物理学的说法，你的经验虽然属于区域性（local experience）的，但你其实也不属于“区域性的存在”。

言归正传，我们刚才提到阴与阳的学说，也遇到类似的情形，这类学说一样存在于其他著名的哲学及灵修体系中。阴，属于被动阴柔之气，阳，属于主动阳刚之气；阴所代表的原始意义是这样的，它源自“道”，绝对的寂静，但是“道”无法反观自身的存在，故一分为二，显现于外，于是出现了一股状似永远变易、生生不已且相互消长的平衡能量。我只能如此点到为止，我不想全盘搬出道家思想发展史，那过程可长的了，你对这类概念不太陌生吧！

葛瑞：不陌生。所以，新时代的观点其实是非常古老的，连柏拉图的观点都得借助于他的先贤们。

阿顿：我们都是如此，连“至上的一位”（the One）的概念也不是新创的，但柏拉图仍不失为一位杰出的哲学家。J 兄的境界虽然高出他一大截，仍然十分推崇他那洞穴神话（The Cave）的故事。

葛瑞：我记得那故事，小时候，我妈妈曾念过这故事给我听，我记得那时感到这故事挺恐怖的。

阿顿：你可想过，你母亲明知你不可能真正了解这故事的意义，为何还要选这故事?

葛瑞:因为她要开启我的思想,让我知道,除了社会塞给我们的一堆垃圾以外,还有许多不同的观念存在。

阿顿:正是,她是个很不寻常的母亲,我们等一下再回到这个故事。我们说到,阴与阳背后的含意,这和其他种种哲学思想并没有太大的不同,不幸的是,它也犯了其他学派一样的根本错误。阴与阳不断相互消长,你能在一切阳中找到阴,也能由一切阴中找到阳;同时,世界嘲笑人生这样转啊转的,直到你忍受不了为止。

然而,哲学只假定意识、气及知见都是构成生命的要素,却从未深究这一观念的漏洞,等你听完我们讲的话以后,便会明白问题的真相了。我们也会借着第一次复习,教你怎么去处理这些重要的人生因素。目前你只需记住一件事:这些灵性祖师们私下都已实证出,有个不易而永恒的"至上的一位"(the One)存在。在这方面,他们确实说对了!

还有一个观念他们也说对了,即是,凡是不在"至上的一位"(the One)之内的,就是虚幻的,连我们用来分别一物是善是恶的这类基本判断,也同样的虚幻,因此,我们才会说,所有的判断都是站不住脚的。

葛瑞:你说的就是《薄伽梵歌》(*Bhagavad-Gita*)所谓的"痛苦等同于喜悦……"。

阿顿:对,你讲话有点儿像聪明的印度人了。你有一世是印度人,那时,聪明的你对政治活动一点儿兴趣都没有,你只用它来帮你认清世事的虚幻。然而,认出万物的虚幻只是J兄所教的宽恕课题的一小部分而已,并非全部。接下来,好戏快要上场了,你已经不知不觉地成为地下分子J兄的同伙了。

葛瑞:什么意思?

阿顿:我们很爱J兄,他像是引领一群孩子回到天乡的一盏明灯。有一次,我和他在一起时,谈起宽恕的话题,他说我已经成为地下分子J兄的同伙了。他后来解释,这不过表示我的思想路线愈来愈接近他的了。他说,那时他才能够深入我心中，甚至比我还接近我自己，因为我开始能用同样的内在智慧去思考或看事情了，这就是所谓的“灵性慧见”。

我们说过，这和肉眼之见是两回事，虽然那些“内在智慧”所展现的“外在标记”有时也是肉眼可见的。让我们再提醒一下，无法看到这类标记的人，不该感到难过，或自叹不如人，这种能力并不必要，只是有些人像你一样具有这类天赋，有些人则有其他的天赋，这些外表的特异功能其实都是多余的，我们关心的只是它背后的“因”而已。

当然，J兄既然已经与圣灵全然认同了，他对我说的那一番话，不过是要我和他一样接受圣灵的思想模式，而非和他那具血肉之躯认同。要是有人对J兄之名感到不太自在，他们随时都可以换成圣灵。只不过，当你还把自己看成一具形体或灵魂时，如果你感到有个跟你一样具体的人（而不是一个抽象的灵）在一旁帮你慢慢跨越有形的象征，效果可能更好一点。

葛瑞：克里希那、佛陀、琐罗亚斯德或其他一伙祖师爷们还不够用吗？

阿顿：如果够用，你就不必去学J兄的那一套了。你认为他们讲的都是同一回事，但在内行人眼中，几个重要的分野，足以失之毫厘差之千里。我们无意贬低其他学派，反正所有的人最后都会抵达同一目的地。事实上，他们已经抵达同一目的地了，这一说法已经超越你目前的了解极限，你还没有准备好。目前，只需记得一事：你若决心与J兄合作，大可放一百个心，他一定会帮忙的。

白莎的福音有一两处为你做了很清楚的解说。

葛瑞：我正耐心地在此候教。

阿顿：我知道，我们快要进入那一主题了。让我们把你的轮回故事做个总结，你有几世活得不错，也有几世好像虚度了。你不时梦到它们，有些是噩梦，有些是好梦。让我问你一下，你还常梦到自己是个印第安人活在大河交会的那个城镇里吗？

葛瑞：你怎么知道？喔，我忘了，你是无所不知的。

白莎：对，我只是提醒你，我们只能用你所懂的词汇和意象来教你，你已经轮回上千次了，包括各门各派的教会，还加入过别人听都没有听过的宗教。例如：在你身为土著的那一世，你经验到某种灵性世界，你当时称它为 Ika，你感到它是如此的真实，甚于你醒时的世界。

在你所有的前世经验里，有一世最为丰富，那时，你拜印第安的灵性大师“伟大的太阳”（Great Sun）为师，两人亲密如友。一千年前那个人口聚集的城市，跟 19 世纪初期的波士顿或费城差不多大，散布在目前的圣路易斯城附近，只是居民中没有一个白种人。那时已经有房子了，不是印第安人的帐篷（teepees），当时只有在草原上随着季节迁徙的游牧民族才使用帐篷。

你当时是住在城内的印第安人，你认识了传说中“来自太阳而冥想于天地之间”的这位智者，人们尊称他为“伟大的太阳”，远在白人将古经引进美洲的前五百年，他已经废除人头祭，发布近似“十诫”的诫条，传授类似 J 兄的道理。他有点儿像现代的皇帝或教宗，当地的百姓基于爱慕和尊敬，为他建造了一座让人叹为观止的建筑。

那时印第安人虽然还没有书写文字，那城市的名称若用今天的文字写出的话，近似 Cahokia。“伟大的太阳”英名远驰于整个美洲内陆，几条大河将这城市和美洲其他区域联系在一起。你当时是靠交易皮货为生的，你总是不忘向与你交易的其他族人分享你恩师的教诲，然后高高兴兴地回家，继续和这位觉悟的灵性导师学习。

葛瑞：我心里确实常有这类画面出现，他是不是《摩门教圣经》里提到的那个家伙？

白莎：不是。连约瑟·史密斯（Joseph Smith，摩门教主）都不知道他的存在，大部分的白人对他也一无所知。印第安历史是靠口耳相传的，史密斯的讯息另有来路，他声称自己的记录是译自一些金属版上的讯息。总之，那“伟大的太阳”的教诲非常近似 J 兄，不过晚了一千年而已。

我们不打算跟你细讲你那一世或那位大师的长篇故事，我们关切的是你这一世，我们之所以给你这些背景介绍，只是帮你准备接受 J 兄最新也是最终极的教诲而已。也借机提醒你，不要重蹈“伟大的太阳”的覆辙了。

然而孰能无过？即使是开悟之人！地球本来就不是一块完美之地，当初设计出它来，目的就是要“完美”无法在此立足。你们认为宇宙正朝着完美进化，这观念是错误的，娑婆世界的设计只是让人看起来好像是《薄伽梵歌》所说的，一直在原地打转，不断重复同一模式，形式花招有些不同而已。你以后便会看出其中的玄虚了。

> ✡ 你们认为宇宙正朝着完美进化，这观念是错误的，娑婆世界的设计只是让人一直在原地打转，形式花招有些不同而已。

你犯的错误和那些觉悟者所犯的错误唯一不同之处，即在于“真宽恕”的功夫。他们悟出，如果他们应该当下宽恕别人的错误，那么他们理当宽恕自己的错误；他们也明白，做什么并不重要。但是很少人能够接纳这一观点，大多数的人生生世世扛着自己的错误和内疚，其实大可不必。

葛瑞：那他究竟什么地方搞砸了？

白莎：他并没有真正搞砸，症结所在，端赖他原本想要怎样活这一生。他若单纯地教人真理的话，可能对人类更有帮助。不论是以前还是现在，不论东西南北，世界处处需要人拉一把。世上有不少的人，心里不断攻击别人，却毫不自觉，只认为自己是对的，很酷，不惜活得像是一个受害者。“伟大的太阳”为了应观众要求而偏离了人类最需要的精神讯息。

我们早就告诉过你，真正开悟的人很少想当领袖的。两千年前，多少人期望J兄成为弥赛亚君王，而不只是一位祭司而已，但他只有传授真理的兴趣，让人感受到上主之爱，这才是他真正关切的事情。

然而，“伟大的太阳”慢慢变得像教宗一般，最后跟其他传统的大师几乎没两样了，他把时间浪费在政治事务上，给百姓的只是一些灵修上的陈腔滥调，没能提升人民的意识层次，而那才是他们迫切需要的。让政客去管政治吧！把凯撒的归于凯撒。人们需要教育，但你若真正告诉他们真理，保证你不受欢迎，你必须接受这一事实，但是“有耳朵的”还是会听见的。

于是，那位“伟大的太阳”成了一个决策人物，当时人们认为那是很重要的事，其实，真正有益的，是当他跟人一对一的谈话，或在小团体倾囊相授自己所知的一切，不必担心那可能会引起人们误解而有所保留。

我们先前说了，除非真心想讲，否则你无须告诉任何人有关我们的事情，但如果你心血来潮决定开口时，最好实话实说，宁愿看到有些人拂袖而去，总比只说他们想要听的话要好得多了。

世上所谓的成功，就是看到一堆人向你俯首称是，但真理不会让人变得唯唯诺诺的，它必会震撼人心，至少，也会让人开始质疑许多问题。“伟大的太阳”后来确实希望少管一些政务，多传播一些真理，到了晚年，他才宽恕了自己的错误，只是对于自己没有更正面地发挥天赋而有些许遗憾，但最后，他连这一点遗憾也宽恕了。

我们之所以在此提起往事，是为了给你一个前车之鉴，你将来最好别想变成什么名人，还是专心真理吧！其余的事情让圣灵去操心。你多花一些时间向他学习，别想成为明星。

葛瑞：你说我在那一世进步神速？

白莎：对。你可知道为什么吗？因为你很少花时间去教人，大部分时候你都在聆听那位良师益友。你有许多机会私下听他讲话，何其幸运，那通常是他讲得最深厚也最详尽的时刻。换句话说，你是学生，这是我们给你的另一个指标，虽然你现在正扮演学生的角色，但将来你一定要时时提醒自己，若想进步神速，通常不是在当大师之时，而是当一个好学生的时候。

葛瑞：那个“伟大的太阳”真的是从太阳来到地球的吗？

白莎：千万别把宣传当真了。

阿顿：你的良师益友曾经告诉过你，他的出身无异于常人，但人们老是喜欢在出身上大做文章，对于怎么回归天乡这类人生大事反而漠不关心。

葛瑞：那么J兄的出生也和凡人一样啰？

阿顿：只有死抓着人身不放而且认定J兄形体的重要性超越一切的人，才会这么重视这个问题。我们继续讨论下去，你就会明白，“人心”才是问题的最后答复。答案不在外界，也不在形体上，我指所有的形体，包括J兄的身体。这是他的关键讯息之一，若不了解这一点，其余的就别提了。

你会懂得的，你终会明白人身是多么无足轻重，那时，你才可能体会出自己的身体也是同样的无足轻重，除此之外，你还有什么更好的解脱方法？当你明白了，原来是你自己打造形体的桎梏来捆绑自己的，你才算是真正脱“身”了。

✡当你明白了，原来是你自己打造形体的桎梏来捆绑自己的，你才算是真正脱『身』了。

葛瑞：你曾提到，门徒保罗反对“复活的是心灵而非身体”的主张，但我对他印象最深刻的一次，是他说服了犹太裔的基督信徒，允许外邦人入教时只接受洗礼而不必接受犹太人的割礼。

阿顿：我跟你说过，他善于哗众取宠。请别误会，我们并不否认保罗在历史上是个相当聪明又有影响力的人，他在书信里的辩才无碍颇有慑服人的气势。他在去大马士革（Damascus）的路上与J兄的会晤，也真实不虚。但若归根究底，他自成一家的论点，很多都不是J兄所教的。

讲到这里，你大概不难明白，J兄要传授的是那真理的全貌，至今仍是如此。先他而生、后他而出的人，所教的都是部分的真理，人们常会因为一部分听起来一样，就妄下结论，认为他们讲的都是同一回事了。J兄的教诲有他独到之处。

葛瑞：你是说，J兄只赞同克里希那、老子、佛陀、柏拉图这些人的“部分”说法，而非“全部”？

阿顿：是的。他还很欣赏后他而出的保罗、华伦底奴斯（valentinus）和普罗汀某部分的观念。在某些“放诸天下皆准”的真理上，J兄和他们的观点常是一致的，等你了解了他整体的教诲以后，就会看出他的思想体系的原创性，和其他学派不尽相同，抓到这一点，你便已找到回家的快捷方式了。

白莎：讲了这么多，我们总算可以进入J兄的教诲了，我会用一小部分的时间谈一谈我的“福音”（《多玛斯福音》），你不妨先跟我简单地讲一下你对这部福音的了解，这样有助于你澄清自己的思想。

葛瑞：我所知不多。好像是二次世界大战之后，有个人在埃及偶然间发现了这个手抄本，还有一堆其他诺斯替教派的文件。

白莎：没错，你并没有真正读过它，是吧！你只是在书店里翻了一下，那次，你大部分的心神都在看书柜另一端的妙龄女郎。

葛瑞：你的语气里，好像有一点批判的意味嘛！

白莎：没有，我只是说，你那时的脑袋里只有和那女人身材有关的肤浅念头，怎么可能读得下我的福音？

葛瑞：嘿，你这样讲真不公平，你怎么知道我肤浅的念头不是在想她的“心”？

白莎：那么，你且说说那次翻阅的感受或心得？

葛瑞：我没怎么深入，你何不亲自介绍一下，让我茅塞顿开？

白莎：好，但我们说过，我们只会点到为止，如果你想知道更多，不妨自己去研读一番。

我的福音是1945年发现的，人们声称那是一千多年来首次出土的完整版本，其他存留下来的版本，只有先前发现的希腊文的断简残篇而已。关于我的福音，足够你写一本书了，目前已经有不少人写了，你同时也需要特别留意三百年的埃及文明和诺斯替教派哲学在Nag Hammadi版本中留下的痕迹，这样你才能懂得某些说法的意思。

此外，这福音并没有包含J兄私下传授我的所有资料，原因之一是，我那时完全没有预料到那一群人会置我于死地，我只是跟他们谈论平安。大家都想要平安，包括你在内，但，葛瑞，我得跟你讲，除非世上的人心中先有平安，否则这世界是不可能安宁的。虽然我没有活太久，至少我成了J兄最早的传道者之一。尽管福音里对我和达太颇有微词，但我们实感荣幸，能把J兄当面教我们的那一套传播出去。

葛瑞：确实荣幸，你可曾被教会祝圣过？

白莎：我天生就已蒙受上天的祝圣了。

葛瑞：你也被钉了十字架吗？

白莎：没有，在印度被斩首了。活在肉体里的人永远无法预知当天会发生什么事。事实上，那一天是个很适合去彼岸的大日子，出乎意料地快！说到这里，我想谈一谈有关钉十字架的事，那是罗马帝国独有的刑罚，没有任何地方有这类仪式。后期的福音作者很厌恶赛杜党（Sanhedrin）和法利赛人（Pharisees），想要归咎他们，因此把审判J兄的过程安排在逾越节（Passover），其实那些党派里的人是不可能违反犹太传统的，除非他们真想激起百姓的公愤，因为那对他们而言，简直是违反天条。他们都是聪明人，不会干出这类没头没脑的事情。

在那期间，唯有罗马人拥有公民权，如果你想在那时的犹太人中寻找共识的话，只有一个，就是我们对罗马人的厌恶。当时并没有多少犹太人排在路边辱骂J兄，大多数是罗马人。

下次，当你们想起那些谋害了你们的“主”的凶手时，放犹太人一马吧！犹大万万没有想到J兄会被钉上十字架，他只是犯了一个无心之过而已，为此内疚到极点，最后只好自缢身亡。宽恕他吧！J兄都宽恕了，你们也能宽恕的。你既能宽恕犹大，也就能够宽恕罗马人，是他们钉死了后来被尊之为“主”的这具人身。J兄在被钉的现场就已宽恕了他们，因为他知道，真实的他是不可能被杀害的。

根据你的了解，为什么一代又一代自称为他门徒的人，非要把这笔账算在素昧平生的人身上？

葛瑞：我猜你一定会告诉我的。但我对你的解说，还有个疑问，J兄真的说过犹大用亲吻来背叛他吗？

白莎：没有。在最后晚餐以前，犹大已经酩酊大醉，要钱买酒和泡女人去了。一位罗马官员曾经看到他和J兄在一起，就向他打听消息。你知道，彼拉多（Pontius Pilate）不过是想找个替死鬼来杀鸡儆猴一番，设法要把他的威权延伸到逾越节中罢了。彼拉多也不曾用“洗手”的动作来撇清关系，他根本就是整个事件的主脑。

犹大为了一些银两向那官员透露了J兄跟我们当晚的行踪。在你们的世界里，多少悲剧都被酒精所操纵，让人做出悔恨莫及的事。

葛瑞：你是说，犹大那时已经一半不省人事了，又急着找女人，所以根本没有想到他那个举动可能导致的后果。

白莎：没错，我相信你对这类处境并不陌生。只需在此补充一点，犹大当时已经四分之三不省人事了。

葛瑞：你先前提到，J兄在十字架上并没有受到太大的苦，实在难以置信。你能告诉我，他怎么能够宽恕所有的人，同时又感受不到十字架之苦的？

白莎：我们当然会讲到，但不是在这次的访谈，等到最后一次拜访结束，我们会给你做个整体的结论，好送你上路，其余的，就看你自己了。我们会毫不保留地全盘相告，而且绝不要弄传统宗教最爱玩的"这是一个超乎理解的奥秘"那类把戏。圣灵的思想体系不会留给你一堆无解之谜，也许有些答复会让你听了不悦，但我们早已声明在先，我们不会只说一些你喜欢听的话而已。

现在，我要非常坦白地告诉你，我的福音究竟讲了什么，或根本没讲过什么。《多玛斯福音》并非宗教史上的"圣杯疑云"(Holy Grail) [4]。它的真相无法彻底扭转你的心，也不会将你带回救恩的正道上去；但它对人类心灵的成长仍有三个重要贡献。

首先，不论你怎么认为，这部福音并不属于诺斯替教派的思想，只要是有心看清真相的人都不难看出，它有一部分包含了教会最早的福音史料，而那时根本还没有一个所谓基督教的宗教出现，我们属于最早期的犹太裔基督徒团体。

没错，当初教会内派别林立，对J兄怀着上述看法的人绝不限于我们这一帮而已，教会才会变得那么紧张，非把我的福音打入诺斯替教派的异端不可！因为他们不想让教会成员发现早期教会的真相，教会里许多教义根本不符合J兄当时的教诲，他们想尽办法掩饰这一事实。但这并不表示J兄就不宽恕他们了。

有一些圣经学者已经看出，我的福音与《新约》福音来自不同的源头，它

---

[4] 教会史中盛传一个以耶稣最后晚餐所喝的圣杯作为象征的"教会阴谋论"。——译者注

的一些说法可能比家喻户晓的后期“对观福音”更为原始而贴近真相。这些圣经学者说得没错，只是，某些他们认定是真的经句，其实是假的；我福音中某些真的教诲，却因不符合他们现有的鉴定原则而被否定了它的真实性。

试想，假如J兄私下给我们的开导，只是针对我们一小群门徒所说的话，为什么非要和《马可》、《路加》与《马太福音》一致才算是真的？这几部福音的作者，都不是我们那一代的人，差不多晚了四十到八十年。

第一批福音，包括我的在内，都是亚美文写出的，你难道不觉得奇怪，这个新兴宗教竟然没有保存一部以J兄自己的母语传下的比较完整而原始的版本？你真的以为这是偶然的吗？

你觉得阿顿所谓的“西方宗教至今还在继续塑造中”这一说法太夸张了吗？不！一点都没有言过其实，想一想，教会一直到18世纪才把达太（Thaddaeus）封为圣犹大（St.Jude），专司天灾人祸的主保，教徒们才开始向他祈祷。

从学习过程这一角度来讲，“延续性的启示”本身并没有什么不好。艺术家透过艺术来表达他们心目中认为真实的感受经验，这也无伤大雅，但人们总不至于把达·芬奇所画的《最后的晚餐》当成那个逾越节前夕的聚会的写实史料吧！

葛瑞：那你自己呢？你不是在告诉我那个绝对的真理吗？

白莎：在这一连串的拜访结束前，我们会把J兄亲自给我们的教诲传授给你，那确实道出了绝对的真理。这真理其实可以浓缩为两个字，但只有准备好的心灵才能领会，我其实已经说出这两个字了，只是你还没有意识到而已。它一语道出了真理，如此绝对而全面，足以修正整个娑婆世界。

容我们继续讲下去吧！我们不会刻意隐瞒，但它代表着一种选择。为了帮你准备好做此选择，你得随时警觉，你究竟是在哪两种可能性中做选择的。

葛瑞：到目前为止，你这种讲法，还算公允，请继续说吧！

白莎：多谢。我已说过，我那部被保存下来的福音，虽然经过多次修改，仍算是比较忠实地代表了恩师教诲的一部。这部犹太裔基督徒语录福音，比诺斯替派的福音资料还早。诺斯替派的福音资料是把某些古代哲学融合了J兄的部分言论（或后人以为是他的言论）而写成的。

你甚至可以这样说，J兄的学说确实具有诺斯替教派的色彩，但诺斯替教派的说法并非全是新说，某些观点其实可以追溯到犹太教的神秘学派那儿。

你若想知道后期的诺斯替神学的话，不妨去读一读华伦底奴斯学派的《真理福音》(*Gospel of Truth*)，它是诺斯替文学的杰出代表作，有些词汇对你可能太艰涩了一点，但它至少给了你一个梗概，让你明白诺斯替教派的基本信念。

J兄接受了它部分的理念，尤其是“世界确实如梦，不是真神的创造”这说法，但《真理福音》是在我的原始福音流通了一百五十年以后才写成的，它引用了一部分J兄的真实教诲。

我前面已经解释过了，为什么我只说“一部分的教诲”，而且强调“原始”福音。这些解释可以让你清楚地看出我的福音的三大贡献。第一个贡献是：世界终于可以亲眼看见教会是怎么演变成基督宗教的。

第二个贡献是有关教诲的风格。J兄是中东人，不是来自密西西比，他说话的格调偏向于东方冥想式的，而不像西方二元论的死忠派那样离“心”愈来愈远，这些西方的色彩都是后来掺杂进去的。

第三个贡献是关于教诲的内涵。我已说过，我们那时还无法完全了解J兄的教诲，但《多玛斯福音》所说的，确实比其他福音更贴近J兄的言论。我不妨举出几个《多玛斯福音》中的例子（虽然那已经经过后世的修改）来帮你了解我的看法。

请注意一下，《多玛斯福音》里的语录并非按照时间先后的次序，我在此所引用的例子是我亲耳由J兄那儿听来的。为了配合这次访谈的目的，我只能挑几个说一说，我们还有更重要的主题有待讨论，这些例子只是为以后的访谈铺路而已。

在《多玛斯福音》的一一四条语录中，J兄真正说过的，只有七十条，这是大约的数字，其余的四十四条都是后来“伪造”出来的。传统宗教一度最爱用“伪经”这个字眼来形容我这部福音，多亏近代《圣经》学者的研究成果，传统宗教批判的声音不像以前那么响亮了。

葛瑞：抱歉，有个问题我实在耐不住要问了。

白莎：小鬼，小心一点，你打断我们的话太多次了，小心燃起但丁的地狱之火。

葛瑞：我常听到一本传言中的神秘Q福音，许多学者相信上述的三部"对观福音"都是根据这一份源头史料写成的。我记得你曾提过源头史料这一字眼，你的福音是否就是那个失传的Q文件？

白莎：我们说了，我们来此不是帮《圣经》学者排除疑难的，反正《圣经》学者也不会聆听我们这来路不明又无法考证的观点。你既然想要知道，我就告诉你Q文件究竟是什么。《马太福音》与《路加福音》确实是根据这文件摘录而来的，但《马可福音》则不是，《马可福音》有它自己的来源，Q文件不是我的福音，一般学者都知道，你不知道是情有可原的。

葛瑞：那它究竟是什么？

白莎：J兄被钉上十字架以后，他的弟兄雅各（人们通常称他为James the Just）在其他门徒的心目中很自然地承继了J兄的权威，他们知道J兄深爱雅各，而雅各为人确实诚恳稳重，然而他的个性相当保守。"保守"绝不是J兄本人的风格，J兄是极端新潮的，我是指他的思想与教诲，而不是性情方面。

为此之故，雅各的三位门徒虽然十分尊敬他，仍然决心把他们在公开场合中亲自听到的J兄的言论为后代子孙保留下来。他们不太相信雅各或其他团体能够忠实地传递J兄某些震撼性的观点，于是他们搜集成了一部类似语录的福音，就称为《师父的话》。

这些语录的原始记录人，在后来的四十年间相继离世，于是，他人的言论，包括了施洗者约翰，或其他门徒认定那是J兄相信之事或误以为是他说过的话，慢慢地，也都被编入《师父的话》里了——现代人称之为Q文件，Q是德文的"源头史料"一字的首字母。

两部正统福音的作者采用了这个文件，引用了一些语录，糅入他们的故事里。

他们也引用了《马可福音》里的资料，因为《马可福音》的作者采用了当时普遍被人接受的言论。至于《约翰福音》，根本是后期的作品，那时，这个新兴教派已经与犹太教明显地分道扬镳了。

有趣的是，好几种版本的《师父的话》和《多玛斯福音》的手抄本在不同地区流传，流传之广，超乎你的想象。一直到第四世纪，才在奥斯丁的策划下彻底销毁所有不符合教会法定信条的史料。

虽然《师父的话》与《多玛斯福音》并不属于诺斯替派，却遭到和诺斯替文学同样的命运，一起被烧毁，只因它们有些说法确实不像主流教派的官方言论，所以被打成了异端。

幸亏有河边挖出来的 Nag Hammadi 版本，还有我的福音，否则世人根本无从得知 J 兄真正的观点。

现在，我们开始说一说《多玛斯福音》吧！它是这样开始的：

这是生活的耶稣在世时私传的语录，Didymus Judas Thomas 记录。

§1：他说：凡是发现这一语录的诠释之人，不会尝到死亡的滋味。

虽然我的原始版本里没有章节号码，但我在此还是采用后世的编号。这一句话的序号是“1”，因为后人不敢确定这话究竟是我说的，还是 J 兄说的。这话是我说的，它原属于简短的前言，不该列入 J 兄的语录中。

我用“私传”两字只是表示，这些言论许多都是 J 兄私下跟我们说的，或是针对小团体说的，绝无什么“秘诀”或“私藏秘密”之意。

“不会尝到死亡的滋味”，因我前面说过，J 兄为我们指出了生命的道路，意味着我们在世上所经历的一切，不论活得多么认真，都并非真实的人生。我用“生活的”（living）一词来形容 J 兄，因为他已经大彻大悟，天人一体了。“生活的”这一词所指的，不是那个活在肉身的他（虽然表面看来他确实活在形体内）；这一词指向我先前为你解释过的“心灵的复活”。同时也指向我福音中的另一句语录，等到下回访谈时，我再跟你解释。总之，“生活的”一词和所谓的肉体复活无关，虽然 J 兄钉死之后，确实显现给我们。

在此，我也不妨简单地向你澄清一下名字的问题。其一，J兄原名并非耶稣（Jesus），他的希伯来名字是耶稣雅（Y'shua），但我们很少这样称呼他。在我们面前，他就是师父，不是因为他要我们这样称呼，纯是出于我们对他的尊敬。他的名字若译为希腊文或英文，应该是耶稣雅（Jeshua），而不是耶稣（Jesus）。其实这些事一点都不重要，名字算得了什么呢？你若用其他名字来称呼基督，还不是同样一个人？

葛瑞：如果不重要，你为什么又称他为J而不叫他耶稣或耶稣雅？

白莎：或者为什么不把两个名字都列入？你不是犹太人，但你将来的读者群中有犹太人。他们若继续漠视J兄的存在，等于糟蹋了自己民族最重要的一项遗产。

说到名字，人们当时称我为Didymus，意思是双胞胎，我谦卑地把这浑名放在序里，人们才知道我是谁。我和J兄长得非常相像，常常有人把我误认为他，有些人还真的相信我是J兄的双胞弟兄，但事实绝非如此。

后期出现的诺斯替派的《多玛斯使徒行传》把我说成J兄的双胞弟兄，我得向被误导的读者致歉。毋庸赘言，《多玛斯使徒行传》中有些记录是真的，有些是假的，如果要彻底说清我身为多玛斯的那一生的事迹，大概用尽我们所有的访谈时间也讲不完。

还有另一件事，只有达太和我才可能知道的事情。由于我长得很像J兄，当我听说他要被钉十字架时，我想做他的替身，好让他脱困。达太和我试过几次想接近他，第一次是在监牢里，后一次是在去刑场的路上。悲哀得很，我们始终没有找到掉包的机会，我多么想为J兄献出自己的生命，我们并不像当时的谣传，情势一紧张便作鸟兽散了，传播那些谣言的人当时根本不在场。

一直到J兄死后显现给我们时，我才明白，整个事件原来是他自选的一种教学示范。起初，世人根本不了解这个十字架的课程是怎么一回事，至今，J兄担任世界导师的历程还没结束，我亲爱的弟兄，你日后就会明白其中奥妙的。

葛瑞：哈！根据我笔记里的记录，你和一些门徒当时都犯了过度依恋J兄

的人身这一错误；可是后来又说，你认为复活是心灵层面的事情，与身体无关。你那时究竟相信哪一种信念？可别把我当傻瓜！

白莎：很好，我们一直在挑战你的想法，偶尔，你反过来挑战我们一下也不错。答案是：我们那时两种信念都有，我们内心是分裂的。我们曾经解释过，你现在由我们这儿听到的，是受惠于我们后来学到的智慧，等我们继续讲下去，你就会更清楚我们所说的意思。

当我记录这部福音时，我对J兄所强调的心灵的重要性，大都属于理性方面的了解，而非经验层面。我们当时挺执著于自己的身体，尤其是J兄的形体价值；不只我如此，其他门徒更是如此。

我那时的情况跟你现在没有多大的差别。目前，你和一群好友都相信身、心、灵三重的存在，在你们的人生哲学里，平衡三者是很重要的事；但你会慢慢明白，那个好似自成一格的“心”，虽然营造出形体，也不断利用形体，但它必须在永恒不易的“灵性存在”和虚幻不实且变化无常的“形体世界”之间做一选择。“灵”的层面代表着上主及天国的境界，“身”的层面则包括了任何可以感知之物，不论它有没有形体。这是J兄最根本的教诲。

下面这话确实是他所说的，我记录下来了，编号是47：

一个人无法同时骑两匹马或是拉两张弓；仆人也无法同时伺候两个主人，否则他不是迎合这一位，就是冒犯了那一位。

葛瑞：*你是否在说：同等重视身、心、灵三者，其实就是造成我们一次又一次投胎为人身而无法解脱的原因所在？*

白莎：对！但我并非要你不管自己的身体，我们只是提出另一种看待身体的方式。关于我过去的信念，一言以蔽之：我的福音只记录J兄曾经说过的话，我并没有像后期的福音，不断插入自己的意见。因此，《多玛斯福音》只是记录他的观点，并没有掺杂我当时的个人了解。例如下面这一段话，标号为61：

我是来自那完整无缺的一位，我是来自天父之境，因此我说，一个人若是完整无缺的，必然充满了光明，一个人若是分裂的，他必然充满了黑暗。

它重申了先前的观点，你不能脚踏两条船。你不可能只拥有一点点的“一体性”，就像一个女人不可能只怀一点儿孕一样。你的忠诚不能三心二意，你必须只为上主而儆醒，这种心境不是一朝一夕之事，需要持久的修炼。任何有价值的事物，岂是一朝一夕可以学成的？想一想，你花了多少时间才成为一个吉他好手的？

> ☆同等重视身、心、灵三者，其实就是造成我们一次又一次投胎为人身而无法解脱的原因所在。

葛瑞：嗯！我花了好几年的时间才算得心应手，但十年后，我发觉自己仍在不断进步当中。

白莎：你难道会认为，达到J兄的境界是一件轻而易举之事？

葛瑞：我不在乎修持，我只想确定自己走对了路。

白莎：很好。让我们继续吧！你不妨先把自己的想法搁到一边，耐着性子听下去再说。

葛瑞：看样子，你是有备而来的。

白莎：你一定会觉得不可思议，像J兄那样和圣灵完全认同的人，竟然想要与你全然合一。他在编号108条中这样说：

凡是能饮自我口中的人，必会肖似于我，我会亲自变成那个人，人生的奥秘从此向他开启了。

J兄在此谈到的神秘结合，不只是一种比喻而已，那是地地道道的结合，必须透过地地道道的宽恕过程才能达成，不是每一个人随时都能经验到的。那人必须准备好接受自己个别的生命课程才行。

我将拣选你，一千人中选出的一位，一万人中选出的两位，但他们其实只是纯然的一个。

J兄当然拣选每一个人，而且没有一刻停过。但是，有多少人准备好聆听呢？这句话显然已经预告了，圣灵的课程不是大众喜欢听的。不论是谁，只要听进去，便已受到了拣选，而且他们全成了一个，因为那是他们的存在本质。上主之子将会完整而圆满地回归天国的。到了最后，每一个人都会跟我们在一起，地下分子J兄是不可能失败的。

若想打赢这一场战争，你必须像第5条语录所说的：

看清你面前事物的真相，那千古之秘便会为你开启，因为所有的奥秘都会启示出来了。

“你面前事物”指的就是幻相，而那状似隐密之事，则是指天国。你只要像J兄一样愿意聆听圣灵，宽恕眼前的一切，你就会看见天国。你迟早会与他合而为一的。那时，一切都消失了，在你面前只有天国的喜悦。

葛瑞：你简直在唱高调！白莎，别忘了，在娑婆苦海里，世界的纷扰，如影随形，终日迫在眉睫，让你很难看到圣灵的笑脸。

白莎：我岂会不知？别忘了我也轮回过不少趟了。我跟你保证，我们不会只给你一些灵修高调而已，我们会教你非常具体的方法去面对难缠的人生处境，开启你的潜能，最后像J兄一样进入上主的平安。

目前，你还认定世界必须给你某些东西，你才可能快乐；但当你获得上主的平安时，不论世上发生什么事情，你都有能力找回生命的喜悦。

在第113条语录里，J兄还教你看出天国已经来临此地了，即使你还无法意识到它的存在。

门徒们问他说：“天国何时才会来临？”他说：“它不会因着你的追寻而来临的，它绝不是人们所指的‘看哪，在这里’或是‘看哪，在那里’，而是，天父的国已经遍布大地，人们却视而不见罢了。”

在此，J兄并不是说，天父的国在这个地球上，因为他知道，地球只存在于我们的心中。他指的是人们看不见的那个东西，因为，天国是无法用肉眼看到的。人的眼睛只能看见非常有限的有形标记，而天国不存在于人的感官世界里，它属于真正的生命形式，你迟早会彻底意识到它的。

就像毛毛虫蜕变为蝴蝶的过程，你也会这样变成基督，且与上主的整个造化同归一体。你会意识到你与上主的一体性的，这是你的天赋能力，你只是忘了而已，这能力仍然埋藏在你心里。

今天就接受救赎吧！你无需改变实相，只需接受自己的真相，并在上主无尽的爱中欣然上路。[8]

确实有些方法能帮你忆起这一真相，当你记起来时，你便找回了自己的生命本质以及你真正的家乡。我们这一趟来此，正是要帮你完成此事的，也将要透过你，来帮助其他的人。

《多玛斯福音》中有些言论和《新约》的说法十分相近，那确实是J兄教给我们的。我简单地为你举出几条语录。

§26：你看到你弟兄眼中的木屑，却看不到自己眼中的大梁。当你把自己眼中的大梁取出时，才能看得清楚，并且帮弟兄取出眼中的木屑。

§31：先知在自己的家乡是不受欢迎的，医生也治不好自己的亲友。

§36：不要从早到晚，从晚到早地操心你的穿戴。

§54：贫穷的人是有福的，因为天国属于你的。

请注意，最后两段都不是指物质层面的事情，它们只是说，心里不要执著于这些事物。它绝对无意要你舍弃人间的财物，你若认定自己非得牺牲不可，那么，你和贪恋财富的人一样，都把幻相当真了。J兄最短的那一条语录说得再清楚不过了：

§42：做一个人间的过客。

我再举出两条《新约》引自《多玛斯福音》的言论：

§94：凡是寻找的，必会找着；凡是敲门的，必会为他打开。

§95：你若有钱，不要出借以索取利息，而应施舍给那些无法偿还的人。

你偶尔会听到我们引用这类真正出自J兄口中的话，但我们对它的了解，未必跟你们的认知一样。让我再借用几个《多玛斯福音》中的例子，让你体会一下J兄真正要表达的那个思想体系，也就是圣灵的思想体系。

§11：死人活不起来，活人则死不了的。

§22：你若能把两个视为一个，你若能把内在的视为外在的，外在的视为内在的，高高在上的当成低低在下的，你若能把男的女的都视为同一个，那么男的就不是男的，女的也不是女的了……那么，你就能进入天国了。

§49：独自蒙受上天拣选的人是有福的，你必会寻得天国；因为你来自那儿，也会重返那儿。

还记得“浪子回头”的故事吗？你终会再度返回家门的。若要如此，你得一步步回溯你在无始之始与上主分裂的那个决定，因为正如下一段J兄所说的：开始与结束，Alpha and Omega，其实根本是同一回事。

§18：门徒问J说：“告诉我们最后的结局吧！”他说：“你已经找出了开始的起点了吗？所以你才会探索终点的问题？因为起点在何处，终点便在何处。稳立于起点上的人是有福的，因为他会知道终点是怎么一回事，而且不会尝到死亡的滋味。”

还有一条语录，我必须澄清一下，因为它是历年来争议最多的话题，这不只是最近五十年的事，早在福音完成后的四百年间，就已经众说纷纭了。那是第13条，J兄和群众说完话以后，要我跟他去。

他带着他，引退下去，和他讲了三件事，当多玛斯回到朋友那里去时，他们问他说：“J跟你说了什么？”多玛斯和他们说：“我只需跟你们讲其中的一条，你们大概就会拿石头砸死我了，那么连石头都会起火，把你们烧死的。”

最后一句话中的“火”是指上主的义怒，你知道，在犹太人的传统中，用石头砸死人，是专门用来惩罚亵渎神明之罪的，只是发生的次数并没有你们想象中那么频繁而已。许多人，包括了《新约》作者在内，都在猜测J兄究竟跟我说了什么。这些作者老想跟我的福音比个高下，因而把彼得形容成J的最爱，而不是我，他们有意冷落我。

总而言之，J兄跟我说的这类好似亵渎的话，并非担心他自己的安危，他之所以叫我不要对外宣扬，是为了保护我。那一天他说了三件事：

你梦到一片沙漠，在那儿，统治你而且折磨你的不过是个海市蜃楼，那些影像全来自于你自己。

那个沙漠并不是天父创造出来的，你的家乡仍在他那儿。

你若要回家，就要宽恕你的弟兄，因为唯有如此，你才宽恕得了你自己。

那时，我若宣称“上主从未创造过这个世界”，一定是死路一条。那是以前，现在不同了，因着你们的“言论自由权”，我们可以慢慢解说这三个观念，直到一个完整的思想体系呈现出来为止。它不是直线式的，而是全像式的(holographic)，也就是说，你能在每一部分中看到整体。

关于《多玛斯福音》，再讲几个小时也讲不完，我不打算这样做，何况我说过，这部福音并不是灵修学上的“圣杯疑云”。目前，地球上已经出现了一部灵修文献，是世间种种经典中最吻合J真正想要说的话。我绝非凭空下此断语，因为那是他一字一字亲口说给一位女士听的，也是她花了七年的时间记录下来的一部文献。

书中的观点全然来自J兄，它不曾为了迎合宗教而遭人篡改，也不曾为了哗众取宠而加以虚矫修饰，连它最后的编辑都是J兄亲自指导这位女士的。这部书和《多玛斯福音》不同，它是一套完整的论述，同时也是一部博大精深的培训课程。没有人能把它奉为宗教经典或伦理规范。这一套思想体系告诉你，只要你好好照顾你的心，其他的一切自会水到渠成。

✡ 它是一套完整的论述，同时也是一部博大精深的培训课程。没有人能把它奉为宗教经典或伦理规范。这一套思想体系告诉你，只要你好好照顾你的心，其他的一切自会水到渠成。

这一套教材，叫作《奇迹课程》，它的宗旨不是建立另一个宗教，来改造梦中的世界；它真正要改变的，是那个“做梦者”的心灵。它属于一套自修式的课程，让你和J兄或圣灵（看你喜欢哪一个）在心灵层面进行“一对一的转化”过程。

你是何等幸运逢此盛会，假如你已经准备好善用这一机缘，你能向这位大师学到的必然远胜过两千年前我们所学的。他确实堪称大师。你看，不少人自称为大师，也不曾见过他们四处治愈病人，让死人复活。

有些事情确实要等到这个千禧年的来临，人们才可能了解，以前的人是无法了解那种理念的。J兄的教诲本身并没有变，变的是你们了解的能力，因为你们对心灵和世界的眼光开拓了，J兄也只能用一般人所能了解的观念，领导着人们前进。

终究说来，除了上主是真实的以外，其他一切都只能当作比喻来看待。但在这过程中，还是有不少“教”与“学”的工作得做。

我以前跟你说过，除非世人的心灵获得平安，否则，世界是永无宁日的。心灵的平安和它的真实力量乃是《奇迹课程》的宗旨所在，它教你如何从“心”里去修，那方法确实是独门绝活，世界会因着此书而有所改变，但这并不是这套课程的目的。它是为“你”而来的，是给“你”的一份礼物，也是一个挑战。你偶尔会听到人们说，这套课程很简单，但你很少听人说，这套课程很容易。

你眼前的世界会随之变化，因为这个课程乃是处理一切问题之因，而不是果，世界不正是一切因果之“果”吗？世界当然不会相信这套说法。然而，世上的一切本来就乏善可陈。

阿顿：在我们离开前，我们要让你准备好接受下三个礼拜的课程，圣灵自会引导你该做的事情；你有空时，别忘了向他请教请教。脚踏实地一点，别问他该不该喝咖啡这类事情（除非此事真的经常困扰你）。任何重要的决定，都别再靠自己了（除非状况紧急，来不及请教）。慢慢地，你需要指引时，你就会得到的。

关于下一次的造访，二十一天以后，我们会再来。在这期间，你得做一些功课。现在，请你简单叙述一下，你记忆中母亲念给你听的床头故事，就是柏拉图的“洞穴神话”那个寓言，只要说出你脑海里尚存的一些记忆就够了。

葛瑞：那故事很离奇，当然没有我们的会晤这么离奇……。我大约记得，有一群人被囚禁在一个洞穴里，他们被绑得很紧，紧到连转个头或转个眼睛都没办法。他们所能看到的只是洞穴里的一面墙而已，他们在那儿待了那么久，那是他们唯一记得也唯一知道的东西。他们能够看到墙上的一些阴影，听到一些声音。因为这是他们所能知道的一切，所以他们认为自己所看到的便是“实况”；虽然阴森可怕，但他们已经习以为常，所以也就不以为意了。

后来，有个囚犯设法挣脱了锁链，他一转身，看到自己原来是在洞穴里面，洞口还透出一些亮光，花了好些时候，他才慢慢适应那个光芒。当他走到出口时，看到洞外有人在走动，原先他们在墙上所看到的阴影正是那些人物的投影。

他知道其他囚犯们不可能知道墙上的影子并非真人实物，于是这个已获自由的囚犯，又转回洞里，设法叙说他的发现。但那些囚犯早已习惯自己的想法，根本不想听这个自由人的说法，不仅如此，他们还要置他于死地。正如你一直跟我讲的，人们也许会认为自己希望自由自在，其实他们并不真想放弃自己固有的看法。

阿顿：谢谢你，葛瑞，你母亲听了一定大感欣慰。在柏拉图的心目中，那个自由人就是他的启蒙师苏格拉底，结果他被迫服毒而死。你也不难想出人间无数的先贤，一生都在敦促他人提升到世界之上去看，最后往往不得好死。柏拉图想要告诉世界的也是同样的故事：你的存在真相根本不是你心目中所想的那样。

连柏拉图这么伟大的哲学家，都不知道那些阴影究竟是怎么来的，而你会知道。柏拉图以为那光明来自于“至善”，象征性地讲，也没有错，但他同时以为人们一辈子用肉眼看到的阴影，是来自每一物的“完美理念”的投影，这观念就大有问题了。J兄知道那阴影究竟是从哪儿来的以及人们该如何面对它，而这正是我们要教你的事。

要知道，J兄的存在实相和世界的存在实相是两回事。他并不活在此地的幻境里，就像你早上由梦中醒来，你就不在那个梦境里了；有时你会感到那个梦真实得很，其实它并非真的。

也许你会希望把J兄请入你梦里跟你一起混日子，但他还有更好的主意。他要你醒过来，好跟他在一起，他要帮你恢复自由，彻底出离梦境，走出柏拉图的洞穴，走出所有的限制，超越一切的疆界。

你常常以为，你必须精进修行，才能变成比较有爱心的人，才能显示出J兄的爱来，其实并非如此。你若想成为完美的爱，如J兄之爱或真神之爱的话，你只需借圣灵之助，学习移开你堆在自己和神之间的那些障碍，如此，你必然而且自然会意识到自己真爱的面目的。

你一心想要消除生活里种种冲突的决心，实在可敬可佩，它表示你内心已经准备好迈上“快车道”了。这个灵修上的独门绝活，只等着你开口去要，只等着你真心想学的愿心。

J 兄的教诲虽然未必适合所有的人，但我们仍将跟你分享。我或许可以这样说，在这直线式的世界幻境里，并非所有的人都能立刻学习他这绝活的；但它很适合“你”，你自己会慢慢领悟这一事实。你若领悟不出，随时告诉我们，我们就不会再来打扰你了。

我们不是要带给你什么上天的指令，你也许不敢相信，上主对人类真的一无所求。你以为此地所发生的事，都出自上主的旨意？你和世界都想错了，世间不断上演的连续剧，并不是你眼中认定的那一回事，它演出的乃是一出“天人分裂”的虚构故事。

目前，你跟上主之间这种表面的互动，其实是你自己潜意识中分裂心识之间的互动，也就是忘记自己真相的那一部分心灵和圣灵仍在的那一部分心灵的互动。他从未离开过你，他神圣的声音正是你对上主的记忆，也是你对自己家乡的记忆。我们会教你如何觉醒于这神圣之音的。保持儆醒吧！这神圣之音代表了你早已忘怀的真相。

你当前的课程便是学习“选择”，正如洞穴神话里的囚犯。有些东西你会誓死抗拒到底，你必须学习在代表你的真我的圣灵以及代表你的假我的那个小我之间做一选择。你迟早会学成的，直到你那被囚禁的潜意识终于获得解放。

你绝不可能靠自力修成的，倘若不信，你不妨试试看；但你若肯向他求助，我敢保证，会为你省下很多的时间。

那么你就会像我们一样，跟地下分子 J 兄合为一体了，你平常大概很少想到这一类的事情，其实这才是你这一生真正的工作。至于你在世上为糊口而忙的事，全是混迹市井的身份乔装，从现在起，你真正的工作乃是学习及操练宽恕，迟早你会像 J 兄那样宽恕得既圆融又深刻的，那么，圣灵便能引领你回家了。

你目前还像世间的人一样，认为能够做出正确判断的人才是真正有智慧的人，等到下回我们再度造访时，就会告诉你，什么才是真正的智慧。从现在开始，到我们再度拜访之间，让圣灵引导你的心思，每天至少拿出几分钟想一想上主以及你心中对他的爱，就像我们初次显现于你面前那样，让你的心安静下来。我亲爱的弟兄，你会发现，宁静的心往往是走得很深的。

许多人跟你一样，时时刻刻担心自己会被打入十八层地狱，却浑然不觉，你们其实已经在地狱里了。古老的希伯来神秘学派有一句话：远离上主即是地狱，接近上主即是天堂。这说法挺正确的。

✡ 在这由知见而投射出来的娑婆世界里，你所见到的一切，都具有两个目的供你选择，一个目的是继续囚禁你，另一个则会释放你。

当你的心灵被领上这一新旅程时，试着记住，在这由知见而投射出来的娑婆世界里，你所见到的一切，都具有两个目的供你选择，一个目的是继续囚禁你，另一个则会释放你。你若能选择圣灵的眼光来诠释你所见的一切，那么你就会如那一部新经典中所说的：

上天赐给了你所有的解脱途径：眼光、慧见及内在的“向导”。它们都会带领你和你所爱的人，连同整个宇宙，一起出离地狱。[9]

3 奇迹

奇迹像是由天而降的甘霖，落在有如荒漠的人间，这人间已到了饥渴交迫、奄奄一息的地步。[1]

翌晨，清醒过来时，仍为昨晚那一席长谈而震惊，暗暗感激他们在时间上动了手脚，让我一夜好眠。我心中有数，昨晚的种种可说是自己一生中最关键的经历，同时也感到彷徨，不知后续又会如何演变。但我立刻打住而反问自己：世上有哪一件事能预料得到它的后续发展呢？

那一周的礼拜五，我照例去看了午场的特价电影，回家的途中，我不经意地想起一家书店，已经好几个月没去逛逛了，刹那间，我感到身不由己地转向那家书店Holistic Books & Treasures。跨进店门时，我突然想起自己曾有过一种“光明现前”的经验，上回忘了请教阿顿与白莎其中的意义。

接着，我走到一排书架前面，看到《奇迹课程》（*A Course in Miracles*），暗想，这大概是我今天被领到此地的原因吧。我随手拿起来翻读了几页，才知道，它原是来自同一源头的三部书的合订本——《正文》、《学员练习手册》以及《教师指南》。此时，我的眼光不自觉地移向它旁边的一本小书，那是罗伯·斯考区（Robert Skutch）所写的《无程之旅》（*Journey Without Distance*），它简要地介绍了《奇迹课程》的来龙去脉。我问圣灵该怎么做，却听到一个念头：“它不会咬你的。”

当天晚上，我读了一部分的《正文》，才知道传递这一讯息的“声音”是以第一人称的语气传授的，“他”不但毫不客气地自称为历史上的耶稣，甚至还胆敢澄清及纠正古经里的说法。对这些，我的心态相当矛盾。一方面，我忍不住怀疑这是否真的出自耶稣；千百年来，我们都在期待他以人身的形式重返人间，而今，他怎么会以“声音”的形式出现？

另一方面，在那个平静、肯定又充满启发性的“声音”下，我分明感受到它的真实，却又说不出什么具体的理由来。那晚，我没请教圣灵，心中径自打定主意：如果未来的发展显示出它真实不虚，确确凿凿是来自于耶稣，那我一定会好好研究这部经典；但如果日后逮到它的破绽，即使阿顿及白莎现身于我，我仍要全力揭发《奇迹课程》的骗局。

在那三个礼拜里，我确实一头栽入了这本书，准备向阿顿和白莎提出问题，我几近狼吞虎咽地读完《正文》的全部，对那“声音”所说的内容有了粗略的概念。我也明白，用这种囫囵吞枣的速读法，是无法真正吸收到《奇迹课程》的精髓的。不论如何，《正文》的最后一节“重新选择”，提到“选择基督（自性）的力量”，那个说法，彻底震撼了我，我这辈子从没读过这样的书，它把J兄对他学生的要求（毋宁说是他给学生的礼物），综合得如此简洁而深刻，让我由衷心悦诚服。

我同时读了一遍《无程之旅》，让自己熟悉一下《奇迹课程》这本巨著的来历，以及参与记录和推广的几个核心人物。然而，我愈读愈担心，看样子，自己将来不仅无法置评，还可能会投拜到它门下。光凭着初步的接触，事实已然摆在眼前，这部课程不只来自J兄，而且根本不可能来自任何其他人物。

我也花了不少时间上网查询有关《奇迹课程》的资讯，很惊讶地发现，这部艰涩难读的书仅凭口耳相传，就已经卖出了上百万本，而且自它逐渐流通以后，显然已在西方国家汇聚了相当广大的奇迹族群。

对我而言，这部课程最美妙而且最有创意的地方，正是白莎强调过的，它是一部自修式的培训课程，纯粹靠读者自行与J兄或圣灵的互动。即使人们对书中的内涵以及该怎么去修，看法不一，但只要这个《课程》保持原貌，不被篡改，任何人随时都能从书中发现自己的生命真相。

此外，尽管它谦虚地自称，本书不过是众多灵修法门中的一种而已，但我仍能看出《课程》所提真理的绝对性，毫不暧昧，毫不妥协。根据作者原意，这部课程其实并不需要后人的诠释，只等着你去明白并且应用到生活上。当学员自认为能够“解说”此书而非致力去“了解”它，或者意在“掌控”此书而不是虚心“追随”它，这类心态，正是人们当初陷入这个混乱世界的根本原因。有鉴于此,我更加感谢阿顿与白莎说他们会在我开始学《课程》时,帮我调整脚步。

我更高兴看到这部课程不像古经那样，汇集了数百年来不同作者不同来源的作品而成的丛书，各部经书之间还不乏矛盾之处。这本“三合一”的《课程》来自同一个导师，书中若干说法乍看不一致，但这当中，只有一个原因，即是：《奇迹课程》是由两个不同层次开讲，一个层次纯然指向形上的理念，另一个则指向具体应用的层次,也就是在日常生活中所修的“宽恕”,这大概跟 J 兄在《多玛斯福音》所说的“看清你面前事物的真相”是同样的道理。

总之，我开始明白了，如果人间所有的问题或事件都能放在《奇迹课程》那个更深刻的宽恕理念下（当然不是指世间的宽恕），那么原本有待宽恕的问题或事件，不管它们何等纷纭、被如何严重看待，也都会自然而然冰消瓦解，不复存在。但这并不表示，所有的事件都是徒然的，或是所有的行动都是多此一举的；我只是说，只要学员在心里随时为圣灵保留一点空间，他们不难获得可靠的指引，知道在何种情况下该采取什么行动。

一天早上，我初醒之际，感到脑子特别清醒，有个声音由心中浮现，又仿佛笼罩了全身，如此清晰，又带有绝对的权威，简直不容我有一丝怀疑。我听见的这一句话是：

✡ 舍弃这个世界，以及世界的生活方式，把它们视为毫无意义的事情。

舍弃这个世界以及世界的生活方式，把它们视为毫无意义的事情。

虽然当时我脑子里难免把它理解成“我该做牺牲”，但我仍被那句话震慑住了,我本能地答复说:“我愿意,但不知如何着手。”那“声音”极其笃定地说：

我会告诉你怎么做。

那“声音”对我这一生的影响具有立竿见影的净化作用，我从未听过这么奇妙的音声，它是如此丰富、完整而彻底，相形之下，我感到过去所听到的一切都好像缺少了什么似的。从那一刻起，我知道J兄不只与我同在，而且还意识到我的存在，随时在身边指引着我。

我并没有时时刻刻活在这一记忆里，尤其是当诸事不顺、横逆现前之际；但这个记忆或快或慢都会回到我心里，我愈快记起它来，受的折磨就愈少。过了好久，我才明白，根本没有人要我做任何牺牲。我一直很感谢白莎先前的提示，J兄从不要求人们在物质层面做任何牺牲，我已经很清楚了，J兄的开示都是指向心灵层面（或说是“因”的层面），而不是世界的层面（或说是“果”的层面）。我不断想起那个讯息中“毫无意义”这几个字眼，迫不及待地想跟阿顿和白莎谈谈这个经历。

正如阿顿与白莎许诺的，分手后的第二十一天，他们第三次现身我面前，一点招摇的架势都没有，他们的出现，跟离去时一样，仅仅发生于一瞬之间，干净利落。这一回，照旧仍由阿顿开启话题。

阿顿：这几个礼拜，你过得很充实吧！开始阅读那本书了吗？

葛瑞：你是指那个《课程》？

阿顿：对。

葛瑞：还没，我计划等《奇迹课程》拍成电影以后再去看。

阿顿：帮帮忙吧，老弟！我只是开个话题而已。我知道你已经读完《正文》了，但你还需要再多读几遍。《学员练习手册》虽然设计成一年的课程，人们通常需要更长的时间才能进入状况。我凑巧知道你会花一年又四个半月的时间做这项练习。《教师指南》算是最容易读的一部分，只是绝大多数的人都忘了，成为上主之师，说穿了，仍然只是在练习宽恕而已。《奇迹课程》说：

教人，其实就是以身作则。[2]

许多学员仍然以为他们的教师角色该以传统的师徒关系为模式，其实，《奇迹课程》一点都不传统，他们若肯脚踏实地去“学”，而不是急着去“教”这门课程，对他们可能更好一些。

葛瑞：我想每一个人都喜欢自行诠释经典，这是自然的倾向。

阿顿：如果J兄给这《课程》时，仅凭他的解说还不够，还需要你来诠释，那他干嘛要给你这个课程，何不干脆让你去编写自己的课程算了？这正是活在分裂状态下的人类一直在干的事情。事实上，你若真正了解《奇迹课程》（这种人可说是凤毛麟角），便会知道，只有一种诠释的可能，你若想改写它（这正是学员常犯的老毛病），那它就不是《奇迹课程》了。你可记得《正文》里提到无明乱世的第一条法则？

葛瑞：有点儿印象，我最好还是查一查原文，这样比较保险。

阿顿：好，从“以下即是操控你的……”地方念起。

葛瑞：好的。

以下即是操控你的世界的几个基本法则。事实上，这些法则控制不了任何东西，你也不必费心破除，只需正视一眼它的真面目，便可弃之而去。

第一条无明法则即是“真理因人而异”。这条法则和其余法则一样，强调每个人都是独立的个体，各有各的想法，因此与众不同。这条法则是由“幻相有层次之分”的信念衍生出来的，它相信某些幻相较有价值，故也比较真实。[3]

白莎：每个人都想要找到自己的真理、传扬自己的真理；其实那一套“真理”，正是人们始终挣脱不出现状的圈套。J兄在《课程》中教你看出，你的真理和每一个人的真理都完全一样，绝不是因人而异的相对性真理。而他所说的真理，不论你了解与否或同意与否，仍然都是真的。真理无需靠你的诠释，这部《课程》也是如此，它是老师，你是学生；若非如此，你何需操练这个《课程》，不如索性去异想天开，或干脆去寻欢买醉算了。

> ✡ 每个人都想要找到自己的真理、传扬自己的真理；其实那一套『真理』，正是人们始终挣脱不出现状的圈套。

葛瑞：你福音里有一句话：“凡是发现这一语录的诠释之人，不会尝到死亡的滋味。”就是指这唯一的诠释，对吧？

白莎：很对，老弟，你愈来愈上道了。请记住，这部《课程》能够写得如此精深，因为J兄与那位女士花费了整整七年的时间，排除一切障碍，才能正确无误地传达他真正要跟你们说的话。

葛瑞：关于这些，我还需要思考一番，这听起来跟传统那一套说法没有两样。

白莎：你应该看得出来，这部《课程》跟西方经典大不相同。《课程》所表达的“一体”论点，你必须字字当真；至于听起来像是二元论的说法，你只需当成一种比喻来理解。两者并无矛盾，你若抓不到这个窍门，必会误以为这部《课程》自相矛盾！

我先前说过，说到究竟，除了有关“上主”的说法以外，其他一切都只能算是一种比喻而已，如果要用你们的语言来形容那终极之境，就不能不借助于象征或比喻。这部《课程》讲的是圣灵如何治愈你深藏在潜意识里的内疚，如何透过宽恕的互动而回归天乡，而所有这些，你必须使尽吃奶之力才做得出这类的选择。

J兄说过：

此书是一部训练你起心动念的课程。[4]

又说：

没有经过锻炼的心灵是无法成就任何事情的。[5]

葛瑞：但也有一位教师说过，你应该跟随那些承认自己还在寻找真理的人，而尽量避开那些宣称已经找到真理的人。

阿顿：有朝一日，如果你碰到一位真正彻悟真理的人，这话就不管用了，不是吗？届时，你若蓄意回避，只会害你多跑一些冤枉路。J兄真的已经大彻大悟了，但如果你和那些教师都一心一意只想当老师，而不愿当学生，你们哪有机会接受进一步的训练？

葛瑞：我懂你说的道理，即使在电影里，也不难分辨师父和学徒的功力。

阿顿：没错，但一般人所援引的常是宇宙里头有限的力量，而我们追寻的则是上主的力量，关于这一点，之前我们已经澄清过了，它们真的不可同日而语。

葛瑞：多久才可能出师呢？

阿顿：人人都爱提这类问题，但（至少乍听之下）没有人喜欢所听到的答案。答案是，时候到了，他就成了；但要等到你欣然发现这一问题已经无关紧要时，时候才会到。

不论如何，既然你心里有圣灵为师，只要还活在形体内，你随时都应把自己当成学生。对那些真心想要由世界中解脱、及时回家的人而言，这是终身的心灵之旅。不过，我也并非要人们把世间的事情看得过于认真，《奇迹课程》一再提醒我们，别把世界当真。

葛瑞：好吧！但假如我现在并不想只走一趟心灵之旅的话，又会如何？假如我还想多混一混呢？

阿顿：你高兴在“吃到饱”的心灵自助餐厅逗留多久，悉听尊便。显然，除非一个人有心受教，否则他的心是无法受益的。但别忘了，是你自己一直很想知道直接受教于J兄究竟是怎样的体验，现在，你的机会总算来了。

葛瑞：我想问一问关于参与笔录《奇迹课程》的那些人……

阿顿：我们不打算深入这个《课程》的来龙去脉，你已经读过一本书了，还有其他几本也值得参考，你有兴趣的话，以后有的是时间去读。对于某些人，《奇迹课程》序言里那几段话，已经足够交代他们需要知道的形成背景。到目前为止，你对他们的背景故事有何看法？

葛瑞：我觉得那故事很有意思，我知道，海伦·舒曼博士（Dr.Helen Schucman）是笔录之人，逐字记下那“声音”所说的话；比尔·赛佛博士（Dr. Bill Thetford）是促成此事的功臣。两位都是实验心理学家，一起在纽约工作，两人的关系向来很差，直到有一天比尔说，他要找出另一种方式来处理人际关系的问题。[6]

阿顿：你对他心里的问题大概心有戚戚焉吧！

葛瑞：当然，比尔的宣言压根儿跟我如出一辙，都透露了内心的一个决定，想要找出更好的一条路。

阿顿：对，这等于向天发出了邀请，借着这项邀请，J兄才有机会给出这一《课程》，你也才有机会读到它。这部课程不是只给海伦和比尔的，也是为了所有准备好聆听的人。对海伦而言，这简直是个没完没了的大工程；她虽然是笔录之人，若非比尔在旁鼓励支持，她根本不可能独力完成这一任务。当初，海伦由她的速记簿里念给比尔听，是比尔一字一字帮她打字成稿的。

顺便在此一提，别把他们当成圣人了，让我再次提醒你，他们跟你一样，只是一般人，虽然他们的关系有所改善，但仍然时好时坏。比尔退休以后，就搬到加州去了，他们仍是凡人，但他们已经开始学了。

葛瑞：还有“心灵平安基金会”那一群元老呢？他们与海伦、比尔携手合作，把这部课程带入了世界。肯尼斯（Dr.Kenneth Wapnick）是第三个上场的人，在出版《奇迹课程》以前，他与海伦一起研究校订了好几年，是他和海伦一起厘定全套课程的章节段落，还决定了大小写及标点符号这类事情的。

茱丽（Judy Skutch Whitson）则把《奇迹课程》由海伦、比尔和肯尼斯的手中带到她的朋友及新时代社群里去。还有罗伯·斯考区，我不太清楚这人的背景，他在书中并没有叙述自己的事情。后来J兄指示他们，依照成规，一般出版社免不了会另加编纂，甚至增删修改出版品，因此他们必须自己出版这部书。我想这些人大概注定要结为“心灵家庭”的，目的是让他们练习宽恕，对吧？

白莎：你说的没错。《奇迹课程》说：

救恩中没有偶然的事。[7]

茱丽与罗伯把这部课程带入世界，功不可没。此外，J兄还在这小团体中指定肯尼斯负起教授《课程》的真谛之责，因他与海伦密切地琢磨了好几年。直至今日，每当《奇迹课程》要译成其他语言时，肯尼斯负责确保译者真正懂得这将近1400页的书中每一句话。这并不表示，肯尼斯是《奇迹课程》的唯一教师，但在千年以后，他会被推崇为最伟大的老师之一。而你这鬼灵精，如果有心的话，这一生仍有机会向他学习的。

葛瑞：我既然有你们了，还需要他吗？

白莎：你确实有我们，但我们不会一直这样定期拜访你，我们还有其他地方要去，还有许多心灵等着我们去激荡一下。不论我们将来是否还会现身于此，你都该继续学习下去，我向你保证，我们会一直与你同在，J 兄也是。

葛瑞：等你们走以后，我再想一想该去跟谁学才好。对了，我一直都以为玛丽安[5]是《奇迹课程》的首席教师呢？上个礼拜我还在 CNN 赖瑞·金(Larry King）的节目中看到她，要不是先读过这些资料，还真会以为《奇迹课程》是她写的呢！

白莎：我们的姊妹玛丽安只是教师之一，我称她为“神圣饶舌艺术师”(holy rap artist)。她辩才无碍的天赋及个人气质，使她的名气压倒其他老师，也顺利地把《奇迹课程》带向更广大的读者群。至于教师本身的成长，就凭他们个人的选择和造化了。

葛瑞：你说，这部《课程》已经译成其他语言了？

白莎：你可具备了双语能力？

葛瑞：光是英文，已把我搞得手忙脚乱了。

白莎：仅从翻译的角度来讲，J 兄的这一《课程》传播得比西方宗教当年快多了。一百年以后，世上会有相当高比率的人接受《奇迹课程》确是出自 J 兄的“上主圣道”。但是，人们若不实际应用在生活中，又有何用？为此之故，我们要帮你了解《奇迹课程》究竟在讲什么，至少也要把你送上场去。

这并不如你想象中那么简单，自从 1975 年《奇迹课程》问世以来，爆发了通灵的热潮，各式各样的通灵资料模仿这部课程的技巧与方法，那些通灵书籍的追随者讲的和《奇迹课程》几乎一样。然而在内行人眼里，其他的教诲缺少

---

[5] 玛丽安（Marianne Williamson）即《发现真爱》(*A Return to Love*，新译《爱的奇迹课程》）一书的作者。——译者注

了《课程》里头最关键的部分，而那些部分正是《奇迹课程》之所以成为《奇迹课程》的原因。

你固然不必去批判其他教师，但并不是说，你就不该全心投入《奇迹课程》这部最地道的“一体性”讯息。

不同意其他教师的观点，本身并无大碍，然而，有一点你务必当心——《奇迹课程》里面许多关键性的要点，构成此书的原创性，也代表着人类灵性发展上革命性的跳跃（quantum leap）。可是，绝大部分的奇迹教师或学员在诠释过程中常会忽略这个特质。这情形和两千年前J兄的教诲一样，世界仍想重施故技：仅撷取书中某些观点，掺杂着假相世界的概念，遮盖了圣灵的真实讯息，抹煞了实相的真面目。

将来，我们绝不会因为你不喜欢某些观念就避而不谈。等你听完以后，你若还想抗拒，或不愿接受，那是你的决定，至少不是由于我们未曾说过的缘故。

葛瑞：你以前提到，那绝对的真理可以用“两个字”道尽，我大概可以由最近读到的猜出几分，但我还是需要你确认一下这两个字是什么？

白莎：老弟，请稍安勿躁，那得等到五次访谈以后，当我们论及“悟道”的真相之时。不过，我知道，有一天早上，J兄给了你一个惊喜。

葛瑞：那可不是说着玩的！那经验真棒，我感到那真的是他。

白莎：是的，那确实是J兄的“声音”，既是代上主发言的天音，也是圣灵的声音。而你迟早会认出，那不过是真实的你的一个“象征”而已。说到究竟，圣灵在这部课程里不过是：

他是代上主发言的天音，因此具有某种形式。这种形式并非他的实相，只有上主偕同基督（即他的真实之子，也是他的一部分）方知那一实相。[8]

总之，那“声音”也只是圣灵的象征而已，它一直与你同在。你不难根据我们前面所说的推想出，圣灵没有男女阴阳之别，J兄在书里不过利用古经的象征词汇来修正西方宗教的观点而已。

上主之子，或基督自性，没有性别之分，是你的生命实相。你其实也不是一个人，你只是“觉得”自己是个人而已。你的训练课程应该从你此刻感觉得到的经验层面下手，然后带领你去超越眼前的经验世界之上。当《奇迹课程》提到你以及弟兄时，它讲的是象征集体意识的那个“浪子”，活得分崩离析、各自为政的“片面存在”，你触目所及的一切，都只是它所象征的那个虚妄形象而已。

✡ 你其实也不是一个人，你只是『觉得』自己是个人而已。

阿顿：那“声音”可以用许多方式跟你沟通，但通常不采取那天早上你听到的方式。说真的，人们根本不需要像海伦那样听到那“声音”，大部分的人也永远不会有这类经验。海伦在前几世里练就了一种特殊能力，而J兄则因势利导，在她同意下发挥妙用而已。大抵而言，他（你也可以称他为圣灵）能用各种不同的方式与人合作，他可以把自己的念头给你，作为一种沟通方式，那些念头好像自动在你心里浮现，大多时候，你根本没有意识到那是天赐的礼物；另一些时候，你感到它们好像来自“彼岸”，其实，并没有此岸或彼岸的分别。

这个“声音”，也可以说是佛陀的声音，或是最后和J兄一起成就的所有高灵上师之声。J兄与佛陀从来不会相互较劲、一比高下的，那全是宗教信徒搞出来的幻相，和他们毫无干系。他们的声音也可以在你睡梦中与你沟通，而那些梦境并不比你白天投射出来的世界显得更真实。

圣灵最喜欢帮助人的方法，就是在睡梦里与你沟通；有时，那“声音”也会透过某个深得你心的人，让你来听到。

至于J兄那天早上给你的讯息，你事后了解得很正确，那讯息中最重要的字就是“毫无意义”，人们开始学习这一课程时，常误以为上天要他们牺牲或舍弃什么，《教师指南》说得很清楚：

它会让人感到好似失落了什么；很少人一开始即能看清那是因为自己认出了那东西毫无价值之故。[9]

针对这一点以及幻相世界的“无意义”，《奇迹课程》阐释得非常详尽。葛瑞，你知道，每一个人都希望自己的生活富有意义，只是往往找错了地方，总是从世界中寻找。人们在内心深处感到空虚，却企图用物质世界的成就和人际关系来填补那个洞，但物质层面的东西，顾名思义，再好再迷人，也只是过渡性的。因此，你需要明白J兄在《正文》一开始给人的劝导：

与上主分裂之感是你唯一有待修正的“欠缺”。[10]

这部《课程》中的J与西方宗教的J属于不同的版本，这两套思想体系是无法同时并存的。在西方宗教中，J兄的受苦形象使得“身体”的价值变得无比重要，寓意着他那具人身跟你的大不相同，因为只有他才是神的独生子。但《奇迹课程》的J兄却告诉你，正因为你和他是一体不分的生命，所以你也同样是神的独生子或基督，和他毫无二致，而且你也一样能有下面的经验：

我所有的一切，没有一样你不能得到。我所有的一切，也无一不是来自上主。此外，我一无所有，这是我们目前不同之处。[11]

葛瑞：如果这两套思想体系互不兼容，那么基督徒如何去练习这部课程呢？

阿顿：非常容易，至少和其他人的练习一样容易，因为《奇迹课程》一向只在心灵层面下功夫，从不着眼于外在世界的层面。你可以上教堂，去寺庙，或是任何宗教礼拜的场所，把它们当成一种社交活动。有些大众性的宗教仪式已经成了社区活动举足轻重的一部分了，无可否认的，当前许多宗教机构对它们所在的社区确实发挥了正面的影响。

但真正能够让你找到救恩的，是在你心里。放眼看去，这个世界没有一处或一物具有内在的神圣性，它们全是象征而已。因此，你很容易一边隶属某个宗教或社团，或去从事现实生活中的种种职责，一边仍能在心灵层面操练《奇迹课程》的思想体系。

你也不必苦心孤诣去劝导别人接受这一课程，除非你内心指引你去与人分享，然而，关键在于，连这也非必要。无论如何，你的见证究竟要公开或隐秘，一切由你自行决定。重要的是，我再重复一遍，《奇迹课程》和这个物质世界一点儿关系都没有，它只跟你如何看待世界的这个选择有关。

葛瑞：你是说，天主教徒可以到“苦难圣母教堂”去望弥撒，心里却完全明白，J兄根本不要他们做任何牺牲或受任何苦？

白莎：亲爱的，不只是天主教徒而已，每个宗教里都有快乐的信徒和受苦的孽子，不妨看一看某些印度瑜伽师为了表现他们对神的臣服所选择的苦行。在其他宗教里，即使是快乐的信徒，迟早也会遭到痛苦的打击，因为苦因早已深植在人类潜意识里的思想体系了。这就是为什么基督徒如此坚持 J 兄是为他们的罪过受苦而死的；你还记得那位漂亮的南方浸信教会的女士吗？她曾告诉你，除非你蒙受耶稣宝血的洗涤，否则进不了天国的大门。

葛瑞：记得。我当时还问她我该去哪里订购几两宝血。

白莎：别忘了我们一直跟你说的，这个课程着重的是心理过程，非关形体或形式；你迟早会明白的，所有的事情其实都属于心理过程，非关形体。一谈到天主教与浸信会，让我想起另一个有关"诠释"的问题，你可知西方宗教在当今有多少个派系？我是指对基督信仰的诠释都已能自成一家之言的大大小小宗派。

葛瑞：我猜，有上百吧！

白莎：两万个以上。

葛瑞：天哪！

阿顿：这并非他们的错！让我再问你，假如当今已有两万个教会组织，他们不但不懂 J 兄的道理（我敢说，他们真的不懂），而且，还对 J 兄的教诲各持己见；在这同时，你也看到世界并没有因之而进化；那么，如果《奇迹课程》日后也衍生出两万种不同的诠释，你真的相信它对人性的进化会有任何帮助吗？

葛瑞：你话里头已有答案，而非征求我的意见，对吧？难怪你一再强调，如果我真懂了 J 兄这部《课程》的讯息，那么，正确的诠释只有一种。我想，唯有极少数心胸宽大的人，才放得下自己的诠释，但我也明白，一旦能够放下自己的诠释，真正受益的是自己。

阿顿：颇有见地！

葛瑞：你在推崇"知见"？

阿顿：别忘了，世间确实有"正知见"，我们很快就会谈到的。我们已经指出，你必须自愿放弃你对《奇迹课程》的诠释，才可能换得正确的观点；我们还要提醒一点，你的书若要引用《奇迹课程》的话语，就必须一一注明所有的章节出处。你对这些琐碎细节可能不太感兴趣，但相信我，唯有如此，才能保持《课程》的原貌，才不致扭曲文字而丧失了原意。两千年前的人没有能力保存真理的原貌，即使到了今天，想要不让J兄的讯息变质，仍是困难重重，但我们何妨放手一试？

葛瑞：两千年前，人们开始把自己的观点添加在J兄的言论上，修改他的讯息来巩固自己的信念；没多久，人们便已分辨不出究竟哪些话出自他、哪些不是他说的了。

阿顿：一点也没错，你真想旧事重演吗？

葛瑞：不想。但如何防止《奇迹课程》重蹈西方宗教的覆辙，难不成要设立中央集权的教廷、制订一大套法律规章？

阿顿：非也！真正的防范之道，全靠《课程》自身的特质。《奇迹课程》不是宗教，你早已看出了，只要它能不受扭曲，维持原状，尽量保存讯息的完整性，它的“自修性”特质会为自己走出一条路的，这才是长远之计。这部课程确实走在时代的先端，但话说回来，你该好好去做练习了。

葛瑞：听说古代只有神职人员才准接触《圣经》、阅读《圣经》，其他人只能恭听教会讲的那一套，这是真的吗？

阿顿：真的。反正当时绝大多数的人根本是文盲。许多事情，你已视为理所当然，但别忘了，印刷术一直到1450年左右才问世。罗马时代严密地控制资讯，包括了所有经典，如果大众的知识全是听来的，怎能期待他们想出不同于权威的结论？

直到18世纪，才有足够的知识分子和充分的书籍，将社会往前推进一步，如今人们总算能够普遍阅读，也愈来愈能独立思考了，资讯的普及可谓空前。你也许会问，J兄为何拖了那么久才传出这个《课程》，原因是，直到如今才有足够的人可能读得懂它。

✡ 你也许会问，J兄为何拖了那么久才传出这个《课程》，原因是，直到如今才有足够的人可能读得懂它。

葛瑞：嘿，我无意改变话题，只是不愿错失机会请教你，有关我看到光明的那几次经历。我假定你知道我在说什么，因为你好像对我的底细一清二楚，这种光明经验和《奇迹课程》扯得上关系吗？

阿顿：有的。是在一年前你就开始有了那些经验，它们跟你读了这部课程后内心所做的决定有关。我得再声明一下，很多人没有这类经验，但并无碍于《课程》对他们的实效性。你还没开始练习《学员练习手册》，如果你不介意，请念一下第十五课第三段，你会看到J兄也提过这类现象。你现在愿意念一下吗？

葛瑞：好的。

在我们前进的路上，你会经历许多"光明的插曲"。它们会呈现出种种不同的形式，有些可能出你意料之外。不要怕。这只是显示你已经张开眼睛了。它们不会久留的，因为它们只是正见的象征，与真知无关。[12]

阿顿：我们会谈到"真知"以及导向真知的正见两者的差别，你不必急。我们一路讲下去，还会谈到你那神秘经验的。我知道你心里还有其他的问题。

葛瑞：只想确定一下我的看法是否正确。我很想问你们关于《奇迹课程》的事，还有它跟佛教和西方宗教的关系。传统佛教有个重要观点：人们受苦是因为他们怀着永远满足不了的无限欲望。佛教徒相信，克制欲望会带来幸福，生出慈悲；那也是一种解决"匮乏"的途径，不是吗？

但你曾引用《奇迹课程》的话：**"与上主分裂之感是你唯一有待修正的'欠缺'。"**[13] 你是否在说，佛法乃是修正思想，与圣灵的治愈仍然有别？而西方宗教的方法，比起佛教，似乎又隔了一层，只想修正有形的层面，而非心理层面？

阿顿：你说得没错。是的，你若真的了解我们先前所说的，便会看出，佛教已经踏上正途了，它不像西方宗教那样仍然在回避心灵层面。无怪乎连当今的教宗，在他的书里也忍不住要贬抑佛教，对于佛教的企图超越世界，他深不以为然。根据他的观点，活在宇宙之间，人必须先有一番作为或表现，才可能找到真神。你看，如此一来，他岂不是本末倒置了？要知道，不管是论究有神或无神，佛教根本不谈神的事，而且每个时代、每个教派的经论大师，也都有他们不同的诠释。

我们在第一次造访时，已经指出，仅凭自己做一些心理方面的观想，是无法治愈潜意识里的问题的。日后，我们会跟你细说J兄的思想体系，只要你肯跟他或圣灵合作，必能培养出正知正见，那绝对有助于圣灵的治愈，并且引领你回归本来的真相。

如此一谈，又引出了“奇迹”的一个有趣特性，“奇迹”在这部《课程》里，是指“知见的转变”14，意思是说，转向圣灵的思考方式，并不只是调整自己的念头，改变生活形态或外在环境而已。它明确地告诉你，“奇迹”能加速你灵修道上的进步，远甚于其他的法门：

你若想掌控时间，唯一操之于你的学习教具便是奇迹。[15]

以及：

奇迹足以取代千百年的学习过程。[16]

这绝非夸大其词，他只是根据心灵的法则及上主的法则来揭示真相，我们会在另一次造访中专门解释《奇迹课程》里的时间观念。

你若希望节省时间，最好把这个课程视为一种全新的思想体系，不要视它为西方宗教的新版，它绝对不是；也别把它当成《旧约》与《新约》之外的“第三约”。它不折不扣地，就是一部“课程”；你也只有J兄，而别无宗教。因此，你不必浪费时间去帮它们拉关系。

《圣经》一开始便说：“在起初，神创造了天地。”然而，神并没有创造世界！你若真想了解J兄给你的讯息，就不能轻易妥协《奇迹课程》里的话：

你眼前的世界只是一个幻相而已。上主从未创造过这样的世界，因为他的创造必是永恒的，如他自身一般。然而，你眼前的世界没有一物是永世长存的。[17]

葛瑞：那么能量呢？不是说能量不灭，只会变化吗？

阿顿：是的，在有相的层面里，“能量”好像是不灭的，但究竟说来，它并非能量，它其实是一种“念力”，说得精确一点，它是“妄念”，虽然它迟早也会汇入永恒之境界。请注意，《奇迹课程》同时也给了一个极简单的标杆，帮你分辨真实与虚妄之别。

凡是真实的，必是永恒的，它绝不变易，也不受改造。它不会朝三暮四，因为它已圆满无缺，但心灵却有权选择自己要事奉哪一个。唯一的限制是，它不能同时事奉两个主人。[18]

✡「能量可以转变」这句话，绝对称不上是福音，「造出能量的心灵是可以转变的」，这才是福音之所在。

因此，“能量可以转变”这一事实，正意味着它在本质上的“非真”。我们并无意去浇新时代弟兄的冷水，他们对能量如此疯狂，其实能量什么也不是，那实在是浪费精力，这不过是另一种在沙滩上建立城堡的花招罢了。当然，对于热衷不可见之物甚于可见之物的人而言，能量的观念对他们会有若干帮助，但我们是来帮你节省时间的，因此我们该说什么，就会直言不讳地说。“能量可以转变”这句话，绝对称不上是福音；“造出能量的心灵是可以转变的”，这才是福音之所在。

葛瑞：我懂了。我还有一个疑问，是否必须相信《奇迹课程》真的来自J兄，而且还得与他建立情谊，才能学这部课程？

白莎：不！人们不必相信这书是出自J兄之口或之手，一样能够从中获益。我们说过，你可以好好跟圣灵学习这部课程，也可以追逐时尚地只去沾一点灵气；若是佛教徒或其他宗教徒，可以把宗教名称改掉，照学不误；你可以用佛心来取代基督之心，或改成自己喜欢的任何名称；女性运动者也可以把“他”改为“她”。

不过，在改名换姓的过程中，到了某一地步，人们就会看清，他们之所以要这样改，表示他们心里仍有东西尚未宽恕。若非他们已在这些名相上附加了极大的意义，而且还非常当真，他们是不会这样费劲地非改不可的。

至于那些已经和J兄建立私人关系的，当然应该继续这一情谊，他们迟早会发现这关系原是超越世俗的，因为你与J兄或圣灵的结合，纯然属于心灵层次，绝非世间关系所可比拟。起初，人们常常认为J兄会帮他们在世间混得更好，其实，《奇迹课程》是要带领他们跨越世间这一阶段的。

最后，每个人都会了解你即将明白的事实：那代天发言的“声音”，原来就是你自己的“声音”，是你真实的“声音”，因为你就是基督。在实相之境，天父、圣子、圣灵之间毫无差别；但是如今你尚未活在实相之境，你仍活在这里，至少你感觉到你活在这里。在圣灵治愈你的心灵以前，你需要有人拉你一把，而《课程》里的种种“象征性的角色”就是为了拉你一把。

许多人初读《奇迹课程·正文》时，难免会抱怨说，干脆用外星人的语言来讲可能还容易懂一些！这是因为J兄传递《课程》的心态是当作你冥冥中其实知道他在讲什么；虽然他也明白，活在形体中的你，很多地方你并不了解。于是，他先带入几个观念让你浅尝，随即搁置一边，然后又在后文反复追击，不断深入。这样盘根错节地建构出一个独特的思想体系，给你机会慢慢消化吸收。

学习《奇迹课程》，不是一个事件，而是一个过程。不幸的是，除非去参加读书会，否则许多人只会去读比较平易近人的《学员练习手册》，却对《正文》视若无睹。然而若不真正了解《正文》，就不可能真正体会《学员练习手册》的旨趣所在。

葛瑞： *我也必须参加读书会吗？*

白莎： 不是必须，你若想去你就去，我凑巧知道你会参加的。整部《课程》从未提到“读书会”的事情，你可以把读书会当做上教堂一样，都是一种社交活动而已，它们还未必能提供你正确的资讯呢！但如果成员们都能够将自己托付给圣灵，并以宽恕为目标，你放心，他一定乐于参与其中的。

阿顿： 人们常常忽略了了解《奇迹课程》真正旨趣的重要性，他们会断章取义地引用《学员练习手册》前面几课，也就是J兄那天早上给你的那个讯息。他们会这样说，既然《奇迹课程》的形上观点是“一切毫无意义”，那么这部课程本身也不具任何意义了。现在，让我们再次强调一下：从《奇迹课程》针对目前所在的这一层次而言，它所说的一切绝对有其意义。这一点很重要，你必须彻底了解，否则这书对你就一文不值了。正因为《奇迹课程》旨在重新诠释世界，也就是你所谓的人生，它要你放弃自己所赋予世界的意义，而转换成圣灵赋予的意义。你必须具备这一认知，圣灵才可能将你由梦中轻轻唤醒。任何人读了《学员练习手册》的导言,不可能不知道“彻底明白《奇迹课程》的真意”是何等的重要。

《正文》中所提供的理论基础，是《学员练习手册》中不可或缺的架构，它赋予每个练习意义。[19]

以及：

你只要按照指示去运用这些观念即可。请勿妄自评判。只要你发挥其用。就在运用之际，你会看出它的意义，明白它真实不虚。[20]

让我们宽恕那些人吧！他们老想挑拣速成的路而非难《奇迹课程》，说它的内容了无新意，也无异于其他的书。让我们只把心思集中在《奇迹课程》究竟在讲什么。你应明白我们先前所说的,J 兄叫你把世界当成“对你”毫无意义之物，他是要你放下你加在世界上的价值，转而接受圣灵赋予它的意义，例如：他在第二十四章开头所说的：

要学习本课程，你必须自愿反问内心所珍惜的每一个价值观。[21]

葛瑞：他总不会质疑家庭、母亲以及苹果派的意义吧！

阿顿：你慢慢会明白的。白莎先前说过，J 兄的思想体系是“全像式”(holographic) 的，你一旦了解了整个体系，便不难在书中每个角落看见它的影子。为了说明这一点，何不让我们看一看《正文》的导言，不是序，而是导言。你现在就念一下好了，然后，我会帮你导读一下。

葛瑞：当然，念出声来总比我喃喃自语要好一点。

这是阐释奇迹的课程。是一门必修的课程。只有投入时间的多少是随意的。随自己的意愿并不表示你可以自订课程。它只表示在某段时间内你可以选择自己所要学习的。本课程的宗旨并非教你爱的真谛，因为那是无法传授的。它旨在清除使你感受不到爱的那些障碍，而爱是你与生俱来的禀赋。与爱相对的是恐惧，但无所不容之境是没有对立的。

因此，本课程可以简单地归纳为下面这几句话：

凡是真实的，不受任何威胁；

凡是不真实的，根本不存在。

上主的平安即在其中。[22]

阿顿：多谢，葛瑞。“这是必修的课程”，因为它讲的是真理，如果这句话让你觉得大言不惭或不够谦逊，很抱歉；要知道，它并不是说，《奇迹课程》是帮你找到真理的“唯一途径”。真理重在觉知，而不在于白纸黑字中，但你是无法自行找到这一觉知的。已经生病的心灵岂有治愈自己的能力？由世界的角度来讲，答案是不可能的。你们需要外援，需要奇迹。

✵已经生病的心灵岂有治愈自己的能力？由世界的角度来讲，答案是不可能的。你们需要外援，需要奇迹。

你什么时候决心要学，什么时候要把《课程》的原则应用在生活中，完全操之在你，你想拖延多久，也都悉听尊便。课程早已制订好了，你有权利决定“何时”去学“什么”，但你终将明白，你以为眼前自己拥有千万种的人生选择，其实你只有两种选择。[23]

《奇迹课程》从不自恃凌驾其他灵修法门之上，但它也毫不客气地指出一个事实，那就是，你绝对需要去学这一课程。

爱的真谛是无法传授也无法学习的，爱自会照料自己，导言说：“你”的任务是学习跟圣灵一起清除那让你无法觉知自己的天赋产业的那个障碍（你错以为自己早已忘失了那个觉知）。上主及天国的反面就是“非上主”及“非天国”，然而，上主根本没有反面，他是无所不容的。

你一定曾经听说过，《奇迹课程》要你选择爱、勿选择恐惧，一点也不错，但这仍是不够的。在20世纪70年代《奇迹课程》问世以前，已有上千个作家要人选择爱而勿选择恐惧。而且，你若告诉别人选择爱、勿选择恐惧，他们都会以为你要他们选择的是“他们”的爱，但这绝非《奇迹课程》的本意。

你日后便会明了，这部课程把人间的爱称为“特殊关系”[24]，与圣灵之爱根本是两回事。《奇迹课程》里的“爱”与“恐惧”这两个词，代表着两种截然相斥的思想体系，你必须先厘清这两个体系，才可能明白自己究竟是在哪两种可能性之间做选择。

事实上，正因为“不敢去看”的缘故[25]，你已经把信念体系打压到潜意识底下去了，长此以往，还一味逃避、压抑、否定，再投射到外界去，形成一套“恐惧的思想体系”。[26]要知道，你若无法帮人正视这些，让他们明白，若想由此脱身，必须仔细检查那些信念是如何在现实生活里运作的，否则，那一套理念是不会带给人们任何帮助的；你若无法帮人看透幻相，让他们知道，永远不可能从有形的层面去解决人间的关系，否则，那一套理念也称不上是什么珍贵的礼物。

“凡是真实的”，是指你永恒不易的灵性，即《课程》所谓的“爱的思想体系”，它既是不受任何威胁，且将带领你回归灵性。“凡是不真实的”，是指其他的一切，也就是“恐惧的思想体系”所带给你的一切后果，但在实相中，它根本不存在。“上主的平安”，乃是《课程》的目标，你必须先进入这种平安，才能重新觉醒于你在天国内的生命实相。[27]

葛瑞：如此说来，这一切必须在超乎形体及世界的层面进行，就如同你反复说明的观念，而这也正是两千年前J兄看待身体的心态：外在形体的种种，其实与生命实相根本无关。还有，你好像在说，即使你还活在血肉之躯内，复活仍是发生在你心里的事件，和身体毫无关系。肉体的复活，或肉体的不朽，说穿了，不仅仅是一种幻相，而且根本就无此需要。

阿顿：真是孺子可教也！是的，实相及爱，原属自然之境，是抽象的；而身体与恐惧，则是反乎自然的，是具体的，正如《奇迹课程》所说：

心灵的本来境界，是彻底抽象的。[28]

我们会在下次造访中深入这个主题，届时我们会解释，你是怎样落入“我是一具身体”这类想法的，以及“娑婆世界”又是如何形成的。

葛瑞：我开始明白你为何说《奇迹课程》跟西方宗教思想是无法兼容并存的。《奇迹课程》说：身体是一种幻相，建筑在一种与神对立的思想体系上（如果“反神论”可以成立的话）；西方宗教则在巩固另一套思想体系，借着推崇J兄这一具人身的独特价值，重视人类个别（形体）的存在意义，满足了人们想要肯定自己的个别性及特殊性的需求。

阿顿：一点都没错，古经中的J兄成了世间“形体大梦”的偶像；其实，真正的J兄并非那一具身体，他是自由的，而且他也要把那自由传给你。你必须借由各种途径去学习超越传统宗教的思考模式，例如：犹太／西方宗教传统信仰中的上主，不仅把人类的罪恶当真，还加以无情惩治。我们已经提过，在西方宗教思想体系里，认为上主把J兄献出，是为了赎清世人的罪而受苦牺牲。有些教派还百般强调身体的重要性，他们在圣体圣事或某些宗教仪式里，象征性地演出一场又一场享用耶稣“身体和宝血”的情节，他们真的相信，上主为了赎清人类血肉之躯所犯下的罪行，不惜牺牲自己圣子的肉体作为代价。

然而，上主不会穷极无聊到去反制你梦里的故事的，就像你也不会去解决睡在枕边的妻子所做的噩梦一样。首先，你根本没有看见那一件事情，因为它们并非真实发生的事件；其二，就算你能看到那个梦，你也不会插手解决，因为它既不是真的，就不可能影响到你。唯一合情合理的反应，乃是把妻子由噩梦中唤醒，但你会极其温柔地轻轻唤醒她，免得再度惊吓到她。

圣灵也是这样轻轻地唤醒你，他绝不是形体世界的神明，终日忙着处理你梦里的事件。圣灵其实是代上主发言之“声”，一直陪着你在幻境中流浪，漂流到如此遥远的异乡。[29]

圣灵会教你看出，你认定发生在眼前的事件并非真的发生了；这是他唤醒人们的方式。真相是无形可见的，任何可以眼见耳闻的事物，即使可用科学方法测量，仍是幻相，这与世俗观点正好背道而驰。

《奇迹课程》还提出具体的方法，让你借用它思想体系里的“真宽恕”来应付肉眼告诉你的事件，如此，你才能在社会里进退自如。在幻相世界里，没有一项事物会比另一项事物来得更神圣，慢慢地，你会发现，你以前视为罪、攻击、内疚以及分裂的东西，原来也不是想象中那么回事。你仍可平安自在地活在世间，同时也慢慢地、轻轻地由梦中清醒过来。

葛瑞：根据你的教导，以及我从《正文》中读到J兄对自己被钉十字架的解说，十字架表面看来确是一种可怕的刑罚，但对他其实不算什么，因为他当时那么彻底地认同了百害不侵的上主之爱。他知道自己真正是谁，并不是那一具虚幻的肉体。

我想，“J兄该在十字架上为人类受苦”这件事之所以成为西方宗教信仰的核心，正好显示出J兄的讯息被后人误解扭曲的程度。这样说，对吗？

阿顿：对，不过也别期待你在练习《课程》的第一年，就能达到他那样不受痛苦凌虐的影响，那种理想境界需要很深厚的基础。但那“再也不必受苦”的时刻迟早会来临的，那是这一灵修的远程回报，即使是活在身体之人，一样可能保有百害不侵的心境的。《奇迹课程》有言：

无罪无咎的心灵是不可能受苦的。[30]

但你仍需历经一段时日，才能学会宽恕的课程而达到那个境界的。

葛瑞：但愿如此，不过我真希望早一点抵达目标。

白莎：每个人都希望如此，我们来此就是要助你一臂之力的。现在，我们为你提出几个要点，它们虽然不能涵盖全书，但至少是书中的关键。开始时，你可能难以苟同，但不妨深思一下。

上回我们说过，这次来访时会告诉你“真正的智慧”是什么，我们这就言归正传。你会发现，我们的解说愈来愈倾向直线式的，那是为了配合你的理解能力。

关于智慧，根据世界的信念，通常是指你对外在事物判断得又好又对；其实不然。“你是对的”这个意念，所带给你的，只会让你永远陷身在这个娑婆世界。我要引用一段J兄在《课程》里谈到智慧和纯洁无罪的说法。顺便一提，这也是“心地纯洁”的真正意义。

纯洁无罪不是一种片面的本性。它是完整的，否则就不是真的。片面的纯洁无罪有时会显得相当愚痴。他们的纯洁无罪必须形成一种见地，能够普遍运用于现实生活中，才会转为智慧。纯洁无罪或是正知正见意味着你不再落入妄见，永远得见真实。[31]

葛瑞：你是说，不论别人怎样，我都必须把每一个人看成纯洁无罪？

白莎：对，再提醒你一下，别期待那是一蹴可成的事。

葛瑞：我不懂，像希特勒这种人怎么可能是纯洁无罪的？

白莎：这是最常见的问题了，答案跟希特勒本人毫无关系。我还记得自己身为犹太人的那一世，对于纳粹、光头党、三K党这类病态的人间组织，确实不敢恭维的。他们之所以仍是纯洁无罪，指的并非在有形身体的层面。要知道，世间所有的人，包括你在内，都同样的纯洁无罪，而所有的观感或看法，只因为你们所见的其实并非真相[32]。正如《奇迹课程》所云：**这是你做的梦，不是别人做出来的梦。**[33]

希特勒只是“恐惧思想体系”发展到极致的典型范例。你以为“犹太大屠杀”是一件非比寻常的历史事件？不是的，只不过它波及的人数较广，才显得异乎寻常。其实,类似的事件在历史上不断在重演。你若仔细想一想或稍稍研读一下，就会发现，光是上一个世纪，这类事情可说是屡见不鲜。你不必是犹太人、黑人印第安人或任何不同肤色的人，都可能成为受害者，可以说，几乎在世间找不到一个没有受过迫害的族群。即使是白人，只要他或她隶属于某一特定阶层，巧不巧地，再“躬逢其盛”一下，都可能成为那个年度的受害人选，他们也许是某个教派的信徒或任何被贴上标签的巫师。你若生在1692年的马萨诸塞州萨林镇（Salem），你知道当年那儿所发生“猎杀巫师”的事件吧！在那次审判巫师的官司里，你知道多少人被判死刑？

葛瑞：大概有十九或二十人吧！

白莎：是的，那是人类“投射潜意识罪咎”极其残酷的一个例子。但是，你可知道，在那次“巫师大审判”之前的欧洲，有多少人死于巫师罪名之下？

葛瑞：不太清楚；上百人吗？

白莎：四万人左右。

葛瑞：天啊！四万人！

白莎：如果根据现代的人口比率来推算，当时的四万人，差不多相当于现在的一百万人。

葛瑞：我的天！除非有其他性丑闻跟它抢风头，否则，那应该是最耸人听闻的事件了！

白莎：的确是的，当人们内心深处有不可告人的隐痛，需要把潜意识中的内疚投射到他人身上时，不论用什么借口，都会产生类似的结果。目前，我们谈的都还是几个极端的例子，其实，一般所谓的凡夫俗子，天天都在用各种手法干类似的勾当。他们根本不知道自己有什么需求，更不知道是为了什么；他们若是知道，就不会干这种事了。

等你慢慢看清人类的处境，就会彻底明白，为什么“种族屠杀”这类惨无人道的疯狂行径，在历史上是那么司空见惯。你也会学到，唯有真正的宽恕，才足以打破这个可悲的模式。

好了，我们说过，你不必立即相信每个人都是全然纯洁无罪的，而且也不必马上接受《奇迹课程》的其他观点[34]，但只要你一路操练下去，有朝一日，你自会发现宽恕对“你”（而不只是你所宽恕的对象）的帮助是那么的不可思议。

《奇迹课程》给了“恐惧的思想体系”以及天人分裂的心态一个名称，那就是“小我”（ego）[35]。可别把这一名词和传统心理学的“自我”（ego）混为一谈了，J兄跟我们说话时采用的名词通常都是“广义”的，所以，他给小我的定义也不属于任何学派。你只需记住，不论小我显得多么有能耐，它其实只是一种想法而已，而想法是可以改变的。

葛瑞：我知道你还没讲出全盘的故事，但你提到的宽恕，听起来有点像是心理学的“否定现实”（Denial）。

白莎：等我们讲完所要告诉你的一切时，你不只会看出真正的宽恕究竟是什么，还会明白，“爱的思想体系”和“恐惧的思想体系”一样，各有一套“否定现实”的手法。然而，圣灵所用的否定手法，用意是在揭发小我“否定真相”的企图，顺势将它反转过来，然后导向天堂。这是圣灵带给人平安的途径。

它“否认”了任何不是来自上主之物具有左右你的能力。这是使用“否认”最上乘的手法。[36]

然而，到底什么样的宽恕，才能带来平安？《奇迹课程》说：

因此，宽恕也属于幻相的领域，只因它以圣灵的目的为目的，故能脱颖而出。宽恕能帮人远离错误，不像其他的幻相反会导致错误。[37]

葛瑞：我若接受“上主以外没有一物影响得了我”这个说法，是否表示我就该逆来顺受，任凭别人的侵犯，也不自我保护？或者说，即使生了病，也不该去看医生吗？

白莎：当然不！我们先前说了，你一样可以照常安心度日，这不是空话。你绝不该逆来顺受，但也不必为了证明什么而去自找苦吃。十字架是一个极端的教学工具，你并不需要亲自受苦才能学会《课程》[38]。多半时候，你仍会照常度日，只是别再逞能，靠自己而活，尽可能祈求上天的指引，J兄亲自传递的整套圣灵的思想体系就是你生活里的靠山。他是人类梦境里第一个圆满成就的人[39]，不久的未来，你也会成为这个思想体系的一个发言人。

记住，J兄所谓的宽恕和他在《奇迹课程》里所说的，和西方宗教所讲的，或世界所接受的宽恕大不相同。如果仍是旧调重弹，他根本不必在此浪费唇舌。正因为西方宗教误解了J兄，他才需要透过这部课程重新传授“真宽恕”的道理。如今，我们固然在教导你，使你知道如何应付各种处境，但请记住，没有任何人的解说能够取代这部课程，你必须亲自去读，去操练，我们只能算是补充教材而已。

我们无意自成一家之言，你也不该自立门派。人们自作聪明，一意孤行，在人间混了百千万劫，古谚有云：如果你继续去做你一直在做的事情，那么你就得继续承受你一直在受的后果。“一直在受的后果”，就是一张重返这个“地球”精神病院的“回程车票”。时候到了，你该跳脱这个一点也不快乐的“旋转木马”了。

> ✡ 如果你继续去做你一直在做的事情，那么你就得继续承受你一直在受的后果。『一直在受的后果』，就是一张重返这个『地球』精神病院的『回程车票』。

葛瑞：我想大多数的修行人都在追求断绝轮回的方法。你让我明白了奇迹的真正含意：虽然《奇迹课程》

有时把自己当成一个奇迹，其实，所谓的奇迹，与任何有形层面的事物无关，它是“知见上的转变”，发生在人心里面。

白莎：很对，这样，你就开始处理问题的“因”了。《奇迹课程》说：

本课程是一部强调“因”而不强调“果”的课程。[40]

又说：

为此，不要设法去改变世界，而应决心改变你对世界的看法。[41]

葛瑞：只需稍加观察，不难发现，对人间事物的种种批判并没有使人们更快乐一点。

白莎：一点也没错，事实上，这部《课程》后来会问你：

你宁愿自己是对的，还是宁愿自己幸福？[42]

葛瑞：我想，大部分的人都难免口是心非，嘴巴上说：我宁愿幸福；但行动上，却处处显示着：我宁愿自己是对的。

白莎：对，这就是小我的自欺手腕。当人们批判别人，并相信自己是对的，当下会产生一时的快感，因为他们成功地把潜意识里的某种内疚投射到别人身上去了。但是，隔了几天，不知所然地，他们的内疚就来讨债了（由于发生在潜意识里，所以自己完全不清楚怎么一回事）。也许是出了车祸，或是任何一种自我打击的手法。当然，这样说，只是一种虚幻的直线式解释法，真相是：那一切早已预先设定好了。此中道理，我们以后还会讲到的，此刻，我只是为你举出世间万象“因果相生”的一个例子而已。

葛瑞：你是说，人们批判别人，逞一时之快或一时之痛（全凭他把内疚“向外”或“向内”投射而定）；然后，他们会惩罚自己。表面上，他们以为自己胜利了，其实是他们的信念败在自己的业力之下，就如同被车轮碾过的一条狗（their karma runs over their dogma）。

白莎：嗯！你进步得挺快，但百尺竿头，仍然有待加紧脚步呢！别忘了，“业”只是“果”而已，我们改变心，是要改变一切的“因”。物质世界中的“果”，不值得人们操心，因为它不是真的，你该关心的“真事情”是心灵的平安以及回归天乡。至于这个时空世界里头的利益,等我们论及“真祈祷”和“富裕”时,自会谈到的。

阿顿: 让我们再重申一下,《课程》提到“勿判断你的弟兄”,是要你勿定弟兄的罪而已[43]。然而,你在过马路前,不能不先作个判断,缺了这种判断,你大概连早上起床都成问题。我们要你放下的,不是那类的判断,《奇迹课程》无意推翻日常生活中的普通常识。

葛瑞: 起床这类普通常识,对某些人来讲,还真是一大挑战呢!

阿顿: 你可以判断观念,但不去批判人,只需接纳真实的观念就够了。说起挑战,我们一再跟你讲,我们会不断挑战你,但总有一天,你的挑战也会结束的。正如《教师指南》对资深教师的描写:

对上主之师,并没有什么挑战可言。因为挑战意味着怀疑;而这群教师对上主的信赖是如此坚定,怀疑毫无立足之地。[44]

而你,鬼灵精,还没到那境界呢!你该试着返回自己心灵的本然状态了。

葛瑞: 我很乐意,你说过,反正那个心也不是我的。但你老爱重申“不同”和“分别”,而不去强调“一体”,这让我感到有一点儿不舒服。

阿顿: 我很高兴你提出这一疑问,因为其中的原委极为重要。那是因为分析到最后,只剩下两种思想体系,所以圣灵才会使用“比较”和“对照”的方式来教导你。

奇迹将你所造的一切与上主的创造相互比对,凡符合创造初衷的,便纳为真实;与它抵触的,便斥为虚妄。[45]

白莎: 什么是跟奇迹及圣灵相应的?什么又是跟他及这《课程》抵触的?人们对此常有争议。在修行人中,包括奇迹学员在内,争议本是难免,这正是世界的一贯伎俩,就像显微镜下细胞的分裂,原是世界与生俱来的本质,因为小我的心确实像显微镜下的细胞那般不断分裂,形成了一颗颗状似分裂的心灵,有些人称为灵魂。但你不必为那些争议操心,也不必抵制它,你需要做的,只是回到问题的源头“心”那里去(而不是世界),透过宽恕来转变你的心。

不论在奇迹团体之内或之外，J 兄并不奢望这部课程能够免除那类争议，就如同，他在《课程》最后的《词汇解析》中所说的这段话，足以套用在整部书的任何一处：

所有的词汇都有引发争议的可能，喜欢争议的人，不难找到借口。而有意澄清自己观念的人，也会如愿以偿的。然而，他们必须心甘情愿地罔顾那些争议，明白那只是一种抵制真理的反应、存心拖延的伎俩而已。[46]

在下回讨论中，我们会解释这些可能引起争议的观念，如：潜意识里因罪而衍生的内疚，那正是背后推动着世界运转的动力。然而，你心底那个罪的观念其实根本虚妄不实，只要你不再定人之罪，它在你心里便不会显得那么真实了。

✡ 潜意识里因罪而衍生的内疚，那正是背后推动着世界运转的动力。

阿顿：在我们下次来访之前，我要你思考一下，人间的灵修道路原本各异其趣，你若想要合一，只能在目标上合一[47]，因为所有灵修之道目标都是一致的，都会回归上主那里，途径尽管不同，好像各走各的阳关道，但最后还是会殊途同归的。你不必为此难过，这是必经的过程。

不管透过任何灵修法门，只要你想从中获益，就必须先彻底了解它，然后运用出来才行；若非真正了解，怎能运用出来？如果你说佛教和西方宗教讲的有所不同，并不会引起任何争议；那么当你说《奇迹课程》讲的也和它们有别，这又有什么好怪异的？

《奇迹课程》并非什么“运动”，世间的运动五花八门，早已不计其数了，实在不必再用任何名目去标榜它。再说，《奇迹课程》流不流行，一点也不重要，J 兄知道他在做什么，准备好接受这部课程的人自然会找到它的。

J 兄的《奇迹课程》有它独到之处，它给予每个个别生命一个机会，让它们看清自己原来根本不只是一个个体生命，而且也从未落单过。它给你一个机会，来和圣灵结合，最后与上主合一。它帮圣灵治愈你，加快你回归上主的脚步。但要达此目的，你必须先学习 J 兄在《课程》里提出的这个关键论点：

我们确实可以说，小我的整个世界都是建立在罪之上的。只有这种世界才会如此是非颠倒。就是这种诡谲而虚幻的“罪”撒出了“咎”的天罗地网，密不透风，把人压得喘不过气。整个世界就这样在罪咎中找到一个稳固的基地。因为罪已将一切造化由上主的神圣理念改造为小我理想中的模样，小我世界于焉形成。它造出了一堆丧失心灵的身体，逃避不了腐朽与死亡的结局。如果这只是一个误解，真相便能轻而易举地将它化解。只要你肯让真相去评判，任何错误都会当下获得修正。但错误一旦篡夺了真相的宝座，它还能往何处接受修正？[48]

白莎：我亲爱的使者，时候到了，该放弃你自己加在世界的错误价值，开始试着接受圣灵所赋予的意义，他看待世界的方式才是真正具有意义的。

阿顿：葛瑞，继续研读下去，下一次来访时，我们会把你的错误带入真理之内，有心释放你的那一位自会帮你化解（undo）一切错误的。

4　人类存在的秘密

天堂之外没有生命可言。

上主在何处创造了生命，生命就只可能存在那里。[1]

我谨守阿顿的建议，加速阅读，并开始练习《学员练习手册》，通常一天一课。但碰到特别受用的那一课，我会反复修炼好几天；也有那么一两次，我特意放自己一天的假，可是对前日学到的观念仍然念兹在兹。如今，我开始操练“真宽恕”这门艺术，看来，这一修持所需之时日，远比我想象的要长。

《学员练习手册》分为两部，上篇旨在化解人们看待世界的方式[2]，尤其是前五十课的设计，完全是立意于这个目的。我在想，也许阿顿和白莎会等我完成前五十课的练习（大约需要两个月的时间）才会再度现身。

一个月左右过去了，我的信心开始动摇，不敢确定我的朋友真的会重返此地，毕竟，在我心目中，我们已如至交一般了。只不过，当时我学得兴致高昂，我知道，不论将来发生什么事，或是什么事也没发生，我也都会继续与《奇迹课程》同行的。

一天，我回到当初买《奇迹课程》的那个小书店，向柜台小姐打听这一带是否有《奇迹课程》的读书会。缅因州在美国算是比较沉寂的一州，几乎没有任何灵修活动由此发迹，然而她竟然还提供了好几个电话号码，都是附近的奇迹学员为了结缘而留下的。我斟酌了几个，请求圣灵指引后，就开车到里兹镇(Leeds)，那儿离州政府奥古斯塔（Augusta）不远，我碰到一群人，高高兴兴地跟他们共修了一阵子。

那位读书会召集人已经研习这部《课程》多年了,他借给我两本小册子,是《奇迹课程》唯一的补充教材，也是J兄传授及海伦笔录的。它们是《心理治疗—目的、过程与行业》和《颂祷》。他还问我要不要听一些录音带，可能有助于深入了解这部课程。我瞄了录音带外盒一眼，上面写着“小我与宽恕”(The Ego and Forgiveness)，是肯尼斯的演讲。没想到白莎才刚推荐肯尼斯不久，就有人主动借我他的录音带，可真凑巧！我把它们带回来就搁置一旁，好一阵子也没去听。

日复一日地，我逐渐明了《学员练习手册》导言里的提示:《学员练习手册》必须以《正文》的理论为基础才有意义[3]。我清楚意识到,学员若不懂J兄在《正文》里解说的原则，极易误解那些练习，甚至会断章取义地帮自己旧有的信念撑腰。

我们这些学生目前还无法正确地听见他的“声音”,《奇迹课程》也说过:“只有极少数的人听得到上主的天音。”[4]但我们经常听到学员们在网络上宣称，圣灵指引他们说这个或做那个。我不想重蹈覆辙，因此，我不但要尽力了解《奇迹课程》的原则，而且一定要在现实生活中实践出来。在此之前，我必须帮圣灵清除过去让我听不清上主之声的那些障碍。

正当我快要放弃再次见到阿顿和白莎的希望时，某个下午，我在家看租来的录像带，正看到一对男女亲热的香艳镜头，阿顿和白莎再次出现了，霎时，我窘困至极，赶紧抓起遥控器关掉电视。这次的访谈由白莎开始。

白莎：嗨，葛瑞，那是什么？好像挺有意思的。

葛瑞：嗯，那只是“二元关系”的一种实验。

白莎：实验？原来如此。

阿顿：我们很高兴看到你那么认真地阅读这部《课程》，还努力实践书中的观念，我们有意给你足够的时间练习。对了，忘了告诉你，我们十七次的访谈会延续好几年呢！

我们也很高兴看到你找到了一个读书会，你以后就会明白，读书会的目的

> ✡ 读书会的目的不是让一群孤单的个体在有形的层面寻求慰藉，它是为了「宽恕」，你必须透过人际关系才能反照出自己的小我心态。

不是让一群孤单的个体在有形的层面寻求慰藉，它是为了“宽恕”，你必须透过人际关系才能反照出自己的小我心态，才有机会练习宽恕。读书会和教会或世上任何组织一样，表面上好像有一堆老师及学生，其实只有一位老师，也只有一位学生。

这个下午，我们要为你点明一些事情。你们美国人以为“上帝已死”的讯息首次是由1970年间的《时代杂志》刊登出来的；其实，早在1880年尼采便已发表这个惊人之论了。这项宣言，十足道出小我的秘密心愿：把上主干掉，篡夺他的宝座。但尼采本人并不知道这是小我的秘密，他正值四十岁的英年，便精神崩溃了，而且，终其一生都不曾挣脱精神病的魔掌。

自古以来，人们一直在思考人类存在的本质及起源，许多人自认为找到了终极答案，因而形成林林总总的人生哲学；其实，究竟而言，只有一个已经脱离肉身的人，才有资格告诉你人类的真正起源。我并无意贬抑尼采，他和世上所有的人一样，迟早会在上主之内找回自己的真实自性。我这样说，是为了印证《奇迹课程》的话：

世界最怕听到的就是你这一自白：

我不知道我是什么，也不知道自己在做什么或身在何处，更不知道该如何看待世界，或看待自己。

你若学会如此自白，救恩就来临了。你的真相便会向你启示它自己。[5]

白莎：让我们先谈谈“你是什么”以及“你来自何处”吧！从而，你才好决定你要多快去到自己真正想去的地方。我们要讲一个关于世界的小故事，是根据J兄那部《课程》的资料，要不然，你是永远记不得这件事的。别掉以轻心，你该庆幸自己有缘得知此事，若非J兄，这一真相会永远压在你的潜意识下面。

即使你听懂了故事的原委，大部分的细节你仍然意识不到。我们下面要讲的，至少给你一个机会，让你借着圣灵的帮助，找到一条路，穿越“遗忘的帐幔”，而回归你真正所属之地。

宇宙形成之前可能发生的事情，是无法用象征的比喻方法来说明清楚的；而超越时空的浩瀚心灵领域，也不是任何文字所能描绘明白的。然而，我们仍会试着让你一窥所谓的“原罪”后面的内幕真相。我们可以告诉你，究竟是什么引爆了那开天辟地的“大爆炸”(the Big Bang)。

没有一位科学家能够追溯“大爆炸”之前的事情，最多只能做一些推理猜测。其实，人们不但“可能”忆起宇宙的起源，也可以因之改变你们对那一件事的认知。然而，现在的你并无须记起宇宙之初究竟发生了什么大事，因为你只须宽恕现实生活中“象征”那一缘起的事件，当初构成天地之始的错误心念便即刻扭转过来了。此言不虚，你的救恩一向也操之于你当下此刻所做的决定。阿顿，你愿接着讲下去吗？

阿顿：在无始之始，没有开始也没有终结，只有永远的恒存，它始终存在，也永远存在，那就是唯一完美无瑕的一体觉性。这个一体性存在是如此完美庄严，在无限喜悦中推恩至无穷，没有一物不在它的自我觉知之内，而它的唯一实相即是真神上主，也就是我们日后所谓的天堂。

上主在创造中将自己的圆满生命延伸出去，我们称之为基督（自性），基督与上主之间既没有隔阂，也没有分别，两者全然等同。基督不是上主的一部分而已，它是那一整体的延伸；真爱必须分享，而真神的造化之内所共享的完美之爱，不是人类理性所能了解的。人类生命只有内在的基督（自性）那一部分才属于那一整体。

如果勉强要分别上主与基督（自性）的话，唯一可能的分野即是上主创造了基督，他是终极的创造者；基督并没有创造上主，也不曾创造出自己。只因他们的一体是如此圆满，些微的分别在天堂里根本就微不足道。上主把基督（自性）创造得与自己全然一样，分享他的永恒之爱以及不可言喻的无尽喜悦。

那种永恒无间的喜悦觉境，是彻底的抽象、亘古常新、永远不变，而且一体无别，与你目前所处身的现实世界全然不同。基督（自性）继续向外推恩，不断创造，于是它的创造也成了那一体生命的延伸，和基督（自性）、上主同样地浑然一体。由此可见，基督（自性）与上主具有同样的创造力，只因它与上主一体不二。这种延伸也可称之为推恩，既非向内，也非向外，因为在天堂里，根本没有时空的概念，一切都是无所不包、无所不在的。推恩到最后，一切只是完美圣爱的无限分享，那是远远超乎你们所能理解的。

后来，好像出了一些状况（就像做梦一般，它并非真正发生，只是仿佛发生了），在那一刹那、无足轻重的千万分之一秒，基督（自性）里某一层面出现了一个念头，那是上主本来没有的。有一点像是“万一如何如何……”之念，它原是因天真无邪的遐想而起的一个疑问，不幸的是，却引出了一个看起来无比严重的答复。

如果用人间的语言来表达这个疑问，那就是：“万一我能在上主之外自行发展，不知会怎样？”这好比一个天真的孩子在玩火柴，结果把整栋房子给烧了。若非你当初那么无端多事地自找答案的话，你现在的日子会好过多了。你那原本纯洁无罪的心，一旦生起无谓的疑问，立刻就被恐惧所攫获了；然后，你在情势所迫之下，一个荒谬又冷酷的防卫系统便顺势而生了。

由于你那个想法并非上主固有之念，所以他不作答复；因他一答复，便等于赋予那念头某种真实性了。如果上主在完美的一体性之外还知道其他状况的话，那他的一体性岂称得上圆满？而你也没有一个完美的天堂供你回归了。

你迟早会悟出，自己其实根本不曾离开过天堂，你仍在那里，你只是进入了噩梦般的幻境而已[6]。你既然只是在梦中流浪，永恒一体的上主及基督（自性）当然如同过去那样分毫无损，而且屹立不摇，始终不受《奇迹课程》所谓的“小小的疯狂一念”（即分裂的一念）所影响。[7]

在这个恍兮惚兮、好像真实存在于宇宙一瞬的个体生命内（不论你把这些个体生命想象得多么美妙，它仍然只代表了一种“分裂体”而已），基督（自性）的某一层面如今经验到另一种幻觉，也就是二元的经验。于是，你在原本的“一”之外，经验到“二”。然而，天堂里只有完美的一体存在，此外别无他物。那是非二元、非二体的境界，它仍是一切之实相，除了那个“一”以外，全然没有任何他物存在。

如今，你所经验到的却大异于此，好像除了上主那唯一的真神以外，还有其他东西存在，那就是二元的幻境。你眼前所见到的多元世界，乃至于无量众生，其实都只是象征那分裂境界的泡沫而已。虽然你还保有若干创造之意，但不知借助上主的能力，你又岂能创造？难怪你自己妄造的那一切最后都注定要一一坍塌。

每当一个婴儿来到人间，不过是重新上演一次它自认为脱离了上主完美境界的经验。原本在寂静涅盘里，无忧无虞，一无所缺；刹那间，那婴儿发现自己掉到一个活似地狱般的虚幻现实里。你们也许把新生儿的诞生视为一个奇迹，奇怪的是，婴儿本人可不是满脸笑容地来到人间的。

✡ 每当一个婴儿来到人间，不过是重新上演一次它自认为脱离了上主完美境界的经验——他们拳打脚踢、大哭大叫地来到人间。

葛瑞：他们拳打脚踢、大哭大叫地来到人间。

阿顿：是的，心灵再度进入分裂的幻境里，这和人类陷入昏睡没有两样，都只是一个无聊的噩梦，因为任何天堂之外的经验，都成了天堂反面的象征，自然显示出与天堂相反的特质。我们以后才会深入这一主题，在此我们得先为你解释清楚，你是如何从自以为分裂的“心灵境界”演变成一个个婴儿形体相继诞生的“娑婆世界”的；而且，为什么你们会那么执著它，把它搞得像真的一样。

葛瑞：一定是我们深信自己所经验到的世界是真实不虚的。

阿顿：不错。因此需要有人告诉你如何走出这个现实经历，你那个无意识的心灵就像在方向盘上面打盹的人，根本不懂出离之道。然而，你迟早会在宇宙的某一刹那清醒过来的。因为代表上主及天堂之声（我们称为圣灵）依旧在你内，随时提醒你一切的真相，并呼唤着你回家。[8] 你对自己的真相具有永不磨灭、也永不失落的记忆，因此，你迟早会觉醒于天堂的实相，这是你的宿命。

你若在梦里尽做些不明智的决定，确实会延误你忆起真相的机会，至少在假相世界里是如此的，而你这一路走来，也的确做尽了不明智的决定。你原有能力去选择上主的记忆与能力的，然而，你也能够做更多其他的选择；你只要诚实地自省一下，便不难发现，你通常都在做“其他的选择”，与你心灵当初所做的分裂选择如出一辙。它在惊慌恐惧与迷失中做了一连串不明智的抉择，结果让你沦落到今日的地步。

你至今仍不明白心灵的惊人能力，也不明白你仍有机会做出另一抉择来结束这个分裂幻境。这事随时都可能发生，我并不是说这对你目前来讲是件轻而易举的事，我只是说，只要有人拉你一把，这事并非你想象中那么困难。

不要忘了，你若真的愿意接受上主的助手圣灵的协助，就必须先信任上主才行；但除非你真正看清，是你自己而不是他害你沦落至此的，否则你怎么可能信任他？又除非你彻底了解这个世界并非真实的，你经历的一切都是梦中幻境，否则，你一定会对自己的一生充满罪恶感。我并不是说，你不必对自己在幻境里的行为负责，我只是再三强调，你必须先了解事情的真相，“真宽恕”才可能在你的生活里发生效用。这正是圣灵最能帮助你的地方。

上主不可能创造这个世界的，因它根本不符合上主的本质，他不可能这般无情的，正如J兄所说：

如果这是真实的世界，上主确实不仁。因为没有一个有爱心的父亲可能要求孩子为救恩付出这种代价的。[9]

幸好，这不是真实的世界，上主也不是残酷无情的。因此我们才向你们这群迈入21世纪的学生反复解说，所有和天堂完美一体境界相反的种种现象，以及分裂之后宛如真实发生的一切事情，根本与上主无关。分裂的观念，还有你在分裂中所做的种种决定，上主毫不在意，因为梦中不论发生了什么事，都不会带来任何后果，只因它们根本不曾真正发生过。

虽然那些事情对你来讲，不只显得真实，往往还严重万分，其实你的宇宙仍然不过是一个无谓的妄念与造作而已，而宇宙中所谓的能量也不过是你们投射出来的念头。就如同我们已经解释过的，物质只是另一种形式的能量，绝非上主的真实力量；而极尽你心智能耐所及的，充其量，不过是分裂再分裂的幻境而已，你们居然还挖空心思去赞美那些分裂的结果。

不管如何，你其实仍安安稳稳地活在天堂里（这一点我们以后还会谈到），正因为你所见的一切均非真实，即使你梦到自己受伤，甚至身亡；事实上，你仍能随时觉醒过来，继续以前你在天堂里完美一体的生活。只是你的心灵亟需修炼，好让圣灵做主，不再受制于小我的想法。你还需要培养一些功夫，才能做出符合圣灵思想体系的决定，不再依赖自己一向的思想模式。为此，我们不能不明白指出《奇迹课程》和其他灵修体系（包括史前文化、古埃及文明，到老子、印度教、袄教、旧约、古兰经、新约，以及其他新式二元论的思想体系）之间的区别，它们其实全属于二元论的思想体系，都不外乎尊奉某个神明为造物主——那造物主通常会创造出与自身截然不同之物，然后再与之交流。

如今已到了 1990 年代，市面上有一本相当畅销的心灵书籍竟然还把上主说成他创造了恐惧！错得实在离谱，正因如此，我们才会不厌其烦地指出这一错误的严重性：上主不曾造出任何与完美一体的天堂相反之物。J 兄在《奇迹课程》一开始便把那些不能反映出圣灵思想体系之物，作了这样的区分：

其余的一切只是你虚拟的梦魇，并不存在。[10]

后来又说道：

你正安居于上主的家园，只是在做一个放逐之梦而已；你随时可以觉醒于真相的。[11]

这两句都属于一体论的观点，这类观点能帮你省下千百万劫的时光。《奇迹课程》还有上千句类似的说法，之所以如此再三重申，就是担心只讲一次你听不懂。你看，事实就摆在眼前，绝大多数的学员，即使听了几千遍，仍然听不进去。

葛瑞：会不会是因为人们下意识害怕这类讯息？

白莎：没错，并非由于你们智力不足，而是因为潜意识里有太多的抗拒。我们要你帮忙传布这类不讨人喜的讯息，正是因为大多数人都不愿面对这个问题。

葛瑞，这个不讨喜的任务，总得有人去做，我们不是派你去批判或攻击其他教师，或与人争辩，因为宽恕与争辩是无法并存的，请记住，你应永远以宽恕作为你的正道。然而，人间也不能光靠一些甜言蜜语，等你开始写书时，我们不希望你一味附和别人的说法，你只需强调这部课程的自修性质，人们自然会去深入研读，如此一来，书中的观念自然就能传达出去。

你在编写时，不必有所顾忌或保留；众所周知之事，也不劳你去重复。你若真的有心帮我们传布讯息，唯一条件就是乐于宣说一些人们难以接受的学说。然而，我们敢向你保证，只要你肯忠实地传布讯息，等到我们最后向你告别时，必然会有积极而光明的结果。你也会渐渐了解“结合”的真意，那是心灵的结合，超乎形象的，与外在形体的分合聚散无关。

葛瑞：你这样强调二元论与一体论的差别，而且如此郑重推荐《奇迹课程》的真正教诲，想必有你的一番深意。

白莎：是的，只因这直接关系到心灵以及“真宽恕”的运作法则。葛瑞，你们必须了解，这部课程不是为了满足人类的理性需求，推理能力真的不值几文钱。《奇迹课程》的精髓在于它能帮助人们应付现实生活的问题和外界的挑战。日后，你和J兄或圣灵一起发挥“真宽恕”时，一定会带给你真实的喜悦平安，以及通往天堂的福乐。

葛瑞：好吧！希望你别嫌我的反问太愚昧，但我必须确认一下自己的了解是否正确。你是说，《奇迹课程》的学说是地道的一体论，它声称，在你眼中虽有两种世界：神的世界与人的世界，但只有神的世界才是真实的，它与人的虚幻世界毫无交集之处，只有一位圣灵在此引领我们回家。《奇迹课程》所谓“上主为他的儿女哭泣”这类说法，只是象征性的比喻，不过表达出圣灵希望我们选择聆听他的声音，而非小我的声音，是吗?

白莎：说得好，葛瑞，你一点也不笨，虽然小我老想把你耍弄得笨一点；小我的世界本身即是愚昧至极的点子，因它原本就出自一个愚不可及的决定。

你刚才说的，有一点非常重要，它点出了人们应该看待这部课程的方式，然而，你若听信当代大多数读者所描述或教导的，并不足以了解《奇迹课程》。连海伦在笔录《课程》的前后七年间，以及完成此书后的整整八年中，包括她最亲近的朋友肯尼斯，都始料未及还有其他诠释这一课程的方式！才不过几年的光景，这部《课程》会被扭曲到这种地步，简直不可思议。对了，葛瑞，你该去听听肯尼斯的录音带了。

所以，让我们继续进行来此的任务，为你澄清这部《课程》是怎么解释“创造论”的，更正确地说，你们是如何打造出这个娑婆世界和芸芸众生的。

阿顿：我们一开始便已指出，基督心中的某一层面……。

葛瑞：打个岔，我们的书中是否应把基督的“心”（mind）大写？

阿顿：先别操心那些细节，《奇迹课程》提到基督（自性）之心时，是用大写字，但我们在此说的，属于分裂之境，你可以大写，也无妨小写。你已经开始写我们的书了吗？

葛瑞：还没呢！我还在思考书名。

阿顿：有何灵感？

葛瑞：目前为止，大概还在 *Love Is Letting Go Of Beer* 以及 *A Return To Beer* 两者之间斟酌。[6]

阿顿：继续推敲下去，白莎提过，书名迟早会自动浮现的。

基督（自性）的某一层面好似打了一个小盹，梦到一个充满个体的分裂之境。当我们谈到时间观念时，还会详细解释“打了一个小盹”是什么意思，简单地说，那只是小我的一个花招而已。

至于“个体性”，那是你们最引以为傲之物了，在斗大的生存空间里，呼风唤雨。你很快就会认清，那个无聊花招是从何而起的。现在，我们的故事已经讲到你开始产生意识的最初一刻了，而你对“意识”的重视，又是另一个敝帚

---

[6]　当前引述《奇迹课程》观点最通俗的两本书：*Love Is Letting Go Of Fear*（《有爱无恐》）以及 *A Return To Love*（《真爱无惧》）。——译者注

自珍的典型反应。

若想拥有“个别意识”，你必须先有“分裂”才行，你不可能只有其一，而无其二的；你需要另一物，才可能意识到它的存在，这是构成心灵分裂之始。这一点，《奇迹课程》可说是铁口直断：

意识（也就是知见层次），是天人分裂之后在心灵内所形成的第一道裂痕，从此，心灵由创造主体转变为认知主体。意识，正确地说，已经沦入小我的领域。[12]

在这之前，它曾说过：

在天人分裂之前，这类“程度”“角度”及“时段”的观念或知见，根本就不存在。灵性之内原无层次之分，人间所有的冲突都是上述层次观念所造成的。[13]

为此，我们先前才会提醒你，能量不是灵性；唯独灵性方是你那不变的生命真相，能量不只会变化，还测量得出，充分表示它属于知见世界的领域。J兄又说：

知见多多少少都涉及了心灵妄用自己的能力，因为它将心灵导向“不肯定”之境。[14]

天堂之内，绝无“不定性”，因为在那儿，一是一切，然而在这里，你们却营造出种种不同的身份，一生下来就活在各种特殊关系中，先是与你们的母亲，然后，与父亲。

葛瑞：你这么说，让我有些坐立不安。

阿顿：我们来此的目的原是让你心安，但在过程中，难免会引发不安。你又为何不安了，老弟？

葛瑞：我十分怀念我的父母，也很珍惜和他们朝夕相处的那段记忆，想到他们的存在只是一种幻觉，这令我感到难以忍受。

白莎：这是情有可原的。父母、配偶、孩子，都是你们最基本的人际关系。根据《奇迹课程》的说法，世间所有的关系都会导向特殊关系。[15]

我们讲到后面时，还会深入这个问题，并且谈一谈你们最不甘放弃的身份认同，不论是你的身份或是别人的身份。别忘了，J兄跟你一样爱他的父母，石匠约瑟以及 Sepphoris 的玛利亚；但他也能同等地爱其他的人。“特殊的爱”常有限定的目标，唯有圣灵之爱，才能普及众生。

葛瑞： 我一直以为约瑟是木匠？

白莎： 不是。但这并无关紧要，即使他是无业游民，J 兄对他的爱也不会减少分毫；也许他身边那一伙人会有不同的观感，J 兄不会，他对任何人的爱都是无条件的。

葛瑞： 那么他也一样爱圣保罗宗徒啰？虽然保罗宣扬的根本是他自己的一套神学。

白莎： 当然啦！J 兄对保罗的爱和对我们其他人的爱至今也无不同。犹记得有一回我在安息（Parthia，今日伊朗附近）宣讲，听众老是想挑起神学辩论，我向他们直说了，J 兄一点都不重视神学，他只重视真理。真理即是上主之爱，那也是 J 兄的存在本质。

如果你真的是爱，而不是一个人，你怎么可能只爱这人而不爱那人？那是不可能的，若是如此，你就不可能是爱了，对不？

✡ 如果你真的是爱，而不是一个人，你怎么可能只爱这人而不爱那人？

J 兄确实爱他的父母，你也该如此，但他不会将父母或他人的看法框在那一具虚妄的形体内。他知道自己真正的家乡，故也知道他们来自何处，都在耶和华之内。

葛瑞： 在哪儿？

白莎： Yahweh，Eloi，God，Adonai，Elohim，Kyrios 都是那个“神圣境界”的别称，一切语言文字，或一切神学，一面对上主，全都沉寂无声了。没有人会带着古经或《奇迹课程》上天堂的，这部《课程》也只是一个工具罢了，它像个梯子，让你攀登而上，抵达目的地以后，就可以把它搁置一边了，因你不再需要它了。

阿顿： 顺便说明一下，我们先前提到“特殊的爱”。人间的特殊关系有两种：“特殊的爱”和“特殊的恨”，日后我们还会深入解释这两种关系以及它们背后同样的企图。此刻，还是回到我们的主题吧。

我们已经讲到了心灵的第一层分裂，随之而来的，就是"意识"的形成。而且，这也是你所做的第一个意识性的选择。在此之前，你没有什么好选的，如今，面对分裂之念，你开始有了两种回应的可能。

我们已经说过，自认为分裂的心灵，会不断地"分"下去，这正是分裂之境的最佳写照；但不论怎么分裂，所有形形色色、五花八门的分裂方式，都不过是最初几道分裂的象征而已。你一旦了解了第一层分裂，便会明白，所有的分裂全是同一回事，虽然外表看起来好像各有特色。你必须记住，自第一层分裂之后，天堂便沦为一种记忆了。

葛瑞：你这话是什么意思？

阿顿：在上主的境界里，没有"意识"这种东西，然而，你经验到的却全然不同，还自以为拥有个体性的意识。要知道，心灵每分裂一次，新的分裂状态就变成它的现实，而它先前的存在状态便被否定及遗忘了，心理学称之为"压抑"。唯一不同的是，我们此处所讨论的，其规模之大，层次之深，远远超过人类现有的觉知能力，但它们的内在结构动力则是一样的，全都压抑成潜意识了。

> ✡心灵每分裂一次，新的分裂状态就变成它的现实，而它先前的存在状态便被否定及遗忘了，心理学称之为『压抑』。

顺便在此一提，潜意识并不是一个地方，而是心灵的一种设计。被否定而压抑下去之物，仍有被忆起的可能，但需要外在的助力，否则，你不可能忆起那些已被你剔除到记忆以外的事。

还有，我们口中所说的"你"，并不是指已具人身的这个你，《奇迹课程》也是如此。虽然你认为一切的决定都是你在此地所做的，其实，它们不是你在此地做出来的，因为你根本不在此地。

言归正传，这个新出现的个体表相，就要做出它的第一个抉择了。此时，只有两种选择（究竟说来，人间也只有这两种选择），于是，心灵的第二层分裂开始了。你开始有了"正念之心"与"妄念之心"，两者分别代表了你对那"小小疯狂之念"的不同答复或不同选择。

一个选择是忆起你与上主同在的真实家乡，《奇迹课程》用“圣灵”作为这一选择的象征；另一选择即是依附在与上主分裂的念头上，也就是追求个体性的选择，《奇迹课程》用“小我”来象征它。J兄在《课程》里不能不用拟人化的语言来描绘圣灵和小我，把它们形容得像是两种不同的存在实体似的，为此，他在书中特别澄清过：

小我不过是你对自己的一种信念而已。[16]

对J兄而言，这部课程毋宁是艺术作品，而非科学论文。它由不同层面勾勒出完整的图像，你该给他一张艺术家执照才对。《奇迹课程》大部分都是以莎士比亚的抑扬格诗体呈现的。你知道原因吗？

葛瑞：我哪会知道！

阿顿：那不只是为了文辞的优美，它真正的用意，是在使你阅读时不得不放慢速度，反复吟哦，细细体会，可以说，它是为了接引真正有心长期研读的学员而写的。这不是一部雅俗共赏、老少咸宜的课程，我们先前也提醒过，不要期待它“一炮而红”。

言归正传，你的心有了两种选择的可能，至此，我们总算来到分裂幻境的门槛了。本来，你只需记起自己的生命真相，凭此记忆就能当下解决分裂之境与救赎原则这个一体两面的问题。《奇迹课程》对圣灵作了这番描写：

他是继天人分裂之后才进入世界的，一面善尽保护之责，一面启示给人“救赎原则”。[17]

众所周知，《奇迹课程》在许多专有名词上都赋予了自己的新意，包括“救赎”一词。根据《正文》的解说，救赎就是圣灵一以贯之的教诲：

他要你回心转意，重归上主，因为你的心灵从未离开过他。既然它从未离开过他，你一旦认清这一真相，便已身在家中了。那么，所谓彻底证入救赎境界，只不过是认清了分裂从未真正发生过而已。[18]

不妨假想一下，我们若是故事里的人物，选择了圣灵的诠释来答复分裂的念头，而不去听从小我的那一套，你这小小的梦境早就结束了。不幸，小我提出另一套居心叵测却具有致命吸引力的答复：你若接受分裂，便能在上主之外得到一个既重要又独特的个别身份。J兄在《正文》中是这样说的：

小我必会设法奖励你坚守这一信念。然而，它的奖励不过是给你一个暂时的存在感，以它的开始作为你生命之始，以它的结束作为你生命的结束。它告诉你，这一生便是你的人生，因为那正是它自己的一生。[19]

当然，你丝毫觉察不到自己已经一步一步落入小我的陷阱里，迷迷糊糊地选择了小我，因这对你而言算是一个全新的经验。于是，在好奇心的驱使下，你决定与小我同路，想尝试一下“特别”与“独立”的生活是何等滋味。如此一来，开始了心灵的第三层分裂。

葛瑞：当你说“你”时，是指人类的共同体吗？

阿顿：是的，我无意贬抑你们的人格，而是试图帮人们为自己的心灵能力负起责任来。连J兄也属于那一生命共同体，只是他不像我们这么执迷不悟地把分裂之境当真，正因如此，他才会比我们先一步觉醒过来。

葛瑞：是否可以这样说：心灵第一层分裂产生了意识，从此我可以把自己“想成”存在于上主之外，纵然，这是不可能的事情。就像我们夜间做梦，其实身体仍躺在床上，自己却看不见这一事实。在你所说的分裂梦境里，只有这个梦对我们显得最为真实，天堂已被遗忘了，而我所经历、所反应的一切，都是梦中幻影而已，完全意识不到自己身在何处了。

到了第二层分裂，我们的处境出现了两种诠释的方式，一是圣灵，那才是真正的我，即我的自性；另一是小我，它导向分裂之境和个体性自我，至此，心灵已分裂为两部分了。我猜，当我选择小我之后，便导致了第三层分裂，是吗？

阿顿：对。但请记住，你一旦做选择，那一层面的现实就变成你的新存在状态，旧的存在状态便被遗忘了，被你彻底地封锁在心底。

自你选择了小我，第三层分裂便开始了。圣灵成了残存的记忆，如今，你完全与小我认同了。幸好，因着上主的恩典，你的存在是“全像式的”(holographic)，即使心灵看起来好像是分裂了，但每一部分仍然拥有整体的特质，所以，你不可能彻底失落的。每一颗心灵中仍能看到小我与圣灵的踪迹，只是圣灵的声音已经被小我的声音掩盖住，因你自愿聆听小我之故，你的生命真相也从此被排挤到觉识之外。我们以前说过，你可能遗忘真理，但它并未消失，只是藏在你的心底而已。

白莎：老弟，心灵的伟大远远超乎你的想象。我们目前所谈论的，仍属于形上层面。你好似在茶壶里兴风作浪，选这选那，打造出了一个娑婆世界，你的后续决定更形成了一个所谓的你。从此，你不但意识不到自己原有的心灵能力，而且还名副其实地活成了一个丧“心”病狂的人，困在一具身体模型里。

葛瑞：这好像回应了一个古老的哲学难题：如果真神是全能的，他能否造出一个自己扛不动的大石头？

阿顿：答案是不能，其实，这是在答复上主本质的问题。

葛瑞：为什么？

阿顿：因为他不是一个白痴。

葛瑞：难道我是个白痴吗？

阿顿：不，但你在做个愚痴的梦，如今你已经快要醒过来了。回到我们的故事吧！先听一下《奇迹课程》怎么描写你当初打造幻相来取代真相的那一刻：

这表示你尚未意识到那个错误的贻害如此之深。它的后果涵盖之广，大到不可思议的程度，整个“非真”世界都“不能不”由此而生。除此之外，世界还可能出自何处？整个世界如此分崩离析，你只需正眼一瞧，就会望而生畏。然而，你眼前所见的，根本显示不出原始错误的贻害之深，那个错误好似已将你逐出天堂之门，将真知粉碎为互不相关又毫无意义的残破知见，使你不能不换来换去，反复取代不休。[20]

葛瑞：嗯……，这说法岂不是和《创世纪》的故事一样都面临相同的问题吗？上主也应该为他的行为负一点责任吧！我是说，如果一切如此完美，基督（自性）的某一层面怎会异想天开地要与上主分开？

阿顿：首先，如果根据《创世纪》的描述，上主好像应该为你们的世界负责，你是一切之果而非一切之因；但根据《奇迹课程》的说法，你必须为自己的世界负责，你不是世界的受害者。[21] 上主与基督（自性）仍然圆满无缺，天堂亦然，只有自认为活在世上的你，才需要学习聆听圣灵的声音，好由梦中觉醒过来。

现在，让我们来思考一下你的第二个问题，它是一个疑问吗？或者你只是在陈述自己的观点？你话中显示，你与上主真的分裂了。除非你相信你们已经分裂了，否则你岂会质疑分裂怎么可能发生？关于这一点，我们已经说过了，这也是救赎的首要原则："分裂不曾发生过。"

接着，你问：基督（自性）当初怎会选择小我？我们也已说过，并非基督（自性）选择小我，而是一种虚幻的意识好似做了这一选择。你接着又问：心灵怎么可能做出这么愚蠢的选择？而此时此地的你不也正在做此选择吗？

葛瑞：你得理不饶人，知道吗？

阿顿：这纯粹是为了教学效果，葛瑞，我们是爱你的。你要知道，在小我的思想框架内，这类问题是不可能得到一个令你的理性全然满意的答复的。《奇迹课程》又说了：

小我的声音纯粹出自幻觉。你不可能指望它承认"我不是真的"。我也不期待你自己去驱逐那些幻觉。[22]

总有一天，因缘成熟，你会在理性之外，也就是小我的思想体系之外获得解答的，你会在自己的内心里，经验到你仍安居于上主的家中。这一经验足以修正那让你沦落他乡的错误知见。J兄这样说：

灵性所给你的，与这种暂存感截然相反，是恒常不变、如如不动的真知。凡是有过这类启示经验的人，再也不可能全然相信小我了。小我微不足道的礼物怎么抵制得了上主伟大的恩赐？[23]

我们日后还会进一步解释"启示"的真正意义，它和一般人心目中的启示观点是大异其趣的。

葛瑞：让我再确认一下自己究竟听懂了没有。这就像我晚上由梦中醒来，看到自己根本没有离床一步；当我由天人分裂的噩梦觉醒时，也会看到自己从未离开天堂一步。

阿顿：是的。但不是用肉眼去看；可以说，那是一种“觉”。至于“意识”这个字眼，它本身则暗含了分裂的意味，属于小我的领域。这就是为什么《奇迹课程》不用这一词来形容悟境，而采用比较抽象的觉识或觉性（awareness）。这一点，我们以后还会讲到。

葛瑞：《奇迹课程》导言里说：

它旨在清除使你感受不到爱的那些障碍；而爱是你与生俱来的禀赋。[24]

阿顿：一点也没错。在我们带你登上回家的天梯以前，我们必须先交代一下，你当初是怎么爬下天梯的。你看，当前的世界好比一头栽入粪坑里寻找光明一样，然而，葛瑞，你在那儿怎么可能找得到光明？你们当初选择了小我，而非圣灵，导致心灵第三层分裂，使上主之音不复可闻；在这同时，小我趁胜追击，献上它自己的一套解决方案，于是乎，问题愈演愈烈，最后到了难以收拾的地步。

葛瑞：阿顿，抱歉，容我先打个岔，否则我无法专心听下去。

阿顿：我明白，快说吧！否则我们要搬出狗头铡伺候了。

葛瑞：我的记性算是挺好的了，但我没有把握能把这些对话记得完全翔实，足够写出一本书来……

白莎：我们明白，葛瑞，自从第二次访谈开始，你就一直在用录音的方式。我们曾建议你，不要用录音带来向别人证明我们的真实性，可却没说你不该为了写书的需要而录音。我们彼此都心照不宣，在你问是否可以录音以前，你其实已经开始录了。不是吗？

你放心，凡是愿意追随圣灵慧见的人，不会故意找人的碴的。我们很了解你需要证明我们的来访是千真万确的事，至少像人间其他事件一般真实，表示你并没有发疯。你事后重听录音带时，也确实会听到我们的声音，所有这些，全都不足为奇。日后，我们自会向你解释关于我们的形体与声音背后的真相，也会顺便为你澄清一下圣母玛利亚和天使显现的意义。

阿顿：你真的以为我们不知道你每次一进这房间，就打开你那无聊的“声控式录音设备"，以防我们突如其来地出现？葛瑞，说真的，从现在起，等我们来到时，你再打开录音设备也不迟。

葛瑞：由于你们一直没做声，我猜你们并不介意我录音，但我今天还是忍不住想跟你们确认一下。这样好了，等书完成以后，我就毁掉这些录音带，如何？这样，我便不会忍不住有其他非分之想。

白莎：你有权处理自己的东西，不过你这个提议很不错。反正，录音的效果不太清晰，录音公司也不会要的。销毁它们，会为你将来省下不少麻烦与是非。

✡第一层分裂，使你与上主的完美一体境界沦为一种记忆；第二层分裂，心灵一分为二；第三层分裂，圣灵的存在也沦为一种记忆。小我如今占据了你整个意识。

阿顿：言归正传。你选择了小我，且与它认同了。第一层分裂，使你与上主的完美一体境界沦为一种记忆；第二层分裂，心灵一分为二；第三层分裂，圣灵的存在也沦为一种记忆。小我如今占据了你整个意识，你仰赖它为你盘算自己的处境，它给你的讯息是："老兄，三十六计走为上策！"并且给了你一堆理由，这些理由听来都冠冕堂皇，又合乎逻辑，对你惊慌失措的心灵颇具说服力。

"你难道看不出自己干的好事？"小我在我们的形上故事里这样警告你："你把自己跟上主分裂了，你可惨了，这可是滔天大罪呢！你好似不屑地把他在伊甸园赐你的一切掷回他脸上说：'鬼才需要你呢！'你这样冒犯了他，你死定了！你哪有跟他抗衡的余地，他是如此神圣不可侵犯，你又算什么！如今，一切都毁在你手里了，你真是罪孽深重，如果还不溜之大吉，后果简直不堪设想。"

听了小我的警告，你对自己说："天哪，我闯下大祸了，你说的没错，我冒犯了天堂，葬送了自己的前途，但我能逃往何处呢？我该如何是好呢？就算我能及时逃命，也无处藏身，岂有任何地方躲得开上主的眼目！"

"这话也不尽然。"小我答道："我有一个好主意，让我帮助你，我是你的朋友。我愿陪你躲到一个地方去，在那儿，你可以自己当家作主，再也不用看他的脸色了，你甚至永远都看不到他，那个地方连他都进不去。"

“真的？”你答道：“听起来妙极了，我们快动身吧！”

“好啊！”小我说：“不过，以后你凡事都必须照我的意思行事。”

白莎：小我说的有关上主的一切都不是真的，因为小我的心态与罗马暴君卡利古拉（Caligula）一样丧心病狂。上主除了爱以外，他还可能怎样？在这方面，你必须多了解心灵是如何运作的。

基于心灵的天赋能力，你不能不为信念的力量而叹为观止，只有在你的信念里，你才可能与上主分裂，而且因为你把这事看得这么严重，无形中，就赋予了这幻相极大的力量与现实。因此，《奇迹课程》说：

由幻相解脱的唯一秘诀，就是不相信它那一套。[25]

你也该明白，正由于你执意要当一个能知能见的“观者”，二元对立的客体世界才会凭空冒出来；而你的一切所知所见，它们的特质必然与你窃以为已经逃离的天堂处处相反；要知道，你逃离的天堂自有它的特质，与你眼前现实世界的另一套特质大相径庭。

天堂虽然非人间言词所能形容，但仍可描绘一下它的特质。它是完美、无相、不变、抽象、永恒、纯净、完整、富裕以及无所不包的爱。它是实相，它是生命；上主与基督（自性），还有基督创造出来的一切，都是一个圆满的生命，此外，没有其他的存在。

这是上主的旨意，也是天父的真知境界。那种圆满一体的悟境，可说是“言语道断”的；但我敢向你保证，你只需略略瞥见个一鳞半爪，便知道那不是你在世间熟悉的任何经验所能比拟的。

至于你眼前可知可见的世界，与天堂正好相反，本质全然相异。请记住，我们在此所谈论的，仍属于形上层次。知见领域的特质包括了个体性、形象、特点、变化、时间、分立、幻觉、希望、匮乏以及死亡。这正是《创世纪》第二章十六、十七节说的：“神吩咐他说：‘园中各样树上的果子，你可以随意吃，只是分别善恶树上的果子，你不可吃，因为你吃的日子必定死。’”

这一段话，其实是由作者的潜意识所反映出来的想法，因为在他所处身的世界，是善恶对立的；而这幻相世界既然蕴含着天堂的反面特质，那么死亡便成了人类势在难逃的结局。《奇迹课程》从导言开始便不断以各种方式强调“凡是无所不容之物是不可能有对立的”[26]这个实相之理，现在，你开始明白这句话的含意了吧！

葛瑞：嗯，我想我逐渐明了这一句话的深奥了。我那位原名基督的艺术大师何时才会从昏迷状态苏醒过来，让我返回原始造化的喜悦中呢？

白莎：快讲到了，我们还没解释你是怎么“坠落红尘”的呢！

自从小我计诱你活成一个分立的个体之后，这分裂的信念开始对你造成严重的困扰。如今，上主活像是你身外之物，你所有的经验也都证实你确实与上主分开了，这个困扰虽然深埋在潜意识中，却一直啃噬着你的心灵，直到今日。

其实，你心灵本有的一切能力如今都挤压到潜意识里了，就像冰山的绝大部分都沉在水面之下那般。葛瑞，只要你还相信这个物质宇宙，那你所见到的一切，都会不断在潜意识中提醒你：你果真犯了与上主分裂的大罪。你以后便会看出这个问题的关键性。

阿顿：让我们再回到你妄造的小小世界去。你心内的小我之音所说有关你的处境与上主的心态，全是捏造出来的。你听信了它的部分说法，只因为你太想成为一个具有个别意志的生命体——虽然那根本是不可能的事情。你既然已经把分裂之境和小我的声音当真了，再经过你分裂心念的诠释，它立即成了亵渎上主的大罪。犯了罪的人，必有罪恶感。即使在物质世界的层面，你不常意识到这个罪咎，但在形上层次，你随时感受到它。一旦认为自己是个有罪的孽子，你只好坐以待毙了。

连你们世界上的心理学家都同意：内疚会让人下意识地索求惩罚。你若深思一下，这句话其实解释了不少世间的现象。在形上层次，你也是这样坚信不疑：上主一定不会放过我的。

在天谴的阴影下，你认定未来的命运会比死亡还惨，这不可能不引发极深的恐惧；恐惧之深，超乎你的想象，于是你一直在逃，感觉上，好像已经窜逃了千百万劫。说到这里，我们可以开始解释为什么你的心灵当初需要营造出这个宇宙、世界以及这一具身体了。其实，它们是同步出现的，只有在你们梦境的直线时间观念下，芸芸众生才会显得像是各自陆续形成的。

世界究竟是如何形成的，它背后的缘由何在，这个问题，到目前为止，还没有一个灵修学派能解释得如此清楚；而这缘由仍然操纵着今日的世界，那就是恐惧。不论是何种恐惧，最后一定能够溯源到你对上主的恐惧那里去。[27]

> ✵世界究竟是如何形成的，它背后的缘由何在，这个问题，到目前为止，还没有一个灵修学派能解释得如此清楚；而这缘由仍然操纵着今日的世界，那就是恐惧。

自以为分裂的心灵，原本超越时空之上，如今被恐惧瘫痪了，因为它认定了上主绝不会放过自己，于是小我开始怂恿你建立防卫系统。但它从不透露底细，原来，它所设计的防卫措施表面上是在维护你的个体性，实际却是为了确保小我本身的存活。试看一下个体性（individuality）这个字最后四个音节，正好是二元性（duality），这绝不只是语言学上的一种巧合而已。

一直跟你互通款曲的小我，自称是你的朋友，佯装处处为你着想。你可记得我先前说的？小我一直在灌输你一个观念：上主正在追杀你，你必须赶紧逃到一个安全地带去；就这样，它牵引你进入这个“娑婆世界”。在小我眼中，“最佳防备乃是最上乘的攻击手腕”。防备与攻击其实是一个铜板的两面，《奇迹课程》解释过这两个观念是怎么互为表里的：

小我代表了心灵内相信分裂的那一部分。与上主决裂的那部分心灵怎么可能不认为自己侵犯了上主？我们先前所谈的主权问题，就是源自“篡夺上主能力”的概念。小我认定你确实干过那档子事，因为小我认定它就是你。如果你与小我认同，势必感到罪孽深重。只要你一与小我沆瀣一气，不会不充满内疚而害怕天谴的。小我其实就是那个充满恐惧的念头。纵然“攻击上主”这观念对神志清明的心灵显得荒谬无比，但别忘了，小我已经疯狂失常了。它代表一种精神错乱的思想体系，还会挺身为它发言。听从小我的声音的人，必然相信自己有攻击上主的能力，并且相信自己已占据了上主的某一领地。为此，你不可能

不害怕上天的报应，这种罪咎锥心刺骨，使你不能不设法把它投射出去。[28]

总而言之，你相信自己真的与上主分裂了，因为害怕上主的惩罚和报复，你不能不听从小我的建议，加强自卫措施，由此发展出一套思想体系。你认为自己确实犯了大罪，心中充满罪咎，上主必会前来索债，因此你终日忙着自卫，但又感到自己不堪一击，最后只好听从小我的主意，逃到一个上主永远找不到的幻境里。

至此，你已经彻底迷失了，只好听从小我的建议，上主的旨意从此消声了。你追随小我的锦囊妙计，逃离生命的实相，忘却自己的本来面目，直到今日，你还活在这致命的恐惧中。

葛瑞：暂且打住，我有个小疑问。

阿顿：说吧！不过我已经打算观想一块胶布贴住你嘴巴了。

葛瑞：你引用了不少《奇迹课程》的话，而你以前交代过，一定要引用原文，将来你会帮我指出这些引文的出处吧？

白莎：老实说，不会。我们要你自己去查出原文的出处。

葛瑞：嘿！《奇迹课程》全书将近1400页呢！那得花多大的功夫！我早已疏懒成性了。

白莎：把它当作一种研究吧！别忘了，这讯息主要是为“你”而来的，你自己必须踏实地学，才可能传给别人。何况，那算什么功夫，等到你运用在生活里，那才是真正的功夫呢！我们早已提醒过你，尚未学会的东西，你怎么可能发挥出来？

阿顿：让我们再继续下去吧！小我马上就挺身而出，帮你从这悲惨梦境寻找出路，于是，一场惊天动地的人间闹剧即将上场了。你认定自己闯下了滔天大祸，心里备受悔恨和内疚的煎熬，迫不及待想要弃甲而逃。此时，你只好和小我联手，运用心灵不可思议的力量将幻境打造成一个感知体，而不再是把灵性奉为一个创造者。就这样，你把自己脱身的步骤一一具体形象化了。

到了这一地步，你已经完全和小我认同了，利用投射的方式，把分裂之念逐出心外。这办法真是高明，却虚幻至极，而你（至少是开始产生意识的那一部分的你）也跟着一起投射出去，这一刹那，就是你们所谓开天辟地的“大爆炸”，娑婆世界也于焉诞生。如今，你像是活在娑婆世界之“内”，丝毫不察自己其实已是地道的丧“心”病狂了。

如今，你怕个要死的对头——上主，好似已不在你心中了；若非如此，你根本对他毫无招架之力。上主一旦被你“驱逐出境”，其他的一切也连同流放到你外面去了，连所有问题的根源，包括那个罪咎感也被驱赶到外界（虽然我们早已强调过，根本没有什么“外面”存在）。你为了逃离上主，打造出三千大千世界，充当你的藏身之处，这等“能耐”，真是让人叹为观止；自此，娑婆世界本身成了最后的代罪羔羊。

只要你和小我一路追“咎”下去，你梗在心中的分裂问题及随之衍生的虚假问题，最后都能在自己“身外”找到问题的起因以及可以归咎之人。那一套“罪、咎、恐惧、攻击、自卫”的思想体系，如今发展到了新的层面，它为了保护你自以为分裂的心（今人称之为灵魂），开始向外发动攻势，借此回避潜意识的内疚与恐惧对你造成的威胁。

你若想知道小我是多么百般回避心里的内疚，只需回顾一下《奇迹课程》的发展情况便可明白。尽管全书的主旨就是要治愈潜意识的内疚，但大部分的奇迹教师连提都不敢提内疚的问题。

小我在它的神奇计谋上，可谓是百尺竿头更进一步，造出了一具有形的身体（请奏乐表扬），然后，赋予了小我独家垄断权。从此，小我只准那些能够证实幻境存在之物进入觉识之中。然而，身体本身也是幻相的一部分，请它出面为你解说幻相的意义，无异于要求幻相来支持幻相。当然，小我是十分乐意答复你一切问题的。

当初，为了要逃避内心的罪恶感以及对天谴的恐惧，你制造出种种的防卫措施，如今，借着宇宙、世界和身体的有形参与，娑婆世界更是顺理成章地拥有了一个“有目共睹”的外形。

小我为了应付你潜意识中的罪、咎与恐惧，又想出另一绝招，即投射到别人身上去。下回来访时，我们会解释这一思想体系是如何在世界呼风唤雨的。你在世上任何一个角落都不难看到小我思想体系的运作，无论是个人关系、人际关系，乃至于国际关系上；或是政治领域或任何专业领域内都一样，只要你有心去看，可以说俯拾皆是；然后你才会深深领会《奇迹课程》所言不虚。

毕竟而言，我们对小我的剖析是讲给经得起挑战的人听的：小我真的不可爱，等我们把小我的真相一一道破后，就可以聊聊比较有趣的主题了。

等你真正看清小我思想体系的运作方式，我们才能继续教你如何帮助圣灵把小我的嚣张声势扭转过来，这会加速你的得救过程，让你早日切断生死轮回。

葛瑞：你是说，我因着潜意识里的内疚与恐惧，才会不断转世投射？换句话说，内疚一旦获得治愈，心中不再埋藏恐惧时，我就不需要这一具身体、世界，甚至整个宇宙了？

阿顿：一语中的！我早知你不是一个笨蛋，我一直跟J兄讲，他就是不信！我在说笑。下次访谈之后，我们的会晤会愈来愈短，也会愈来愈轻松有趣的。

你若真想与J兄或圣灵合作，就必须明察秋毫，细细观照小我体系是如何操控你的生活。这一思想体系在娑婆世界运转了千百万劫，你们却习焉而不察，为此我才提醒你，好好地拜圣灵或J兄为师，跟他们一起面对这个问题。

J兄在《奇迹课程》中这样说：

不愿正视幻相的人，必然受制于幻相；因为“不愿面对”本身即是对幻相的一种保护。你无须逃避幻相，因它伤害不了你。我们一起深入探讨小我思想体系的时刻到了，只要我们同心协力，这盏明灯便足以驱散小我的阴影；你既已明白，小我并非你之所愿，表示你已准备妥当了。让我们平心静气、诚诚实实地正视一下真相。[29]

白莎：我们这回和下回所谈的小我观念，必须带到真理（也就是J兄或圣灵）之中验证一下，然后再交托出去，换回救赎。自从你认为与上主分裂之后，这些观念一直深深埋在你潜意识下面，毫不自觉。但请务必记住，凡是你有意遗忘或压抑之物，只会加深你的害怕与不安，正因如此，你才一再逃避去面对这类事情，你内在的恐惧不断抵制你去看潜意识下面的东西。正如《奇迹课程》在《正文》中指出的：

因此你对它的认识必然先存于关系断绝之前，如此说来，断绝关系不过代表了你想要遗忘的决心而已。被你遗忘之物自然会显得无比可怕，只因断绝关系无异于对真理的一种侵犯。[30]

《正文》又说了：

你一旦失落了自己的真实身份，还可能活得心安吗？与它切断联系解决不了你的问题，最多只是一个自欺的妄想。怀此妄想的人相信真相对自己是一大威胁，故宁可躲入幻想世界也不肯接受真相。他们一旦判定真相并非自己之所愿，眼光自会转至幻相，而自绝于真知之外。[31]

葛瑞：当你谈到身体，我会直接联想到人类的身体；但根据你的说法，我猜小我必然造出种种身体，包括了我的爱犬努比以及其他动物的身体在内。如果这一切真如你所说的，是同步发生的，那么进化也不过是一种幻觉或烟幕弹啰？

白莎：恭喜你有这种见地。你们这一代人崇拜进化论，以为你们正在创造新的高等意识；你们对进化论的重视，几乎可以媲美你们对能量的热衷。要知道，所谓进化，不过是小我一次性的大分裂，但在你们眼中却变成细胞一而再、再而三的分裂，然后身体和大脑也更为精密化、复杂化，令你们自己都惊叹不已。其实，所有的身体都是同一回事，都一样彻底虚幻不实。

娑婆世界里的一切设置都是为了向你证实身体的真实性和特殊性，借此来巩固整个小我的思想体系，这就是为什么小我一直企图把世界拼凑得像是上主创造的，还一口咬定是他在操控着你一生的遭遇，让你对他永远都敬而远之。

此后，小我不只开始掌起上主的职责，它还要你把身体灵性化，同时把J兄的形体价值视为崇高无比（其实，它在J兄眼中毫无意义）。尤有甚者，小我还煽动你把生活周遭的某物或某地灵性化，赋予形形色色的特殊价值，彼此论究高低，其结果，一切就变得愈来愈真实了。

如果世界及世上一切有形之物都是上主的造化，那么你的存在必然也变得真实无比，这等于承认你是个体生命，帮你回避了生命的唯一问题。更重要的，它岔开了你的注意力，让你再也不去看那唯一问题的终极答复，即圣灵，而他根本不活在世界内，只活在你心里。

葛瑞：那么，心灵的第四次分裂便是娑婆世界的形成，它引发了开天辟地的那个“大爆炸”和分裂出去的无限碎片，一个复杂多元的世界由此而生。我一旦相信娑婆世界的真实性，就等于下意识地相信自己与上主分裂了，视自己为一个罪孽深重的杂种。

> ✡ 心灵的第四次分裂便是娑婆世界的形成，它引发了开天辟地的那个『大爆炸』，一个复杂多元的世界由此而生。

阿顿：嗯，老弟，你可真会形容。是的，自从你梦见自己出生，一直到梦见自己死亡为止，你所经历的一切，以及这段期间你陆续编织的梦中之梦，充其量，也不过是那天人分裂观念的一种象征而已。天堂仿佛彻底破裂为无量无边的碎片，被天堂反面的特质所取代。但话说回来，宇宙的历史，包括它的过去和未来，其实都是小我自编的一部剧本[32]，那个白痴不只会编故事，还喜欢歌功颂德，把分裂之剧演得惊天地而泣鬼神。

葛瑞：但在世上，也有不少结合的现象啊！例如婚姻，那可不是分裂，嗯……至少那时还没分裂。

阿顿：你已经答复了自己的问题。在世上，死亡使分离成为一切注定的结局。问题不在于你是否会死，而是何时会死，怎么个死法而已。不论你如何努力，在形体层面，人是无法真正结合的，唯有心灵才有结合的可能，而且这种结合是永久性的。

小我不让你正视心灵的事，它要你把一生的注意力都放在身体上，把身体的经历视为你真实的一生。幸好，圣灵也有自己的一套剧本[33]，你随时都可以转上他的舞台。圣灵的剧本首尾一贯，绝无自相矛盾之处。正如《奇迹课程》所说：

真相不会摇摆不定，它永远真实。[34]

白莎：你一旦与J兄或圣灵开始练习宽恕（当然你也可以跟其他的老师一起练习，我只是奉劝你千万别靠自己单打独斗），就会看出这部《课程》何等具体又实际。它从两个不同层次切入，就是我们前面所谈的形上层次，还有下回要谈的世界的层次。我们早已许诺过你，不会空谈理论而已，我们说过，知道世界是虚幻的，这还不够，若没有具体的“宽恕”，《奇迹课程》不过是一本优美却无用的文学作品，反而让小我多了一个辩论的游戏场所。J兄在《课程》最后的《词汇解析》中说得一针见血：

这不是训练哲学思考的课程，故不重视遣词用字的精确性。它唯一关切的只是救赎，也就是修正知见的过程。救赎的途径即是宽恕。[35]

你会发现《奇迹课程》的宽恕有它独到之处，它是针对小我的特性而设计的，它不提倡打压的方式，而是透过“选择”的力量。只要你“选择”宽恕眼前任何事情，便会体验到心灵的平安和基督（自性）的力量。你若懂得把握这个千载难逢的机缘，圣灵便能随着心灵运作的法则，将你领回天乡的。

这虽非一蹴可成之事，但一路上你所经验到的“快乐梦境”，会让你看到这部《课程》已经在你身上发生效力了。目前为止，你还死守着小我的剧本，照本宣科地重复演出。你脱身的时候到了，换个剧本吧！它会领你回家的。

你也许该开始动笔了，将我们的讯息传布出去，即使文法章句让你捻断须茎，也别忘了在写作中找些乐趣。何不把我们的故事写成对话形式，这点子如何？如此，大部分的内容你都可以直接由录音带中取得，再加上你手中的笔记，已经绰绰有余了。如果你现在开始动手，等我们拜访结束时，这本书就差不多大功告成了。试一试吧！很好玩呢！

葛瑞：好玩才怪！万一我家粉笔不够我鬼画符，怎么办！

白莎：我们可不想成为你的“有求必应公”，何不向J兄求助？

阿顿：顺便再提醒一下：小我诡计的得逞，就是让你误以为处在天人分裂的状态，因而深感内疚。请记住，即使你真的感到分裂或隔阂，也绝非是真的。

等下回来访时，我们会谈小我如何为它的骗局而自圆其说的。

在那之前，当你思考宇宙或世界的真实本质时，奉劝你对自己诚实一点。J兄很清楚人们的老毛病，总是千方百计地想把世界推崇得像是上主伟大的造化；我现在先举一个例子，让你知道J兄是如何描写世界这个“偶像”的：

偶像是信念的产物，你一撤去信念，偶像就“死”了。相信在上主的全能之外还有某种能力，在无限之境以外还有某个地方，在永恒之上还有某种时间，这些怪异观念便是“反基督”的化身。你甚至认为那些能力、地方及时间可能化身为某种形式，整个偶像世界就在这一观念中成形了；在这个世界里，所有不可能的事都发生了。在此，原本不死的生命不免一死，无所不包的整体生命好似承受了失落之苦，超越时空之境沦为时间的奴隶。在此，原本千古不易的生命开始变化，上主赐予一切众生的永恒平安，从此只能屈身于无明乱世之下。原如天父一般圆满、无罪、慈爱的上主之子，生出了怨心，受苦片刻，最后一死了之。[36]

葛瑞：这一段好像是圣诞节的讯息。

阿顿：你知道J兄在《课程》里对于圣诞节和复活节有相当美妙的提示。我希望你每天都能阅读一些《正文》，你还需要一段时间的熏陶才能体会此书之奥妙，我很高兴你已经开始了。大部分的奇迹学员比较专注在《学员练习手册》与《教师指南》上面，当然，它们也很重要，只是，白莎先前也已指出这一弊病，除非在读书会里各自轮流读一段，否则他们很少会自行阅读《正文》。但要知道，忽略《正文》，等于忽略了《奇迹课程》的精髓。

白莎：至于写书之事，我再给你最后两个建议，以后，若非你提起，否则我们就不再叮嘱了。从现在起，这一部书乃是你和圣灵之间的事情，我要你养成跟他合作的习惯；凡是与我们这一任务有关的，事无大小，都向他请示吧！

我要说的两件事是：第一，别在我和阿顿身上浪费太多笔墨，而应把重点放在向人解释“他们也不是一具身体”上面；他们既然不是一具身体，那么我们幻化出来的人形更不值得你大事渲染。这本书不是为了介绍我们，而是在传布我们所说的内容。第二，如果你最后决定不写此书，也千万别感觉亏欠了我们什么似的，毕竟而言，这本书不是你的义务，那是圣灵的责任。

现在，我们要总结一下娑婆世界的本质了。我们之所以强调“本质”，而不说是世界本身，因为这个世界只是一场梦，不是真的。J 兄在我的《多玛斯福音》第 40 条简短地提到这一世界观：

一株葡萄藤已被种植在天父之外，因为它毫不强壮，一旦连根拔起，便一逝不返了。

他在 Nag Hammadi 版本第 56 条中也说：

任何人若看清了世界，他在世上只会看到死尸；凡是能够认出死尸的人，世界对他便没有任何价值了。

关于天堂的一切，可还记得第 49 条？

独自蒙受上天拣选的人是有福的，你必会寻得天国；因为你来自那儿，也会重返那儿。

这句话用“独自”来形容那一类人，因为他们知道只有“一个”我们，但绝不孤单，因为有圣灵陪伴。我们先前说过，他们之所以被拣选，纯粹是因为他们自己“选择”了聆听圣灵；其余几句话已不说自明，跟我们这回所说的全都异曲同工。

J 兄之所以赐给人类这部《奇迹课程》，是要告诉你回归天国之道。我们以前曾经解释过，两千年前的人类，了解程度有限，到了今天，世界虽然和以前一样疯狂，至少它的学习能力已经提高一些了。

葛瑞：我想，即使把西方宗教也算在内，这仍是空前未有的大事。

白莎：葛瑞，别再穷算西方宗教的旧账了，它只是以新的包装延续旧的教义而已。西方宗教除了提出上主之子为人类牺牲生命以及后来发展出的种种仪式，还有一点新意以外，基本上仍是新瓶子装旧酒而已。至于 J 兄本人，绝不是装着旧酒的新瓶子，《奇迹课程》也不是。一部自修性的课程不需要一个宗教组织，我们已说过了，J 兄也毫无建立宗教的兴致。

阿顿：又到了我们该告辞的时候了。在我们下次来访之前，你不妨跟圣灵一起仔细观察世界，借助J兄的高标准眼光，帮你在圣灵及小我的思想体系之间作正确的选择。正如《奇迹课程》所说：

真实的你是如此崇高，凡是配不上上主的，也配不上你。你应按此标准来选择自己想要之物，而且不接受任何你认为不配献给上主之物。[37]

葛瑞，我们得走了，请牢牢记住这点，不论何时，只要你有心选择以圣灵为师，J兄一定与你同在；即使你自认为还未就绪，J兄也会照样与你同在。他在《正文》中说过：

你若有心效法我，我必会助你一臂之力，因为我知道我们原是一样的。如果你存心与我不同，我只好等待，直到你改变心态为止。[38]

说完，阿顿与白莎瞬间消失了踪影，留下我默默浸润在那一番谈话的余响里。我一边体会"自己并不存在于此"的道理，一边沉思世界形成的背后动机。我以往一直认为世界是常存不变的实体，自此，我对世界的看法彻底改观了。

5　小我的计谋

你对小我的每个答复其实都在挑起战火，而战争确实会剥夺你的平安。然而，这是一场没有对手的战争。[1]

翌日，曙光初现之际，我张开眼睛，惊讶地发现，竟然看不到个别的影像，好像什么东西罩在它们上面，就如同一片无瑕的白色净光挡在眼前，而那光明，比缅因州冬晨覆盖大地的新雪还要纯净无染。

随即，当我闭起眼睛，却看到不同的景象，原先的白色净光依旧在那儿，但大部分的光明都被成块的丑陋阴影遮着，虽然我仍能看到光明，但一半以上都被黑暗吞噬了。

困惑的我，再张开两眼，那美丽迷人的白光又变得通透明净。一闭上眼，那让人不安的黑暗又出现了。我不知是怎么一回事，通常我是睡得很沉的人，连强震都摇不醒我。蒙眬之中，我翻个身，又昏睡过去了，因此自己也不敢确定这一经验是否只是梦中一景而已。

当我再度醒来，回想起这个经验，迷迷糊糊中，我在心里跟J兄说："我投降了，请告诉我究竟是怎么一回事吧！"然后我试着放空脑子，有个念头随之浮现："跟我一起想吧！"我恍然大悟，那白色净光代表着我本具的纯洁灵性，也是当我开启慧眼时被唤醒的灵性；而那黑影则是埋藏在潜意识下的内疚。我继续推想下去："这黑影代表我心里有待圣灵治愈之物，我需要跟他一起宽恕那些因着内疚而被我投射于外的一切象征；一旦我完成这个功课，心中便会只剩下光明。”

昨晚跟白莎和阿顿的讨论内容，记忆犹新，再加上今早的体验，当天下午，我便把上回借来肯尼斯的演讲录音用心听了几个钟头。初听时，肯尼斯的演讲一点都不吸引我，他的风格很像在学院里上课的教授，这也难怪，他本来就是一位学者。

等我耐心地听下去，听他讲到《奇迹课程》深奥的形上原则，还有现实生活里的练习及运用时，我感到他的解说极其受用。当天晚上阅读《正文》时，那些字句对我个人的意义立刻跃然纸上，让我惊讶不已。

随后几个礼拜里，我也尽可能地练习宽恕，因为在那一段时间，我和凯伦的相处并不和谐，彼此很容易激怒对方，尤其谈到经济问题时。《学员练习手册》对我的帮助确实很大，我常把练习直接运用在凯伦身上。凯伦其实堪称为贤内助，我们十一年的婚姻生活也还算美满，而我对她最大的不满是，她总有说不完的抱怨与烦恼，试了好几份工作，没有一个是她喜欢或报酬满意的；我的小生意又收入有限，这让我们的关系蒙上一层阴影。

一晚，凯伦又在发难，连连埋怨她的工作和家里的收支，我发觉自己并没有像往常那样对她负面的倾吐报之以批判的心态。反之，我有两个异于往昔的感受，其一，我感到凯伦是在求助，是在渴望我的爱，于是她的抱怨落在我耳里，意义便大不相同，字字句句，都成了一个期待别人了解的天真祈求。其二，我所看到的她并不是真正的她，而是我在自己梦中投射出来的一个角色，如此，我才有理由怪她破坏家庭气氛，也找到了借口来搪塞自己缺乏工作效率的老毛病。

这些新体验扭转了我对凯伦的态度，我们的交谈变得风趣多了，晚上共寝时，也感觉更有情趣一点。大致说来，虽然我常常错失宽恕的良机，但还算是大有进展。

我等了将近四个月的时间，两位高灵上师才又再度来访，这四个月对我来讲，实在无比漫长！虽然我多次察觉自己和这奇遇已经建立了某种“特殊”的依恋，也一再试着宽恕自己，但仍不免几度烦躁，禁不住生出一种被遗弃的感觉。

有时，我会安慰自己："也许这是一个试炼，看看我有没有宽恕的能耐。"于是我再度尝试真心宽恕，但不是宽恕阿顿和白莎所做或没做的事情，因为那样反而会把"错误"弄假成真。世界本身是个虚幻不实的梦境，《奇迹课程》才会要求我们宽恕别人"**并没有做出的事情**"[2]，如此，我们眼中的错误才不至于愈演愈真[3]。当我开始从这一角度去想事情时，确实深深体会出自己是梦境的导演，而不是梦中的受害者。[4]

一晚，凯伦去上电脑课，我打开第一罐啤酒，阿顿和白莎第五度出现在我的起居室。当我看到他们温柔的笑容，才知道自己是多么怀念他们，多么渴望聆听他们的话语。我放下啤酒，拿起茶几上的笔记本，打开录音机。过去我曾为我们的乐队录过整场的表演，因此知道如何使用特长的录音带，免得我这两位朋友讲到一半，录音带就用完了。此后，阿顿、白莎与我三人都未提过录音之事，直到最后一次的会晤。

这回，连自己也感到意外地，我先开口了。

葛瑞：嗨，真高兴看到你们，也感谢你们的光临，我想，你们大概很清楚我这四个月来的经历，还有我对你们的感激。

白莎：当然，我们也一样感激你，学生若不上道，不论我们传授什么，也是白费工夫。而你，老弟，已经开始运用我们所教的观点了，相信你心里已经有数，这不是一条容易走的路。

只要你肯继续学下去，就会明白，我们传授的乃是"纯一体性"诠释真理的方式，这也是对《奇迹课程》最正确的理解方式。不久的将来，达此水平的奇迹教师会愈来愈多，而且会比我们客气一点。目前，虽然仍有不少挂羊头卖狗肉的奇迹学员，但将来的学员心境会纯净多了。

葛瑞：你说，你不像未来的教师那么客气，那么，我亲爱的灵修导师，你为什么不客气一点？

白莎：你可听过“一个巴掌拍不响”的说法，鬼灵精！何况，你将来也是传递讯息的使者。时候到了，该有人重新为这娑婆世界定位了。

还有一点值得你留意，等我们仔细剖析过小我的真面目以后，立刻会转入宽恕的主题；有朝一日，你在宽恕方面更有经验时，便体会得出，人与人之间的谈话实在不必掺入这么多的诙谐或嘲讽。当你不再要弄这些花样时，我们自然不会用这种调调来跟你应和。

圣灵与人交流的方式是因材施教的，你的作风一旦改变，他的方式也会随之调整。我敢保证，凡是愿以圣灵为师的人，必会朝着真理的方向改变，而不会老在改变小我门面上打转。你此刻觉得我们对你过于严厉，但你迟早会看出，其实是你对自己过于苛刻，不敢面对内心的自我憎恨。这正是我们这次拜访所要深入的主题。

你话中也暗示了，我们对其他人好像也不太客气，但是，我们已经再三向你解释过，根本没有所谓的“其他人”。只要你让我们继续解释下去，总有一天你会恍然大悟，我们所说的话，句句用心良苦，绝对无意去批判那个根本不存在的世界。

阿顿：在我们拆穿小我的西洋镜以前，先一起复习一下《学员练习手册》中的一课，因为，等会儿我们开始揭小我的疮疤时，难免会让你坐立不安，所以先给你一点宽恕的观念作准备，你才不会愈听愈丧气。同时让你知道，确实有一种简单的方式来化解小我。我说简单，未必容易，除非你已经是资深的灵性教师了。

你已经操练《学员练习手册》六个月了吧！你练得不错，只是在你的世界里，一切运转得太快，一不留神，你就会忍不住批判别人，这种情形，连资深的学员都在所不免。因此，让我们问你一下，你若一丝不苟地活出这部《课程》的教诲，状况会怎样？我不是指你教奇迹原则时的心态，而是指你把自己所教的用在自己身上的话……（放心，没人强迫你去教别人任何事情的）。我是在问：你若一字一句地如实操练每天的课题，并像 J 兄在世时那样活出奇迹精神，会有怎样的结果?

葛瑞: 你究竟要我复习哪一课,且要我句句认真地活出来?

阿顿: 非常重要的一课,我要你念一下第六十八课的前半段,读到第四段的第三句就打住。剩下的,你日后可以自己复习。当你念时,同时想一想,你若这样操练下去,结果会怎样?对你心灵的平静和内在的力量有何影响?这并不表示真有许多人如此操练,其实,大多数的人都难以做到。我只是问你,你如果这样做的话,会有什么结果?

看到没有?此刻你的心里已经情不自禁地开始判断而且定罪了。许多人自以为很酷、与众不同,其实他们的想法与行径,你一眼就看穿了。《奇迹课程》的目标即是训练你的心灵有一天能够由"情不自禁地批判"转到"情不自禁地宽恕"。这个习惯一旦养成,对你心灵的益处是难以衡量的。

> ✡《奇迹课程》的目标即是训练你的心灵有一天能够由『情不自禁地批判』转到『情不自禁地宽恕』。

葛瑞: 这说法是否就像《正文》前面的"奇迹原则"第5条所说"奇迹是种习性"?[5]

阿顿: 是的,只要你能如此习惯圣灵的思想方式,他的真宽恕会逐渐变成了你的第二天性。何不现在就念一下这一课的前半段?我知道,你已经练习过此课了,但这回念时,再加强一下你的愿心吧!

葛瑞: 好吧!我的高灵伙伴!

第六十八课 爱内没有怨尤

被爱创造得犹如它自身一样的你,不可能心怀怨尤还能知道自己的真相。放不下怨尤,表示你已忘却了自己是谁。放不下怨尤,表示你已把自己视为一具身体。放不下怨尤,表示你让小我掌控了自己的心灵,并为身体宣判了死刑。你也许尚未充分意识到放不下怨尤对你心灵的伤害。它好似硬生生地将你由生命根源那儿劈了出去,使你不再肖似于他。为此,你认为自己是什么,就会相信他也成了什么,因为没有一个人不把他的造物主想成像自己一样的。

你一旦背弃了你的自性，那依旧意识到自己肖似造物主的自性就好似昏睡过去了，而那在睡梦里编织幻境的另一部分心灵，则会装出一副清醒的模样。这一切真的都是因为你心怀怨尤而引起的吗？一点也没错！因为放不下怨尤的人，已否认了自己是出自爱的创造，在他充满怨恨的梦中，造物主显得可怕万分。有谁会梦到怨恨而不害怕上主的呢？

凡是心怀怨尤的人，必会按照自己的模样来界定上主；一如上主会照自己的肖像创造人，且把他们界定成如同他自身一样。心怀怨尤的人，必会受尽罪咎的折磨；一如懂得宽恕的人，必然获享平安，是同样的道理。心怀怨尤的人，必会忘却自己是谁；正如懂得宽恕的人，必会忆起自己的真相，是同样的道理。

如果你相信这一事实，还会不甘放下自己的怨尤吗？也许你认为自己无法放下这个怨尤。其实，这纯粹看你的动机如何。[6]

白莎：你可记得当年你戒烟的经验？

葛瑞：当然，十二年的烟瘾确实难戒，但当时我抱着破釜沉舟的决心，因为我目睹父母死于烟瘾后遗症的惨状。他们抽了四十年的烟，怎样也戒不掉；我的戒烟可说是为他们戒的，当然对我自己也有好处。

白莎：戒掉“怨天尤人”的毛病，对真实生命的影响，和戒烟对你身体的影响一样重要。身体注定是要死的，虽说，你真实的生命在天上，但你仍能在这短暂的一生享受平安与喜悦，这是让你戒掉“怨天尤人”的毛病的真正动力。

阿顿：葛瑞，有了这一动力，你有时仍会力不从心。某些挑战来临时，你还宽恕得了；但你若真心操练这部课程，必会遇到一些让你无从宽恕或不甘放下的事，表示它勾出了你内心的抗拒和潜意识的憎恨，而这正是你必须面对却一直逃避的问题。你只要由小我的思想体系以及它的攻击策略这一角度追究下去，便不难认出问题背后的真相。

葛瑞：是否可以这样说？我不愿宽恕的，甚至不愿追究的事情，正是《奇迹课程》所说的“不可告人的内疚”与“秘而不宣的憎恨”[7]？它们不过象征了我对自己的嫌恶罢了。只因我存心把它们投射出去，问题才会显示在外面。我若真想宽恕自己，允许圣灵来清理一下我的潜意识，我得甘愿跟他一起揭开这一秘密，看个水落石出，然后随时宽恕。

当我说让圣灵来清一清我的潜意识时，我并没有忘记，他其实就是我，而且是我的较高自我或基督自性，也可以称之为“实相”。

我知道，我心里依旧执著的物质欲望，它们其实只是一些虚妄的偶像，借以取代真理实相，这样，我才能继续追逐甚至崇拜那些偶像，更加相信它们真实不虚。

阿顿：说得好，葛瑞，这就是为什么《奇迹课程》一心想要帮人认清潜意识下面的东西，否则，你哪有机会清除它们？一般人，尤其是追求灵性的善心人，大都不知道娑婆世界后面的阴谋，也不知道人心下面隐藏的怨恨。大部分的人根本不想知道，只想得过且过。人们想过平安的日子，实在无可厚非，但一味遮掩小我而不知化解，是无法找到真正的平安的。

白莎：为此，以后别忘了，把平安与喜悦当作你生活的动力，这总比痛苦强多了！人们也许会说“我没什么痛苦”或是“我没什么罪恶感”，其实它们都藏在人心底下，伺机而出。人们原本可以改变这一局势的，何苦在此坐以待毙？

葛瑞：因为人们害怕，也不想改变。

白莎：是“小我”不想改变，J兄曾这样问过：**“你宁愿自己是对的，还是宁愿自己幸福？”**[8]因为他知道你根本不想放下心里的怨尤、偶像和诱惑。

葛瑞：其余的都好办，诱惑最难面对。

白莎：没有错。但，究竟什么是诱惑？《奇迹课程》一语道破：

不论哪一种诱惑，不论发生于何事，它只教人一个课题。它企图说服上主的神圣之子他只是一具身体，诞生于必死的肉体内，欲振乏力，连感觉都受制于它。[9]

我们何不仔细瞧瞧小我的计划，看它的计谋是怎样得逞的？下回来访时，我们才好进入“真宽恕”的主题。

上回我们已为你解释了，小我利用你活出它的那一套思想体系，在你不知不觉中营造出一个新的（意识）运作层面。你被利用了，早已成了一个机器人，自己却浑然不觉。现在是你索回自己真实生命的时机，若要达此目的，你必须先摸清楚对头的底细和伎俩才行。

“小我”确实称得上一个杰作，我们先前已经说了，在你把天人分裂的信念投射到心灵之外的同时，你把自己也一并丢了出去，于是这个包含了你的身体和各式各样形体的娑婆世界便形成了。在此顺便一提，你的身体看起来就像附着在你“身上”，其实它和其他一切有形之物一样，根本在你之外[10]。只要是呈现于外之物，都同等的虚幻；所以你的身体不会比别人的身体更为真实或更为重要。不是吗?

> ✡ 人身其实与阴魂没有两样，阴魂也认为自己的身体是活的；其实，它所看到的，只是它想要看到之物而已。

人身其实与阴魂没有两样，只是呈现的形式有所不同。阴魂也认为自己的身体是活的；其实，它所看到的，只是它想要看到之物而已；为此，J兄曾说：“让死人去埋葬死人。”人们真的需要外援才可能认出真相而重返天乡。你需要圣灵的帮助，但圣灵也需要你的协助，只要你肯宽恕眼前所见的一切。

当然，我不是要你藐视身体，我的意思是：学学J兄吧，别再赋予身体那么重大的价值了。他在《课程》中曾这样说过：

身体是小我的偶像，罪的信念先赋予它一副血肉之躯，再把它投射到外界去。它好似在心灵四周架起一道血肉墙篱，把心灵禁锢在一小块时空里；死亡不断向它索债，只给它片刻叹息与哀悼的时间，最后还是难逃一死，以死亡向主人示忠。这不神圣的一刻看起来好像充满生命，其实只是绝望的一刻，有如荒漠小岛，因无水泉滋润而朝不保夕。[11]

葛瑞：《课程》中曾提到“平安的四个障碍”，第二个障碍即是相信身体的价值。[12]

阿顿：没错。那个障碍会直接把你引入内疚与痛苦的陷阱[13]。你该仔细地阅读“平安的障碍”那一节，去了解小我那一套是怎样吸引着你的。你现在连痛苦和快乐都分不清了[14]，因为罪、咎和痛苦对你的潜意识具有莫大的吸引力。

你和所有的人都是如此，唯一不同之处，就是你已经意识到这一倾向了，你可以观察它、宽恕它，最后，摆脱它的束缚。

潜意识里的罪咎虽然不至于让人们痛不欲生，但随时都在伺机折磨人们；绝大部分的人都在自作孽，自己却毫不知情。

葛瑞：就像飞蛾情不自禁地向火扑去？

阿顿：一点也不错，你该在班级中受到表扬。

葛瑞：我就是那个班级嘛！

阿顿：那就别再溜掉了。记住，人们下意识坚信自己冒犯了上主而被逐出天堂，必会遭到天谴，这信念有时会以极醒目又戏剧化的方式呈现，有时则透过比较隐晦的形式，就像你迷“红袜”棒球队那样。[7]

葛瑞：嘿，每个球队都有不走运的一个“世纪”！

阿顿：在我们继续下去以前，你可有问题要问？

葛瑞：嗯……，我不知道。如果我问些题外话，会不会天打雷劈？

阿顿：不会的，在整个宇宙和人类历史上，根本就没有天谴那一回事。

葛瑞：那么，我有一事相问。我已经动笔介绍你们的观点了，虽然我觉得你们很酷，只是表达的语气有一点儿自以为是；我的意思是，我可以看到你们的表情，听到你们的声音，感受到你们的善意，但读者却无此缘分，你们所说的内涵透过文字表达之后，可能跟我的临场经验会有相当的出入，那该怎么办？

阿顿：用你刚才的说法解释一下就行了。人们会记得我们有言在先：我们会直言不讳的。我不妨趁此机会交代两点我们“未说”的话：我们从未说，《奇迹课程》是通往天堂的唯一途径；我们也不曾说，我们的说法是《奇迹课程》的唯一诠释。我们的诠释只提供一种了解的脉络而已，对某一群人可能有益，但未必合乎所有人的胃口。

继此声明之后，不妨再叮咛一次，我们来此纯是为了帮你们节省时间。你

[7]　红袜队那几年输得很惨。——译者注

若真想要回归上主，我们愿你在寻找绝对真理的道上愈快成就愈好。我先前曾提过一次：**“奇迹把时间的需求降到了最低程度。”**[15] 我们来此正是帮你了解这种奇迹的。

日后，我们自会谈到娑婆世界在圣灵眼中的目的，答复你们心目中的生命问题。我们说过，每个人都在为自己的生活寻找意义与目的，《奇迹课程》对这一人生问题绝不故弄玄虚。我们不妨在此先仔细看看人间的火焰，再看清它为什么那么吸引飞蛾吧！

白莎：我们已经解释过了，你眼前的娑婆世界不过象征着你自以为与上主分裂的那一念，它会以不同的形式呈现；而你下意识里对这个分裂怀有极深的罪恶感与恐惧。等你发展出形体世界后，分裂之念总算找到机会投射出去，甚至还显现在外面给你看。从此，你便能在外界找到罪恶的肇因以及害你不安的人，还有许多你自己想出来的让你不能不害怕的理由。当然，其他人也跟你一样，忙着把问题推到外面去，要你为他的不快乐负责。

了解了这一点，你便不难在世界的每一角落看到这分裂之念是如何上演的，潜意识里的内疚又是如何投射到别人身上去的。

小我设计了一群对立的人以及团体，为娑婆世界编出了整套的历史剧，保证每个关系都会以某种方式凸显出这一分裂主题。唯有已从梦中清醒的人，分裂之念才算正式结束了。

即使在世间的结合关系下，分裂依旧存在其间。小我为了确保分裂，营造出种种“特殊关系”。我们先前说过，在二元对立的世界中，你有了“特殊的爱”与“特殊的恨”。到了这一地步，爱成了有拣择性的，而非无所不包的了，因此，那已经不是爱，只是滥竽充数的“关系”而已。

在你投胎之际，你立刻置身于某一家庭，这表示你已经跟其他家庭、阶级、文化、种族、国籍撇清了关系。就从这个人生起点开始，你在许多方面都已经“与人不同”了；即使在你自己的家庭之间、家庭之内以及家庭的份子之间，都免不了某种程度的竞争。

在你家里的特殊关系里，不论你是亲生的、领养的，或是寄养的关系，不论是好家庭或坏家庭，有爱心或没爱心，家里特殊关系给你的不是某种特殊的爱，就是某种受害经验。

每个梦到这个世界来的人，必然一开始便视自己为一具身体，而且是一具“与众不同”的身体。受害与迫害的观念必须透过有形的层面才显示得清楚，让你不知不觉地把自己藏在“遗忘之墙”后面的罪与咎，转而投射到别人或他物上去。

于是，你的秘密罪行以及隐隐的自憎心结，如今都推到外面去了。你那存心遗忘的心灵所投射出来的虚妄梦境，整个过程都被你压抑到意识的底层。于是外人，外界事件，你自己的身体，误导的大脑，还有看起来罪孽深重的行为，在你眼里，一一成了恐惧之源；事无大小，皆化为天罗地网，且还层出不穷，逐渐累积成你所谓的一生。J 兄在《课程》中曾把你夜里做的梦跟白天做的梦做一个对照：

外表看来，是梦中人物及他们的所做所为架构出你的梦境。殊不知他们是你打造来为自己传达心声的。你一旦看清这一点，就不会怪罪他们了，梦境给你的虚幻满足也会随之消失。梦里的人物一点都不暧昧。当你“好似”醒过来，梦里的种种顿时消失得无影无踪，但你未必意识到，自己当初做出此梦的原因并没有随着梦境一并消失。你想要打造一个虚幻世界的愿望仍不时在心中作祟。你好似醒过来的那个世界，其实只是你梦中世界的翻版而已。你一生的光阴都耗在梦中。睡时的梦也好，醒时的梦也罢，不同的只是形式而已，内涵则毫无差别。[16]

葛瑞：你是说在幻境中，人们将自己压抑下去的内疚投射到别人身上，不只是他们无法意识到自己的行径，更麻烦的是，由于外面那些人根本就不存在，所以人们只是在自己的潜意识中，不断地将自己的内疚“垃圾回收”，让它更加根深蒂固，小我的国度就这样愈加巩固了。

我想，这就是 J 兄为什么会说“你们不要论断人，免得你们被论断，因为你们怎样论断，必也怎样被论断”（马太福音 7：1 ～ 2）。

自觉罪孽深重的小我，不能不生生世世地寻求解脱；整个人生梦境就是由这个内疚以及拼命想解脱的需求打造出来的。

这话一点儿也没错，人们的判断其实都在为自己的形象定罪，于是自觉罪孽深重的小我，不能不生生世世地寻求解脱；整个人生梦境就是由这个内疚以及拼命想解脱的需求打造出来的。

白莎：说得极好，老弟。别忘了，小我是挺阴险的。它在特殊的"爱的关系"与"恨的关系"中玩投射的把戏时，知道适可而止，免得你忍受不了而不肯再玩"内疚回收"的游戏了。大部分的人都不愿去看清这一真相；只要你敢正视一下，就会看见世间的爱含有许多"资格限定"在当中，你若不符合它开出的条件，那你的麻烦可大了。

阿顿：现在，我们再谈谈小我在维系这个幻相世界时的另一个拿手好戏。葛瑞，你既然在影艺界混过，你说说看，魔幻大师表演魔术时，通常是用什么手法来蒙骗观众的眼目？

葛瑞：他在变魔术时，会把观众的注意力引到其他地方去。

阿顿：正是！小我是个不折不扣的魔幻大师，从你一生下来，它就给你一堆问题，引开你的注意力（请再以掌声表扬一下）。这些问题通常都显得迫在眉睫，但解决的办法永远在世界的另一个角落，等着你去寻找。不论是牵涉到你个人的存活或是促进世界和平的高超理想，问题及解答永远都在外面的世界或宇宙那里。不论你们谈的是外星人的问题，或是小我最爱的悬疑或奥秘，这一代人最流行一句话就是"The truth is out there"（那儿有一切的解答）。然而，真正的解答不在"那儿"，因为真正的问题不在"那儿"！

但是人们老爱往"那儿"看，毫不察觉自己被小我蒙骗了。《奇迹课程》再次一语道破小我的伎俩：

"去找，但不要找到"是小我的一贯指令。[17]

当你开始追寻时，表面看来，许多事情因着你的"追寻"而改变了，其实骨子里什么也没有变，你那一团因分裂而起的内疚，依旧安然藏身于原处。我知道，有个早上你曾具体看到自己潜意识里内疚的象征，圣灵趁你熟睡时在你眼睛上动了一点手脚。

葛瑞：呀！那经验真不可思议，那个阴影让人难以忍受，但是它后面的光明却有一种鼓舞的力量，使人大感振奋，我现在总算明白什么叫作治愈了。

嗯，让我试着总结一下，看看我对这部课程的领受是否正确。第一个层面是《奇迹课程》的形上理念，也就是你上回所说的那一套，牵涉到知见的问题；第二个层面，属于身体的层面，也是你现在所谈的娑婆世界，也牵涉到知见的问题。两者之间的不同处在于：我在第二层面所经验到的一切，乃是心灵在第一层面的集体否定和全面投射所造成的结果，形成了眼前的一个时空宇宙，而且出现在我身外。那不过是因为我不想面对内心隐藏的内疚与恐惧，更不敢忆起上主而架设起来的自卫措施而已。因为我对上主畏惧至极，想尽办法回避他的临在。问题是，这一切都被我压抑到潜意识了，还和它切断了音讯。

虽然恐惧依旧存在我心里，但是让我害怕的具体原因，例如痛苦和死亡，如今都显示在我外面了。事实上，我们真的可以这么说：我心灵里的一切内涵，如今都象征性地显现在我的周围，而且具体逼真，历历在目。难怪《奇迹课程》说我是失心（mindless）之人，因为我确实失去了生命的记忆。

小我让这种世界继续运作下去的秘诀就是谴责（不论是暗地里或公开的）、攻击、定罪以及继续投射，然后再不断回收自己的内疚。这一手法让我误以为内疚已经消除了，问题已经解决了，其实我仍然紧紧抓着内疚不放，只是压抑到潜意识里而已，让内疚在那儿继续恶性循环下去。

白莎：善哉善哉，老弟，你这一番总结说得真好，我该在你额前贴一枚金色星星贴纸以示表扬。

葛瑞：对了，星星到底是五角形还是六角形？

阿顿：别闹了，那只是我们跟宗教人士开的玩笑而已。

白莎：在此给你透露个好消息，圣灵的宽恕能够同时化解这两个层次的小我，这就是所谓的救赎原则：当你宽恕眼前一切人事时，会同时化解你心灵层次的否定和投射倾向；而圣灵又能同时化解掉你心灵形上层次的否定和投射，还能把你和整个分裂之念一并化解掉。

但是，这种宽恕需要你在经验的层面去实践。当然，你必须先了解《奇迹课程》的形上理念，才可能知道自己究竟在干什么；不管如何，你的宽恕必须在现实生活中进行，也就是说，你必须踏踏实实地实践，尊重别人，也尊重别人的经历，仁慈地活出每一天。纠正别人不是你的责任，只需帮圣灵清理一下你心中的妄念，随时转到正念上去，其余的就可以交给他了。

葛瑞：你是说，在这一层次，我若听从小我的想法，就是妄念；我若听从圣灵，则是正念。

白莎：对，当你思考时，必须从“你是心灵”的立场出发，而不是凭着你的大脑或“你是一具身体”在思考。《奇迹课程》的讯息一向是针对你内在的“抉择者”而说的，也就是在小我和圣灵之间做抉择的那一部分心灵。这一主题，我们会在往后几次来访时谈到，那么，你就不会冤枉使力，而为自己省下好几千年“从错误中学习”的迂回过程以及多生多世的轮回。这种心态一旦变成了你的习性，你必会惊讶地发现，一切竟然这么简单。

我们会把宽恕分成几个步骤来讲，它们最后都能融成一个心态，并且将你导向一个结局，那就是“上主的平安”。我们已经再三强调，所有的人，包括你在内，都是纯洁无罪的。如果你从未跟上主分开过，你此刻所见的一切怎么可能是真的？如果你从未跟上主分开过，娑婆世界的一切对你的影响岂会大于它对J兄的影响？

阿顿：还有一点，你需要不断提醒自己，小我要你不断着眼于身外的事件，就是怕你看清了小我的那一套伎俩。《奇迹课程》说了：你的不愿面对，反倒保全了幻觉的存在。[18]

我们这就扼要地看一看小我思想体系的本质，我们无意吓你，只是让你明白，不论它多丑陋，它不是你；你必须跟圣灵一起看，才可能有这种心胸。你一与他合作，就不会掉到自己的妄念里，而是由你的正念去看一切；你不再是“果”，而是“因”；你也不再是个孤军奋斗的人间孽子，你已经回到了真正的自己，也就是你的自性。

不必怀着批判或恐惧的心去看小我，它既不是真的，就没有什么好怕的，它只需你的宽恕，便会消失于无形。你若真要宽恕自己，也想宽恕别人，就不能不诚实地去看自己心里是如何利用别人的，甚至到了赶尽杀绝的地步。但其实，那并不是真正的你，只是你潜意识中某部分误把它当成自己而已。

顺便一提，你应明白，一进入了时间的幻境之中，罪＝过去，咎＝现在，惧＝未来（不管是即刻的未来或是遥远的未来，都毫无差别）。让我举个例子，当强盗用枪抵住你脑袋时，你担心自己大概死定了，这跟你此刻担心二十年以后的退休问题，外表上，好像是全然不同的两种担心，骨子里其实是同一回事；因为你害怕的真正理由是，你认为自己罪孽深重，会受到报应。然而，你若不相信小我那一套，你是不可能感到害怕的。

你也许会想，不害怕的话，岂不是降低了做事的效率，甚至会降低你在人世的“存活率”？你不妨自问一下，你什么时刻做事的效率最高？是你害怕之时，还是不怕之时？

你还该知道，恐惧、罪过、愤怒、内疚、嫉妒、痛苦、忧虑、不满、报复、鄙视等种种负面的情绪，都是同一个幻觉的化身。《奇迹课程》早在后来抄袭它的种种通灵书籍出现之前，就说得一清二楚了：

恐惧和爱是你仅有的两种情绪。[19]

后来群起仿效的人们，虽然借用了不少《奇迹课程》的观点，却没有抓到它的基本精神。最常见的偏差大致有两种。有些人试着把《课程》“俗化”，去掉宗教术语，这是行不通的，因为你若把上主的角色由书中剔除，你便错失了“天人分裂的妄念”这个核心问题。另一类人采用书中观点时，虽然保留了上主的角色，但在诠释上却落入了二元的思路，这也同样行不通。因为二元论在本质上是不可能解决那唯一真实的问题。试问，你若相信上主不只创造了这个分立的世界，还予以认同，那又如何可能解决天人分裂的问题？这些人虽然投入

✡ 小我的本质是恨。虽然人们看到可恨之物都在外边，那不过反映出人心『自我憎恨』的事实。

毕生时间和精力去寻求解脱，结果不仅无法修正分裂，反而使分裂显得更为严重。

白莎：好，我且先问一句，那个鬼鬼祟祟藏身于潜意识下的小我，它的本质究竟是什么？

葛瑞：我一直在等你提出这个问题呢！

白莎：鬼灵精，小我的本质是恨。虽然人们看到可恨之物都在外边（有些人还会将恨合理化，甚至美化），他们尚不明白，那不过反映出人心“自我憎恨”的事实而已，你先前也说过这点了。你们看到世上的人彼此怀恨攻击，相互残杀；你们同时相信，对方只要逮到机会，也一样不会放过你们。这种仇恨心态会透过千百种不同的形式呈现于人间，它可能单纯到你对政敌的不满，也可能是公司里找你麻烦的同事，或是对你从没有好话可说的家人，甚至是威胁到你生命安全的任何处境。

其实，它们全是同一回事：你因为丢失了天堂而恨你自己，却营造出一个世界，为这个恨找到种种借口。你的内疚和不安如今都变到外面去了，而且一定会牵涉到某一个人。因为你认定，并非是你要抛弃心灵的平安，之所以如此，都是他们害的，你以为这样就可以把内疚推到心外去了。

其实，我们都知道，除非你甘愿放弃，否则没有人能够夺走你内心的平安。上面那种心态足以解释今天的世界，也足以解释无始之始天人之间恍若分裂的那一刻。问题是，你也慢慢信以为真了。

为了解决这一问题，经过你的巧思安排，那些该为你负责的人终于一一出现了，而且就在你要他出现的地方。

葛瑞：你是说，那些找我麻烦的人……，是我把他们请来的？

白莎：一点也没错，是你要他们出现在那儿的，绝无例外，他们只是你的代罪羔羊而已。你若能谨记这一事实，下回再有你看不顺眼的人来找茬，你就可能咬紧牙根，跟圣灵一起去想，而后改变自己的心态。因为是你要他们出现在那儿的，没错，一向如此，因为你需要如此。这样，你才能蒙骗自己，认为自己并非有罪的一方（至少不像他那么罪恶深重），如此，你的日子才混得下去，因为真正的罪人不是你，而是外边那些人。

只要一掉入这个迷宫里，你就不可能看出，其实自己不必过这种日子的，因为你本来就没有罪，整个迷宫只是一个幻觉，只是在帮你抵制另一个幻觉而已。

别忘了，你认定自己罪孽深重的念头，埋藏之深，超乎你意料之外。你不能不加以防卫，否则，结果对小我而言简直不堪设想——万一真的在那儿看到了自己的罪咎，那该怎么办？所以你才需要营造出一个世界帮你掩饰这个恐怖的真相。小我要你相信，那内疚简直不堪入目，面对它，会让你痛不欲生，它还会无情地引发一连串让你难以收拾的后遗症。最好的逃避之计，就是把它投射到外面去。

但你忘了，你送出什么，就会收回什么，更何况，你根本就没有送出过任何东西。

你若视弟兄为一具身体，就等于视他为恐惧的象征。他必会加以攻击，因为他会看到自己的恐惧正站在对面，随时伺机攻击，叫嚣着要与他复合。不要低估了恐惧必然反射出来的强烈怒火。它愤怒地嘶吼，疯狂地张牙舞爪，想要逮住那造出它的人，将他一口吞噬。

这就是你肉眼所看到的他。其实，他是上主的圆满造化，天堂视之为珍宝，天使对他钟爱有加。[20]

阿顿：根据《奇迹课程》的教诲，我们知道，小我一直设法阻止你看清它的底细。

小我高声命你不要往内去看，否则你会亲眼照见自己的罪而遭天打雷劈，以致失明。[21]

J兄随后提醒你，小我真正担心的还不止这事呢！

你因着罪的信念而害怕往内看，这恐惧底下其实隐藏了令小我战栗的另一种恐惧。

万一你往内看去，却没有看到罪，那又如何是好？小我绝不允许你冒出这

种"可怕的"问题。此刻你若提出这一反问，势必严重威胁到小我的整套防卫措施，它会立刻翻脸不认人。[22]

白莎：别被最后那句话吓倒了，J兄绝无吓唬你之意，反正小我恨死你了，就算它翻脸无情又怎样？何况它迟早会跟你翻脸的。更怪异的是，你此刻只需体会一下，便会发现，那个恨你之物，并不在外面，而在你的里面，且跟你形影不离。到了这一步，你既无法否认小我的阴谋，又不能再往别人身上胡乱投射，那么，最后只剩下一条出路，就是化解掉它。

葛瑞：慢点，容我打个岔，如果我心灵的内涵（包括了自己的恨和咎）都象征性地出现在四周，围绕着我，而此刻的我又被困锁在肉体内，大脑天生也只能往外看，那么我怎会有机会往内看清真相？

> ✡ 现在是你主动向小我挑战的时刻了。若要宽恕心里的一切，唯一的办法就是宽恕它投射于身外的一切。

阿顿：正是！这就是小我的圈套。你所有的经验都在为幻境撑腰，证明它的真实性。你一对它下了判断，它对你会变得益发真实，整个小我的思想体系也会一并巩固下来了。

答复你刚才提的问题，就等于答复了生命的全部问题：唯一的出路就是圣灵指出的那一条路——"宽恕法则"(the law of forgiveness)。时候到了，现在是你主动向小我挑战的时刻了。若要宽恕心里的一切，唯一的办法就是宽恕它投射于身外的一切。我们下两回会深入解释这个有趣至极的问题……至少，结果会是很有意思的。

让我们再重申一下这个观念：除非你学会宽恕眼前所见的每一事物，否则你永远不可能真正解脱，证入自己纯洁无罪的神圣本性。不宽恕，便无解脱之日。你们可能认为那些遁世避俗的人是些弱者，其实，他们大体的方向并没有错，只是还没抓到正确的出离办法而已。

你不妨环视一下周遭，看看进入你眼底的究竟是什么东西？不过是一连串的形象而已，那只是反映出你内心的恨与咎的一部电影罢了。虽然你也有看起来还不错的人生片段，这仍是小我想要粉饰太平的伎俩，纯属二元论的花招。

你在娑婆世界所看到的所有二元对立的现象，恰恰反映出你内在的分裂心态。于是你看到了善恶、生死、冷热、南北、东西、内外、上下、左右、贫富、阴阳、爱恨、干湿、男女、软硬、远近、消长、疾病与健康、光明与黑暗……可谓林林总总，无穷无尽的二元现象。

这一切与上主完全扯不上关系，他是完美的一体，从未创造出反面或负面的东西。世上所有的分别与分立，都是天人分裂之境的某种象征而已。对立的圈套诱使你终日营营，苦心追寻别人眼中“较好”之物，无由体会出“好的与坏的其实都一样的虚幻”这一真相，让你的注意力始终盯着小我的把戏，永远听不到圣灵的答复。

小我存心将你诱入一场永无休止的战争，那战争永远是对外打的，还故意把它那套罪咎和恐惧心态投射到一个无解之处，让你的战役陷入狼狈的缠斗中，永远没完没了。

圣灵才是最后的解答，他与那个幻化出整个娑婆世界的小我同时并存于分裂的心灵内，你当前的任务就是停止那永远赢不了的战争，转向心内那个“抉择能力”之所在——也就是圣灵之所在。

请记住，圣灵从来不曾活在世上的。试想一下，他怎么可能活在一个根本不存在的世界？他，活在你的心里，也是你的问题与你的解答所在之地。转向圣灵的思想体系吧！它对你百益而无一害的。记住，我们在此所说的不是世间的输赢，那不是《奇迹课程》的真正旨趣（虽然它也谈到如何获得灵感、接受指引那类事情）。关于那些具体问题，我们以后还会谈到的。

在人间，通常是情况最糟时，而不是情况较好时，你才会真正体验到潜意识里的内疚，感受到身体的痛和心里的苦，有时还内外交攻，让你这孤立的生命显得愈发真实。你在世上建立的涕泣之谷，乃是出自潜意识的内疚投射，目的就是要好好修理你。然而，《奇迹课程》有言：活得心安理得的心是不可能受苦的；因此你唯一的出路就是听信圣灵告诉你的真相：你在上主眼里绝对是清白无罪的。

若非圣灵，你的处境确实是回天乏术，因为你的恨与咎会永远深锁在潜意识里。你也该庆幸，圣灵绝顶聪明，小我根本不是他的对手；你若加入他宽恕的行列，小我也不会是你的对手的。小我早已意识到这个问题，所以随时都在为它的存活担忧；你若与小我认同，这份隐忧必会立刻掉在你的头上。J兄后来与圣灵彻底认同了，如今他与圣灵也已经无二无别。

葛瑞：你们也达到这一境界了吗？我是为我将来的读者澄清这个问题的。

白莎：是的。但你的读者不需要相信我们；不论他们相信与否，都能从我们这番话获益。圣灵讯息的本身才是重点，而不是传递讯息的这个化身。连我们都不把自己投射出来的这具形体当真，岂会在乎别人不把它当真？

葛瑞：我们的书会不会畅销？

白莎：别操心那类事情。不论结果如何，不必庸人自扰！你不妨这样想：《奇迹课程》说，来到世间的每个人或多或少都有精神妄想症，否则他们就不会认为自己真的活在这儿了；这观点若是真的，那么，就算你的书畅销了，也不过表示你背后多了一群神志异常的书迷而已。

葛瑞：好啦！我只是开开玩笑而已。

白莎：不要担心别人的反应，即使他们把你的笑话当真，不论是谁，你既不用辩护，也不必患得患失，只管把书摆出去，别人若为此书的观点而攻击你，宽恕一下就好了。

葛瑞：不久以前，我差点就脱口而出那个f开头的词儿了。[8]

白莎：你现在有了一个新的f字，就是forgiveness(宽恕)。我们这次告别以后，你有五个月的时间可以好好修炼“爱内没有怨尤”这一课，但也别搁下《学员练习手册》，并且继续研读《正文》。记住，一遇到挑战，就把“没有怨尤”这个观点发挥出来。每个奇迹学员都有自己最受用的几句话或几个观念，好帮他忆起自己的真相，而你的关键句就是“爱内没有怨尤”。

---

[8] fuck，美国骂人的粗话。——译者注

葛瑞：两位，为什么下次来访要隔那么久呢？

阿顿：我们一再强调，这绝非一蹴可成的事，下下次还要隔八个月呢！我们以前告诉过你，这类访问会延续好多年，说得明确一点，总共要九年，最后几次的拜访，中间都会相隔一年。

葛瑞：九年！你们莫非把我当成了低能学童？

阿顿：绝非如此，这是你一生的路（如果你对它真正有心的话），可不是玩票性质的，你真正的转化才刚刚开始呢！下一点功夫吧！别管时间的长短，那完全不重要。心灵是超越年岁的，因为时间只是一个幻相，你只需享受一下你在时间内的种种经验就够了。我可以保证，不只结果很有意思，连练习宽恕本身都会变成一件有趣的事，只是你偶尔还会有不想宽恕的时候。

随时记得这个奇迹理念：你无需改变任何人的心态，也无需改变世界；你唯一需要做的，只是改变你对世界的看法。打个比方吧，你不必操心世界和平的问题，促进世界和平最好的方法就是学习宽恕自己，并且与人分享这一经验。如果有一天世人都明白了，只有活出“宽恕法则”才能获得真正的平安，那么，外界的平安也会不请自来。

不过，那并不是J兄《课程》的宗旨，它要改变的是你对梦境的心态。

葛瑞：提到梦境，我在练习《课程》以前，从来不曾做噩梦。然而最近的梦里尽出现一些怪异甚至恐怖的影像，它们像是故意显现给我看，但不知为何，我看到那些玩意儿，心里一点都不害怕。

阿顿：你比照一下，它们像不像传统宗教书里描绘地狱的图片？

葛瑞：对！有些影像还挺逼真呢！

阿顿：它们确实很恐怖，而每个人看到的影像又不尽相同。其实，书里描绘的或梦中看到的，都是由你潜意识的内疚浮现出来给你看的；就你的情况而言，算是一种释放。如同艺术家一样，他们透过画笔表露了内心的恐惧，至于你，那些恐惧、内疚和自我憎恨已经不必隐藏了，因此呈现为某种意象。又因你操练《学员练习手册》的宽恕已有相当时日，旧有的思想体系逐渐被宽恕、被释放，而交托给了圣灵，你才没有被那些恐怖意象所吓倒。何况当时你有J兄在旁，你的“正念”知道他在你身边，那一部分的你也知道自己在做梦，没什么好怕的。

当你所有不可告人的罪过和憎恨一一受到宽恕以后，觉醒之日便不远矣。那时，不论你看到什么，或经历什么，或身边出现怎样的人，你都知道没什么好怕的。每个人看到的影像有所不同，但你很清楚，即便光天化日之下，在所谓的现实世界里，一样会出现可怕的影像，全都是小我“恐惧—罪咎—死亡”那套思想体系的表露而已，都不是真的，故也没什么好怕的。影像终究只是影像，不论它出现在何时或何处。

白莎：你在噩梦里所见到的影像，典型地表达出小我思想体系存在于潜意识内的本质。你知道，潜意识的东西远比意识层面的可怕多了，小我就是这样隐藏自身及其阴谋的。你在周遭所看到的一切投射，都是由潜意识幻化成的；你在娑婆世界不时看到的恐怖景象，比起它那更为恐怖的思想源头，简直是小巫见大巫。

由于你所看到的投射景象，基本上是一种防卫措施，因此，你可以这样说，娑婆世界之所以能够存在下去，是因为它跟你潜意识埋藏的东西相比，还算是可以忍受的。这个充满了谋杀与自杀的世界，对某些人来讲，确实苦不堪言，但若跟潜意识那藏污纳垢的深渊相比，简直像是在花园里散步。

既然你已经看到过自己内疚所呈现的象征，你不妨描绘一下吧！

葛瑞：它会让我立刻想到丑陋、可怕、邪恶、残忍、折磨……这些字眼。

✡ 害人的人其实恨的是自己，杀人其实也只是一种变相的自我毁灭的行为而已。

阿顿：形容得真好，道出了每个人潜意识的本质，只是他们毫不自觉而已。在人们把自己交托给圣灵以前，这都是潜意识的常态，它的可怕，象征着你与上主的分裂，你冒犯了他，上主之子自认为犯下了滔天大罪，必会遭到死亡的惩罚云云。这令人难以承受的内疚逼他付出痛苦的代价。你眼前的世界虽然有时惨不忍睹，奇怪的是，比起人们基于内疚而认定自己必会遭受的惨烈下场，世界还算是一个不坏的出路呢！

葛瑞：对于谋杀或自杀的人来讲，这怎么可能算是一种出路，难道不会加深他们的内疚吗？

阿顿：不！别忘了，内疚不过是人心中的一个念头而已，世间的行为本来就不可能产生真正后果的。杀人及自杀的行为确实会造成内疚的回收和循环，甚至还有变本加厉之势。谋杀或自杀的人通常已经把死亡当作最后的出路，害人的人其实恨的是自己，虽然他们已把恨投射到别人身上去了；杀人其实也只是一种变相的自我毁灭的行为而已。我们先前说过，你对别人的恨，骨子里是一种自憎的表现，因此，每个罪犯冥冥中都会期待自己被捕，表示受到报应。而且，你也别忘了，即使大部分的内疚会投射到别人身上，一样也会投射到自己虚幻的身体上，因为我们说过，身体也早已被人们视为心外之物了。

这种自憎心态会透过种种的变相方式呈现出来，例如“借用警察的子弹自杀”的手段，人们故意向警察开枪，因为他们知道这样一来准死无疑。这类人不论用什么形式自杀，都是为了结束那忍无可忍的内疚之苦；然而，事实上，他们潜意识里的内疚不会因为自杀而减少分毫的。

自杀只能结束这一世的生命，解决不了那未了的心结。死亡不是出路，真宽恕才是你的出路。《奇迹课程》这样说了：

人不是靠死亡而超脱世界的，他靠的是真理；天国为他而造，且等着他的归来，为此，他终有一天会“知道”这一真相的。[23]

白莎：你该知道，不仅你不想去面对潜意识里那可怕的内疚，你的小我更是惊恐万分，深怕你一旦成功了，改变了自己的心意，那么它那独立的个别身份就无从立足了。因此你需要具备相当坚强的意志力，一边观察它的运作，一边还有勇气承认小我的思想体系确实存于自己心内；然后允许圣灵帮你化解小我，也就是宽恕你眼前种种象征性的人与事，两者是同一回事。

葛瑞：你是否会具体指导我该怎么做？虽然有《学员练习手册》的导引，但仍需要你拉我一把！

阿顿：我们能够教你的一切都已记录在这部《课程》里了，我们只是帮你整理出这部书的重点，方便你运用于现实生活而已。当然，我们答应过你，不会只给你一套理论，还会教你如何处理眼前的问题。

葛瑞：但愿如此，因为我难免会有疑虑：要到何年何月，才能够不再怨怪别人？不再判断、定罪或攻击他人？觉察自己每个负面思想，而且还要随时宽恕？再也不听信自己生气的借口？老兄，这恐怕要等到我成了圣人才有可能。

阿顿：葛瑞，你本来就是圣人，只不过还不自觉而已。至于你认为一般世人不太可能达到《奇迹课程》的高标准，那就错了，你自己也曾引过《奇迹课程》那句“奇迹是种习性”，你慢慢修下去，便能体验下面的话一点也没错：

愤怒是毫无道理的事。攻击也很难自圆其说。这是你摆脱恐惧的起点，也是完成的终点。[24]

为什么这事如此重要？因为不论你在念头上怎样攻击别人，还是别人怎样用言词或行为来攻击你，你得救的关键就在下面几句话：

救恩的秘诀即在于此：你所做的一切全都是对你自己做的。不论你以何种形式发动攻击，此言不虚。不论哪一方扮演坏人或凶手，此言不虚。不论什么表面原因使你饱受痛苦，此言不虚。你若知道自己在做梦，自然不会跟着梦中角色起舞。你一旦认清了那原是你自己做的梦，不论梦中角色显得何等可恨或何等凶暴，都再也影响不到你了。[25]

是的，只要你开始评断梦中的角色，就等于把梦境弄假成真；不论你认定自己需要赎罪，或别人该去赎他们的罪，甚至暗中希望他们受到报应，你都掉进小我的圈套了。

你一旦把罪咎当真，而且还想为它赎罪的话，你就再也难以脱身了。这是小我高明之处，它不仅不会帮你除去罪咎，反而助长了自己的声势。小我相信唯有攻击才能赎回自己，只因它早已信服“攻击即救恩”的疯狂信念。[26]

它继续说：

因此，在小我的教导下，你不可能摆脱罪咎的。因为攻击会把罪咎弄假成真；一旦弄假成真，你就难以制服它了。[27]

葛瑞：你是说：不劳上主来宽恕我们，只要我愿宽恕别人，不再攻击别人，我就已经宽恕了自己。如果我还在心里评断别人，即使一句话也没说，什么事也没做，批判的念头，就等于攻击；为此，我必须随时监视自己所有的起心动念。

不论我在攻击或宽恕，其实都是针对自己而发的，因为外面那些人并非真的存在，他们只是反映出我内在心思的某个象征而已；同理，我也只是集体意识里的一个象征罢了。世界不需要上主的宽恕，人们只需宽恕眼前的有形事物，自己就已受到宽恕。

阿顿：正是，《奇迹课程》讲得再清楚不过了：

上主不用宽恕，因为他从不定人的罪。必须先定人的罪，才有宽恕的必要。这个世界迫切需要宽恕，只因这是个充满幻相的世界。因此，宽恕的人就等于将自己由幻觉中释放出来；凡是不肯宽恕的人，等于自愿囚禁于幻境之中。只有你能定自己的罪，所以也只有你能宽恕自己。

虽然上主不用宽恕，他的圣爱却是宽恕的基础。[28]

虽说你不需要上主的宽恕，因为他从未定你的罪，但你仍能随时“上达天听”，也就是与圣灵相通。他会这样对待你的罪咎：

圣灵消除罪咎的方法就是心平气和地看清罪咎不存在的事实。[29]

我们往后的拜访，还会进一步阐释其中的深意。

白莎：目前为止，你大概还无法全面看清“真宽恕”的种种益处。没有人要求你分分秒秒都能立刻宽恕，你大概也做不到。有时，只要宽恕两天前或半小时以前的事情，就不错了。世上没有十全十美的人，尤其是这个时代，到处蔓延着“愤怒”的瘟疫，想要不卷入那个旋涡，还真不易呢！连两千年前的J兄，有时都难免会跟身体认同，但他终究不愧是一代宗师，很快就宽恕而且超越了。至于你们，反正时间只是一种幻相，所有记忆中的、眼中所见的，与外界的种种形象，也都是同一回事，你随时都可以宽恕过去的事件，即使有待宽恕的人早已不在人间。

葛瑞：你是说，我与父母的一些未解的过节仍有宽恕的机会，只要宽恕了我过去对他们所说的话或所做的事，对不？

白莎：一点也没错。你必须宽恕自己，这跟你必须宽恕别人一般重要，否则，你不可能真正体验到身体的存在与否原来是如此无足轻重。我们说过，你的身体不会比别人的身体更真实或更重要。

说到身体，我们得提醒一下轮回的问题，免得我们的谈论会让人把轮回当作真实发生的事情，其实，它和所有的事一样，只是一场梦而已。外表看来，你投胎到一具身体内，也切身感受到自己是一具身体，但《奇迹课程》却告诉你，你所见的一切都不是真的。亲爱的老弟，我相信你对"人生如梦"的观点已经不那么陌生了。[9]

葛瑞：这个观点虽不陌生，我也曾有过几次类似的体验，只是，大多时候，我真的感觉不出自己是在做梦。

✡ 人把轮回当作真实发生的事情，其实，它和所有的事一样，只是一场梦而已。

阿顿：放心，你会有愈来愈多如梦如幻的体验的，但你如果想要经常有这类体验，而不是偶然几次的浮光掠影，必须在宽恕上头多下功夫。

葛瑞：你能否多讲一点小我如何在世间施展计谋的话题，好让我知道该在那个节骨眼上特别留意？因为你说过那是一种圈套，不是吗？

阿顿：是的，小我不但认定你已经跟上主分裂了，而且还在人间一再为你重播分裂的幻相，让你不得安宁（这样讲已经算是很客气了）。平

---

[9] 当阿顿首次提及"娑婆世界只是一场梦"的观点时，我拒绝接受这一说法，因为那跟我的经验完全不符合。但阿顿与白莎都晓得，我早在1980年间就读过莎莉·麦克琳的书《危险的立场》(Out on a Limb)，她引用了《托尔斯泰书信集》(Letters) 中发人深省的一句话，那种天问似的说法，深深触动了我的心。我那时并不知道，诺斯替派的瓦伦底奴斯学派早就有此一说了，"我们在世的生命，由生到死，包括所有的梦想在内，本身不就是一场梦？我们把它当成真实的生命，从不怀疑它的真实性，只因为我们对另一个更真实的生命一无所知"。——作者注

时，你活得好好的，突然冒出一些小事，立刻让你心烦意乱，这不是常有的事吗？这类状况，无关乎事情的大小或轻重，只要能搅乱你内心的平安，即使是芝麻小事，一样象征着你心目中“天人分裂”的那个根本心结。

不论这事是以哪一种形式呈现，发生于何时，都会把你带回人类原初的那一刻：你在天堂里活得好好的，突然开始烦恼起来，首次感到自己与上主分开了，这是世界一切烦恼的源头。在人间梦境里，你的烦恼似乎都兜绕在你认为是自己的那一具身体上头打转，其实，连这种“自我认同”，基本上都出自这一分裂的妄念。

葛瑞：就像爱默生在他的《诗人》一文所说的：“我们都是象征，住在象征里。”

阿顿：没错，那句话确实出自爱默生《论文集第二辑》里的《诗人》那篇文章。没想到乳臭未干的你还挺有见识的呢！

葛瑞：多谢夸奖，我会记得把你的赞美加入我的履历表里。

阿顿：等我们下回来访时，还会详细地解释《奇迹课程》“只有一个问题，故也只有一个解答”的理念。让我们再回到小我的阴谋吧！

世界上层出不穷且错综复杂的问题，让你活得如坐针毡：罪恶感、挫折感、无聊、害怕、自卑、不安、生气、孤独，活得怨气冲天，不是瞧不起人，就是委曲求全，等等，可说都是小我千方百计的杰作，它想尽办法激起你的情绪反弹，与它共舞。不论出现哪一种情绪，基本上都是一种“分别判断”，只要你一做出那些判断，就等于在为小我的世界背书，同时也巩固了分裂的幻相及幻相中的一切。

在它的剧本里，当然少不了“三世”的时间观念（我们以后再谈时间的问题），小我为那分裂幻境绞尽脑汁，写出千奇百怪的剧本，确保人间的冲突永无止息之日。当然，它也不忘穿插一些美好时光，在好坏对比之下，将人生展现得更加真实。其实这样的苦乐交替不过是另一个二元论的把戏而已，尽管真实的你是不可分割的灵性。此刻，我们举几个例子让你明白小我是如何把你带入“分裂”的人生信念里的。

白莎：简而言之，就是你对眼前事物的回应和反弹把天人分裂的经验弄假成真了，你的人际关系以及仿佛专门为你量身定做的人生困境，全都在显示你弄假成真的过程。而且，那还不限于发生在你身上的事情，连你冷眼旁观的事件也包括在内，例如别人的人际关系问题，甚至你在电视或网络上所看到的新闻。

就以飞机失事为例，还有什么能比这意象更贴切地象征着人类“掉出”伊甸园的经验（The Fall）？又如，婴儿离开安全温暖的母胎，硬被推到世界来，不正象征着人类脱离上主的痛苦记忆吗？当子弹、利刃、激光射枪、弓箭、长矛，甚至荆棘刺入人的肌肤时，肌肤会作何反应？

葛瑞：它会裂开。

白莎：地震时，那支撑着你一生梦幻的大地又会如何反应？

葛瑞：地面会裂开。

白莎：遭人遗弃的婴儿或小孩，分裂的感觉更为惨烈，这给了孩子一辈子怨恨父母遗弃他们的最好理由，他们可以理直气壮地把潜意识的内疚投射到双亲身上，让小我不禁手舞足蹈，窃喜不已。这类例子实在不胜枚举，然而说来说去……

葛瑞：是的，它们全是同一回事。

白莎：即使在疾病现象上，隐藏于潜意识的攻击念头也会具体显现为人体细胞的彼此吞噬，形成癌症或其他各种疑难杂症。

你一生的每个阶段，童年期、学生时期……以及过去几十年的每一个经历或每一种职业，处处显示出人们“为达目的，不择手段”的把戏。这样的一生必然冲突频频，如实地象征出人与人的分立。如果你命大的话，你的国家不会陷入最典型的冲突——战争中，但没人敢做此保证。即使你活在所谓的太平盛世，从襁褓到坟墓，依然有数不清的冲突和暴力随时等候着你。

你不仅会和立场不同的人结下“特殊的恨”的关系，你也能建立“特殊的爱”的关系，但不论是爱是恨，一定与我们的身体脱离不了关系。我们曾引用过《奇迹课程》的说法：身体不过是罪咎之念化身为血肉，然后投射于外而形成的，好似一道血肉之墙，把心灵禁锢起来[30]。你想要的岂是这一种爱？

圣灵的爱则会对你说：身体无法分开你们，透过宽恕，重新结合吧！你和弟兄姊妹才能重归一体，重归无限。就一般情形而言，你若决定在形体层面与某人结合，充其量，你只是顺从身体的本能去做它本来该做的事情，并没有什么难能可贵的，只是，如今你已渐能怀着宽恕之念去爱人，圣灵必与你同在。

✡身体不过是罪咎之念化身为血肉，然后投射于外而形成的，好似一道血肉之墙，把心灵禁锢起来。

葛瑞，在你的人际关系里，当你与人交恶时，会有哪些特征？

葛瑞：我们分道扬镳。好了，我懂你的意思了，你是说外面什么人也没有，所以最好还是转向自己的心内。唯一返回天乡的路，就是宽恕外在的一切，因为被你宽恕的那些“外”物，只是自己内心投射出去的象征而已。

白莎：没错，我们还会为你详细解释该怎么去做。我们已告诉过你，将来的访问会愈来愈短，理由之一：圣灵的答复比小我的问题单纯多了。《奇迹课程》之所以写得这么长，只因真理本身虽然单纯而且一贯，你的小我却不简单，需要一步步化解才行。

葛瑞：这点我绝对认同，但我还是百思不解，人类这么壮观的心理剧怎么由一个无形的观点转化成一个有形世界的？我是说，如果一切都有预设的蓝图，那么宇宙间注定要发生的事情，岂不是就像钟表那样准确地运作？

白莎：这问题相当复杂，有趣的是，你以钟表作为比喻。是的，宇宙确实像一个上紧发条的钟表，更确切比喻说，宇宙就像一个上紧发条的玩具。姑且用你们的太阳系作个缩图，以所谓的“自然界的能量”为例，稍微解释一下吧！虽然太阳系的现象不足以涵盖宇宙整体的运作，但至少让你领会一点小我营造幻境的本事。

能量，也可称之为“气”，亦是一种幻相，我们可以从气的运作看出小我是如何把这一出心理剧从“无形的念头”转为“无形却可测量”的形式，然后再转为“有形可见又能经验到”的具体事物。这其实是同步发生的，但为了便于你了解，我们必须采用一种直线性的解释方式。

打个比方吧！假如你能从月球和地球正中间的外太空回望地球，你就会看到“气”的存在，看到整个地球裹在电磁性的“气团”里，那股“气团”冲着它来，又越它而去，那是从太阳所散发出来的巨大辐射流，这股气流变化不已，阴阳交替，设法维持某种平衡。因着太阳辐射不断地变化，这股“气”也随之变化。

你若再由外太空仔细去端详太阳，会看到许多旋涡状的太阳氢气海。很少人知道，这氢气海和地球上海洋的变动极其相似。地球上海洋的潮汐是随着月亮的绕转而消长的，太阳氢气海的潮汐变迁则来自于太阳系中所有星球之间的吸力和拉力，甚至整个宇宙的影响，因为宇宙万物都是声息相通的。这就造成太阳氢气海的潮汐、太阳黑子以及太阳的其他现象，左右着太阳辐射的流动方向，经由太阳风或直接由阳光，以“微粒子”的形式喷射到地球。

这变化不已的辐射流，受到整个太阳系（包括地球和月亮在内）运转所左右，造成你们地球四周“气”的变化，并将电磁场传送到地球的每一寸空间。你的肉眼虽然看不见这些“气场”，其实它们无所不在，你每天都在这些“气场”里行走生活。你的一切(包括你的决定以及所有的后续发展)都受它们变化的牵制。它们只是出自全然不同层次的“念”，化身为“气”的形式，唆使活在这一层次的你如何去想。你的所作所为都是随着你的想法而起的，有时甚至就像生理反射一般地激烈反应；而这就是你所见到的每一个有生命或看起来无生命之物背后所谓的“真相”。

再举个例子吧！你想一想，一只小雁子在南美洲的上空飞得好好的，怎么会突然知道该回头了，再飞个几千里的路，每年都在相同的时节回到加州？

葛瑞：有些人认为这是神的杰作，有些人会说是本能或本性使然；你却说，有个遥控器在后面主使着候鸟的迁徙？

白莎：可以这样说，不只是鸟，你也是如此；但请注意一下，“遥控器”的“遥”字属于相对性的字眼。我们真正要说的是，那些决定来自心灵另一个全然不同的层面，那是非时空性的。根据你的经验，你的决定好似都是出于此地，其实不然，它不是出自人的脑袋，就像候鸟也不是靠那个“鸟脑”决定迁徙的时刻与方向的。

✡ 你的决定好似都是出于此地，其实不然，它不是出自人的脑袋，就像候鸟也不是靠那个『鸟脑』决定迁徙的时刻与方向的。

当我们说，你们活得像个机器人，绝不是说着玩的。你和它唯一不同之处，就是写程序的不是别人，因为根本没有“别人”存在，是你自己的“默认程序”决定了你在此地的命运。你早已和小我约法三章，这与上主毫无关系，因他是不谈条件的。

写程序的人就是你那整套小我体系，它不断送信号到你的脑袋里，而大脑只是一个硬设备，它把这讯息转告身体（即电脑主机），指使你该怎么去做、怎么去看及怎么感觉。

你目前经验到的一切，不过是电脑屏幕上呈现的景象：你活在此地、与上主分裂、又与弟兄姊妹分裂、你根据分裂之念活出你的人生、那二元分立的心念所到之处都无非是冲突。你的弟兄姊妹所做的一切，其实全是你暗中指望他们做的。《奇迹课程》早已为你一语道破了小我的居心：你可知道，这都是你要他们为你这样做的！[31]

连外太空电磁场的变化都能左右你看事情的心态。我们可以这样说，你之所以能够看到某个东西，不过表示它正好出现在人类视力所能接收到的电磁波的某一片断层面而已。

葛瑞：嗄？

白莎：总而言之，你的种种决定并不是真的在此做出的；自从你同意小我的协定以后，所有的决定都出自那一层次。若要摆脱这个烂摊子，唯一之途，就是回归你的“正念”之心，用圣灵的诠释去看待眼前的事物，不再听信小我的诠释，只因它一心要把你囚禁在它的剧本里。你在此的整个经历不过是重播过去的录像带而已，只要记住这一点，必然有助于你了解生命的真相。我再问你，电脑档案和数据是怎么储存下来的（除了存到磁盘以外）？

葛瑞：靠电磁线纹（electromagnetic strips）？

白莎：它具有多种功能。我们初次来访时曾提过，你们这一生存层次的种种发明，通常是在仿效心灵某一种功能。你认为此地的你充满了自由意志，能够决定自己经历的事情；事实上，一切早已发生了，你只是在播放已经录制好的录像带，一边看，一边听，还一边认为这全是真的，全是出于你此时此地的意愿或运气。你丝毫不知，这一切早在另一层次为你默认好了。

葛瑞：那我何苦还在世界上努力？

白莎：有两个理由：第一，这个体系虽然已经定案了，但每一生仍能为你开启不同的人生场景。你在每一生的梦境里会做不同的选择，然后领受一些不同的经验，但你若不把圣灵的思想体系带入生命中，便无法化解潜意识的内疚、跳脱小我的体系。

这就有一点儿像"多重选择的人生剧"：你若做出不同的选择，会为自己开启不同的人生场景。例如：你做了某个决定，找到一个女朋友，过得很开心；但你也可能做出另一个决定，结果你们闹翻了，让你痛苦不堪；你甚至还可能为了在人间体验不同的结果，而不断重活同一世的经验。容我再提醒你一次，它们都不会把你领到你真正想去的地方，它们存心将你困于原地，要你追求一些暂时的慰藉。

第二个理由：它道出了何以你应在"抉择"上好好下一番功夫，为什么你应回归正念之心，放下小我，选择圣灵。因为，唯有如此，你才能到达你真正想去的地方。即便在梦境里，宽恕也能给人许多意想不到的福利，有些福利你们根本完全无法意识到。例如：有个人谋杀了他的妻子，或是另一个人谋杀了她的丈夫，结果一方死了，另一方终身监禁或被处死。如果他们懂得宽恕，而且了知没有人是杀得死的，你想想，这一番体会，在你们这个生命层次上会产生如何的变化？

葛瑞：一切都将翻案了！但人们大概做梦也不会想到可能如此。

白莎：没错。那只是一个极端的例子，我想说的是，在你们有形世界里，宽恕能够改变上千种的人生场景。你们只是不明白宽恕远比不宽恕能让你们活得更像个人样。为此，你必须信任圣灵，他真的知道什么对你更好。你该好好照料的，是那颗能做决定的心，千万别低估了这事的重要性。《奇迹课程》所要锻炼的正是你的“心”，把自己的心管好了，你便有能力消除身体的痛苦。这一点，我们留到日后再谈。

葛瑞：你知道，有一次我开车在某处小巷，有个家伙紧贴着我的车屁股，他的车几乎都快碰到我的保险杆，我恼火得很，但又不愿加速摆脱他，因为巷子里孩子很多。就在我几乎要竖起中指咒骂他的一刻，我想到了《奇迹课程》，决定不做任何反应。过了几条街以后，他就左转到其他路上去了，麻烦就此结束。事后想起来，如果我真的竖起中指，而他手边也正好有一把枪，那我们不就干起来了吗？搞不好，我已经命丧街头了。

阿顿：没错！但也别忘了，那部车里的弟兄，只是象征你当时的心态而已，包括了你对其他生活层面的不耐或不满，然后透过他的不耐烦而呈现出来。你跟我们一样心里有数，当你在做股票交易时，如果沉得住气的话，现在已经是百万富翁了。你和那位弟兄都把分裂当真，所以才会显得那么急躁烦闷，你们都抱着“爱拼才会赢”的心态，奋力前冲，好向老天证明自己是对的。

因此，你会在弟兄身上看到自己的错误及内疚。幸好，就这事件而言，你在心念和行动两个层次都做了正确的决定。一般来说，只要能带来和平结局的决定，都不会错到哪里去；除非你身体遭到伤害或死亡的威胁，你当然有权反击，或是想出更好的脱身之计。

葛瑞：我大概不该把他当成一个混球，对吧？

阿顿：没错，我亲爱的小混球！J兄在这部《课程》中如此劝你：

你如何看他，你就会如何看自己。[32]

葛瑞：懂了！喔，差点忘了说，某些人认为星象学有时候还挺管用的，而你刚才对太阳系和气的说法，正好解释了那些人为何那么相信星象学。

白莎：是的，但星象学不够准确，我们为你解释的那一套原则才保证精准，因为它清楚披露了小我为宇宙所制订的因果原则。星象学、命相学或种种卜卦法，偶尔也能和小我的剧本相呼应，但它有时准，有时也不准，因为小我剧本的一个特点就是让它的故事后果不可预期，否则，所谓的“机率”便无从立足；有了机率的存在，小我的剧本才会不乏惊悚、悬疑以及炫人眼目的高潮。

葛瑞： 这一切在系统程序里都已设定好了？

白莎： 对，小我本身爆发性的混沌本质，保证了宇宙内永远不会有一贯不变且放诸四海皆准的“统一力场论”。应知，宇宙的形成一开始就不是源自“统一”的本质，它是建立在分裂和分立的理念上的；但虽然如此，小我仍会不时搅入一些恍如鬼斧神工的“模式”(patterns)，给人一种统一的幻觉。

这就是为什么你无需对宇宙间每一个新发现或新理论大惊小怪，即使你们找到了超弦理论（superstrings)，能统合牛顿力学的层面和亚原子的层面，来解说万有引力的运作原理，那也依然不足为训！幻相仍是幻相。我并不是劝阻你们别做研究和分析，这固然是科学家的本分，但要试着记住：你们只是在一个默认好的梦幻剧中做研究。

葛瑞： 更何况自己还是一个畸形的机器人呢！

白莎： 是的，不过那只是暂时的样子，有朝一日，只要你找回自己的抉择能力，就不再是机器人了，那才是你宣告独立的大好日子。葛瑞，等你学会如何宽恕，到时候，自然就不再是昔日阿蒙了。

阿顿： 白莎为你解释这些宇宙现象，是为了帮你了解整个宇宙是怎样按照一个写好的剧本发展出来的。剧本原是“全像式的”，只是以“直线式的”方式呈现而已；就像已经拍摄好的电影，一切细节都早已写定，包括你这一生的经历在内，连你的肉体哪一天会死都是注定的。

你真正拥有的唯一自由即是选择聆听圣灵之音，回归上主，不再与这宿命的小我体系无量劫地周旋下去，它跟上主完全扯不上任何关系。你大脑的硬件功能是无法认识上主的，是你的心在告诉脑子该做什么。你该庆幸，整个娑婆世界跟你的大脑都跟上主扯不上任何关系；你也该庆幸，你还有另一条回归上主家园的路。

你认为这个宇宙令人叹为观止，那是因为这是你唯一记得的东西；你认为它巨大无比，其实它一点都不算大，你这种想法不过是凸显你的自觉渺小而已，把自己看成一大块拼图中微不足道的小碎片。你像是紧抓着小小玩具不放的孩子，其实，真正的你，连整个宇宙都容纳不下。

葛瑞：“宇宙像个上紧发条的玩具”这一说法，能否以科学方式证实？

白莎：有些可以，有些不能，因为心念是无法测量的。你只能测出磁场的变化，但无法证明究竟是什么引起大脑里面电流的变化，你只能记录身体上化学与激素的结果反应。但大脑一旦接到该怎么去做的讯息以后，一切都已沦为“果”的层次了，它的因是无法测量的。这种设定，就是要你相信身体是独立自主的存在体。《奇迹课程》在序言里说得很清楚：

身体看起来好像是自发且自主的，其实它完全受制于心灵的取向。[33]

阿顿：你的身体，你的世界以及你的宇宙，这三者都是同步回应你心中的意向（也就是小我之念或分裂之念）而形成的。这种游戏会带给你各式各样令人兴奋的新发现，就好比“胡萝卜以及棍子”对驴子玩的把戏，让你兴致盎然地追逐下去。就以你们最近发现的“同步性原理”（Synchronicity）为例，那也不过是“假一体论”的另一花招，即使在幻境里，它也一直都在那儿。你得特别留意，小我要你把这个幻觉世界想成是充满灵性的，借此赋予幻境一种神圣价值。

> ✯你认为这个宇宙令人叹为观止，这种想法不过是凸显你的自觉渺小而已，其实，真正的你，连整个宇宙都容纳不下。

在此还需澄清一下，小我之念虽然只有一个，就像只有一个上主之子（那就是你），然而，小我之念又分裂为正念和妄念，所以你必须在两者之间作一选择。一切都摆在你眼前，等着你决定，究竟要以小我为师去看那一切，还是愿以圣灵为师？还有一点，当我们或《奇迹课程》提到小我时，几乎都是指“妄念”的那一部分，而非圣灵所在的“正念”那部分。

葛瑞：现在，让我整理一下自己的了解，我并非故意重复你们的……

阿顿：我告诉你，我们不仅不介意，还希望你多重复几遍。唯有不断地重复，你才可能学会这个思想体系，变成你生命中自然而然的一部分。直到有一天，你能够全然不假思索，任运自在地活出它来，这才叫作“操练”宽恕。你必须不断反复地练习，直到它变成你的第二天性为止。终有一天，你会明白的。

葛瑞：我懂你的意思了。我的了解如下：小我思想体系以及它的人生剧本确实解释了何以然有些小孩天生是残障的；知道了那不是上主的杰作以后，我心里稍微好受一点了。

它同时也解释了为什么孩子们在一起就会吵吵闹闹，争夺玩具；或者，为什么学童在学校里老爱相互挑衅、结党造势、欺负弱小等。这一切，都是想把潜意识的内疚投射到别人身上，证明别人不对，让别人成为坏人。

在世间，人们永远避免不了归属于某种族群或某一角色，以至于从生到死，不是成为迫害者，就是变成受害者。人间总有各式各样的因素将人分别高下，让某一群人感到优越而另一群人则一文不值。例如美与丑，健康与疾病等对立的概念，在人间早已成为天经地义的事。当我们评定美丑时，不都是凭借这一具身体？而这些，全是出于主观或人为的界定。由于这是人们所能知道的一切，人们也只好全盘接受。

你有披肝沥胆、无怨无悔的“特殊的爱”，也有痛心疾首、冲突迭起的“特殊的恨”。你爱的人，你不会轻易看到他们的错误，就算看到了，也很容易宽恕；你憎恨的人，无论如何表现，在你眼中仍然百般不是，到头来，你是绝不会轻易放过他们的。因此，一生中，你有各种对头，生意上或公司里的竞争都脱离不了小我的模式。许多人在事业上仿佛称霸一方，他们追逐的，其实只是一种病态的权威，充斥着彼此潜意识投射出来的内疚，只是大家都不自觉而已。最明显的例子就是律师，他们大都能言善道，伶牙俐齿，知道如何逮到对方的把柄，然后激起陪审团潜意识里的内疚，投射在被告身上。

在政界，最善于抹黑的人常是胜选的一方。他们让选民相信，一切问题都是对方惹出来的，这等于是把天人分裂的普世性隐痛及苦果全都归咎到对方身上。双方都说：全是对方惹的祸，我们是清白的；而双方通常都认为自己是对的。其实，双方都不对，因为他们的所见，全是虚妄不实的。要明白，只要你一采取针锋相对的立场，甚至，只要有一丝不容的心态，你已变成问题的一部分，而不是解答了。可以确知的，在整个过程里，不知宽恕的人，并不明白他们的所作所为只是根据自己设计的蓝图而去反应，落入小我的阴谋还不自知。

环顾整个世间，我们一遇到问题，尚未看清真相，就大肆打压，我们向贫穷宣战，向癌症宣战，向毒品宣战，一天到晚宣战，结果却没有一次是打胜的。连在运动场上，也一样从小竞争到大，和战争几乎没有两样。

只要深思一下，小我的剧本也同时解释了，为什么信仰宗教的人会相信牺牲受苦才能蒙受上天的青睐。西方宗教让J兄为世人的罪过受苦而死，其实，牺牲是小我的花招，跟真神完全扯不上关系。我想，福音这一段话可能真的出自J兄之口：“‘我喜爱怜悯，不喜爱祭祀。’你们若明白这话的意思，就不将无罪的，当作有罪了。”(《马太福音》12：7)

至于“特殊的恨”，不管对象是他人或自己，人们似乎都可以找尽理由来逐一定罪；意犹未尽时，他们还会找出其他受苦的途径，透过意外、疾病等不可胜数的方式来演出小我的悲剧。因为你既能把内疚投射到别人身上，照样也能投射到自己身上。归根究底说来，一切的“恨”都是根源于“自我憎恨”。

✡我们一遇到问题，尚未看清真相，就大肆打压，我们向贫穷宣战，向癌症宣战，向毒品宣战，一天到晚宣战，结果却没有一次是打胜的。

每天，我们都能在脱口秀、新闻或各种媒体上看到类似的悲剧，不幸的是，这种投射最终都会演变成暴力，而不论是哪一种暴力，那笔账都会算到你心里认定的“坏人”头上。于是我们有了种族仇恨，甚至还借此冠冕堂皇地发动国际战争。在本国内，政治斗争最后往往沦为人身攻击；在不同的时代里，壁垒分明的政治歧见，居然可以酿成举国性的血战，美国就是其中之一例。

可以说，从天灾人祸到经济起落，从个别性到全面性的冲突对立，所象征的，其实仍是分裂矛盾的心态，脱离不了二元对立的模式。这类例子，简直是罄竹难书，一辈子也讲不完。

阿顿：你已经足足讲了半辈子了！老弟，你说的一点也没错！唯“真宽恕”能改变这个世界，因为世界只是集体心识或整个小我心识的象征罢了，说得更严正一点，宽恕是唯一能够真正改变世界的东西；而这还不是宽恕的目的之所在！要知道，真正获益的，是真能宽恕的那个人。

葛瑞：我想，受宽恕者也同样会蒙受好处吧！

阿顿：对！但那是圣灵的工作，不是你的责任。他会确保双方同时获益，而你的工作只是忠实地做好自己这一部分。当你在世上做了选择，表面上你是在这儿选择了宽恕（我说“表面上”，因为你其实并不真的存在于此），圣灵自会将此讯息传遍整个心灵。至于你是否能够看到结果，并无关系，终究而言，只要你不再和小我同谋而选择圣灵，你会在更广的层面上获得治愈的。

务必记住，你大脑的软件原本设定好要上演小我的剧本，但你一定能够而且迟早会突破那个设定的。

葛瑞：记得《正文》里说过，圣灵或J兄会帮我调整那个剧本，对不？

阿顿：是的，我们将来还会教你认识时间的真相。目前你只需记得我们说的，人间只有两套剧本，小我与圣灵的，而奇迹的目的之一便是帮你节省时间。只要你肯选择宽恕，放下小我，J兄为你做了下列的保证：

当你行奇迹时，我会配合你的需要而重新调整时间与空间的。[34]

他所说的，不是改变人间的时间律，而是取消你未来不再需要的那些时间，因为你已经学会自己该修的宽恕课程了。他又说：

奇迹之所以能帮你缩减时间，在于它有摧毁时间的能力，故能为你消除某些人生劫数。然而，它必须在更广的时间序列中成就此事。[35]

关于时间的问题，我们以后会再深入的。

白莎：我们现在可以开始做结论了。下次来访时，会比较偏重“正念之心”，而不是“妄念之心”，那会有趣多了。而且我们的造访，会愈来愈短，也愈来愈有趣，真的!

但是，也别因此轻忽了我们的来意，要明白，我们无意美化世界的本质，从而减轻J兄讯息的震撼性。《奇迹课程》对世界的描述，和最爱嘲讽世界的诺斯替派一样，绝对口下不留情。我们提醒你仁慈待人，并非要你纵容小我的把戏；不要企图改变别人，努力改变自己才是首要之务。

别忘了，你因害怕失去个人的身份和价值，一定会拼命抗拒宽恕的，而这种抗拒，有时会严重到让你不敢正视小我（不论是自己的小我或世界的小我）。实在说来，你心里怕死了潜意识隐藏的东西，为此，保持儆醒对你才会这么重要。

你心灵底层真的埋藏了无数的恨，然而，你只需在它浮现时，认出它来，然后交到圣灵手中，如此就行了。我们会在往后的两次拜访谈到一些具体的做法，也会给你一些实例的。

你此刻还有什么问题?

葛瑞: 有的。你既然谈到宇宙的运转状态，是否可以顺便问问你，究竟有没有外星人存在？有的话，他们也需要学习宽恕吗?

阿顿: 从幻相的角度来讲，其他星球上确实有生命的存在。有些生命还访问过地球呢！他们也有自己的宽恕课程要修。你知道，他们并不是真的在“太空外面”——因为整个宇宙都在你的心内。你们以为他们的科技比较先进，所以灵性发展也一定高于你们。简略回答你，未必如此。重要的是，不论他们仁慈与否，长得像不像地球上的人类，他们仍是你基督自性内的弟兄姊妹，这是你们看待他们应有的心态。

葛瑞: 真酷！还有一个问题，你可知道是谁造出麦田里的几何图形？有些图形还挺复杂呢!

阿顿: 当然知道，有些是骗人的，出自某些暗自痛恨自己的傻子（其实他们早已被宽恕了，但除非他们亲身练习宽恕，否则无法得知这一事实）。大部分的麦田图形都是真的，尤其是复杂的那几幅，譬如，当中的一个图形是用数学形式象征出秩序和混沌的二元论，市面上不难找到那幅图案。它和其他图形

✡大部分的麦田图形都是潜意识层面发出的电磁气所形成的，在一堆奥秘上再增添一个有趣的奥秘，其目的，就是让娑婆世界的人继续向『外』寻求答案。

都是潜意识层面发出的电磁气所形成的，这又是另一种花招而已——在一堆奥秘上再增添一个有趣的奥秘，其目的，就是让娑婆世界的人继续向“外”寻求答案。这一切，其实都是潜意识的杰作。

葛瑞：好吧！再考你一题，究竟是谁杀了肯尼迪？

阿顿：你若知道答案，你肯宽恕他们吗？这才是问题之所在。老弟，我们不是来此教你如何跟阴魂算账的。

葛瑞：我总得试一试才甘心嘛！哦，我又想到一个自相矛盾的词。

白莎：说说看。

葛瑞：Smart bomb。

阿顿：很好，我同意。

葛瑞：让我想一想，还有什么问题，对了，我在电视上又看到玛丽安(Marianne Williamson)。她的第二本书上市了，好像是关于女性主义的，我在另一个有线电台上听到她说：“这个世界需要更厉害的女人。”说真的，我蛮欣赏玛丽安的，只是她把女性主义放到《奇迹课程》里，你对这事的看法如何？

白莎：只要她高兴，她当然有权去教女性主义，这不是问题，但不该把它和《奇迹课程》混在一起。《奇迹课程》不需要女性教师去教其他的女人：“怎么活得更像女人？”世上不乏这类教师，我们也乐见此事。但《奇迹课程》需要女性教师甘心去教其他女人：“她们并不是女人，因为这具女性身体并不是她们。”如果她们能毫不妥协且毫不暧昧地传递这个重要观点，她们才真的算是功德无量。

阿顿：葛瑞，我必须提醒你一下，将来读者对你的反应可能会和对我们的反应一样，由于看不见你的表情，听不到你的语气，所以感受不到你真正的心意。他们也许无法从你的话里觉出你对女性的好感，你其实一直认为女人比男人更有智慧，不是吗？

葛瑞：她们本来就比较有智慧嘛！暴力倾向较小，滋养能力较强，投票时也蛮有脑袋的；不像大部分的男人，都是些没脑袋的自大狂。

白莎：你还没那么糟！

葛瑞：没错，我是世界的灵感，人间的模范，应受千秋万世瞻仰。

阿顿：糟了，我们制造了一个怪兽！

好，顺便借机提一下，你在世的生活不久会进入一个新的阶段，对自己未来的前途会愈加淡泊，而更关切心灵方面的成长。许多男人年轻时追逐身体的快感，年长之后，对性欲的兴致会慢慢被其他东西取代。

葛瑞：你是说性衰退？

阿顿：不是，那叫作"成熟"。我们知道，你其实比小我防卫体系要你活出的样子成熟多了，你也逐渐不受它的钳制了。随着年岁的增长，你渐能摆脱荷尔蒙的影响，这也是为什么年事稍长之人更容易进入《奇迹课程》的原因之一；一般来讲，他们比较不那么执著于肉体，虽然健康变成了他们关切的主题，但已不再像从前那样身不由己了。

众所周知的，你们的世界里，以性欲的需求为最强。然而，肉体的快感不过是小我诱使人们重视身体的伎俩而已。我们以后还会谈到"性"这个问题。

葛瑞：我需要预先准备什么吗？

白莎：带宽恕来就好了。我还要指出，在这世间，不太得意的人会比飞黄腾达之人，更能获益于《奇迹课程》。人们眼中的天之骄子，活得丰裕富足，左右逢源，无往不利，其实，他已掉进了小我的圈套还不自觉。小我诱使他们认为世界是个值得逗留的好地方；真相是，他们不过活在小我所设计的少数几个善业投射出来的人生而已，所以才会如此春风得意，工作轻松，赚钱容易，名闻利养，样样不缺，好像上天的宠爱集于一身似的。

葛瑞：你是指 Vanna White？[10]

白莎：可以这样说。但不管如何，焉知道她下一世不会诞生在非洲，甚至

---

[10] 美国电视的益智猜谜节目"幸运转轮"之知名主持人。——译者注

活活饿死？

葛瑞：我宁可祝她生生世世都活得开心，何况我听说她也是个追求灵性的人呢！

阿顿：看到没有？你已经上道了，你刚才正在祝福你自己活得开心呢！不久的将来，我们会在相关主题中，一步步地教你宽恕的艺术。

在宽恕过程中，你会发现自己比往昔更为口拙词穷；但不必担心，反正宽恕不过是接受圣灵的治愈，与伶牙俐齿一点关系都没有。

话说回来，这一转变已经在你心内加速进行了，用一句《奇迹课程》的术语：你还不算彻底地疯狂失常（insane）。[36]

葛瑞：希望你别介意，我不打算把你这句褒词放在我的履历表里。但我乐于听到自己不是一具身体，我是自由的，不必受地球磁场磁波的控制。

阿顿：是的。还不只地球的磁场呢，宇宙处处都有自己的磁场，左右着星球上的生命，那是潜意识在幕后导演出来的戏，你所见到的现象只是它的结果而已。

葛瑞：宇宙内到处都是受操控的机器人，自己却毫不自觉，只因他们认定自己确实是这一具身体。

阿顿：当然啰。再打个比方，你可以说在任何一个太阳上，不论它位在何处，都有太阳黑子及太阳黑子群（sunspot clusters），它们都是因为磁场一时的变异而汇集在太阳表层热度较低之处。这些太阳黑子又会引发巨大的爆炸和火焰，冲向太阳的外缘气层，并向那一太阳系里的星球和空间放射出电性化的气雾之云。可以说，整个宇宙都是如此运作的，它操控着宇宙内的一切思想和行动。人类科学家总想分别为每一现象找出个别的原因，给人灌输一种错觉，好像自己和所谓的宇宙能量场是两回事，和整个心灵也互不相干似的。其实，人类一直都受到集体心识的控制，而那个"妄心"就这样将无形之念具体化为有形可见的景象了。

葛瑞：你既然提到幕后导演出来的结局——所谓的业力福报这类事情，那些正在享受“顶级福报”的人，活得得意洋洋而睥睨天下，他们会不会因此而自觉高人一等，不再属于我们这一群“罪人”了？

阿顿：确有可能如此，但也无须怪罪他们。由于眼前一时的福报，他们志得意满，认为自己颇具慧根，不愧蒙受上天的青睐；甚至还目空一切，不可一世，认定自己理所当然地优于旁人。这种想法，实在危险至极，即使这种优越感深藏不露，一样是在投射潜意识里的内疚。反之，在这一世不甚得志的人，常会为自己的表现欠佳而深感愧疚。请记住，不论你投射在自己身上或别人身上，都是同一个内疚。究竟说来，人们在不同世里都会不断地互换角色的。

葛瑞：这仍是人们逃避自己潜意识内疚的另一种把戏？

阿顿：正是如此。要知道，隐藏在潜意识里的内疚远比表面看到或感觉到的可怕多了，也刺心多了。

葛瑞：为什么？

阿顿：因为只要你仍活在潜意识里，内疚就像是阴魂不散的邻居。可还记得，当初就是为了摆脱它而投射出整个宇宙的——你先是逃避自己的内疚，后来被扭曲为对上主的恐惧，此刻又呈现为你眼前的芸芸众生；这一切都是你心里隐藏的分裂妄念以及潜意识里的内疚所投射出来的象征世界。你宁愿充当世界的受害者，让世界和他人成为你所有问题的罪魁祸首，也不愿承认自己是一切的始作俑者。即使感到内疚，你仍坚持那不是你的错，不应把账算在你头上。说穿了，你永远都能从外面找到借口的。懂了吗？

葛瑞：大概懂了！只是此刻可能还不想要真懂吧！

阿顿：没关系，我们这回逗留得够久了，下次造访不会这么长的，我们说过，真理比小我简单多了。何况，你的抗拒心态也没有什么与众不同之处。但如同我们一再强调的，这些观念，我们不能不苦口婆心，再三重复，你才可能慢慢听进去。大致来讲，你表现得不错了。《奇迹课程》也说过，你不必活得像机器人一样，因为你还有一颗“心”，而它，大有改变的余地呢。即使自然界的能量牵制着你，电磁场气指使你这样做，地心引力拉着你往这头跑，神秘暗能量扯着你往那头窜，同时促成了宇宙不断扩张，千百种力和能运作在一起，归根究底，不过是为了掩饰心灵内的二元对立之舞罢了。

要知道，不论外在发生什么事，你都能够跳出小我的把戏；请记住，你只有两种选择，然后宽恕小我的种种妄念就行了。其实，就在你聆听我们的讲解之际，“真宽恕”已经在你身上做工了，因为自那一刻起，你看世界的眼光已经有所不同了。

在此，我还要强调一个重要的观念，你仍然认为自己有上千个问题有待解决，《奇迹课程》却说，你只有一个问题，就是自以为跟上主分裂的那个错觉妄念[37]。我们下次来访时，会解释那问题的唯一真实解答，也就是圣灵的答复。过后，我们再教你如何用它来化解小我。

白莎：过去两千六百年来，许多智者（以佛教徒居多）先后说过这类话：“人生有三大奥秘：对鱼来讲，是水；对鸟来讲，是空气；对人来讲，就是自己。”了解吗？这跟我们所说“外面什么人也没有”，意义是相通的。我们相信，不久之后，你就会开始这样地活、这样地体验了。

葛瑞：我以前也常听人说：“外面没有任何人。”若果真如此，我又该如何面对历历在目的一切？从来没有人给我一个满意的答复。但不管怎样，你们走后，如果世界的纷纷扰扰再度现前，或社会的弱肉强食到处横流，或者发现自己就是活生生地漂浮在食物链之中……那些时候，我会试着记得，它们的出现纯粹是我自己的投射而已。

我猜，《奇迹课程》谈到意象或形象时，它是指所有的觉知对象，包括了记忆、视野、声音、观想等。即使是盲人，心中也有意象，它们与常人所见的形象同样的真实，也同样的虚幻，全是早已录制好的影片而已。说到这里，只要我记得，我会试着把“爱内没有怨尤”这个观念运用在生活中的。我知道自己目前还无法做到言行一致，但我会朝此方向努力的。

白莎：好极了。真是有慧根的学生。只是别轻忽了，小我是真正的罪魁祸首，所以它会想尽办法让你认为上主才是罪魁祸首，要你对他“敬”而远之。小我维系自身存在的秘诀，就是将你搅入眼前的人生戏剧里，只要你一做出反应，它便在你心中显得格外真实。小我需要的是冲突，而你的任何负面反应便是冲突，就是这类批判，让小我的那一套想法愈加活跃起来的。然而，你的宽恕却有释放它的能力，所以，你得警觉一点。

“宽恕”一词，根据它原文的字根，fore-give，意味着“事先给出去”，也就是说，事物的情状未明之前，你在心中已经先予宽恕了。刚开始时，你也许会觉得这种说法要求过高，但我敢保证，总有一天，不论小我丢给你什么花招，你都能一笑置之，就像J兄一样，后来，我们也做到了。总有一天，你也会准备好，愿意活得跟我们一样，丢弃小我的剧本，充当人间的光明，引导其他人走出梦境的。

✫『宽恕』一词，根据它原文的字根，fore-give，意味着『事先给出去』，也就是说，事物的情状未明之前，你在心中已经先予宽恕了。

葛瑞：听来不错。我想我该开始认真写这本书了，我保证每天工作几百分钟，中间也休息个几百次。

白莎：没问题，我们无意改变你的生活形态，未来的一切非常看好，但怎么个好法，现在不便先行透露。

葛瑞：我又想起了一事。你们既然免不了再三重复某些重点，我在书中也需要照样重复吗？编辑时是否要删除重复的部分？否则读者还会以为你们婆婆妈妈，喋喋不休而不自觉呢！

阿顿：的确，这些对话有劳你费心编辑一下，大致上，总得让人读得下去才行。但是，重点复习是我们特有的教学方式，因为灵性观念光是读一次或听一次是绝对不够的。我们有言在先，凡有必要，我们会不断重复，直到你听进去为止。

葛瑞：好吧！我但求尽力就是了。

白莎：我们知道你会的。别忘了，你正活在历史的一个关键时刻，这是你奉献的大好机会。我的福音以及其他几部福音一直等到1945年才有机会重现于世，随后又有《死海卷轴》的出土，在那以前的一千六百年间，西方宗教严禁任何人质疑古经和神学。这种情形，一直到1960年才开始转变。第二次梵蒂冈大公会议扭转了一贯压制理性反省的宗教政策，以前连质疑教团对J兄的身份界定都会被打成异端呢！1965年的教会通谕《现代世界中的教会》，可说是扭转历史的重要文件，从此，人们终于能够自由地探讨神学、圣经、耶稣的本质以及西方宗教在世界中的地位这些问题了。这份通谕不仅允许信徒诚实地研讨以及理性分析，甚至鼓励学者们深入调查一切真相。我告诉你，J兄选了这一年开始向海伦秘传《奇迹课程》，绝不是偶然的。

阿顿：你以为《奇迹课程》属于新时代运动的一部分？不是的，切莫如此界定它。当然，一个时代里，多一些准备接受新观念的开放心灵，固然是个可喜现象，但千万不要因此而轻忽了《奇迹课程》的独特讯息，因为它说出了J兄真正想向人类说的话。

千万记住，《奇迹课程》是他给人类的唯一课程。自从这部《课程》问世以后，陆续出现不少通灵资料，都宣称来自J兄，其实他们所教导的跟《奇迹课程》的精神有很大的出入。试问一下，J兄怎么可能说出自相矛盾的话？我不是要你藐视任何人，更不表示我们对意见相左的人存心排斥，我们之所以告诉你这些话，纯粹为了帮你澄清观念。

白莎：以后的几个月里，切忌一个人闭门造车，多跟人们交往，好好认识他们，必要时就学习宽恕他们，把那些机会当作修行的增上缘吧！幻相必须在它们出现以及你所经历到的那一层次予以宽恕，意思是说，你该活得像常人一样。别忘了，当初这部《课程》没有传给深山绝壁上的隐士，却从世间最复杂最混乱的纽约市传出来，不难看出作者的用心。

阿顿：下次再来时，我们会谈到你的神圣助缘，他在永恒中一直与你同在，但你到现在才准备好聆听他的话。你终于知道，圣灵之音会引领你回家的。最初他仿佛在梦中向你悄悄说话，直到你熟练宽恕之后，他的声音才会愈来愈清晰响亮。他会以种种方式向你显示，我们的书即是一例。至于我们解说的风格好像有失庄重，这纯粹是为了教学上的权巧方便。我们在上主和灵性前面永远都是庄重的。声明在先，免得你为此耗费无谓的心思。

我们走后，你要特别留意，宽恕别人时，千万别陷入了“小我型”的宽恕，那种宽恕，世间非常流行，成效却不彰。《奇迹课程》说：

小我也会应你的要求而给你一套宽恕计划，只是你找错了老师。小我的计划必然不可理喻，自然也不会有任何成效。听从它的计划，只会将你导入绝路，这一向是小我请君入瓮的把戏。小我的策略是先让你看清错误，然后要你假装视而不见。问题是，你既已把错误当真了，还漠视得了它吗？你既然已对错误秋毫毕察，而且弄假成真，你是不可能视而不见的。[38]

你的弟兄姊妹，包括父母在内，并没有真正做出你认为他们做了的事情，认清这一事实，才是宽恕的关键。

白莎：离开以前，我们再留给你一段《奇迹课程》的话，当你想要批判别人时，最好记起它来；不论你在街上开车，与人共事，闲话家常，看电视，或浏览网络信息时，你一感到心里冒出批判的冲动时，记住《正文》里这一段话：

好好地学吧！它会加速幸福的来临，为你省下难以估计的时间。你对弟兄所怀的怨恨绝不是针对他的罪，而是你自己的罪。不论他的罪以什么形式呈现，只是为了掩饰一个事实，就是你心知肚明那其实都是你自己的罪过，因此“理当”迎头痛击。[39]

务必记住，你只可能批判自己，所以，你也只可能宽恕自己。我们祝你一切顺利，过些时日，我们一定还会再度做“不速之客”的。

语音未歇，他们的形体蓦地在我眼前消失了，然而这一次，我却丝毫没有落单的感觉。

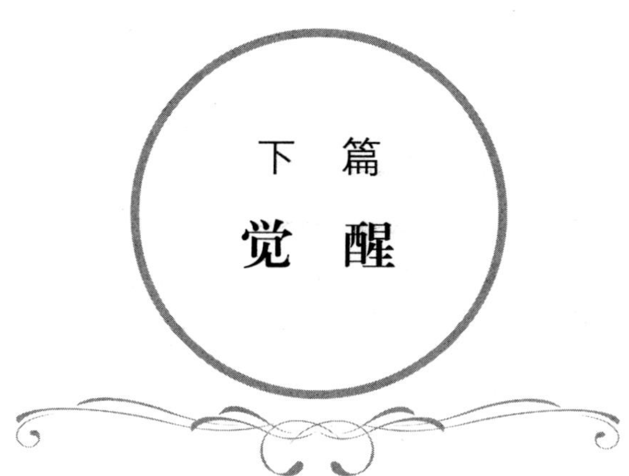

下　篇

觉　醒

6　圣灵的另一途径

小我按照自己的认知方式营造它的世界，圣灵则知道如何重新诠释小我妄造的一切，世界在他眼中，都成了领你回家的教学工具。[1]

随后数月，每当想起白莎与阿顿的五次拜访，一边感到振奋，一边又有顿失所据之感。多年来，我接触过不少心灵课程或励志课程，都是为了改善生活，如今我所学到的这一套思想体系，它的用意不在于改善生活，而要把我从自认为是“我的生活”的梦境中唤醒，这可说是我前所未有的经验。但也奇妙，眼前这一套训练，可能因为它不强调克服冲突的能力，而是直接引导我进入平安，无形之中便已提升了我生活的品质。

当我开始反省自己的习性，不得不承认，判断别人几乎成了我的第二天性。我慢慢察觉自己的毛病，试着不与它认同，也试着不再受制于自己的怨尤。这离宽恕境界虽然还有一大段距离，但至少我比较清楚自己的小我模式了。

我也看出了自己在与阿顿、白莎对谈时，为了掩饰内在的羞怯而故表狂傲，其实，我通常还不至于这么口无遮拦的。我猜阿顿与白莎大概想让我自在一点，因此也用类似的口吻来跟我互动，我猜只要我能改变说话的语气，他们的回应也会有所不同的。

随着《学员练习手册》的操练，我愈来愈知道如何选择正念，以圣灵的眼光去思考事情，而不再选择妄念中的小我。结果，白天倒经历过几次光明喜悦之境，晚间却常噩梦连连，我简直不敢相信自己潜意识中竟有那么丑陋的意象！

我想，其他人未必会经历到这类梦魇，它们只反映出隐藏在小我深处的丑陋形象，如今一一在我梦里出现，等待着我的宽恕与释放，我才能回归于圣灵的平安。

我常提醒自己，我的念头并非在这一层次想出来的，这种认知却又让我产生进退失据、动辄得咎之感。我明白，是我的心不断在提示大脑该如何看、如何听、如何做、如何感觉；而我的大脑不过是被设定的硬件，负责操作我的身体，为我演出一部所谓“葛瑞的一生”的电影。

心，有如写程序的人，透过大脑和身体来告诉我这是什么经验，该如何反应，而我像是受操纵的机器人，只能听命行事而已。在它的设定之下，我真的认为自己此时此地在做这些决定。这和电脑的程序设定没有两样，它能指示一个虚拟人物在虚无之境进行一连串的行动。负责设计程序的“心”，也是这样指使我如何在虚拟的世界中去经验。这一切终究是为了让我相信“我确实就是这一具身体”。

这一具身体偶尔还能自得其乐，但多半时候，它总觉得缺少了什么似的，有时是物质上的，有时是心理上的，这种匮乏感其实是来自它与生命根源的分裂。而且，所有的问题，反映在这一副肉眼中，都成了外来的问题，在虚幻的娑婆世界中进行着。其实，它们所演出的，正是自己当初为了逃避“分裂之因”而压抑在潜意识下的内疚。

我逐渐明白了，一直在背后操纵我言行举止的潜意识心态，在我们的眼中都转变为外在的问题；其实，那个依据小我思想体系而发号施令的“心”一直都在我内，不在我外。以此推之，整个宇宙都可说是在我心内，而不在心外了；只要我能鼓起勇气去看这一真相，连天堂都在这里。事实上，也只有它真正存在，其他的“地方”全是我想要取代天堂而造出的幻境，故意把它夹在天堂与我的中间，逃避我心里暗暗相信自己会受到的天谴。

我和其他人没有两样，终日为自己想象中的不善或罪咎而惩罚自己，其实，在这一刻，上主正殷殷盼望着我回家。只要我愿接受圣灵的治愈，准备好接受生命的真相，我们便能永恒地庆祝生命。对此，我以前可说是一无所知。

明白了其中的道理，让我愈发赞叹“心”的伟大。我知道，营造出幻境的种种决定都是出自潜意识，随后才以相称的象征现身于虚妄的娑婆世界中：最先是分裂的选择以及随之出现的内疚；整个娑婆世界都是按照这个内疚量身打造出来的。世间的纷纭万象在每个人的梦中以及肉眼下显得如此真实，若无相当的修持，还真难宽恕心目中认为是千真万确的事情，更别谈接受圣灵的思维方式了。

这一套灵修课程可说是大幅度改变了我对周遭人际关系的看法，例如我那些亲戚，评论起人来可真是嘴下不留情，如今虽然积习难改，但我却已了解，他们的反应不过反射出我自己心里是如何看那些问题人物或人生挑战的；我也看到了自己是怎样为自己的“罪过”去定亲戚的罪，其实，他们的言行不过是小我想要混淆我眼目的幻影而已。此后，我愈来愈容易宽恕别人和自己了。

连以前跟我做股票交易的那些营业员，我的心态都改变了。虽然也有不少尽职又专业的股票营业员，但不少营业员把客户视为爱找麻烦的对头，口气往往粗鲁而自大，有时甚至对客户的损失抱着幸灾乐祸的心理。如今，我比较能把他们的敌意视为小我思想体系的象征，为我在人间演出这一出戏，等着我去宽恕而非报复。透过他们，我潜意识的阴暗面才有机会获得宽恕，接受圣灵的治愈。我发觉自己变得祥和多了，不再轻易为别人的不当言行而深以为忤。

我知道，在灵修道上我实在需要上天拉我一把，我才宽恕得了已被我当真的事情，因为小我设计出这一堆事件，就是存心挑衅我的。J 兄是我最常求助的对象，当然，我也可以向自己最感激的阿顿及白莎求助，或者向他们的前身达太以及多玛斯祈求，我也可以和多数奇迹学员那样加强自己与圣灵的连线——《奇迹课程》特意称他为上主的代言人（the Voice for God），而不称他为上主之声（the Voice of God），其中大有深意[2]。只因我与 J 兄渊源深厚，故我选择加深与他的关系，我相信白莎与阿顿所说的，当我握住 J 兄之手的那一刻，分裂便中止了。

当然，我若握住圣灵之“手”，也会有同样的结果，他们全是上主的一种象征。每个人都有自己的“有缘人”，只要他能透过这个象征而与上主结合，便足以弥合分裂。在J兄的课程里，上主不是遥远的一个概念，他近在咫尺，圣灵所要传授的，正是这种属灵的经验，也是J兄所活出的境界；《学员练习手册》第一百五十六课将此观念表达得极其传神：

我与上主同行于完美神圣之境

今天的观念只是阐明一个使罪念无从孳生的单纯真理。它保证罪咎没有存在的理由；罪咎既无存在之因，故不可能存在。这一课重申了《正文》再三强调的一个基本观念：观念离不开它的源头。若真如此，你怎么可能与上主分离？你怎么可能踽踽独行于世间，与你的生命之源分道扬镳？[3]

这正是圣灵反复重申的“救赎原则”。我那两位老师也一再引用过《奇迹课程》的话：分裂不曾发生过。但我知道，还不只如此，我相信阿顿和白莎所说的“真宽恕乃是回家之路”绝非虚言。要不然，J兄当初怎么可能宽恕置他于死地之人！我继续老实地操练《学员练习手册》，一心等着阿顿与白莎为我进一步解释“真宽恕”的道理。

我也不时提醒自己“爱内没有怨尤”，这句话最能帮我及时切断我对人的批判习性。我一再坦诚自问，我若是真爱，爱内又没有怨尤，那我怎能抱怨自己的处境或批判弟兄姊妹？渐渐地，我的心态确实有了转变。

例如：凯伦与我的个性有点儿像水和油，当我需要安静思考时，她却想讲话，而且每每说个不停。我多次向她表示，我工作时需要专心，她却当成耳边风，逼得我不能不把奇迹原则运用出来。我记起来了，当初是我要结婚的，所以我绝不是受害者，她对我的请求充耳不闻，不过显示出某种昏昧或逃避的心态，这不正象征着自己在许多事上的逃避心态吗？

一晚，我正准备工作，凯伦又开始滔滔不绝，这回我终于记得把“爱内没有怨尤”的观念应用在她身上了，突然之间，我体验到某种非比寻常的感受，我并没有试着如何努力去爱她，而只是经验到“我就是爱”！在那一刹那，我真的看出，这只是给我自己一个选择的机会——自己究竟要活成怎样的人。

我决定以圣灵无条件的爱去对待凯伦，此后，我开始用她不在家或入睡后的时间来做事，这样，我既能耐心聆听，又不致耽误工作。

12 月 21 日，是阿顿与白莎首次现身的一周年，他们第六次出现于我家客厅。

葛瑞：我料到你们今天会来，今天是我们的周年庆。

白莎：所以我们选在这一天来访，日期虽不重要，但我们知道你期盼着这一天的到来。

葛瑞：嘿！虽然我在日历上做了记号，并不表示我期盼着这一天……抱歉，我又在强词夺理了。

阿顿：老弟，别期待自己马上就有 180 度的转变，否则你会神经崩溃的。

白莎：尽管强词夺理吧，那样我们才有机会帮你加速成长。我们先前跟你讲的那一切只能算是“前奏曲”，帮你准备日后的登堂入室，那些谈论的方式也不过想要引起你的专注罢了。如今，新生训练的日子已过，你该长大了。

所谓与 J 兄或圣灵同行，就是以他们的心态去思考。我们这回要为你讲解一下他们的思考模式，让我们把圣灵的思维与小我那不堪一击的想法做个对比吧！这样会有助于你的了解。

阿顿：小我相信对立之物，例如苦与乐；圣灵却说，对立根本不存在，例如：真实的喜悦是没有反面的。《奇迹课程》说：

你如何在一个没有喜乐的地方寻得喜乐？除非你明白自己不是真的活在那儿。[4]

小我追求的乃是复杂性；圣灵的真理却单纯无比，然而，要你接受它的单纯还真不容易呢！

小我告诉你，你与众不同；圣灵却说，真相是：所有的人完全一样，你必须有此体验，才算具备了他的眼光。《奇迹课程》告诉你：

小我的投射与圣灵的推恩，两者的区别其实非常单纯。小我为了排斥而投射，

它想要湮没真相。圣灵则是为了推恩，也就是在每个心灵内认出自己，因此所有心灵在他眼中全是同一个生命。在这种知见中，是不可能产生冲突的，因为世间万物在圣灵眼中完全相同。不论他向何处看去，都只会看到自己；由于他的生命是一体不分的，故他只可能给人一个完整无缺的天国。这是上主托付给圣灵的唯一讯息，他必须为此发言，因为那是他之所以为他的天性。上主的平安就在这一讯息内，上主的平安也在你内。天国伟大的平安永远在你心中照耀，但它必须照射出去，你才可能意识到它的存在。[5]

那是上主在天堂给你的讯息，而圣灵则是那讯息存留于你心底的记忆。如今，你若想记起自己的真实面目，必须将圣灵的讯息分享给你眼前所遇到的人。

小我说，你已经一败涂地，而这悲惨命运已成了你这一生的经历；圣灵则说，在实相中根本没有“失落”这一回事，而且上主的儿女是不可能失落的。《学员练习手册》有言：

宽恕所有与你的圆满、一体及平安之真相相反的念头吧！你不可能失去天父的恩赐的。[6]

随后又说了：

在上主的计划内，你只会领受恩典，绝不可能失落、牺牲或死亡的。[7]

小我告诉你，人人都是有罪之身，因为它暗地里认定你也一样有罪。它会用愤怒或咄咄逼人甚至揶揄取笑的方式来遮掩自己的内疚。在你心目中，只有动物或婴儿才是纯洁的，其实这只是你的设定，你只愿在他们身上去看自以为失落了的纯真。小我必须把纯洁无罪的观念寄托在身外某处；圣灵却说，人人都是全然无罪的，因为他深知你是全然无罪的。只有你会谴责自己：

自我谴责的人必会定他人的罪。[8]

你一直在控诉自己，为自己定罪，现在，不妨跟着《奇迹课程》的描述，把圣灵想成高等法院：

你不用怕高等法院会判你的罪。它必会驳回所有对你的控诉。没有任何控诉上主儿女的案件能够得逞，凡是挺身证明上主的造化有罪者，等于诬告上主

本人。欢欣地把自己心中所有的信念都向上主的高等法院申冤吧！它会代上主发言的，它的审判必然真实不虚。不论你如何谨慎地为自己具状，它都会驳回所有对你的控诉。不论这些案件看起来多么证据确凿，也无法在上主跟前站得住脚。圣灵不会听信它那一套的，他只可能为真理作证。他的判决必然不出“天国非你莫属”的结论，因为圣灵来到世上的任务，就是为了提醒你这一真相。[9]

小我又设法让你相信你这一生的经历真实无比，而圣灵的看法只有一句话：它根本不曾发生过。

小我最乐见的，莫过于你坚信外面有一个世界，在你出生以前便存在，等你由世上消失以后，它仍存在。圣灵在《学员练习手册》中的答复，落在小我的耳中，可能显得荒谬至极：

世界根本就不存在！这是本课程一直想要传达的中心思想。这观念不是每一个人都能即刻接受的，他在真理道上肯接受多少指引，他就会进步多少。他仍会不时后退几步，而后再向前推进几步，有时还会退转好一阵子，才会再度回心转意。

凡是准备好认清世界并不存在，而且当下便能接受这一课程的人，便会获得治愈的恩典。他们的心灵一旦准备好了，这一课程便会以他们所能了解及领悟的形式出现。[10]

葛瑞：我真希望别人也能听到你朗诵《奇迹课程》的韵味。

你说的没错，《课程》的某些说法，对小我而言，确实荒谬无比。《课程》好似告诉我，如果有人对我大发雷霆，我看到的并不是真实的人，他只是我内在愤怒的一个象征，显示在外边让我看到而已。所以，我在外界甚至电视上所看到的人物，其实都在反映我内心的愤怒与疯狂而已。听起来，真是难以置信；但若放到你前面解说的那一套世界观里，又显得很有道理。

阿顿：正是！小我会说，你在外面看到的愤怒之人，威胁到你身家的安危，你不能不去对付他；圣灵则把这愤怒之人看成一

✡世上的一切，在圣灵的眼中，不是『爱的流露』就是『向爱求助』。

个求助的受苦心灵，我们先前引用过这一句话："你只有两种情感：爱与恐惧。"世上的一切，在圣灵的眼中，不是"爱的流露"就是"向爱求助"。[11]

假如有人向你表达爱心，你该如何回应才算合情合理？

葛瑞：当然是以爱还爱。

阿顿：说得好，葛瑞，你的高中文凭总算没有白拿。假如有人向爱求助，怎样的答复才算合情合理？

葛瑞：当然是答之以爱，我懂你的意思了，你少套我的话！

在圣灵的思想体系里，不论面临何种处境，爱永远都是最合情合理的答复。你若能与圣灵同心同意，爱便成了你一贯的心态。

阿顿：说得好，让我跟你做个爱的协定，日后，你不再耍小聪明，我也就不玩这一套。被耍的那一方会觉得很无趣，对不？

葛瑞：我懂你的意思，好吧！我会尽量避免如此，我慢慢懂得你所说的"爱是相互呼应的"了。

白莎：很好！《奇迹课程》说了，世界根本不存在，那么外在真的并没有比你聪明或比你优秀的人，也没有比你更富有或更有名气，或性生活更美好的人；没有人会在你后面讨债，也没有一个世界等你去征服。就像你们喜欢玩的 King of the Mountain 游戏，每个人都设法把别人由山顶推下去，那不过象征着小我一直想要征服上主的野心。

外界并没有任何问题或威胁伤害得了真实的你，它们不过是个梦而已。你是可能拥有心灵平安而且一无所惧的，只要你敢相信上述的真理。J 兄在《正文》中这样问你：

如果你认清了这世界只是一个错觉妄想，你会如何？如果你终于了解这世界是你自己一手打造的，你会如何？如果你真正明白了，在世上来来去去的那些会犯罪、死亡、攻击、谋害，最后一死了之的芸芸众生，都不是真的，你又将如何？ [12]

圣灵知道你所看到的种种形象，只是一些影像而已，此外无他；你若以圣灵为师，便能透过他的宽恕力量慢慢体会这一事实。等你开始与他结合，以他的方式思考，宽恕便成了你的力量。

阿顿：小我说：你是一具身体；圣灵说：你不是一具身体，也不是一个个体，你根本不是人，你和他一模一样。小我说：你的想法十分重要；圣灵知道，只有你与上主一起想出的念头才是真实的，其余的，皆无足轻重。在天堂里，你根本无需思考，因你就在上主的圣念中。

《奇迹课程》认为，在人世间，只有你跟圣灵一起想出来的，才算你真正的想法。甚至可以这样说，在世上，圣灵乃是唯一的真理，你不妨去复习一下《学员练习手册》第三十五课与四十五课。

小我要求牺牲；圣灵却说没有牺牲的必要；我们下回来访时，还会谈到十字架与复活的真正意义。

小我说：上主所给的，上主也会索回；圣灵明知上主只可能给予，从不索回任何东西。

小我喜欢分别善恶好坏；圣灵却说无善无恶，反正都不是真的！

小我战战兢兢地强调死亡的真实性；圣灵却说没有人会死，人不可能真的死亡。

小我喜欢分别善恶好坏；圣灵却说无善无恶，反正都不是真的！物质世界中的万物基于它虚幻的本质，全都同样的不真实。

小我的全部注意力都放在具体且相异的个别性上，它的爱与恨也总是指向特殊的个体；然而在圣灵眼中，每个人毫无差异，亦非实体。有如J兄之爱，既没有特定对象，又能涵容一切。

小我说起话来一向头头是道，令你不能不信以为真，其实它那一套冠冕堂皇的言论都是为自己利益而发的。圣灵的态度则老神在在，相信你迟早会回心转意、臣服于宽恕及心灵的法则、与他一起返乡的。《奇迹课程》说了，只要你在现实生活里肯真心宽恕，安返天乡乃是你必然的结局：

救恩说到究竟，不过是指心灵恢复了正见而已，它尚未达到圣灵的一体心境，却是回归一体心境的必备功夫。正见能将心灵自动导向下一阶段，由于正见不

含任何攻击性，使得妄见毫无立足之地。一旦放下判断之心，小我便无以为继，自然销声匿迹。于是心灵只剩下一个去处。心灵会亦步亦趋地跟随它所依附的思想体系前进。[13]

白莎：小我最喜欢看到你为过去的事件懊恼不已，“如果当初我这样，而不那样……”，“早知如此……”，所有这些都是小我最热衷的想法，因为你一旦陷入那类思维，不只会把过去变得更真实，还会让你此时此刻坐立不安，小我便会在一旁幸灾乐祸。

圣灵知道，除了宽恕以外，你这一生不论做了什么，或不做什么，对你的生命毫无影响。这观念对小我而言，简直是离经叛道！但圣灵只关心你的治愈，他知道，不论你选择什么样的人生道路，潜意识里的内疚都会伺机窜出，虽然形式有所不同。

阿顿：顺便在此一提，小我还会怂恿你做一些让你感到自己很重要的事情，要你在某一领域中出人头地，让你无暇顾及自己的灵性成长，更看不清生命的真相。至于圣灵，你为他做什么，甚至为耶稣、上主做什么，根本无关紧要。你一旦了解人生的虚幻不实，那么幻境中的成就又有何重要？唯有宽恕及你的治愈才是人生唯一要务。可想而知，当今流行的宗教，终日忙着管别人该怎么过活，它们是不可能接受上述圣灵的教诲的。然而，那才是千古不变的真理。

葛瑞：所以，我写不写我们那一本书，或是可能拖多久都不重要啰！

阿顿：一点也不错，葛瑞！我们很乐于来此拜访，顺便教你一些事情，连这一点也没什么大不了的。你打算怎么做，并不重要，你无需在我们或上主前刻意建立你的价值。你的价值在你受造的那一刻早已奠定于天心了。知见世界中没有一件事情改变得了这一点，除非在你虚妄的梦里。《奇迹课程》再三提醒你：

你并不住在这哀伤的世界，你活在永恒里。[14]

又说：

每当你忍不住想浪迹天涯，远离自己内在光明时，不妨提醒一下自己，你究竟想要什么，并对自己说：

圣灵会将我领到基督内；除此之外，我还想去哪里？除了觉醒于他，我还需要什么？[15]

葛瑞：也许可以这样说，在实相里，我就是基督自性，每个人都属于这同一自性，所以我们根本就是同一生命。你们先前提到过，在这一层次，我们看到的虽是同一个梦，但看的角度却大不相同。弗洛伊德好像说过：晚上出现于你梦中的每个人，其实都是你自己。所以不论是白天或晚上，外在种种人物象征的都是我自己，不过这回，我是从外面另一个角度来看我的人生梦境罢了。我这一生的工作不过是透过宽恕，把自己重整一下，复归完整，如此而已。

白莎：男性人种里还有你这种货色，真不赖！记得吗？当我们初次来访时，你可是金口难开呢！

葛瑞：我现在也不太喜欢开口。不过跟你们在一起时则另当别论，因为我知道你们不会批判我，最多扯扯我的后腿而已。

白莎：你只需记住一件事：外面没有人有资格论断你，别人怎样认定你，丝毫影响不到你的真实价值。《奇迹课程》这样告诉你：

没有一物伤害得了你，那么，只向弟兄显示你圆满的一面吧。让他知道他无法伤害你，你既不怀恨于他，也不怨怪自己。这是"将你另一边脸颊转给别人"的真正含意。[16]

阿顿：圣灵为你指出了真实力量所在之处，而小我则告诉你以及那一群大男人与自认为解放了的大女人：你们必须坚强，压倒群雄，才能在人生竞技场抢到那一块奶酪。这种人生观充分反映出人心的恐惧；若非担心害怕，何需装出硬汉的模样！他们其实是在呼求爱，却不好意思承认。

白莎：小我一心要你相信自己的问题确实严重无比；圣灵却知道，只有一个问题，那就是深埋在潜意识里的内疚；你当初就是被这个内疚逼得走投无路而搞出了一个分崩离析的梦幻世界。当然，一般人很难接受这类说法，他们对此可说是一无所知。《奇迹课程》这样点破小我的诡计：

但你十分肯定，在那些使你痛不欲生的各种原因当中，你从不把自己的罪

咎计算在内。[17]

阿顿：我们曾引用过《奇迹课程》的话：清白无罪的心灵是不可能受苦的。它之所以一再告诉你，你是不可能受到伤害的，不过向你保证，只要你继续操练这类“认定自己不可能真正受到伤害”的宽恕课程，迟早会修出J兄不再受害或受苦的能耐。那时，你这一堆问题又算什么呢！

让我再次提醒你，小我老想把J兄的身体推崇成一具与众不同的“神体”，这又是一种想要凸显人与人之间的差异性与特殊性的伎俩；圣灵深知你们真的毫无不同。《课程》最后的《词汇解析》对J兄做了这样的介绍：

耶稣之名，是指曾有这样一个人，他在所有弟兄身上看到基督圣容，而忆起了上主。他一旦与基督认同了，便不再是一个人，而与上主合一了。[18]

那也是他要你活出的境界。我们已经逐渐进入中心思想了，现在让我们更具体地说明，怎样的心态才能帮你在每个人身上看到基督的圣容，也就是你的真实面目。只要你记得，真正能由宽恕中获益的是你自己，这观念对你会有莫大的帮助。别为你所宽恕的人操心，你的任务只是修正自己的妄念与妄见。甚至可以说，你才是不折不扣的受益人。

葛瑞：你是说，我若宽恕了某人，并不表示我还得继续跟他混下去？

阿顿：是的。没有人要你活得八面玲珑，我不是说你不该做好事，只要你高兴，大可放手去做，《奇迹课程》只想把你的思维导入正见。

> ✡ 真正能将你困于梦境或导向天乡的，是你的想法，而非你的行为表现。

近代基督徒常爱用“耶稣会怎么做？”这类反问来提醒自己；这个问题只有一个正确答案，而且千古不变：“他会宽恕。”宽恕只跟你的想法有关，虽然你的表现是你的想法所导致的结果，它们本身无足轻重；真正能将你困于梦境或导向天乡的，是你的想法，而非你的行为表现。

葛瑞：你是说，J兄并没有说过：“所以你们要去，使万民作我的门徒。”（《马太福音》28：19）

阿顿：你愈来愈有幽默感了！

白莎: 说起世界各国，记住，它们一点都不重要。真实的你是永恒的，你们美国不是永恒的。

葛瑞: 嘿，别污辱我的国家！

阿顿: 写出《独立宣言》的杰斐逊应该算是你们开国先贤中最有思想的一位了吧！你可知，他还是一位《圣经》学者呢！他花了许多年修订《圣经》，为自己编出一部他个人的《圣经》。在那个时代，他当然不敢公诸于世，否则后果不堪设想。但不久的将来，他的《圣经》会公布给愿意一睹为快的人。

不妨在此为你介绍一下，他把《旧约》完全剔除了，也没留下任何有关J兄是“道成肉身”的说法；《新约》里，他大约删除了两百页，最后只为自己保留四十六页。而他保留下来的全是有关宽恕、治愈以及你该如何看待事情的片段。如果你们美国的保守分子认为《奇迹课程》太极端而加以排斥，他们真该去听一听那位颇有胸襟及远见的开国伟人，而不该昧着良心，浪费时间，为那已被企业买通的假民主辩护了。

葛瑞: 你是说，杰斐逊能够穿越一般宗教的二元屁话而认出福音的精神所在？但即便如此，我们也不该忽略了世上还有不少人需要这类屁话，直到有一天他们能够放下这些画蛇添足的玩意而愿意面对真理为止；我们也不该看扁他们或推翻他们坚持的观念，对不？

阿顿: 你真是一点就通。但请留一点口德。虽然你喜欢看“R”级的电影，并不表示我们的书也该写成“R”级的。

葛瑞: 我已经努力提升我的格调了。

阿顿: 我知道，讲到现在，你还没用过一个f的字眼。我们也注意到你最近啤酒没喝得那么凶了。未来若要为人师表，这种自律还是需要的，我的意思是，假如你肯继续接受我们的训练的话。

葛瑞: 我慢慢看出自己过去爱喝酒也是出自内疚心态（虽然我本来是无罪的），同时也反映出我对生命主宰的恐惧（虽然我的恐惧都转为其他具体的忧虑去了）。

阿顿：没错！但这并不表示那些不喝酒、不抽烟或不吸毒的人就没有恐惧了，他们只是转移到其他东西上或压抑下去而已。要知道，宽恕是所有人唯一的出路。

白莎：我们可以在此把这番有关圣灵的简短讨论做个结尾了。《奇迹课程》说，圣灵跟你一样看得见这个虚幻世界，只是不把它们当真而已[19]。所以听从他的指导吧，你才有办法用他的眼光去看事情。《学员练习手册》中有这么一段：

圣灵非常清楚你为了追逐那不可能完成的目标所设计的种种花招。只要你把这一切交托给他，他就会把这些花招驱逐出境，使你的心灵得以安返它真正的家园。[20]

葛瑞：你是说，他能利用我所营造出来的幻境或人物领我回家？真是高明，以其道还治其人，利用小我造出的现成之物，将它化解掉。

我知道，若要完成这个目标，我必须按照你们所说的，把幻相带到真相前，而不是把真相带到幻相里。《奇迹课程》说过，J兄之所以堪称救世主，因他能够看破虚妄，不弄假成真[21]；我若能做到这一点，不只像他一样成为救世主，我的心灵也会在圣灵中获得治愈。

白莎：J兄的"浪子回头"的故事之所以讲得如此动人，因为他跟你我一样，也一度作过浪子。不过后来听从了圣灵之声，才看破虚妄，不再把世间的种种当真。

只要你能听从圣灵，迟早会和J兄一样证入圆满的基督自性的。《奇迹课程》是这样描述他这位神圣助缘的，又在"浪子回头"的故事里增添了圣灵的角色：

圣灵就住在你心内属于基督之心的那一部分。[22]

他又如一位领你穿越蛮荒漠土的"向导"，因为你确实需要那种形式的指引。[23]

阿顿：你若真能以小我之道还治其人，转身接受另一套思想体系[24]，千万要牢记我们的提醒，别上小我的当，它说你已经清除了潜意识的内疚，其实你只是投射到别人身上去了，把他们看成你的问题或世界问题的起因或祸首，这样，你才能理直气壮地指责、定罪。其实，这么一来，你反而把内疚更深地打入潜意识里头。你现在可明白宽恕对你的重要了吗?

葛瑞: 信不信由你，我真的觉得自己懂了，我猜，是《学员练习手册》开了我的窍。

阿顿: 确实，等我们下回来时，你就已经做完一遍三百六十五课的练习。那时你再练习"真宽恕"时，相信更能得心应手了。

葛瑞: 那时，我就算是 T.O.G. 了。

阿顿: T.O.G. 是什么?

葛瑞: 就是 Teacher of God，上主之师啊!

阿顿: 哈!你虽然没有 PH.D.，仍然能做 T.O.G.，有意思!老弟，那才是你真正的工作，其他事情都是可有可无的。《奇迹课程》曾经语重心长地说过:

帮助上主的爱子由他自己想象出来且信以为真的邪恶之梦中脱身，难道不算是一个伟大的人生目标吗?谁能期待比这更有价值的事?纵然外表上你在成功与失败、爱与恐惧之间好似仍有选择的余地。[25]

葛瑞: 嗯，我确实想不出比那更重要的事了。我记得《课程》还说过，救赎乃是上主儿女与生俱来的天职[26]。我想我会这样去做的。那么，我最好精进一点，我是指宽恕方面。

白莎: 很对。"真宽恕"才堪作为人生的真正目标;但你必须先作此选择，才有完成目标的可能。放心，练习"真宽恕"保证能把你带回家的。J 兄这位地下分子是不会失败的，因为他绝不抄捷径或妥协，只因圣灵也是不妥协的。这和世间的革命大不相同，它只是收复心灵的失土，带给你一套全新的思维方式而已。

等我们谈到更深的宽恕理念时，那时，你方能融会贯通，那是我们下回来访的主题，也是我们随后所有访谈的一贯主题。老弟，只要你愿意，随时都能拥有那"神圣一刻"的。

葛瑞: 能否简单地解释一下"神圣一刻"?

白莎: 好。身为奇迹学员，你会常常听到这个术语。"神圣一刻"是指你选择圣灵而非小我为你的生命导师的那一刻。外表看来，你是在这儿做出这个选择的，其实，这“神圣一刻”并非发生于时空之境。

然而，圣灵针对小我神志不清的救恩观念温柔地赐下了神圣一刻。我们先前说过，圣灵不能不透过“比较”来施教，借用反面教材来衬托真相。小我坚信，唯有为过去平反，你才算是得救；神圣一刻正好相反。[27]

只要你选择宽恕，“神圣一刻”便出现了，它能为你及被宽恕者（forgivee）同时带来最大的利益。虽然外表看来，你们的需求有所不同，其实你们追求的根本是同一个东西，你们私心渴望的仍是那一个天乡。

葛瑞：英文中有 forgivee 这个字吗？

白莎：现在不就有了吗？当然，真正受到宽恕的是你自己，即使外表上可能看不出来，这是你此生最大的成就，因为你已宽恕了那个象征所反映出来的你的内疚心理。

葛瑞：我还有几个问题，每次都忘了问，能否趁我现在还记得，向你们请教一下？

白莎：阿顿，你说，要不要理他？

阿顿：我最好别搭腔，因我答应过葛瑞，他若不装酷，我也不搞花样！

葛瑞：好了，少唱双簧了。

在你的《多玛斯福音》里，很少提到“山上宝训”那一番言论，不知 J 兄是否说了那些话，因为那是我在整部福音中最喜欢的一段。例如这一段：“不要为自己积聚财宝在地上，地上有虫子咬，能锈坏，也有贼挖窟窿来偷。只要积聚财宝在天上，天上没有虫子咬，不能锈坏，也没有贼挖窟窿来偷。因为你的财宝在哪里，你的心也在哪里。”（《马太福音》6：19 ~ 21）

白莎：我曾说过，我的福音并没有收全 J 兄的言论，因我根本还没写完哩！

让我在此简答一下：J 兄确实说了类似的话，只是他当初的描绘更生动具体，例如，他没有讲“生锈”，只用“虫咬”作比喻，更凸显出身体与心灵之间的不同抉择。

“山上宝训”其实是后人把他的言论编纂成的。他生前并没有爬到山上，向一群信徒讲出那一连串的大道理。但他确实在不同场合说过和这一段记录相当接近的论点。其实，你一旦了解了他的思维方式，也就是圣灵的思想体系，就不难分辨出哪些是他说过，哪些是他不可能说出的话。

他在《奇迹课程》中也说了类似的话，但不论他是怎么说的，你的选择仍然不出两种可能，一是以身体为中心的小我世界，另一是以灵性与上主为中心的圣灵世界：

是你对它的信心赋予那个信念力量；它为何方效力，决定了它当受何种回报。因为你必会相信自己所爱之物，而你之所爱也必会转回你这儿来。[28]

葛瑞：我和一些奇迹学员聊天时，发现不少人仍然认为上主创造了世界美好的部分，只是没有创造邪恶的部分；还有人主张，《奇迹课程》只要我们放弃坏的知见，而可以保留好的知见。

阿顿：我知道。我已经强调过了，知见与意识都是小我的杰作，但仍会有人一再坚持己见。让我再澄清一次吧！上主连美好的世界那一部分都没有创造过！我们刚才说过：世界根本就不存在，上主怎么可能造出一部分根本不存在的世界？圣灵在此的唯一目的就是要把你由“世界真的存在”的梦境中唤醒，不论世界一时看来是好或是坏。

说得更彻底一点，真理或实相并不属于你们的时空领域，它是完整的、绝对的、全然的。但在你的存在层面，圣灵治愈你的知见的过程中，还具有时空性；只是它最后是要将你导向那绝对且终极的答复。

葛瑞：还有一个问题，为什么你们那么强调“心”（mind）与“灵”（spirit）的不同。

阿顿：很简单，小我（即妄念）营造出来的一切，都发生于形色世界中；灵性所创造的，没有一个属于形色世界的层次。因此你们实在不应把娑婆世界里的任何东西或事件“灵性化”。

✡ 你们实在不应把娑婆世界里的任何东西或事件『灵性化』。

所谓正念，便是从圣灵的角度来诠释形色世界的意义，借此领你回家。我们在此所谓的“你”，是指那个已经与小我认同而且受制于它的心念中的“观者”部分（observatory part）。[11] 那永恒不变的灵性，才是你真正的家乡。

葛瑞：听你讲得挺简单的！不过，我想我懂你的意思。

阿顿：很好。虽然圣灵不会在世界中做出任何事情，但他对这个形色世界的诠释却能帮你看清楚自己在世上该做什么。这只是你选他为自己的生命导师的红利而已，真正的报酬不在于此，而在你的得救。

葛瑞：下一个问题：我已明白分裂并非真实的，即使从形色世界的层面来讲。物理学家如果说得没错，不论你观察什么，不可能不在次原子层次影响到它；那么，我若注视上亿光年之外的星辰，当下便会引起它的变化，不论它多么遥远，对不？因为它其实不在外面，而是存在我的心里。

既然宇宙内的万象其实都是模仿真相某一部分的仿制品，那么，绝大部分的宇宙对我们仍是隐秘不显这一事实，跟我们心里绝大部分仍活在潜意识下这一事实，有没有关联性？

阿顿：我们今天好像都吹了“谈玄”的歪风。是的，百分之九十五的宇宙仍在黑暗之中，或者说，对你们而言仍是隐晦不明的。这不只和潜意识的存在有异曲同工之妙，这一设计还能激起你们的好奇与探险，远离自己的心，开始转向浩瀚的宇宙去寻找生命的答案。别忘了，小我就像个魔幻大师，最爱玩烟雾和镜子的把戏，老是把潜意识里的企图藏在五光十色的影像后面。

你现在是否能够接受“你的肉眼无法真正看见”这个事实？

葛瑞：大概吧！想想挺可怕的，好像是心在看，身体其实什么也没有做。

白莎：很好。我们可以就此打住了。慢慢来，不要性急，免得害你打退堂鼓。你可记得，J兄在《多玛斯福音》中说过的话：“你已经找出了开始的起点了吗？所以你才会探索终点的问题？因为起点在何处，终点便在何处。”J兄在《奇迹课程》里也有类似的言论：

---

[11] 即所谓的“抉择者”。——译者注

当你愈来愈接近那个“源头”时，你会开始害怕自己的思想体系濒临毁灭，那种恐惧与死亡无异。虽然没有死亡这一回事，可是人对死亡的信念却是千真万确的。[29]

不用急，圣灵知道你对自己的潜意识怕得要命，而《奇迹课程》的目标是“平安”，所以它并不想把你吓个半死。你的准备功夫做得愈扎实，宽恕的功课自然会愈做愈好，那么，你的奇迹旅程就不会那么可怕了。

我们就要像魔术师那般消失了，八个月以后再来，圣灵会与你同在，他随时都会给你他的“另一途径”。在这期间，做完你的《学员练习手册》，放轻松一点，葛瑞，我们都很爱你。

葛瑞：我也爱你们，伙伴！

阿顿：还有四天就是圣诞节了，今年，别再按资本主义的习俗来庆祝了，让它恢复原有的精神吧！想一想上主，想一想你自己与弟兄姊妹的完美真相。记住，“光明”与“真理”原是同义词。不妨也深思一下J兄给奇迹学员的圣诞佳音：

星光是圣诞节的标志，象征黑暗中的光明。不要向身外去找，而应从自己心内学会看到天堂之光，把它当成基督时辰已至的标志。[30]

7　宽恕法则

恐惧束缚了世界，宽恕释放了世界。[1]

我知道自己选择的灵修途径不属于“快餐派”的，《学员练习手册》也不算是轻易上手的课程，我花了一年又四个月的时间，全力以赴，才把三百六十五课全部练完。虽说，奇迹理念都详记在《正文》里，《学员练习手册》却将它的精神彻底地发挥出来了。要了解整部课程，两者缺一不可。只是，《学员练习手册》更能切入生活中，每天的主题随时随地都能应用于周遭的人事上，让人亲身体验到《正义》的字字句句所言不虚。[2]

阿顿与白莎也强调过，理性无法为小我世界的问题提供终极的答复，唯有经验过上主临在的人，才可能体验出分裂之境的荒谬及无意义。至于我个人，已能偶尔享受一下心灵的平安了，不像以前那样终日为烦恼所困。仅凭这一点，就让我雀跃不已，我终于找到了人生的方向。

回想我与凯伦的关系，我以前常觉得她缺少一些“灵性”，对我的神圣工作也显得漠不关心，心里难免有一些遗憾。如今我接受了阿顿的劝告，让她安心地学习她当前该学的课题。就在我开始宽恕她之际，我才渐能承认自己确实处处让她失望这一事实，从此，我也比较能够容许彼此活出各自的样子了。

出乎我意料之外，凯伦不久也成了玩票性的奇迹学员，偶尔会参加我们的读书会，甚至还练完了一遍《学员练习手册》，令我不禁刮目相看。虽然她没有像我那般投入，至少她已经能够接受书中的理念，心态也大有改善。我可以看出，她的情绪平稳了不少。

我知道，若要完成这趟心灵之旅，必须转变自己的思维模式，接受“境由心造”的道理，诚实地观察自己分别对立的心态是如何向外投射的，又如何把自己所见与所觉转而演绎为一个外在事件。身体本身即是分裂的象征，它原本只存于心内，投射出具体的身形之后，我们才得以经验到自己内在的分裂之念。

有生以来，我一直认定是我的眼睛在看世界，我的身体在感觉，然后靠我的大脑去诠释它的意义；如今，《学员练习手册》帮我看到自己的愚昧，竟以为肉眼真能看到真相或大脑真能思考及诠释任何事情[3]，其实一切都是“心”在背后指使，指挥身体去看什么，感觉什么，又指挥大脑如何诠释所见所觉之物。

身体只是小我所玩的一个把戏，目的是要我相信我在世的这“一身”就是我的“一生”。《学员练习手册》教的那一套，不只迥异于牛顿力学的观点，还教我怎么按圣灵的诠释去看世间种种现象。这对小我而言，无异是一记丧钟。

当我练到《学员练习手册》最后一课时，还来不及沾沾自喜，就被第一句话泼了一身的冷水，第二句话才让我心安下来：**“这个课程只是一个起步，而非结束。你的神圣道友会与你同行。”**[4] 如今我虽已知道圣灵这位道友其实就是我的“深度自我”，但他这拟人的象征，对整天被现实生活围困的我们来说，确实具有安心的作用。知道身旁有“人”随时会伸出援手，实在是莫大的安慰，这种“形象”可说是必要的。何况，《学员练习手册》强调的就是实用性：**“本课程完全是针对小我的思想架构而写成的，因为只有小我需要这一课程。”**[5]

《奇迹课程》一以贯之地解释了人间的纷纭万象，毫无例外可言，它细密的解说，足以阐明我们这一生所有当前处境下各种心态和反应背后的原因。举例来说：在学校里，太保学生之所以欺凌弱小，不过要表现“我比较酷，你不够酷；你有问题，我没有问题”；而“好”学生可能觉得这简直没有天理！其实，类似的现象，比比皆是，只不过一般社会人士或政客包装得比较美观而已。没有人愿意面对自己心里的罪咎，宁可将它投射到外面那些所谓“不正义的剥削者”身上，进行同样的“受害与迫害”的游戏。

天天劝人为善或劝人皈依的狂热教徒，在他们剀切的话语中，言下之意又是什么？不也暗示着“你有问题，我没有问题；我们有真神，你没有；我们会上天堂，你会下地狱”？再看看那些滥杀无辜的恐怖分子，他们所表达的心态，岂不是同样的“你该为我们的痛苦负责，有罪的是你，绝不是我们”？

几千年来，人类一直都在忙着把自己的问题归罪他人，殊不知我们心中真正怨的，是自己与生命根源脱节的分裂之苦，以及为此而不得安心的存在焦虑。

这个问题会以种种形式显示于人间。不论关系的亲疏远近，人们总能找到某个人或某件事作为归罪的对象；除了一群苦命人以外，他们会把所有的内疚投射在自己身上，为所遭遇的不幸自艾自怨。其实，怨怪自己与怨怪另一具形体，两者之间，又有何差别？

这种领悟以及它所带来的感受，为我的生活带来极大的鼓舞力量；当然，奇迹理念有时会使问题更加白热化。这也难怪，经常遭受否定的小我心态以及一再被压抑下去的内疚，一旦反扑起来，确实会势不可当。

我对某些电视节目的反弹便是最好的例子。近几年来，我发现右派政党的宣传愈来愈强势，尤其看到“联邦通讯委员会”竟然撤销了已经行使三十年的“公平信条”与“同等时间原则”，让执政党可以随心所欲地在自己的电视网络上打出保守派的一面之词，丝毫不给其他政党的观点一个公平而且同等的表达机会。虽说我明知政治就是这么一回事，但当我听到电视上那些荒诞的言论时，还是忍不住破口大骂：“难道人们真的笨到这种地步，竟然会不明就里地相信这类无稽之谈？”不幸的是，常常如此！

不过，大体来讲，除了几场失控的演出以外，我还算是顶认真在操练奇迹理念的。我择善固执的脾气总算有了英雄用武之地，虽然我还没有达到“永沐幸福”的地步，至少我已经能够用新的眼光去看待负面经验了，它对我的杀伤力也显著地降低了。

8 月到了，我和阿顿他们分手已整整八个月，我相信他们会信守诺言如期来访的。一日下午，白莎出现了，却不见阿顿的踪影。

白莎：嗨，上主之师，别来无恙？

葛瑞：我若说实话，你一定会刮我一顿胡子。

白莎：咦，莫非早上又忘了吃治贫嘴的药？

葛瑞：说正经的，真高兴看到你，阿顿那家伙呢？

白莎：他去办事了。

葛瑞：去哪儿？也许我该问：去哪个世纪了？

白莎：另一个存在层面。其实也不是另一个地方，因为根本没有其他地方，我想你对这类形上说法稍有概念了吧！阿顿正在和另一世的你谈得起劲呢，你却一无所知。我们说过，不论到哪里，我们都会入境随俗地穿着，人们毫不察觉自己的高灵上师就在身边。阿顿其实就在这儿，高灵上师无所不在，只是你们无法看见而已。

我们通常尽量避免同时投射出一个以上的化身。至于如何现身，也端看教学上的需要而定，而且，我们教的通常都会打破传统常规。偶尔我们会与某人互动，或做出某些事情，来帮助那一层次的人学习宽恕；但绝大多时，我们根本不现身，只是把我们的想法默默传给他们。

葛瑞：我想你大概不会告诉我，阿顿究竟正在某一世帮我吧！

白莎：让我们先管这一世吧，鬼灵精！你只要在其中的一世宽恕，等于帮忙圣灵治愈你的每一世了；你这几个月来所行的宽恕已经在你其他几世发生效用了。下回阿顿一定会来，这一次，跟我谈谈就好了。我们要讨论宽恕，真正的宽恕，我希望帮你认识得更彻底一点，如何？

本来，只凭着《奇迹课程》一部书就够用了。你很幸运，有人在此为你解释，大部分的人也非常需要这类协助。

葛瑞：正如富兰克林说的，“一如母亲那般必要”？

白莎：我希望你引用《奇迹课程》时，能比这句精确一点。

《学员练习手册》已经把你向前推进了一大步；以后，若有需要，你随时可以复习某一段，而不必从头练起。有些人操练《学员练习手册》两遍，有些人每年都练习一遍，全看各人喜好。至于你，从现在开始，只需要以念《正文》与《教师指南》的方式来复习《学员练习手册》就行了。我们言归正传吧！

> ✡你一批判别人，救恩就飞到九霄云外了。

《奇迹课程》这样说，你唯一的责任就是**“亲自接受救赎”**[6]；当你宽恕别人，不再批判时，就已经加速了你得救的过程。练完《学员练习手册》以后，你不难明白，你一批判别人，救恩就飞到九霄云外了。如今，你也深深体会到，这个世界只是一场梦，全是你的幻觉。

葛瑞：几个礼拜以前，我们读书会来了一位新人，听到我们说“世界只是一个幻相”，那个人非常反感地说：“那还有什么好混的！”我知道该怎么答复，就是：你必须先了解世界只是一场梦，才可能了解宽恕和救恩的真正意义。可是，当时我并没有解释得很清楚。

白莎：我们说过，光说世界是个幻相，是不够的，关键在于你还得学会宽恕，才回得了家。我们需要先了解《奇迹课程》的形上思想，才可能了解宽恕的道理；但对某些人来讲，也许应该先强调宽恕，再逐渐和他谈谈世界的梦幻本质以及其他的真理。

虽然这跟我们教你的次序相反，但你要知道，根据我们的访谈写出来的书，会跟你将来向大众解说的形式有所不同。没有人要你去教整部《课程》！也就是说，他们只需听到几句颇有道理的话，激起他们的兴致，自动去找这本书，就达到目的了。后续的影响非你所能掌控，你只需对自己诚实，其余的，就让圣灵去工作吧。

当然，你可以祈求圣灵的指引，想分享时，就分享一点你的经验，但千万别怀有改造世界或改变人心的意念，你只需默默地宽恕，不要笨得去跟人讲：“嘿，你知道吗？我宽恕你了！”说到这里，我们又回到原先要讨论的主题了。

现在，不妨跟我说说你对《奇迹课程》印象最深的一两句话，想到什么就说什么，快！

葛瑞：好吧！我最喜欢的一句就是：

我不是一具身体。我是自由的。

因我仍是上主所创造的我。[7]

白莎：很棒的一句话，出自《学员练习手册》，它还说了：

小我对身体也是无比珍惜，因为它以身体为家，自然会与它所营造的家相依为命。身体本身即是幻相的一部分，它还会掩护着小我，让它无从看出自身的虚幻。[8]

既然你在学习这课程以前，认定自己就是这一具身体，可想而知的，其他人一样会认定他们自己也只是一具身体而已。所以你的宽恕里面应该包含一个要素，就是悄悄地让他们明白，他们并不是这一具身体。这样，才能保证你的心灵也能够同时学到你不是一具身体这个真理。因为：

你只有在教人之际才会真正学到。[9]

我们再讲下去时，别忘了这一句话，就是我们一再强调的：当你宽恕别人时，真正受到宽恕的其实是你自己。

接下来我要谈一谈宽恕的构成要素，因为我们说过，宽恕是一种胸怀，是一种心态。你学到的种种理念会慢慢融入你心里，成为你的人格或心境，直到宽恕变成你的自然反应为止。

大部分的学员在初学那几年，必须努力半天才宽恕得出来；然而，一旦知道“如何宽恕”这种转念的过程，你就出师了。正念会慢慢取代小我之念而成为你的主流意识。经过《学员练习手册》的熏陶以后，不论发生什么状况，不论是谁需要你的宽恕，你都知道如何用正念去看待那个人或那件事。只要你继续研读《正文》及《教师指南》，彻底了解全书的思想架构，你的宽恕心态必然更加屹立不摇。

你的宽恕心念未必是直线推进的，每个人都有几个自己最受用的观念。因着《奇迹课程》的“全像式”本质，每一个观念都会牵引出其他的观念，这对你的学习有极大的帮助，因为它既是“全像式”的，你便不难由每一章节内看出它的整套理念。我会由书中提出几个最能巩固你宽恕心态的观念，将你以及你在身体牢狱里所看到的人影一起释放出来。

让我们先从你目前的生活问题谈起，让你看出这部《课程》并不抽象，它处处谈到你的现实生活，而且具体得很。

葛瑞： 打岔一下，我有个疑问。

白莎： 看在你一直表现得不错的份上，说吧！

葛瑞： 对于那些罪大恶极却不知恐惧的人，你又怎么说呢？他们把炸弹绑在自己身上，和身边的人同归于尽，还相信这种牺牲能为自己在天堂争得一席之地。美国也有专门挑在人群中下手的杀手，他们的武器愈来愈精良，一下就干掉几十个人，眼睛都不眨一下。这些杀人凶手如此冷酷，计划得如此周详，好像一点都不害怕，你甚至仿佛看到他们杀人时面带微笑的样子。请问你，他们这种"无惧"，跟你教的"大无畏"有何差别？

白莎： 问得极好！答案就在我们教你的那些理念中，也就是"爱的思想体系"。《奇迹课程》说过：心念的取向必然受制于它根深蒂固的思维方式。圣灵的思维方式源自于爱，小我的思维方式则受制于恐惧和憎恨，最后并导向毁灭一途。炸弹客以及其他杀手，外表上显现一副无惧的模样，其实只是压抑自己的恐惧，将它投射到外面去了。外表的镇定未必代表内心平安。我们再三重申过：世人若没有内心的平安，世界是永无太平之日的。唯有真宽恕才能保证心灵的平安。

我们也说了，外在的表现只是你的想法所引发的结果，我们并没有要你表现得十全十美。《教师指南》提到"上主之师"的完美时，是指完美的宽恕，而不是完美的形象。真平安来自于真宽恕，任何外在的暴力，都是人们把自我憎恨投射到身外的结果。圣灵的思想体系只会教人爱与宽恕，不可能导向暴力的。

《奇迹课程》的形上哲学，建立在上主的实相与分裂的幻相上，你不能不了解这一思想基础，但宽恕才是真正引你上路的载具。若非宽恕，那些形上概念都形同虚设。这就是为什么我们说这部课程实用得很，因为说到究竟，你只有两种选择：

至于不宽恕的人，是不可能不评判的，因他必须为自己的无法宽恕加以辩解。[10]

你分内之事仅是教人宽恕。而《奇迹课程》中的教学观念，就是要你以身作则。

我要召请的是教师，而非殉道烈士。[11]

宽恕不可能导致暴力，批判却会带来具体负面后果，有时这后果呈现在你身体的健康方面。暴力是恐惧、批判及愤怒延伸到不可理喻的地步所产生的后果，可以说，所有受错觉与妄念控制的小我思维，最后都会导向某种暴力，甚至凶杀，因为它把对头或问题的起因都归咎到外面去了。你本来也是如此，如今总算找到了出路，得以扭转小我的想法，知道如何释放恐惧，而不再胡乱投射到别人身上。

在救恩中，你不再为自己的问题去责怪任何人，因为外面的人只是象征性的存在而已，真正的问题在于你相信自己已经与上主分裂的那个基本选择；解决方案则是：问题的起因与答案都在你的心内。这就是所谓的“救赎原则”，而你如今已有能力选择圣灵的答复了。

让我们开始讲述一下宽恕的几个要素吧！我的学生，好好听着，并且铭记于心。只要记牢这几点，当小我再用“你是一具身体”来诱惑你时，你就不难跻身于“宽恕名人堂”(hall of fame）了。你若能随时在生活中发挥宽恕的要素，它们便成了你的救恩之道，也是你回归天乡的门票。

葛瑞：我很喜欢你的“宽恕名人堂”的比喻，你知道我是个棒球迷。

白莎：你看，真不错，你已经分辨得清什么是“实话实说”，什么只是“比喻”了！

葛瑞：好啦！少消遣我了，回到正题吧，别再让我空欢喜了，直接告诉我那些宽恕要素吧！你知道我是说着玩的，天堂是不可能“空欢喜”一场的！

白莎：没错！你不用等到大彻大悟，就能享受到宽恕的善果。因为：

可别小看了宁静之心这份礼物。[12]

有此认知以后，当挑战临头时，你要记住宽恕的第一个要素是：你在梦中，而且你是做梦之人，是你造出这些角色来为你演出这场戏的，如此，你才可能

> ✡ 宽恕的第一个要素是：你在梦中，而且你是做梦之人，是你造出这些角色来为你演出这场戏的。

从外面看见隐藏在自己潜意识里的内疚。你若记得自己是在做梦，那么外面的一切都不是真实的存在，纯是你自己的投射。

需要不断地练习，不断地体验，才能培养出来这一信念。拥有这一信念以后，你所见到的一切现象以及有待你宽恕的人和事，就再也无法左右你的心情了。《奇迹课程》说：

奇迹帮你看清是你在做这个梦，而且梦中情景都不是真的。这是应付幻相的关键。你只要能认出梦中一切都是自己打造出来的，就不再害怕它们了。恐惧之所以挥之不去，只因你看不出自己原是此梦的作者，而不是梦里的角色。[13]

这一段引自《奇迹课程》的“颠倒因果”那一节：

因此，奇迹的第一步即是把缘起作用由“果”收回，交还给“因”。[14]

葛瑞：这么说来，这一切全是我的梦，与他人无关；因为，说到究竟，只有一个“我们”而已，其他的人或任何东西不过是我的投射。而如果我收回投射，就表示是在自我负责。

白莎：正是。但不可否认的，在幻境中还有不少分裂的心灵，仍然认定自己真的存在，他们跟你一样，还有待学习认出真相，那整个“心”才能重归完整。我们说了，这些要素最后都会融为同一心态，只是在刚起步时，不妨把它们分门别类来讲，更有助于你的学习。

你一旦明白了自己是一切之因而非承受其果的受害者以后，便准备好进入宽恕的第二要素：宽恕你投射出来的形象，同时宽恕梦出他们的自己。

> ✡ 宽恕的第二要素：宽恕你投射出来的形象，同时宽恕梦出他们的自己。

你已经懂得《奇迹课程》“宽恕你的弟兄其实并没有做出的事情”这句话了吧！这是真宽恕，因为你没有把错误弄假成真，也没有赋予幻相任何真实性，你只是把幻相带到真相之前。如今，轮到你宽恕自己当初怎么会梦出这么莫名其妙的梦了。

如果说，《奇迹课程》真的教了你什么，可归纳为一句话：“这一切都不曾发生过！”既然不曾发生，那么你仍是清白无罪的。就这样，当你宽恕弟兄姊妹时，你的心灵便会当下体验到自己也受到了宽恕。可还记得我们前面引用过的那句话——“你怎么看他，就会怎么看自己”？

葛瑞：如果外面并没有他人存在，而且如果我真的相信这部《课程》所说的话，那么真正存在那儿的，就只剩下“基督”（自性）了。我若选择这一眼光，不再相信肉眼所见的形象，那么基督必然成了我的生命本质。

白莎：讲得好。你已经看出宽恕的要素都是前后呼应，可以一以贯之的。你若能在别人身上看到基督，那么你也是那同一的基督了。反之，你若用小我的批判心态与人相应，就等于赋予他们的梦境一种真实性，把他们当成了小我，那么你会不由自主地也把小我当成自己。

真的，外在的种种并不存在，让我再重复一下这个观点，你所看到的那些自认为存在的人，不过是一群幽灵而已。《正文》中“更伟大的结合”一节中也有这么一段话：

与你的弟兄结合吧！但不要与他的梦结合，不论你在何处与圣子结合，天父就会在那儿现身于你。[15]

下一节“恐惧梦境之外的另一选项”又说：

只要你愿意宽恕做梦的人，并且认出他并不等于他的梦，你就不会被那噩梦所扰了。他也无法成为你梦境的一部分，你们两人便由此梦境脱困了。[16]

葛瑞：这样练习宽恕，会帮我慢慢由梦境中觉醒过来？

白莎：是的！突然由噩梦惊醒，绝对不是一种好受的经验。你必须为另一种形式的生活做好准备，尤其在人人都把自己看成一具身体的世间，骤然“改变”绝不是一件愉快的事，即使有些人硬要装出喜悦的样子。

我们提过，J兄十分欣赏柏拉图的“洞穴神话”，也就是你母亲念给你听的那个故事。J兄下面的一段话，其实就在影射那个故事，只不过讲得更为露骨，你和那一群弟兄，有意识也好，无意识也好，都会抗拒真理的，因此，它奉劝你不要期待这一世代的人全会接受你的看法：

经年累月活在沉重锁链下的囚犯，挨饿受冻，欲振乏力。他们的眼睛长年活在黑暗里，早已记不得光明为何物了，即使在释放的那一刻，他们也不会欢欣鼓舞的。他们需要时间去体会自由的意义。[17]

你的分内之事只是宽恕，别祈求你所宽恕的那些分裂的心灵会同意你的看法。下面这段话是由另一角度来诠释宽恕的要素：

有一种极简单的方法帮你找到真宽恕之门，而且看到它正向你伸出欢迎之手。当你感到自己想要责怪别人某种罪行时，不要让自己的心念停留在你认为他所做的事情上，因为那只是自我欺骗而已。不妨反问自己一下："我会为这种事情而定自己的罪吗？"[18]

除了不再自责，你还应记住：他们向爱发出的求助之声，其实就是你对爱的呼求。因此，你该感恩，你是如此需要他们，一如他们需要你一样。若非眼前幢幢魅影与奇迹的带领，你是不可能找到回家之路的。这些魅影不过象征着你潜意识的意念，也多亏了他们，否则你永远都看不见隐藏在潜意识下面的内疚，而那原是死路一条。

圣灵知道如何借用小我的自卫伎俩为你就地解套，而且他的化解手法不可能遭人滥用。外面的人可能看到它的结果，也可能看不到。你无需为此操心，只需感谢宽恕和圣灵所带给你的恩惠，如此就够了。

你若用上述的心态去宽恕弟兄姊妹，就等于与你的本来真相复合了，你等于在告诉世界以及眼前的人，他们的行为对你毫无影响。他们如果真的影响不到你，间接证明了他们并非存在于你之外。

✡ 宽恕最后一个要素：『信任圣灵，决心依靠他的力量。』

你若能接受"分裂不曾发生过"的真理，便已准备好进入宽恕心态最后一个要素："信任圣灵，决心依靠他的力量。"

你只需善尽本分，就必能享有圣灵的平安，他还会治愈连你自己都觉察不到的潜意识里面的东西，同时将他的平安赐予你。这种平安有时你能立即感受到，有时会隔一段时间。有时你只是惊讶，以前某些事常惹你生气，而今你竟然不为那些事所动。这一切都在一步一步领你迈上天国之道，因为你在圣灵的指引下所做的，正是进入天国的条件。

宽恕确实在为你重归天国而铺路，正如《课程》所说：

接受真相的能力，在世上就是最能反映出天国创造能力的一种知见。只要你真心愿意尽自己这份责任，上主必会善尽他那份责任；他以自己的回报来交换你的回报，也就是以他的真知交换你的知见。[19]

这种真知（knowledge），不是指技术性的知识而是天堂的经验，它是每个人的天赋权利。"真知"与"灵知"（gnosis）的原意相近。《奇迹课程》绝不是"新灵知学派"，它自成一家之言。灵知派的理念有一部分相当正确，尤其是公元 2 世纪罗马的华伦底奴斯（Valentinus）学派，我们先前提过的《真理福音》，正是华伦底奴斯的学生写的。

葛瑞：可不可以说那是灵知派的作弊小抄？

白莎：有一点。书中有些术语，你大概看不懂；那部福音着实流行了一阵子。葛瑞，"流行"本身没有什么可非难的，你未来的书只要尽心去写，给读者一个整体的认识，就算功德一桩了，只是别忘了归功于它的真实来源。

可惜，灵知派及其他修行人没有你的福气，无缘接触到你目前所学的宽恕道理。既然你有此因缘，就该信任圣灵也会尽他的本分，领你踏上天堂之路，你不必操心将来的发展。

外表看来，也许人们还无法接受你的宽恕理念，这并没有关系，圣灵自会帮他们把你的宽恕保存心中，直到他们能够接受为止。至于那些人究竟是否仍活在人间，也毫无影响，圣灵会弥合你心灵的种种碎片，让你的生命重归完整。宽恕的你与受宽恕的他关系如下：

圣灵同时临在你们两人心中，他浑然一体，因为他的一体性里没有任何间隙。你们形体上的间隙其实无足轻重，凡结合在他内的永远都是一个生命。[20]

葛瑞：真酷！现在让我整理一下我的记录。宽恕的要素如下：记得我在做梦；宽恕我投射出去的形象，也宽恕梦见这些形象的自己；信任圣灵，决心依靠他的力量。"相信自己与上主是分裂"的这个人生大梦才是问题的症结，而圣灵的宽恕则是最后的解答。

白莎：很好。《学员练习手册》也提出三个要点，可以作为《正文》里面宽恕法门的补充教材：

1. 先认清问题所在；

2. 甘心放下自己的执著；

3. 再予以取代。[21]

这是忆起上主的途径。《学员练习手册》强调了，最后的一步是圣灵的事，不是你的责任[22]，为此，我们一再说，你必须信赖他。

你若能把这信赖想成是你自愿依恃他的力量的一种选择，效力会更大；但说到究竟，你和他以及基督，根本是同一回事。圣父、圣子与圣灵之间没有真正的分别，"圣三"这一术语乃是天主教神学发明出来的。透过真宽恕，你会看得愈来愈清楚，你与J兄及圣灵完全相同，与上主及基督同样的一体不分。

在天堂里，你看不到差异，因为那儿没有差异。只有永恒的亢奋状态，超乎世间任何亢奋的经验，因为它超越一切亢奋，也超越一切言诠。那种天人共享的一体性和极喜境界，你在人间最多只能惊鸿一瞥而已。阿顿跟我下回来访时，会对这个境界多介绍一些。

在那以后，我们的来访会愈来愈短，利用奇迹理念帮你诠释一些热门话题和现实困境。随后几年，我们会继续协助你把宽恕应用于生活的每一层面，但付诸行动的，最后还是靠你自己。总有一天，你会由梦中觉醒的。

葛瑞：要到哪一天？要到哪一天？

白莎：这样讲好了，会比你没有接受这一课程所需的时日短多了。

奇迹理念迟早会变成你的第二天性，运用之娴熟，完全得心应手。有时，你连想都不用想，就好像是你生命的一部分；至于目前，你还得反复省思，时时提醒，才把持得住你的宽恕心态。

你仍需要不少虚幻的时间来练习，圣灵的思维才能成为你生命的一部分，最后成为你之所以为你的一种本质。放心，这一天会来临的，那时，你对这部课程不只理性上了解，还能心领神会，那种经验真是美妙无比。

葛瑞：有点像是悟入禅宗的“不可说，不可说”的真理，是吗？

白莎：很不错呢！鬼灵精！届时你所体验到的是真实的你，不再是你心目中认定的自己。等一下我会给你一个“宽恕法门”的冥想，对你一定有用的。把这个冥想纳入你的思维里，加上宽恕的三个要素，还有我们这些年来为你解说的奇迹理念、你的自修和阅读以及我们引用过的奇迹章句等，够你忙好几个月了。

懂得愈深刻，挑战来临时，你才愈容易忆起奇迹的思维方式。

葛瑞：你是说日子愈来愈混不下去时？

白莎：不论问题轻微或严重，都一样是个挑战。宽恕一件芝麻小事与宽恕天大的事并没有差别。要知道，一旦你心里的平安被微微波及时，就是被搅乱了。上主的平安绝不是这样的，你必须甘心一视同仁地宽恕每一件事才行。

为此，《奇迹课程》才会说，所有的奇迹都是同样的[23]。你也迟早会认清，对你不重要的事情与对你意义重大的事情，你都该一视同仁。

葛瑞：像夏威夷之梦？[12]

白莎：包括夏威夷在内。我们说过，宽恕不会要求你放弃有形世界的任何东西的。你的夏威夷之梦不过显示出你的小我对形体世界的一种依恋而已，它仍有待你的宽恕，因为它掩饰了你潜意识里对“世界根本不存在”这一真理的抗拒。

✡ 宽恕不会要求你放弃有形世界的任何东西的。

不只是你如此，大部分的人都不愿听见他们梦想或疯狂之物乃是虚幻的偶像，都是存心取代上主与天堂的赝品而已。有趣的是，你

[12] 从很年轻的时候，我看到在夏威夷拍的电影或电视影片时，就开始梦想自己有一天要到那儿定居。我曾去那儿旅游一次，可说是我一生中最快乐的一段时光了。亲历其境之后，并没有让我失望，反而更加渴望有一天能够搬到那儿去，而且没有经济上的顾虑。夏威夷的物价高昂，我知道有不少人迁居那儿后，不到几年，就因经济考虑而搬回来了。为此，我更加努力经营事业，希望有朝一日，定居夏威夷，完全没有后顾之忧。这可说是我一生最大的梦想了。——作者注

所梦想之地，人们恰好称它为“人间天堂”。

听我的话，心怀梦想本身并没有错，只要你了解它背后的意义，然后予以宽恕。等你宽恕了它，再与圣灵一起决定下一步，会更有意思的。

葛瑞：你知道，每次看到你们我都很高兴，我也挺想念阿顿的。

白莎：他此刻正在帮助你呢，只是你看不见而已。你可还记得上回他说：“我们”这次来访要跟你谈些事情，他真的是指“我们”。葛瑞，他的声音跟我的声音都是同一个声音，我们化身为一男一女，只因这种形式有助于你的学习。终有一天，你会听出我们其实是一个声音，我们根本是同一个圣灵之声。

我们一路讲下去，你会愈来愈明白的。

葛瑞：嘿，我有个奇想，J兄钉十字架以后，曾显现给你的前生多玛斯，还让你摸他一下，证明他是真的，对不？不知道我能不能也摸你一下，看你是真的还是假的？

白莎：好吧！你要触摸我哪个部位？

葛瑞：嘿！你是在勾引我，还是我心中有鬼？

白莎：是你心中有鬼。我是指你那不可告人的“性癖好”，你触摸女人身上某个部位，会产生很大的快感。对别人来讲，那部位一点都不性感，连你以前的女朋友都不知道你这怪癖。

葛瑞：唉，什么事情都瞒不了你！

白莎：别怕，我不会向别人透露的，等下回进入“性”的主题时，我们再来谈此事。现在言归正传，来啊！摸摸我的手及臂膀，就像多玛斯当初触摸J兄一般。提到那次的显现，可把我们吓死了，因为我们亲眼看过他的尸体。

（我走过去，坐在白莎身边，摸摸她的手臂，感觉就跟真人没两样。然后，我谢谢她，回到原来的座位上。）

葛瑞：小姐，你可是货真价实！

白莎：不会比世上任何东西更真实吧？一切都在你心内。谢谢你没纵容你的怪癖，这让我想起一件事，你曾在梦中遗精，对吧！

葛瑞：这话题太隐私了吧！

白莎：别急，我只是想指出一点，当你在做那类春梦时，感觉很真实，是吧！究竟是哪一部分的你在感觉那女人呢？

葛瑞：你是问，我感觉到她身体的哪一部位？

白莎：老天，不！我是问，你在什么地方真正感受到她的存在？

葛瑞：你是指我的心念吗？

白莎：答对了！被你视为真实的这个人生大梦，也是如此。你感到它真实无比，但你在睡梦里也有同样的感受，连你的身体都会当真地做出反应，心跳加快，呼吸急促，我不必明讲还有什么东西变硬了。

葛瑞：我懂你的意思。《奇迹课程》也这样说，我的一生都活在梦里。

白莎：所以，让我们继续讨论下去吧！你才能早日觉醒。我知道，你未必随时都想由梦中醒来。我们以后有机会再谈你其他的梦，不管是夜梦或白日梦，千万别忘了，人的身体也像梦中的魅影一样，不会比它更真到哪里去。

葛瑞：你是说，我若真能接受这一理念，对人对事的心态必会随之改变。当我面对梦中人物时，我会这样想："我在你身上看到的罪咎，并非真的在你内，其实是在我自己之内，因为只有一个真的'我们'，你只是我在梦里营造出来的偶像。我若想宽恕自己，必须先宽恕你，也只有宽恕你一途，因为你不过是我潜意识心念的一个象征而已。你若有罪，我也一定有罪；你若是清白的，我也成了清白的。"

这样，一举便宽恕了我们两人都没有真正做出的事情。透过这样的真宽恕，我的心才可能体会到自己的纯洁无罪。这样持续修下去，冲突自然会逐渐平息。表面看来，我好像一直在宽恕同样的人；其实形体虽同，我所宽恕且释放的内疚一次比一次更深。

在平安中，我更深地体会这个"心灵法则"：心灵的走向完全受制于它所接受的思想体系，纵使人间的学说五花八门，其实最后都不出圣灵与小我两种体系。

只要我用心做好宽恕的功课，不论眼前的人让我深恶痛绝或只是有一点不顺眼而已，我随时准备好宽恕，这样，我敢确定自己已经与圣灵携手迈向天堂了。唯有我愿释放自己的梦中角色，他们才有脱身的可能。随后之事，圣灵自会照料，不用我来操心。对吧？

白莎：你学得真好，我的宝贝学生！其实，真实的你一直都在天堂里，你只是不知道而已，你的心还意识不到自己从未离开过上主或天堂这一真相。如果你能相信我们与上主不曾真正分裂过，那么上述的说法必然真实不虚。为此，J兄在我的福音中对天国做了这样的描述：

它不会因着你的追寻而来临的，它绝不是人们所指的“看哪，在这里”或是“看哪，在那里”。其实，天父的国已经遍布大地，人们却视而不见罢了。

他在《奇迹课程》里也问你：

你为什么还在等待天堂？那些仍在寻找光明的人，只因自己蒙住了眼睛而已。光明此刻已在他们心内。[24]

若想揭开你眼睛的蔽障，调整你的心境，让自己由梦中觉醒，你还有许多有待与圣灵合作的地方，才能悟出自己的本来面目以及你究竟身在何处。在你目前的处境下，要你相信这一套，确实不容易；但你该知道，你生生世世的轮回搞得好像轰轰烈烈、可歌可泣，但是从心灵角度来看这一旅程，你其实一直都在原地打转。若想亲身证入上述的生命实相，你还得好好下一番功夫。

所以，该付诸行动了，多在宽恕上花点心思，无需对人声张，只要默默地宽恕就行了。葛瑞，好好练习这部课程，别再愚弄自己了，以为只要向上主祈求，一切问题便会迎刃而解，千万别掉入这个陷阱，那只是一种迷思（myth）而已。“我要的是上主的平安”那一课中，有这么一句话：

只说这一句话，不算什么。但真心说出这一句话，则代表了一切。[25]

随后又说：

你若真心想要得到上主的平安，这等于声明你愿放弃一切梦境。[26]

因此，光是空谈是没有用的，唯有宽恕才能证明你真的想要上主的平安。你若不想在这个精神错乱的星球继续轮回下去，就得踏实地做好“宽恕”的功课。借用一句你自己的话：不论什么时候，不论谁出现在你面前，都是你操练真宽恕的机会，那些都是圣灵要你学的课程。

你未必做得很完美，可能连好都称不上，有时，你甚至还得补修，但那都没有关系。这个人或是那个人，在你记忆里都是同一回事，宽恕他们，你就自由了，世界也一起得救了。我们第一次来访时就说过：若想拯救世界，最好专心做你自己的宽恕功课，别去管别人的功课。这就是“宽恕法则”：

恐惧束缚了世界，宽恕释放了世界。[27]

世界对你显得如此坚固结实，是因为恐惧把它绑得紧紧的。对我而言，世界一点都不结实，因为我已经宽恕了它，所以我对它的感觉就像你对梦的感觉那般不实。没错，我此刻能够感觉到世界，但我对它的知觉只需达到足以让我与你互动的程度就够了，那种感觉极其微细。这就是为什么当铁钉穿入J兄肉体时，他并不感到痛，因清白无罪的心灵是不可能受苦的。有一天，你也会达到这种不可能受苦的境界，只要你能宽恕身体对小我幻觉的执著，圣灵便会将那幸福结局双手奉上的。

✡ 若想拯救世界，最好专心做你自己的宽恕功课，别去管别人的功课。

十字架的讯息，已经被世人扭曲为一种牺牲的象征了，那绝非J兄的原意。我当初也不了解，直到他再度显现，向我们解释了，他的生命课题乃是复活，而非十字架。他还说，死亡并不存在，身体真的什么也不是。但我们门徒中仍有不少人（包括了后来的教会），都偏离了他的本意，把他的死亡解释为上主要求的牺牲与补赎，那是错误的。

我们先前说过，你无需仿效他被钉十字架的表率；记住，你只需要了解它真正的意义，透过宽恕心态，具体应用在你自己的身体与外境上，就够了。J兄在“十字架的讯息”那一节的说法，没有比这更直截了当的了：

攻击最多只能加害人身。很少人会怀疑身体确有攻击甚至毁灭另一具身体

的能力。然而，如果根本没有毁灭这一回事，任何好似能被毁灭之物也就不可能存在了。如此，它的毁灭便不足以充当你愤怒的借口。你若相信自己有充分的理由发怒，表示你不只接受了错误的前提，还在传播这错误的讯息。十字架真正的讯息是：你无需把十字架视为一种攻击迫害，因为你是不可能受迫害的。你若报之以愤怒，表示你已把自己视为不堪一击的，这种看待自我的方式无异于承认了自己疯狂失常。[28]

紧接着，他又说：

十字架的讯息简单而明确：只教人爱，因为那是你的天性。

你若赋予十字架任何其他的诠释，表示你已将它扭曲为一种攻击武器，忘了它原本的和平诉求。[29]

葛瑞：我的天，这番话确实说得掷地有声！我以前读过这一节，并没感受到它的震撼力。我最好重新思考一下，究竟该趁早放弃，还是再加把劲！因我并没有真的以他为楷模。

白莎：不错，壮志可嘉！请记住，J 兄要找的是教师而非殉道者。我身为多玛斯时，并没有存心找死，当我在印度受害时，连反省死亡的机会都没有。

葛瑞：可怜的殉道者（Alma Martyr）！[13]

白莎：哈，有意思！重要的是，别为自己尚未活出 J 兄的境界而气馁。他那境界确实需要一番功夫，不是马马虎虎修一修就成的。

葛瑞：我一定会修的。

白莎：我知道，我们可不是胡乱选上你的，你其实比你认为的自己坚强多了，也比你认为的自己聪明多了。

选择正确的老师需要智慧，你已经慢慢养成选择圣灵的习惯了。别小看了自己，借用你投资生意的术语，好好在家研读资料！你只要宽恕，"你的生命本质是爱"这类体验便会来临，像白日继黑夜而至那般必然。这类体验，也许不

---

[13] 作者故意借用 Alma Mater（母校）的谐音。——译者注

是当下就感受得到，但你的体会必然愈来愈深。

我给你一个指标，帮你记得宽恕，因为“记得”是最难的一环。你很爱J兄，对吧！

葛瑞：当然！

白莎：假如你能把自己遇到的每个人都当成是他的话，会不会让你更容易记得宽恕？

葛瑞：我想会的，我愿试一试。

白莎：《奇迹课程》说来说去都不出这个观念：所有人都一样，都是基督。这观念会提醒你如何看待每一个人，帮你记得他们若不是在表达爱，就是在呼求爱。虽说如此，当冤家现前或状况突发时，你仍会禁不住报之以批判的心态，因为小我比你机灵多了。除了“炖锅”式地煎熬着你的老问题以外，绝大部分让你表现失态的，通常都属突发状况；小我最喜欢这类节外生枝的事件了，因为“天人分裂”本身就属于这类意外事件。应付这类晴天霹雳，我再教你一招逢凶化吉的本事。

任何烦恼，从微微的不满到大发雷霆，基本上都是同一个警报系统，它在警告你，你压抑在潜意识下的内疚已经开始苏醒，而且开始浮上表面了。试着把心里的不舒服看成有待释放出去的内疚，去宽恕自己心目中认定与此有关的那个象征人物或事件。

✡ 任何烦恼，从微微的不满到大发雷霆，基本上都是同一个警报系统，它在警告你，你压抑在潜意识下的内疚已经开始苏醒。

小我正好相反，它要你把内在的不舒服视为外在的问题，而且把它的原因投射到外面的人事上。因为小我处心积虑地想将你与内疚隔离，不让你感受到它，你身边的人或物只是让它阴谋得逞的傀儡而已。

随着“投射”而来的，必是“否认”。不论世界故意把问题搞得多么错综复杂，人们其实只有两个选择余地：不是把压抑下去的内疚投射到他人身上，就是以正念来宽恕此事。你若真想克服小我，在事情发生之际立即化解的话，你就必须警觉自己的不满或愤怒这类警讯，停止反弹，开始宽恕。唯有如此，你才赢得了小我。

葛瑞： 还要记得这只是一个梦而已。

白莎： 这是一切的主题背景。人们若还没准备妥宽恕，是不可能接受你这观点的；大多数的人一直在抵制真理，因小我不得不为自己营造之物的真实性加以辩护。因此，你也要宽恕那些不信你这一套，甚至认为你有神经病的人，你必须率先活出奇迹理念才行。

别忘了，《奇迹课程》可没说你不该在世上功成名就；它只提醒你，别把这些功名当真了，你真正的成就只在上主那儿。因为与他在一起，你不可能失败的；但你若在这精神错乱的地球长此混下去的话，迟早会功亏一篑的。

算你幸运，这部课程开了你的窍，让你看出这一切只是一场梦，整个娑婆世界，包括你崇拜的偶像，都是你从另一存在层次所投射出来的“果”，而你在这一层次还会照样地投射下去。J兄这样提醒你：

梦出自你的选择，你希望它怎样，它就会怎样，你却把它当成外界加诸你的遭遇。你的偶像只会去做你要它做的事情，它靠的是你赋予它的能力。你却在梦中徒然追寻这些偶像，设法讨回你赋予它的能力。梦只可能出现于沉睡的心灵。你岂能把梦中景象投射于外而把这个梦弄假成真？我的弟兄，不要浪费时间了，好好学习认出时间的意义吧！ [30]

时间存在的目的不过是为了给你一个宽恕的机会，这是人生唯一颠扑不破的答案，根据这一理念去活吧！神的孩子。

葛瑞： 你是说，只要我记得宽恕，我还是可以照常去做我想做的事情；我可以一边忙着扭转自己的世俗之念，一边照常去过我自己的日子，完成我的人生理想。只要我一看出这些理想原来是我想要取代上主在我心中的地位而在梦幻剧本里投射出来的偶像，就赶紧宽恕一下就成了。

白莎： 你抓到要点了。只要你还活在世上，不能不照料身体所需。金钱无法为你买来幸福，但金钱可以帮你买到食物、住处、衣物、社交工具等好东西。

就算你偶尔会为它们“小”题“大”作，倒也无妨，就是别把它们“假”戏“真”做了，因为你如今已经知道它们的真相了。

懂得真相以后，日子会愈过愈有意思，你再也不会大惊小怪。那些不知道真相的人，有什么值得你羡慕的？美国总统仍然认为自己真的是美国总统，只要他把这梦境当真，这个梦境随时有反过来伤害他（或是“她”）的能力。

葛瑞：你说过，你会给我一些宽恕的实例。

白莎：是的，我会用我最后一世的经验为例，但我不会告诉你那究竟是发生在你未来的哪一世，阿顿日后也会分享他的宽恕经历。时间已经结束了，你只是看不见而已。若要体验这一真理，唯有“宽恕眼前一切”这一途。

你必须明白《课程》所说的：幻境没有层次之分；奇迹也不过是转变你的知见而选择圣灵的剧本而已。那么，每一个奇迹都变得同等重要。在我所谓的最后一世，也就是我悟道的那一世，我才彻底明白了，宽恕我的感冒和宽恕别人对我身体的侵犯同样重要，宽恕自己因为心爱的人先我而去而隐隐生出的“被负”之感，也同样重要。

如果你觉得这种说法太过无情，你可就错了。我父母去世时，我会心痛，丈夫去世时，我也心痛过。然而，唯有你能心甘情愿地宽恕自己心目中的悲剧，你才可能心甘情愿地认清“天人之间根本没有分裂”这一事实，原来都是一场梦而已，不是任何人的罪，更不是你的错。

在那一世里，我生为女性，恰好也是美国公民。奇迹不分疆界，它不管你的出生种族。我之所以告诉你这些，只因我父母是东南亚移民，所以会给我取了“白莎”的名字。我那时在一所高级学府任教，而且深以为荣。我生性安静，朋友也不多，全心投入我的教职。当时我十分喜爱《奇迹课程》，尤其在一切趋向通俗化，连灵性观念都被俗化了的时代，我由衷感激 J 兄为我们这批高级知识分子留下了这部课程，把我们带上了觉悟之路。

我无意泄你们的气，即使到了 21 及 22 世纪，《奇迹课程》所介绍的真理依旧无法迎合大众的口味，只有少数一群人能够领会。要等到五百年后，人类才真正消化得了这部课程。当然，在下几个世纪，人们会逐渐接受这部课程确是J兄传授的圣道，只是依旧难以满足人们心理上对灵修仪式或规范的依恋。西方的宗教也不必害怕这部课程，因为主流宗教还会在地球存留将近一千年的光景。

在我最后一世，我修这部课程整整四十一年，从四十三岁开始，直到八十四岁离世。我在离开肉身之前的十一年就已经悟道了，你也可以说是“复活”，我很难向你描述那十一年间须臾不离的喜悦之感。那种时间失去了意义、生命实相恒常现前的美妙感受，正是我一连好几年有如上瘾一般练习宽恕的结果。

人们常说人生不过是一串接连不断的事件。奇迹学员的人生也是一串接连不断的事件，只是它们全部转变成宽恕的呼求，而你也一一答复了。让我再说一次，你不必刻意努力去爱人，只要你宽恕，爱便会自然流露，因为那是你的生命本质。

葛瑞：一部课程读了四十一年，不嫌太长一点了吗？

白莎：那你就错了，不论学不学这部课程，我都得活那四十一年，就看你想要安心还是不安心地度过下半辈子。

✡ 你不必刻意努力去爱人，只要你宽恕，爱便会自然流露，因为那是你的生命本质。

葛瑞：说的也是。

白莎：五十岁那年，我在那所名校任教已经十八年，我把一位功课不好的学生给当（“当”，是英文down的谐音，是指某学科没通过。“活当”，仍有机会重补修该学科；“死当”，完全没有机会重补修该学科）了。这男孩心理有问题，因为怕受到父母责怪，到我办公室来威胁我说，我若不改他的成绩，他会向外宣称我用成绩来要挟与他发生性关系；我若把他当了，他会告诉所有的人，那是因为他拒绝与我发生性关系的缘故。

虽然我手中拥有他的作业和试卷，一切有凭有据，当我拒绝擅改他的成绩时，这位很会装模作样的病态学生还是诉诸大众媒体去了。他轻易地找到一位急于立功升等的记者和他联手，不久其他媒体也转载了那篇报道。更惨的是，还有两位功课不好的学生出面附和，当中一位还是女的。

声誉口碑和报考人数乃是名校最关切的两件事，尽管我是无辜的，又已拥有终身职位，他们还是找到了法律漏洞，将我革职，毁了我的教书生涯。

我简直无法相信这一事实，为此沮丧了好一阵子，感到全校的师生都背叛了我，没有人在意事情的真相。几十年的教学心血毁于一旦，没有犯下一个错，我的事业就无疾而终了。自此以后，我再也无法在同等名望的学府找到同等高薪的教职。

还好，在我坚忍不屈的努力下，我还是找到一个差强人意的工作，一直到我退休，我还能为自己的贡献而感到不虚此生。可想而知，那位男学生以及那群人对我做的事情，成了我最后一世最关键的“宽恕”考试，因为我好不容易建立的生涯全毁在他们的手里。

葛瑞：的确是个不小的打击，你怎么应付过去的？

白莎：即使是这类“炖锅式的煎熬”一个一个影像排山倒海而来，你还是用同样的方法，一个影像一个影像地处理。可庆幸的，这事发生时，我对《奇迹课程》已经有相当深的认识了，因此，我的沮丧并没有延续太久，这是《奇迹课程》最棒的地方。即使受到那么大的毁谤，让你痛不欲生，只要你有宽恕的意愿，那个痛苦便无法在你身边逗留太久。光凭这一点，就值得你去操练这部课程了。

你若知道这只是自己的一场梦，那么你冥冥中也明白并没有所谓公平或不公平这一回事[31]；因为一切都是自己投射出来的，在某种不知名的缘故下，你得到自己潜意识里求来的东西。其实这原是为了保存自己的个体存在感，才会顺手把分裂的内疚投射到别人身上去。如今这些伎俩已经瞒不过我了。

我之所以说它是“炖锅式的煎熬”，因为当时的厄运可说是接二连三地临头，等着我的宽恕，而我终于也能一件一件地宽恕了。

看到了吗？我已经能够逐渐习惯性地“记住”这只是我的梦境，梦中的角色只是应我这观众要求而演出的。经过七年的修持，我已能说服自己，那些人并非真正存在于我外，他们的背叛、我遭受的羞辱或是种种不公平的假相，其实并不存在。我一旦记住了这一点，便能顺理成章地接受“这些人并非有罪之身”的结论。再说，他们若根本不存在，那么那些罪咎感除了藏在我内，还会在哪里？再推下去，如果我其实也不曾与上主分裂过，那么我也不可能有罪，不是吗？

这一历练确实不容易，但我做到了。不论哪个事件或人物出现于脑海或面前，我都能够一一宽恕，同时也宽恕自己。那一刻，我不再定别人的罪，而着眼于我们双方共有的纯洁无罪之本性。

既然这只是我做出来的梦，象征我潜意识的心念，他们怎么可能有罪？你必须真正悟出外面除了基督之外，别无他人，你才能够给人宽恕与无罪的礼物。《奇迹课程》这样提醒你：

唯有给出这份礼物，你才可能享有这礼物的祝福。[32]

当我宽恕以后，我更信任J兄了，他在我心目中等于圣灵。我再三提醒自己，不论此生能否平反，都不重要，只要与J兄或圣灵一起宽恕，一定会有善果的，因为：

奇迹是永不失落的。它能够感动许多与你缘悭一面的人，为远在天涯海角之人带来不可思议的转变。[33]

葛瑞：你是指阿顿目前所在的那个境界？

白莎：是的。奇迹不只影响你存在的时空领域，还能影响其他的时空领域，包括了你的过去世和未来世。

葛瑞：酷！虽然你轻描淡写地说出这一段陈年往事，但我感觉得出，事情并不像你说的那么容易。

白莎：噢，葛瑞，我只说它很简单，从未说过它很容易。我甚至会说，它真的很难。最难的是，你在四面楚歌的情势下还得记起宽恕这档子事，有时真感到那是不可能做到的。其实，它是做得到的，而且很值得这样做。

在我的经历中，宽恕的过程折腾了我好几个月，即使数年之后，想起此事，心里还有一些痛楚，等待着我宽恕。你一生最难宽恕的课程通常都得经历相当长的一段过程。在这过程中，你会懂得，这和宽恕你每天碰到的芝麻小事一样重要。最后，你明白了，它们根本是同一回事。

练得愈勤，愈快熟能生巧，慢慢地，你会感到得心应手。关键就在你得身体力行，绝不中途而废！

现在，我要给你一个好消息以及一个坏消息，你想先听哪一个？

葛瑞： 我需要听听好消息，你很清楚我的个性有多乐观！

白莎： 好。当《奇迹课程》说“为什么还在等待天堂？”，它的意思是，在此时此刻的存在层面，你就能体验到上主的平安。我们说过，与圣灵结合，发挥你的正念，这种慧见能造就天国的境界，不必等待来世的幸福。你只需选择“神圣一刻”，便能经验到那种平安。不过，你需要累积很多这类经验，才能抵达“最神圣的一刻”，也就是彻悟之境。

现在该讲坏消息了，其实它没什么坏！我若告诉你，你还需要很长的一段时间才能大彻大悟，你大概会失望吧！

葛瑞： 当然会。

白莎： 我不会告诉你究竟还需多久的时间，但至少不是今天。让我问你一个正经问题：你若不修圣灵的宽恕的话，X 年以后，你可能悟出什么境界？

葛瑞： 我懂你的意思，你是要我在“快一点开悟”和“慢一点开悟”之间做个选择。答案就不用我来说了。

白莎： 你真是个超时空的聪明学生。你可记得，当我们告诉你，我们的访问前后会长达九年，你曾问我们是否把你编到低能班了？

葛瑞： 记得。

白莎： 我们说，并非如此，而是因为修这门课程需要经历一段过程。每个人都得经历，除非你是个已经开悟的灵修天才，这类人世上大概不会超过二十位。我说的坏消息就是，你和其他人一样，在这过程里，还须投入相当的时间与努力，为此我们才会一再叮咛：这是一辈子的心灵之旅。但是，你一路上也会接到丰富的回报，美妙得超乎你的想象，只是它们通常都得经过一段艰难的考验。《教师指南》提过这种“动荡阶段”：

此刻，他感到自己正在追求一个可能历经百千万劫也未必达到的境界。因此，他必须学习放下所有的判断，不论面对什么处境，他只能扪心自问："我究竟想在这事件中得到什么？" [34]

你必须通过那一考验，才可能抵达所谓的"完成阶段"，迈入真平安。[35]

葛瑞：容我打个岔，免得我忘了。其实真正令我如坐针毡的，通常不是我批判别人之时，而是人们批判我的时候。

白莎：啊！葛瑞，你可知道，他们对你的批判其实正是你对自己的批判，只是这回，这个批判在你眼中好似由外而来的。别忘了，那些人根本就不存在！我知道，外表上，他们明明就在你眼前，而且那些批判明明是你由外面听到的，但请相信，真的不是这样的。

✲他们对你的批判其实正是你对自己的批判。

当你宽恕别人时，你其实是在宽恕隐藏在你心里的那个东西；他们所呼求的爱，也代表着你对爱的求助。

葛瑞：那么，当我在宽恕时，是否应该表现得恰当而得体？

白莎：不必！

葛瑞：我不必在心里想好表达的词句？

白莎：你不用顾虑自己表达得是否得体。你只要了解了宽恕的真相，它便永远成为你生命的一部分。这就是为什么我们一直叮咛你再深入研究下去的缘故。如果这类意念成了你起心动念的主流，毫无疑问的，圣灵已经在你心中做主了。

把这些指标想成帮你节省时间以及让你事半功倍的助缘吧！说得更简单一点，你若能想起我今天跟你说的任何一个观念，就表示你已经选择了J兄或圣灵当你的导师，进入了"神圣一刻"。

你只要记得这样宽恕（我是指超越时空的量子飞跃式的而非牛顿力学式的思维方式），把弟兄姊妹都看成像你一样纯洁无罪，那就是"奇迹"。你若能放下小我的"特殊关系"，与所有弟兄姊妹结合于同一个基督内，你们便成了"神圣关系"。

只要你肯发挥这些奇迹理念，你不会走偏的，也不用表达得如何合宜得体，圣灵知道你的用心。但你总得先把这些观念放入自己心里，它才有朝一日成为你思想的主流。

记住这个原则以后，现在我可以做总结了。下面，我会给你一个具体的“真宽恕”思维过程。只是记得，随时警觉小我带给你的意外！你若真想达到这部课程所说“只为上主与天国而儆醒”的境界，你需要一颗相当敏锐的心[36]。它这样提醒你：

奇迹必然出自一种奇妙的心境，也就是与奇迹相应的心态。[37]

下面的思维过程中所谓的“你”，可以套用在任何人、环境或事件上，只要把握到基本原则，你可以随机应变。请记住，只要你肯宽恕，不论你记不记得向他祈求，他都会帮你除去潜意识的内疚，甚至借你而治愈整个宇宙的。

那是他的本分，他会善尽其职，只要你别忘了你的本分。即使现在不做，你迟早还是得做的。你若把他的宽恕忘得一干二净，我敢保证，小我还会继续提供类似的剧本，直到你学会为止。

“真宽恕”思维过程的范本：

你并非真的存在那儿，
你只是我营造出来的形象而已，
如果我为你定罪，视你为我问题的肇因，
那么，我认定的那个罪咎与恐惧必然存于我内。
既然上主与我不曾分裂过，
我理当宽恕我们两人实际上并没有做出的事情，
于是，这儿只有纯洁无罪，
我已与圣灵结合于平安之境。

希望你尽量多用这个范本，熟悉宽恕的思维过程，直到它变成你的第二天性为止。

葛瑞：我蛮喜欢的。此后，当战火一起，我只需记得用这思维方式去想就成了。

白莎：葛瑞，放心吧！在你忆起真理实相之际，战火便已结束了。

我现在要离开你了，我知道你会宽恕我的。J兄在下面这一段话里透露了，你们迟早会听他的话，诚心练习真宽恕的：

地狱的遗迹，隐秘的罪咎、深埋的怨恨，从此一逝不返。它们企图覆盖的美善，得以再度呈现于我们眼前；它像天堂里的碧绿草坪，将我们举起，飞越你过去不识基督时所走的荆棘之路。[38]

接受了白莎开导之后的几个星期，我察觉到自己对读书会的一位朋友颇有反感。这位老兄嗓门大还不说，一开口就滔滔不绝，常常把我们讨论的时间占去大半。

他对《奇迹课程》的认识确实惊人，除了我所认识的奇迹名师或名嘴以外，大概没有比他懂得更多的学员了。问题是，他老是爱用理性上的知识证明自己是对的，别人是错的，而忘了把这知识用在宽恕上。这是奇迹知识分子常不自觉落入的小我陷阱，好像摆出一副姿态："瞧我，我懂得比你多得多，我一定开悟了！"

这位朋友在读书会里的表现，帮我更深地意识到：懂得多少不重要，怎么活出来才重要。真的，我若知道如何宽恕却不实践的话，是不可能回到家的。话说回来，若非这位磨人的仁兄占用了我们那么多的讨论时间，我岂有机会实验一下刚学到的"宽恕思维"？

他那高亢的宣讲声势，除了在向爱求助以外，还可能是什么？我除了透过宽恕，清除爱前面的障碍以外，还有什么更好的途径去体验爱？我愿假定白莎与《奇迹》这部课程的方式可能是对的，所以，当我在读书会里静听这位朋友的高谈阔论时，我试着去了解：他并不真的存在那儿，我只是在梦中，是我梦出他这一形象的，想要把我自己不安的原因栽赃到他身上。

在小我的剧本里，他成了问题人物，我并没有毛病；如今，我已能转变自己的想法，我甚至无需挖出他究竟象征了我的哪一类内疚，关键只在宽恕，圣灵会照料其他的相关问题。

如果分裂根本就不存在，这家伙不可能在我之外；而且，如果天人分裂只是我们的幻觉，那么我俩都不可能是各自独立的个体，因此，我眼前这人也不可能真的在那儿。这样，我便已发挥了慧见，以“他全然无罪”的心态来看待他，看到他的纯洁无罪，便不难为那些根本不曾真正发生的事情而宽恕他了。我私下常自责的某些内疚也在这慧眼下一并宽恕了，我把这位弟兄释放到圣灵的平安中，我也与他一起解脱了。

我知道，这段插曲只能算是一小步，我将来碰到更难缠的人物或更不顺心的环境时，难免还会宽恕得于心不甘的。奇迹在圣灵眼中没有大小之分，在小我眼中可不是那么一回事。我大概不会老是甘心把显现在别人身上的问题看成是自己的投射；但我若真想练习这部课程的话，不能不正视这种抗拒的倾向。

说实话，宽恕自己不够认真地操练这部课程，也是一个必经的过程。我若不敢正视小我，哪有宽恕及化解它的机会？而小我一定会使出浑身解数，不让我轻易宽恕的。

我内心确实有不少的抗拒，但不可否认的，我也有不少坚持。有时只需一秒或一分钟的时间，有时得拖上半个小时或一整天，但只要我一意识到批判的利刃在心里开始抬头，准备好要怪罪外面的某个人或某件事时，我总能及时改变自己的想法，予以宽恕，记起这些弟兄姊妹的真相。我相信，如此我也必会记起自己的真相的。

只要我肯这样做，我这平凡的一生也许会变成伟大的一生，而世上没有一个人知道。因为毕竟说来，练习真宽恕时，世界知不知道我或它如何认定我，其实已经跟我毫无关系了。

8 悟道

悟道不过是一种体认，它不曾改变任何东西。[1]

自白莎离开后那个下半年一直到1995年的上半年为止，我把握了每一个练习宽恕的机会，而现实生活中也不乏操练的机会。我由最近发生的事情开始，然后，过往的旧事也会慢慢浮现，我也以同样的心态去宽恕记忆中的人事恩怨，最后也是最难放下的，则是我对未来的挂虑。我知道，在《奇迹课程》的眼里，这些操心挂虑就和小我的魔术帽子里跳出来的兔子是同样虚幻不实的。

不论我想起的是最近的或是过去的事，小我都会从记忆库里帮我调出数不清的“糗事”清单来壮大它的声势，它存心不让我享受当前可能的幸福感，我很熟悉它这种伎俩。不论我是为自己的言行而懊恼，还是厌恶他人的行为，过去的辛酸记忆常会乘虚而入。小我存心不让我快乐地过日子，此刻，我唯一能做的便是把这些幻相带到真相前；圣灵即是这个真理实相，他随时准备好撤销我对自己或弟兄所提出的任何控诉。

根据过去几年的心灵探索，我知道所谓的修行，就是去修那些我不会自然而然去做的事情。千百万劫所累积成的习气与思维方式，不是一朝一夕改变得了的，然而，最近的经验却告诉我，这是做得到的。

幸好，《正文》不厌其烦地细述了世界如梦如幻的本质，这观念已深深打入我的心中。《学员练习手册》也处处反映了这一观念，虽然未必明显地点出，倒是在“何谓宽恕”这一课里提纲挈领地道出了救恩的单纯本质：只需看透娑婆世界不过是一场梦，只要宽恕出现于眼前的形象，就这么简单。

宽恕就是认清了，你以为弟兄做了对不起你的事，其实不曾发生过。宽恕不会因为原谅他人的罪而反倒把罪弄假成真。它在其中看不到任何罪过。而你自己所有的罪过就在这一眼光下一并宽恕了。[2]

我也懂了《课程》中提到的“昏睡”状态，不外乎心理学里的“否认”或“压抑”心态。大体来讲，“否认”之后，必会“投射”，换句话说，我梦中的一切不论是有情生命或无情生命，都是同等地虚假不实。这类观念连我这么喜欢玄学的人有时都感到难以消化；但我若相信这部课程中无远弗届的宽恕力量，上述观念一定假不了的。我的一生只是一场梦！实相就在当下，我只是觉察不到而已。所以我只需在人世的层次好好做我的“宽恕”作业，这是化解我潜意识的内疚的唯一途径；至于其他我看不见的那一层次，圣灵自会照料。

由于白莎上回来访时提到“觉悟”，我开始动手去查《奇迹课程》里的相关说法，希望下回见到老师时，能够谈得深入一点。我也暗自希望自己不必拖那么久才能开悟，希望找出一些加速成就的诀窍。

到了4月，翘首企盼之中，缅因州的春天总算来临了，阿顿与白莎的访期也近了，我知道他们会来的。有一天下午，他们如期出现。

白莎：嗨，“宽恕小子”，世界还好吧！

葛瑞：还撑得下去，这不是我的功劳，因为我一直忙着释放它。

白莎：你还记得阿顿吧！他觉悟之前，耍小聪明的本事可能比你更加“技高一筹”呢！

葛瑞：难怪我看你挺眼熟的！你在另一存在层次帮助圣灵把我的心灵治愈好了没有？

阿顿：我们尽力了，但你病入膏肓，已经回天乏术了。我只是说着玩的！时间与空间都帮你调整过了，多亏你自己的宽恕。某些事件与外境再也不会发生，因为你不需要去修那些课程了。你会做出一些决定，让自己免掉不少自我惩罚之苦。这类事情，一般来讲，你自己是觉察不到的。

葛瑞：能否举个例子？

阿顿：没问题。三个星期前，你去看电影时，不知道该选哪一部片子，结果你选了一部让自己倒尽胃口的片子。

葛瑞：我记得这事，那部烂片子浪费了我宝贵的两个钟头。当然，我马上就宽恕了自己，嗯，几乎可以说是“马上”吧！

阿顿：不可能所有的电影都是好片子吧！你事后反问自己当时为什么不去看另一部，它一定比这一部强多了。

葛瑞：难道不对吗？一个礼拜以后，我看了第二部片子，确实不错。

阿顿：你对电影质量的评断也许正确，但你的判断却可能与凡夫同样短视。你前一个礼拜如果选了那个好片子的话，会在不同的时间散场，在回家的路上，你会发生车祸，而且伤势不轻。

葛瑞：你不是唬我的吧！

阿顿：我不会开这种玩笑的。虽然我知道世间的一切都虚幻得很，但我不会拿它们开玩笑的。

你的宽恕功夫已经让你在心里开始怀疑自己的罪咎了，有几次你原本很可能想惩罚自己，结果没有这么做，而你对背后的原委却一无所知。你以为自己选错了电影，那个片子让你大失所望。你所做的大大小小的决定，结果可能差强人意，但你无法看见那个决定其实让你逃过一劫，甚至还推了你一把，让你把宽恕推恩给其他心灵，包括你自己的其他几世。在上主之内没有不可能的事情，我在此是指心灵层次。

✵为什么要把时间和精力浪费在虚幻的『果』境中，你明明可以直捣『因』地，直接在『心』上下功夫。

葛瑞：真是不可思议！

我现在提此问题可能太肤浅了一点，但我一直想问，所以趁我还记得，先问一下：既然心灵的力量如此强大，为什么不多从物质世界的层面行奇迹呢？

阿顿：葛瑞，那可是相当崎岖的一条路。物质界的奇迹当然是可行的，因为“一切唯心造”，所有心电感应也都是可能的，因为心灵本来就是一体的嘛！[3]

为什么要把时间和精力浪费在虚幻的“果”境中，你明明可以直捣“因”地，直接在“心”上下功夫。关键在于你想要多快抵达你要去的地方，为什么要如此耽搁自己的前途？就像有些人，把生命浪费在“正义战胜邪恶”的战争上，其实他们在世上所看到的战争，只是象征人类心里正念（或善念）与妄念（或恶念）之间的冲突而已，这一切其实都发生在分裂的心灵之内，而不在外面。

只要宽恕一下就成了，还可省一点机票钱。在宽恕中，你上天堂的速度比飞机还快一千倍。等你宽恕以后，如果圣灵要你留在世上帮助一些人，你就好好去做。只要记得在做的同时，还得继续宽恕下去。

我们正好回到了这次要谈的主题了，就是你的开悟问题。在此，我们最好先澄清一下：我们不打算一网打尽《奇迹课程》中所有的相关主题，我们也不希望你一次写出九百页的史诗来。即使我们的访谈有结束的一天，到时候你还是会继续研究下去的。

葛瑞：没问题，反正《奇迹课程》的书钱都已经花了。为什么你们不能继续现身于我呢？你透过圣灵向我说话与透过目前的形式说话，真有不同吗？

白莎：没什么不同，都在你的梦里，葛瑞。等我们预定的访谈计划结束以后，你若真的还希望我们继续现身的话，我们会来的，否则好像太绝情了；但你该明白这种现身本身一点都不重要。

现在言归正传吧！你既然花了钱买这本书，甚至还研读下去，那么你该明白J兄所说的，当你在昏睡之际，

你还有另一生命，完全不受小我干扰地继续存在，即使你存心与它断绝关系（dissociation），也改变不了它分毫的。[4]

等你彻底觉醒后，以前看起来真实无比的，如今你已能看出那只是个无聊的梦，弃之如敝屣；至少你会看出它的无意义。你连昨晚某些梦都记不起来，你这一生以及其他几世也会这样消失的。当所有的人都抵达了同一悟境，整个

娑婆世界便消失了，只剩下真神的世界，那便是天堂。

在这儿不妨说明一下，觉悟的境界与“濒死经验”一点关系都没有。《奇迹课程》说过，意识是心灵第一次分裂之后才出现的，意识本身就是心灵已经分裂的象征。当身体的功能告终之后，意识继续存在，这是你不用害怕死亡的另一理由。

不管是听闻或亲身经历濒死经验的美妙，人们并不了解那短暂的美妙只是和肉体生命对比之下而生的感受。试想一下，你一旦由身体的痛苦和限制中脱身，突然经验到更大的灵觉境界，即使仍是分裂的，你不可能不被震撼。可是人们无法告诉你整个实情，如果能够的话，表示他们经历了完整的过程，那么他们一定已经死了。当然，死去的只是他们的身体，他们还会继续进入下一个虚幻人生的。

真实情况是，这种震撼性会因为隐藏在潜意识里的内疚败部复活而逐渐打散，于是迫不及待地再度投胎，只因他们无法赤裸裸地面对那个罪咎感以及对神的畏惧。除非心灵已经全然被圣灵治愈了，否则你是逃不出这一轮回的。

有些佛教徒想要中止轮回，故在睡梦中修“梦瑜伽”，用意是训练自己在梦中保持觉知。这样锻炼自己的心识，当死亡来临时，他们方能做出不转世投胎的决定。

这是个很聪明的方法，然而，潜意识里如果还有内疚在作祟，它就无效了。如果潜意识的内疚已经彻底治愈的话，那么，根本不必等到死后才成就。总而言之，我们要提醒你的，就是不要把濒死经验中的刹那喜悦和觉悟之境混为一谈。悟道通常都是在你虚幻的某一世发生的，你的心灵必须先由梦中觉醒，你与身体的瓜葛才算一刀两断。

✡不要把濒死经验中的刹那喜悦和觉悟之境混为一谈。你的心灵必须先由梦中觉醒，你与身体的瓜葛才算一刀两断。

我在第二次来访时曾提到我的福音中有一段和这主题有关。

葛瑞：我以为你忘了。

白莎：鬼灵精，如果我忘的话，一定是有意的。这一段话在 Nag Hammadi 版本中编号第五十九：

趁你还活着的时候，眼光转向生活的主吧！否则等你死时，想要去看生活的主，却无法看到了。

所谓“生活的主”在此是指圣灵，他是基督与上主在世上的代言人。当你仍然活在身体内时，就得仰望他才能得救，你是无法等到什么“来世”或“彼岸”再开悟的，你得在此时此地慢慢修炼宽恕。

天堂绝不是外在某个强权因为你的善行或巧言思辨而赏给你的奖励。只要你肯以圣灵为师，接受他教的那一套宽恕，你便会看见自己身边充满了帮你悟道的象征人物。

葛瑞：好了，我懂了。你言下之意，当年使徒保罗放弃了心灵复活的概念而高谈身体复活，根本搞错了？

白莎：是的，很不幸，他之所以会有这种想法，因为他相信古经所说的一切。我们先前强调过，西方宗教只是新瓶装旧酒而已。你只要读一读《以赛亚书》(Isaiah) 第五十三章第五到第十节，你会看到整个西方宗教的神学信念都在其中。保罗在这一思想模式下，怎么可能认为复活根本是心灵而非肉体层面的事情？

复活与人的身体一点关系都没有，相信身体会复活的人，不可能不重视身体，这简直是和 J 兄的教诲唱反调。他在《奇迹课程》中讲得不能再清楚了：

救恩是为心灵而设的，你只能从平安中获得。心灵是唯一有待拯救的对象，平安则是得救的唯一途径。[5]

他同时教你，若要获得这一平安，必须宽恕眼前的幻境。

于是幻相企图掩饰之物，终于昭然若揭了，成为献给上主圣名的祭坛，上面刻着上主之言，坛前供着你的宽恕之礼，而你对上主的记忆也离此不远了。[6]

你若知道两千年前，心（heart）与心灵（mind）原是指同一物，会有助于你的了解。当 J 兄说“观照你的心（heart)”，是指你整个存在，而不是你心里对世人行为或流行神学的感受，他要你检查你的心灵（mind)，宽恕你的弟兄姊妹，然后才能忆起上主的临在。

你的复活等于你的“再度觉醒”。[7]

因此，觉悟或是复活，就是由梦中觉醒而看清了那始终如是而且永恒如是的真相。

葛瑞：真正的宽恕必会导向这一结局？

阿顿：正是，老弟！只要继续去做你近来一直在做的事情，长此以往，你不会走偏的。葛瑞，你老是担心自己不知道还要混多久，放下这层顾虑吧，《奇迹课程》说了：

唯有无限的耐心才能产生即刻的效果，这是你此生必修的课程。[8]

葛瑞：我已经在努力了嘛！我想，悟道之后便会证入绝对的真理。你在以前的一次访谈中曾提到过，当你进入"悟道"这一主题时，你会告诉我那一语道尽绝对真理的几个字，我已经能够猜出是那几个字了，但我宁愿听你说。

阿顿：事实上，你也能由启示之境中瞥见那绝对真理。启示是上主亲自与你交流，它反映了天堂的交流方式[9]。上主从来不用语言的形式说话，那些自认为听见他声音的人，通常都是圣灵的声音交杂着自己的想法，这是追求灵性的人常会碰到的现象。

在启示境界中，上主只会默默地通传给你他的爱，那是超越世上的经验，更超乎一切言词。有时人们在悟道之前会有此经验；但往往未必如此。如果无此经验，也大可不必自贬，每个人的灵修途径都不同，但通往上主之道最后都得回归宽恕那儿。

葛瑞：我问的那几个字呢？

阿顿：你穷追不舍的精神总算有了赏报，好兄弟，《学员练习手册》是这样讲的：

我们只能说："上主永恒如是。"然后便缄默不语，因任何言语在那真知之前完全失去了意义。没有唇舌配谈论它，它此刻所领悟的全然超乎自己的境界，也不是心灵任何一部分的感知能力所能体会的。它已经与那生命之源结合了。它与生命之源一样：它就是它而已。[10]

葛瑞：God is！（上主永恒如是），这就是绝对真理！J 兄在世时也常跟你谈论这个答案吗？

✡上主永恒如是，其余的一切都不是，人们不难了解前半句话，但要接受后半句话『其余一切都不是』，就非常难了。

阿顿：是的，“上主永恒如是”这一句必须由“纯粹非二元论”的角度去懂。上主永恒如是，其余的一切都不是，人们不难了解前半句话“上主永恒如是”，但要接受后半句话“其余一切都不是”，就非常难了。为此才紧接着一句“缄默不语”，因为其他真的什么也没有。

你可记得禅宗的公案“只手之声”——只用一只手拍掌是什么声音？EST训练营也常用这公案来逼问学生。

葛瑞：没错，他们从未告诉我们答案，反正，禅宗公案未必有答案，它们只是帮助人们破除旧有的思想模式而已。

阿顿：这话不假，但这个问题若套在上主身上，是有答案的，你猜猜答案是什么。

葛瑞：我不敢说。

阿顿：从“上主永恒如是，其余的都不是”这个思路来想，一只手拍掌是什么声音？

葛瑞：什么声音都没有，答案是“无”。

阿顿：答案正确，孺子可教，葛瑞。一只手拍掌的声音是“无”，因为真实的一体性在娑婆世界之外，那儿是没有声音的。有了二元以后，才有各种互动和冲突；但在地道的一体性之内，只有上主存在，他内没有可分割的部分。只有“上主永恒如是”，没有任何“他物”作为你觉知的对象。

知道了绝对真理之后，你有何感觉？

葛瑞：很酷！这是否表示我已经觉悟了？

阿顿：不是，你若悟道了，你便已彻底由梦中觉醒。但是，即使你仍活在身体的假象内，你还是可以看到《奇迹课程》所谓的“真实世界”的。[11]

等你彻底宽恕了世界以后，你只会“看到”真实世界，因为那儿不再有潜意识投射出来的罪咎。放眼望去，你只会看到纯洁无罪，因为它反映的正是你自己的纯洁无罪，也就是纯洁无罪的基督自性。那是J兄当年的见地，也是他如今要教你看到的。

葛瑞：我很愿意学。说到纯洁无罪与宽恕，某些濒死状态的极喜经验，还有我仍活在身体内就已有过的神秘经验，是否都只是宽恕的象征？

阿顿：极好的见地！答案是“对的”，你分裂的心会被你心中圣灵临在的那一部分所宽恕而得到治愈。你所有的经历，包括看到我们，都很可能是你在悟道之前已经宽恕的象征。悟道是超越分裂之境的，放心，你迟早会抵达那儿的。

我们并无意轻视人们在悟道之前所经历的种种体验，只是特别提醒你勿偏离了目标，你才能更快抵达《奇迹课程》要带给你的境界：

人间不可能有放诸四海皆准的神学理论的；然而，放诸四海皆准的经验不只是可能，而且是必需的。本课程的目标就是指向这一经验。[12]

普世性的经验，是指上主的爱。《奇迹课程》虽然重视经验，它却聪明地采取理性路线，为已有修持基础的心灵引出那些经验。为此，我们一再鼓励你继续钻研下去，勤修你的宽恕功课。

你在音乐界混了一段时间，自然知道技术性的知识对整个乐团的重要性；灵修也是这样，只是大部分的人尚未意识到而已。你必须先有技术性的基础，才能把你的天赋发展到顶峰。

葛瑞：那么，我最好在此把观念澄清一下，看看我是否真的把握了你的真传。我知道这一堆术语几乎都是同义词，时间既然不存在，那么这些事情必是同时发生的，我把它理出一个直线式的脉络，只是帮助我自己了解而已。

开始时，一定要宽恕以及选对了心灵导师，我记下了几段引言，在这儿念一下：

你只要与我结合，小我便无法从中作祟，因为我已彻底弃绝了小我，不可能与你的小我同流合污。因此，我们的结合便成了你弃绝小我的捷径。[13]

因此，我无须利用幻相来保护我的幻觉，抵制其他人的幻觉，只要宽恕就行了，它会引领我迈上天堂之路的，这是已定的事实。它好比用“迈向真理的梦境”来取代“远离真理的梦境”。《奇迹课程》对救恩做了这样的解释：

它也仅仅代表了一个幸福美梦而已。它只要求你宽恕“没有人真正做过任何事情”，不再着眼于那些不存在的事，以及把非真之物当真。[14]

“幸福美梦”是必经的阶段，如果有人把我双脚站立的时空地毯猛然抽掉的话，我很可能承受不了，因分裂之梦对我仍然太真实了，猛然被唤醒，我会受不了这种惊吓的。

这梦如此的可怕，看起来又如此真实，你此刻若唤醒他，他一定会受到惊吓，冷汗涔涔。你应在唤醒他之前将他领到比较温柔的梦中，安抚一下他的心灵，他才可能心无畏惧地迎向爱的呼唤。他需要一个温柔之梦，与弟兄重归于好，如此才能疗愈他的痛苦。[15]

他也是我的朋友，因为没有他，我便回不了家，宽恕我眼中弟兄姊妹的形象，是唯一跳脱地狱的途径，因为它们只是象征出某一部分的我。《奇迹课程》这样问：

上主这样请求你：“释放我的圣子吧！”你若明白他要你释放的其实是你自己，你还会充耳不闻吗？[16]

只要我在宽恕的幸福美梦中累积足够的“神圣一刻”，我的小命就保住了，或者说，造出这小命的心灵便得救了。

阿顿：真不错，葛瑞，你可以写书了，如果这是你真正想做的事。既然我们已经提到你的复活这一主题，也让我诵念一两段《课程》里的话。我会简要地介绍一下它是怎样教你“告别娑婆世界”的。你说的没错，这事确实是当下同步发生的。我先念几段《教师指南》里有关复活的说法：

简单地说，复活就是克服或超越死亡。是再度觉醒，或是重生，它显示出心灵已经改变了它对世界的看法。[17]

它接着又说：

复活等于否定死亡，肯定生命。世界整个思维体系从此彻底扭转过来了。[18]

当你彻底由死亡之梦觉醒，证入复活境界时，

一切有情生命也都反映出了基督的圣容，没有一物会困守于黑暗而无缘亲炙于宽恕的光明。[19]

你一旦看见了基督的圣容，

课程到此结束了。从此以后，你无须任何指示。你的眼界已经彻底修正，所有的错误也都化解了。攻击成了无聊之举，平安已经来临。本课程的目标到此功德圆满。所有的心念都已远离地狱而回归天堂。所有的渴望也都得到了满全，你还会有什么遗憾？[20]

终有一天，每一个分裂的心灵都会证入复活或悟道之境，每个心灵（在此提醒一下，不是每个人，而是每个在梦里轮回了上千次的心灵）终将由梦境中觉醒，那便是基督的“再度来临”。

基督再度来临是发生在时间内却不受时间左右的一个事件。任何人，不论是过去已逝的，或将要来临的，或是活在现在的，都会平等地由自己营造的束缚中解脱出来。就是在这平等性中，基督恢复了他唯一的本来面目，上主儿女由此而认出了他们原是一个生命。天父向圣子展颜而笑，因圣子是他唯一的创造，也是他唯一的喜乐。[21]

葛瑞：这几段话真是说得极好，我们离开天乡时原是一个，回归天乡时也是一个。

阿顿：是的，但说到究竟，你根本不曾真正离开过。因为不论你怎么做梦，也改不了你安然无恙地活在上主内的命运，当整个上主儿女的奥体（Sonship）准备好之时，也就是上主给出最后审判的时刻。

> ✡ 我们离开天乡时原是一个，回归天乡时也是一个。但说到究竟，你根本不曾真正离开过。

上主的最后审判不外是：“你仍是我的神圣之子，永远纯洁无罪，永远慈爱，也永远被爱，你如自己的造物主一般无限，全然不变，永远无瑕可指。因此，觉醒吧！回到我这儿来。我是你的天父，你是我的圣子。”[22]

葛瑞：酷！你知道，如果要我在“受人审判”与“受神审判”之间做选择的话，我会选择“神的审判”，机会比较大一点。

阿顿：你永远都有机会的，不过你刚才的决定是个明智的选择。继续把上主推恩于你的宽恕也照样地推恩给你的弟兄姊妹吧！这样你才可能真正拥有它。当每个人都完成了自己的宽恕功课以后，上主自会踏出他最后的一步，欢迎这“集体性”的浪子回家，重归他们不曾离开过的一体境界。

当你看待自己的眼光不受任何蒙蔽时，表示你已准备好接受那个真实世界，取代你自己原先打造的虚妄世界。于是，你的天父便会俯身向你，为你踏出最后一步，把你接到他那里去。[23]

葛瑞：说得真是美妙啊！那么，那些先悟道的人呢？难道他们还得闲荡个百万年，等着其他人觉悟不成？

阿顿：不，你一旦悟道，抛下了这具身体，就已经觉醒于梦境之外了，也就是说，你其实已经活在时空之外了。对他人来讲，可能是无穷悠悠的岁月，但对你而言，时间已经结束了。等待“别人”觉醒，只是一个刹那而已。当然，你也可以像我们一样帮忙J兄协助更多的人，我敢跟你保证，这绝不是个负担。

葛瑞：悟道境界与超越时空的经验一定和天堂的境界不相上下吧！

阿顿：白莎，这个问题请你答复更为合适。

白莎：没问题。但是何不让《奇迹课程》本身来告诉葛瑞，天堂究竟是什么？首先，你得记住，天堂是地地道道的一体境界，跟时下常说的“与宇宙一体”或“心灵一体”的观念不可同日而语。别忘了，那个超越时空的心灵照样营造得出三千大千世界；这些观念看起来仍像是存于上主之外。

在真实的一体境界中，只有上主存在，从来没有任何其他东西。这就是为什么，上主必须亲自踏出最后一步，这也是为什么，这个观念毫无妥协的余地。《奇迹课程》里的“上主”观念，是极其高超的，因为那是真理，如果你在此之外还能经验到其他东西，那么这个一体境界便不算圆满了。

天堂不是一个地方，也不是某种境界。它只是对一体生命的圆满觉悟，也就是悟出“此外无他”的那个真知：在这一体之外，别无他物，在这一体之内，也别无他物。[24]

葛瑞：既然没有其他东西存在，那么也没有任何东西阻碍我们的推恩了。

白莎：我知道你还算是有深度。是的，你说的没错，在天堂里没有障碍，只有喜悦；相形之下，地球上的生活，简直跟“障碍赛跑”无异。

我再提出《正文》中“为父身份之赠礼”这一节里的几个重要观念，供你反省一下：

上主之内也是无始无终的，他的宇宙就是他的本体。[25]

爱的宇宙不会因你视若无睹而停止运转，你也不会因为闭起眼睛而失去视力。[26]

上主在天心中为你保留了一席之地，那席位永远非你莫属。然而，你是怎样得到它的，就必须怎样给出去，如此你才可能保住这个恩赐。[27]

葛瑞：我想我能够认出两者的不同了。

白莎：我知道你懂了，它会加速你经验到爱的临在。

阿顿：我们说过，剩下的访期会愈来愈短，我们今天所讨论的主题，原本属于“言语道断之境”，我们只是尽力而为罢了。这部课程会将你带到我们上面所说的一体境界的，God is，两个字就足以涵盖一切了，两个字便彻底表达出绝对的真理。当你宽恕时，要把这个目标牢记心中，永远记得这部课程为你指出的境界：

上主永恒如是，他所创造的生命必然也是永恒的。你难道还看不出，若非如此，表示他有一个相反的势力存在，那么恐惧就会变得像爱一般真实。[28]

白莎：葛瑞，《奇迹课程》已经把真理告诉你，你也多多少少经历了一些，你只需继续目前所做的事，那个目标终会变成你的生命实相的。

我们12月还会再来，在这期间多宽恕吧！并记得你自己的真相：

“一体性”言简意赅地道出了上主的本质。他的本体涵括一切。心灵所拥有的一切，唯他而已。[29]

阿顿与白莎顿时消失了踪影，我也宽恕了他们的离去。

9 濒"活"经验

整个宇宙都在等候你的解脱，因为那也是它的解脱之日。[1]

练习这一《课程》已经三年了，过去偶有的夜半梦魇逐渐平息下来，然而，小我那害死人的思想体系仍在我心中恋栈不去，只是好似已经清掉了其中的一层,象征那一层的梦魇也不复出现。长久以来一直覆盖在小我内疚阴影下的圣灵，有如初升的太阳，温暖地照耀着我。

身体所象征的世界，属于意识的层次，依旧有云雾徘徊；潜意识的世界仍然充满恐惧与内疚。然而我已确切知道，那些阴影是多么的虚幻不实，它想要隐藏的光明，最多只能遮蔽一时，那是永恒不灭。

我对这条通向觉悟的灵修途径不只充满好奇，而且深受感动，正如阿顿和白莎所预料的，我终于决心动笔了。我甚至改写了莎士比亚的诗，来传达此意：

何等真理，何等光明，从我心灵的窗隙中射出，
圣灵起自东方，高升的太阳，
现身吧，我的道友，撤去小我的月光，
它已被苦恼折磨得病入膏肓。
是真理，远比小我更为伟大，
啊！它是基督童子，是我的真爱。
我若知道自己的真相，我心灵的璀璨，

会让星光失色，一如灯烛迎向日光。
我那不曾离开天堂的天心，
会飞越前所未见的疆域，光华四射，
世界在欢唱，再也不识阴森的夜晚。

这将是我一生奉行不悖的人生指标，不论它在病入膏肓的小我（我仍依然不时与之认同）眼中显得多么可怕。在虚幻的表相世界里，我的身体也许只是一具受制于小我的机器而已；但在这同时，圣灵却能透过我所宽恕的每一个虚幻的人与事而释放我的心灵。这一条路，如今，我已经义无反顾了。

我那两位老师一向喜欢用世俗的实例来做比喻，的确，若要把这些讯息传播出去，我们也不能不通俗化一点。

我们若要求你超越世上所有的象征之物，且与它一刀两断，同时，又要你负起教学的任务，这确实有些强人所难。你目前还须借助世间的象征物。但是你必须不受它们的蒙蔽才行。它们不代表任何东西；今天的练习观念，就是帮你突破它们的限制。[2]

如今，我的工作即是透过宽恕去教人，而且还尽量用世俗中人所能了解的方式来分享奇迹理念：

因此，你只需要在每一天中拿出几段时间，看清世间的学习只是一种过渡阶段，有如一座黑暗的牢狱，你必须将它抛诸脑后，才能迈向光明。如此，你方能了解那个圣言；他是上主赐你的圣名，也是万物所共有的本来面目，亦是对生命真相的一种肯定。然后，你再回到黑暗之中，不是因为你认为它是真的，反之，你只借用黑暗世界所能了解的词汇，揭发它的虚假不实。[3]

于是，我开始写这本阿顿和白莎预料我会写的书，无奈的是，我不是把字拼错了，就是乱用标点符号，整整折腾了六个年头才写完。

在这同时，我下定决心，以上主为我的唯一选择。如今，我才慢慢体会我的朋友一再强调的《奇迹课程》和其他灵修途径的基本差异。如果我还热衷于人类进化论、追求宇宙的能量以及其他“如梦幻泡影”的玩意儿，我怎么可能“只为上主及其天国而儆醒”？

✡ 如果我还热衷于人类进化论、追求宇宙的能量以及其他『如梦幻泡影』的玩意儿，我怎么可能『只为上主及其天国而儆醒』？

梦境不可能给人答案，答案只可能来自梦境之外，亦即真理之所在，也是真实的我所在之地。此外，别无他物。真理实相终将再度称王，圣灵的光明成了我所依恃的救赎原则，也是我唯一问题的唯一答复。

凭你自己，是解除不了以往错误的。你若想把它们由你心中彻底消除，只能仰赖那非你所能造出的救赎之方。[4]

这段话解释了为何某些法门效果不彰，因为它们把上主或圣灵剔除于外了。当然，我必须先尽好一己的本分，必须宽恕到底才行；靠外在能力或其他人物代我赎罪这类魔术般的救恩已经行不通了。没有人能够代我由梦中觉醒的，实际上，除了我以外，没有一个人需要由梦中觉醒。它说得不能再清楚了：“我的救恩来自于我自己。”[5]最后靠的仍是我改变自己对世界的心态，选择奇迹之路。

在形上理念层次上，我开始不再视自己为一具身体，也不是世俗所认为的那种灵；我是心灵（mind）。我的最终源头确实是灵性（spirit）没错，但那是我终将回归的实相；此时此地，我必须仰赖自己的“心灵”去发掘我纯洁无罪的本质才行。

上天究竟赐给了你什么？就是“你是心灵，活在天心之内，纯粹唯心，永远无罪，一无所惧，只因你是出自爱的创造”这个真知。你从未离开过自己的生命源头，你还是受造之初的模样。[6]

有一种生活方式能够唤回我对自己的生命实相的觉力：

有一种方式能帮你活在状似此世又非此世的世界。你不必改变外在的生活形态，只是脸上更常挂着微笑。你的面容安详，眼神宁静。[7]

当阿顿首次告诉我，我大可安心地操练这部灵修课程，而不用让任何人知道，我当时有些疑问，总觉得大多数人都会不自禁地宣传自己的宗教或灵修，这是近乎天经地义的事。如今，我明白了阿顿的意思，即使我决心不跟任何人提《奇迹课程》，我依然可以如法而修。

踏上这条路的你，就像其他的凡夫俗子，外表看起来毫无不同之处，其实你们大不相同。唯有如此，你才能自利而利他，带领他们踏上上主为你开启的道路；他们的路也因着你而开启了。[8]

我是透过宽恕而完成这一任务的，因此，我并不需要出类拔萃。弟兄姊妹也跟我一样，都在返回上主的途中，只是有些人会偶尔意识到，有些人从未意识到而已。无论如何，结果都已注定，所有的人都是如此。

自从操练这部课程以来，我所获得的神秘经验，花样之多，实在难以尽述。过去的那些经验，我如今已然明白，全是些象征而已。我也很清楚，要检测一个人灵修生活的进步与否，绝不是凭着所谓的"神秘经验"。反之，每个人都该诚实地自问：我选择这一灵修途径之后，是否愈来愈有爱心？心境也愈来愈平和？愈来愈容易宽恕？我是否甘心为自己的遭遇负责？我真的看出批判是如此愚昧的事吗？答案如果都是正面的，他的灵修途径才算是有效而且有益的。

无可否认的，某些神秘经验确实带给我极大的喜悦，尤其我知道那不过表示我的心灵已经得到宽恕，因为我已经宽恕了世界。

如今，我不只能在各种东西上看到细微的白光，有时我会看到某个人头上完全罩在美丽的白光下。好几次，J 兄好似故意逗着我玩，我记得某个早上吃早餐时，我感到有一只轻柔又温暖的手，充满爱意地在我肩膀上轻拍了一下，我十分肯定，那种拍法只可能是来自天使或高灵或 J 兄本人。用毕早餐，我拿起当天的《学员练习手册》，竟然读到这么一段：

基督的手轻拍着你的肩膀，让你感到自己并不孤单。[9]

那时，我近乎歇斯底里地再三称谢，我知道我真的不是一个人在此的。

几个月之后，我和凯伦在后院收拾被暴风吹断的残枝，偶然一转头，大吃一惊，我看不到凯伦，只看到一个圆柱的光明由地上一直通达天上，我瞪着这美妙的景象几秒钟，眼光移开了一下，再回到原处时，却只看到凯伦的身体，她问说："你呆头呆脑地瞪个什么？"我已经被这景象震撼得不知所云了。后来我记起《正文》曾经提过这一类有福的视野：

小我存心将你对弟兄的认知拘限于这具身体，而圣灵则有意开启你的眼界，让你看到他们的“光明宝相”放出无穷的光辉直达上主天庭。[10]

就这样，我才能逐渐看轻身体的价值，当然也不可能完全免俗，只是比较不受阴影的蒙蔽，而愈加习惯着眼于它背后的光明。

我自己发明了一个游戏，也可以说是一个实验，就是在睡前或初醒那一刻，注意自己所见到的形象。即使眼睛仍然闭着，我会看到一群人影，像屏幕上那样，有时是彩色的，有时还有配乐。这些影像通常会预告当天可能发生的事情。不少影像类似梦的“原型”象征，属于人类集体潜意识。

几世纪以来，研究梦的学者归纳出许多“原型”象征，例如：右手通常代表正面，左手代表负面，这种神秘的联系可以追溯至希腊罗马时代。平静的水代表正面，汹涌的水代表负面。有些象征与表面意义正好相反，例如，被打是好兆头，打人则未必。有些象征意义则一目了然，例如，微笑的脸、友善的动物，属于好兆头；不友善的表情与动物则是坏的预兆，它们有时确能预告当天的运气。

这类“电影”让我更加相信确实有“集体意识”这一回事，只是，梦里的影像象征的乃是真实的我。阿顿和白莎说的没错，我这一生的遭遇其实早已写定了。

我也许可以把这些预兆用在投资上，但我不愿掉入这一陷阱，何况，我知道这些象征的讯息并非那么可靠，我的老师跟我透露过，每个人生剧本都保存了一些不可测性。我也听说，连人类历史上最有名的圣谕 the Deophi，有时还会故意骗人。毕竟，小我仍然掌控着心灵的绝大部分，它不会放过任何修理我的机会的，它千方百计要我相信自己只是一具身体。

我知道，最后还是靠宽恕才回得了家，身为 J 兄的亦徒亦友，这些通灵能力最多只能引发我的好奇心，我已经不像以前那样崇拜这些能力了。

我知道很多人不喜欢听到“前缘已定”的说法，存在主义远比宿命论带给人更多的希望，至少它给人一些改变命运的动力，不只改变个人的生活，还包括了改善世界。然而，《奇迹课程》给人的却是更高层次的希望：长程目标是返回天乡，近程目标则是当下活得心安理得。而且，练习了宽恕以后，一路上确能趋吉避凶，因为他已经不再需要痛苦的教训了。更何况，当人们一边改变自己对世界的态度，一边致力于宽恕之际，行有余力，还是可以去管一管虚幻世界的闲事的，只要当事人不要弄假成真，一不小心又落入知见世界的束缚里就好了。

一晚，也就是阿顿和白莎再次示现的前几个礼拜，我经验到一个前所未有的境界。我一人坐在椅子上读杂志，突然被一股强烈的清明觉知所笼罩，整个娑婆世界刹那间消失了，只有我呆若木鸡地坐在那儿，充满了敬畏之情。在那一瞬间，我感到彻底的安全，一切都被照顾妥当，而且清清楚楚他的临在。那种感受简直不可思议，这大概就是《奇迹课程》所谓的启示经验吧！

启示能促成你与上主的契合。[11]

启示经验是超乎任何言语的，但它的本质如此奇特，让人永志不忘。虽然只是刹那的功夫，我经验到一种超越时空，甚至比这更超然的境界，你仿佛和一个无穷无尽的东西合而为一了。娑婆世界的任何经验都无法与之相提并论，它是如此的恒常不动，在那无限能力内没有变易，没有间断，甚至没有波动；那个东西让你感到值得全然托付，它是如此真实，所带来的喜悦也是超乎想象的。在那一刻，我明白了，是上主在与我直接交流。

启示不是双向进行的。只可能由上主启示给你，你无法启示给上主。[12]

那一晚，我什么也没做，只是继续停留在敬畏和感恩的情绪中。

只有启示值得你敬畏，以此心态面对启示才是最恰当且正确的反应。[13]

那一晚，我浑然处在大寂之境，完全说不出一句话、一个字来。

启示确实属于“言语道断”之境，因为你所经验到的爱是妙不可言的。[14]

我知道，从此，我不可能再回到旧日的生活了。事后回忆起来，也渐了解这一经验是我练习宽恕的自然结果，这让我对自己选择的灵修道路更加信心百倍。

上回，我的朋友谈起启示时曾说过，一个人只要经历过一次这类恒常又屹立不摇的境界，他便再也不可能完全听信小我的那一套了[15]。此刻，我已经准备好要返回上主那儿了。

终究来讲，疗愈是上主的事。疗愈的方法已经仔细解释给你听了。也许启示偶尔会向你揭露一些终极景象，可是要达到彼岸，你还是得按部就班地走下去。[16]

自从经历了那种大无畏之境后[17]，我更加肯定自己要走的路。虽然感觉到自己的恐惧愈来愈小，但当我接触陌生人或新朋友时，还是会感到羞怯，不太自在，我不知道何时才会改掉这个毛病，也不知道我的朋友下次来访时会对我这些经历做何评论。

当他们再度出现时，白莎笑得十分灿烂。

白莎：嗨，葛瑞，天堂的滋味如何？

葛瑞：美妙极了，我简直不敢用言语来形容。

白莎：就别费力了，我们只是恭喜一下而已。

阿顿：我也在此恭喜你领受到一点点永恒境界的滋味；世间无常之物以后大概再也吸引不了你了。你将来宽恕时会变得更容易一点。

葛瑞：你是否暗示昨天小店里那件事？[14]

阿顿：没错！反正奇迹全是同一回事。当你那样宽恕时，你的心灵所受到的益处是超乎想象的。若是几年前的你，大概已经翻脸了，即使你至多不过给店员一个白眼。你表现得不错，虽然并非每次都那么成功，再接再厉吧！

至于那个启示经验，你如今已经知道那是怎么一回事了，这类经验将来还会发生的，只需按照同样的方法修下去，结果（即使只是惊鸿一瞥）会自然现

[14] 我昨天在店里等候付钱时，柜台的店员却一直在打电话，我和其他顾客等了好几分钟，开始觉得不耐烦了。我突然想起了练习，于是设法提醒自己，这景象是我一手导演出来的，然后宽恕那个店员并没有对我做的事情，同时也宽恕了自己。没想到，那店员突然放下了电话；大概连这一幕也是我自编自导的吧。——作者注

前的。

葛瑞：还有几次经验也让我感到无比的平安喜悦。我实在不需要什么“高峰经验”，光是那种美妙的感觉就很够意思的了。

阿顿：你是指去年夏天，你驾着除草车在草地上扯着嗓门大叫“上主之子自由了！上主之子自由了！”，一点都不担心保守派的邻居听到。

葛瑞：呀！那正是我！

阿顿：在我们进入正题之前，你可有什么问题？

葛瑞：鸡和蛋，究竟哪一个先出现？

阿顿：这还用说吗？两者同时出现，和娑婆世界里所有的东西一样。在幻境里，那些东西显得各有渊源，其实不然。让我们讲些正经的吧！

白莎：你将来会有不少类似世间所谓的“通灵”经验（只有启示不属于此类，因为它直接来自上主），大部分经验纵然有些灵性的味道，仍非直接来自上主，而是源自于你自己的潜意识，它们很可能象征着你的“正念”。我们不妨在此澄清一下这类经验吧！《教师指南》说过：

当然也有不少“通灵”能力与本课程的精神是相符的。[18]

世界对天人交流所设的限制，正是让人经验不到圣灵的基本障碍；他的“临在”从未缺席过，只要有心聆听，必能听见他的天音。[19]

任何人不论以什么方式超越这些限制，他只是变得更自然而已。[20]

你必须记住，面对这类通灵能力，你只可能有两种反应，不是把它弄假成真，就是宽恕它。有此先见之明，任何新的能力出现时，你都应该交托给圣灵，由他来主导。

面对这类通灵能力，你只可能有两种反应，不是把它弄假成真，就是宽恕它。

《教师指南》说了，没有任何一种能力不是大家所共有的[21]；圣灵也随时提醒你，你一点都不特殊，千万别因之而自视不凡。

没有人会用地道的真货去骗人的。[22]

随时记住你人生的目标所在，唯有天堂是永恒的，你在天堂之外所做出的一切都属于“无常”，这些事情怎么可能重要？你得随时留意自己的心态。只要好好练习宽恕，你的觉知力一定会逐日增长的。

随着觉知力之增长，他很可能发展出某种令自己惊讶的能力来。然而，不论什么特异功能，与他忆起自己真相时的荣耀与惊喜相比，简直不堪一提。愿他所有的修持功夫都以最终的"大惊喜"为目标，不再满足于路边小小的礼物而耽搁了前程。[23]

葛瑞：多谢提醒，当然也感谢J兄的苦口婆心，我了解事情的本末轻重了，尤其是自从那一次的"惊喜"以后。

阿顿：很好。你最好心里有所准备，以后我们的拜访会愈来愈短，顺便聊聊各种话题，答复你可能会有的疑问，这都只为了鼓励你继续练习宽恕而已。最重要的还是你与圣灵一起全心全意地练习宽恕，别因为我们停留的时间愈来愈短而感到失望。你不是小孩子了，何况，我们敢保证，我们很清楚你的一举一动，我们一直都在你身边。

葛瑞：我相信你的话。对了，我开始动笔了，相信你们早就知道了。能不能给一些建议?

白莎：当然，我们知道你迟早会认命，去写出一点东西来的。你的反应够慢的了，总算还没到无可救药的地步。我在说笑，别当真了。

我们知道你有一点不知所措，但我们很高兴你还是硬着头皮去做。不要被不知从何下手的感觉吓到了。记住，写书的目的是为了传达观念，你改写的那首莎士比亚诗挺可爱的，内容也算真实。只要将你的意思传达清楚，就有资格称为作家了，不必担心什么写作原则，说句实话，英文本身就是个无聊的语言，但我最好还是少批评。

葛瑞：否则可能显出你的文化水平不够。

白莎：也许吧，就像我们这一本书，同样显出你的英文也不怎么样!

葛瑞：你言下之意要我别担心英文老师会怎样评论我的写作风格?

白莎：正是，我很高兴你没有强奸我的本意。

葛瑞：我喜欢听你讲脏话。

白莎：我想我们该进入正题了。你只需记住，如果有人批评你的书或说些负面的话，就宽恕吧！记住你的首要任务，不论你在忙什么。

阿顿：当你着手编辑时，也可以穿插一些题外话，把我们的对话内容贯穿起来，才显出一个整体性。那些叙述应该出于你自己，只要观念不与我们的谈话内容相矛盾，而且以我们的访谈内容作为此书的底本，也就行了。

葛瑞：写完以后呢？我该怎么办？

白莎：你可以效法《多玛斯福音》的榜样，把你的书埋在埃及某地，十五个世纪以后被人挖掘出来，你就会一夜成名了。

葛瑞：你可真会说笑，能不能针对眼前这一世给一些建议？

白莎：好！这事你就别担心吧！我们私下会告诉你怎么做的。

葛瑞：你最好多指点指点，因我真的不知道自己在干嘛，甚至怀疑自己有写书的本领，但我会放手一试的。

阿顿：我们知道，你不必担心写得好不好，就去写吧！现在还有什么问题？

葛瑞：想不起来，最近的几次事件让我兴致颇为高昂的。

阿顿：最近几次经验确实给你不少信心，这不难理解，除此之外，你就没有疑问了吗？

葛瑞：好吧！你先前说过，将来会多谈一些有关你的身体及声音究竟是怎么一回事，也会顺便解释一下天使或圣母显灵的事件。

有一次，我参加 Cracille 的灵修活动时，有人给我一张 Medjugorje 的圣母像，她在 1980 年曾经显现给一群小孩。由于我自己与你们的特殊经历，使得我和那群孩子有一种心有灵犀的感觉。其中一个孩子叫作 Ivanka，已经长大了，她被缅因州的天主教会邀请来演讲，我去看过她，你一定知道这事。虽然她的每一句话都得透过翻译，但我直觉她的经验绝非虚构，她说的是真话。

那次活动还展示了另一张圣母像，大约是四百年前显示给一位先生的，圣母把自己的形象留在他的汗衫上，如今被供为墨西哥的 Guadalupe 圣母。根据科学家的分析，照理说，那件汗衫大概不消十年便会朽烂掉，如今已经五个世纪了，那件衣服还安然无恙地供在教堂里。总之，我就亲眼目睹了两张相隔四百六十年的圣母像，有一张还是相片呢！最不可思议的是，她们看起来好像是一个模子打造出来的，这究竟是怎么一回事？

阿顿：我们说过，所有的形象都是心灵投射出来的，它们可能来自正念或圣灵，也可能来自妄念或小我。圣母的形象也是出自潜意识，可能出自一个人的投射，也可能是集体投射的结果。你提到的圣母像都具有西方人的特质，根本不合两千年前以色列妇女的脸相，那是现代的心灵合成出来的形象，就像J兄在现代人心目中的形象一样。他们从未看过他，那些形象都是人类的集体意识投射出来的模样。

圣母玛利亚显现出来的形象，通常描绘得非常细腻，因为她所示现的那几位都是全神贯注；她看起来十分眼熟，因为这些形象属于人类心理所具有的“原型”。我们知道，你对集体意识的“原型”象征已经不陌生了。这些显灵究竟代表什么？它们要表达的是圣灵的爱，那才是真正的内涵，不论个人或集体的心灵赋予了那个爱何种形式。

✡圣母玛利亚显现出来的形象，属于人类心理所具有的『原型』，要表达的是圣灵的爱，形象却是我们自己投射出来的。

葛瑞：你是说，圣灵的爱是真实的，那形象却是我们自己投射出来的。

阿顿：一点也不错。白莎说过了，任何一种有相的存在，都在象征另一个东西。圣灵不管形式，只管爱。圣灵的爱是可能进入娑婆世界，经过你的正念而形成某种形状。外在的形式是出自心灵的投射，它背后的爱则是真实不虚的。

这一原则足以解释圣母玛利亚、天使以及各种高灵上师的显灵事迹，同时也解释了两千年前J兄被钉死后显现给我们的背后真相。那时，我们的心已经准备好接受他的爱了，于是他的爱便以我们所能接受的形式显现在我们眼前。此刻，我们的爱也同样地以你所能接受的“身体及语言”形式而显示在你面前。

补充一句，我们可没说是大脑制造出这些形象来的，这些有形的具象是整个心灵幻化出来的。我们既然说过，只有一个心，那么从这角度推论下去，每一个个别的物体，只可能出自同一个分裂的心了。

我们的爱是真实的，我们的身体跟你的身体都是梦中的影像而已。我们在这次访谈一开始时提到，“我们”造出了这些身体，那是指我们的爱。当白莎说J兄被钉十字架以后造出了另一具身体与我们交流，也是此意。那些虚幻形象背后的真正内涵是他的爱，那些形象特质则是昏睡的心灵所投射出来的。

白莎：由于人们通常在身体死亡之前就悟道了，那么已经悟道的高灵自然也可能显得像是活在人间似的。只是他们知道自己并非真的活在世上，也没有重返人间的必要，除非有人需要他们的爱来拉一把。我再重复一遍，是那自以为分裂的心在幻境中赋予了这个爱种种外形；那些高灵上师早已悟道，哪里还需要任何形象来验身！

葛瑞：真有意思。但你知道，有些人会说，你们是我的小我投射出来的。

阿顿：随他们说吧！你阻止不了的。你也可以当面反问一句：难道小我会教人化解小我吗？魔鬼会教人逃离地狱吗？

葛瑞：正中要害！你其实是在教小我怎样跟自己作对。

阿顿：你真会举一反三。

葛瑞：我想，你对显灵事迹的解说也澄清了佐治亚州盛传的故事，一位妇女自称玛利亚显现给她，还传她讯息，那些讯息一听就是佐治亚州乡下妇女讲的话。也许玛利亚真的显灵也说不定，那个讯息也是以她所能了解的形式出现罢了。

阿顿：不错。那位乡下妇女蛮诚心的，那简单的讯息也只是针对需要它的人而说的。

葛瑞：何不谈一谈不愉快的主题，例如：炸掉俄克拉荷马联邦大楼的那个疯子，我实在忍不住把我的内疚投射在这些混蛋身上。虽然我们心里有数，是我的疯狂意念投射到那个世界上的，是我们选择以此案例来面对内心隐藏的小我念头，但我想，不少人会跟我一样感到难以消化这类说法。这等于要我们相信，不论罪行多么卑劣，罪犯不过是供我们面对潜意识内疚的代罪羔羊而已。言下之意，我们若想重获自由，就必须宽恕他并没有真正做出的事情！

阿顿：是的。小我很知道如何“请君入瓮”，我们很容易被卷进人间悲剧的漩涡里。虽然你必须宽恕，但面对这类处境，你该注意几件事情。首先，即使你决心把它看成一场虚幻的梦，并不表示你不该同情在梦中受苦的人。你也曾失去亲人，那时如果有人跟你说这一切都是幻觉，你会有何感受？你会因为别人无法体会你的痛苦而更加生气，不是吗？

失去亲人的人，必须经历一段伤痛期，你永远都应尊重别人的感觉及信念。为此，我们说过，《奇迹课程》的观点还需好长的一段时间才能满足一般社会中人的心理需求。让他们继续去忙婚礼、葬礼，上教堂，打官司吧！这都是社会所热衷的活动。《奇迹课程》与任何仪式无关，它只是一种思维方式。

其次，你若在那种场合宣说一切遭遇都是自己选定的剧本，也会同样地自讨没趣。等到人们开始想追寻真理时自然会学这些课程，不要在他们痛失亲友的时刻急切劝说。

显然，那位炸弹客若学过宽恕，而不是一味地仇视的话，那场悲剧根本就不会发生。若有人告诉你，宽恕在现实人生中并非那么实际，不要相信这种说法，它影响之大，足以左右整个世界。选择真宽恕，且以圣灵为师，这不可能是小我的剧本；若要摆脱小我的剧本，“你”不能不另做选择。

葛瑞：若有人在婚礼或葬礼诵读《奇迹课程》的话，你不至于反对吧！

阿顿：如果他们想要如此，当然随他们去了。

葛瑞：我想，任何类似俄克拉荷马大爆炸的惨剧，就像天文学上的“大爆炸”一样，都象征着小我想要毁灭天堂的那个分裂意向。

阿顿：一点也没错，只是大多数人缺乏这一背景知识，无法做此联想。还有其他问题吗？

葛瑞：有。我在 1978 年参加了一次 EST 的集训，他们用了所谓的 Be-Do-Have 的技巧，教人如何活出而且获得自己想

✰ 若有人告诉你，宽恕在现实人生中并非那么实际，不要相信这种说法，它影响之大，足以左右整个世界。

要之物。后来不少心灵讲师也都沿用这个方法。它的基本观念就是要我们放下“努力”“奋斗”的心态。例如，你若想成为伟大的音乐家，就去“活”成一位伟大的音乐家的样子，去“做”伟大音乐家所做的事情，那么你自然会“有”伟大音乐家该有的东西。EST 创办人 Werner Erhard 是位优秀的教师，纵使有不少人攻击他，他对当时的我有相当大的启发，虽然我的功名之路一直摇摆不定。不知你对这类 Be-Do-Have 的训练有何看法？

阿顿： 我们不会阻止你用这类技巧的，但是我们着眼的是本来具足的富裕，透过跟上主的结合，自然受到启发，活出你本来就“是”、本来就会去“做”，也本来就“拥有”的。我们何不等到下回谈到相关主题时，再正式答复你对成功和富裕的疑问？

顺便在此一提，伟大的音乐家最重要的还是勤奋练习、长时间的练习，我很怀疑你能绕过这个挑战，找到其他的捷径。

葛瑞： 我懂你的意思，只是如果心态上先把自己当成伟大的音乐家，确实会让人练得起劲一点。

阿顿： 这倒是真的，还有问题吗？

葛瑞： 有！阿顿。白莎讲了促成她最后一世悟道的宽恕实例，你还没讲你的故事呢！你若未善尽教导之责，小心上主的义怒临头！

阿顿： 少审判了！我在最后一世学到了这个口头禅。好，让我也说说我的故事吧！不过让我再提醒一次，当你成道以后，你才会真正了解世界只是你的一幕电影而已，让我问你一下（虽然我们以前谈过这事了），当你晚上做梦时，甚至有时还没睡着，只是闭起眼睛就会看到一些影像以及某些声音，对吧！

葛瑞： 对！我睡着后的梦境，就跟现在看到你一样真实。

阿顿： 很好。大部分的人都不会追问，你是用什么官能看到梦中影像的？你的眼睛根本是闭着的，表示你不可能用肉眼去看，这一点非常重要！

葛瑞： 我懂你的意思，我一定是用心去看的。

阿顿： 对。你以前在大白天也曾看到一些影像，让你心惊肉跳，其实，真相是：

大白天你醒着的时候，即使眼睛是张开的，也不真的是用肉眼在看，它跟你在睡梦里的状况其实是一样的，一直是你的心灵在负责“看”。虽然你把看的任务指派给身体官能，其实你的心一直在越俎代庖，帮你听，帮你觉，帮你做，绝无例外的情形。身体本身不过是你所投射的一部分而已。

等你成道以后，才会真正明白，你所看见的电影全是自己的投射，而且不是出自别人的心灵，因为心灵只有一个，这就是为什么我们一再说，判断别人其实是非常愚昧的事情。当然，投射出娑婆世界的层次，跟你目前经验的层次是不同的分裂层次，因此，你若把它当真，它就会显得非常真实。

在身体的存在层次上，它所经历到的，好像都在身外。其实显示在你身外的一切，只是你心灵投射出来的“宏观景象”，而你此时此刻所经验到的，则是一个“微观景象”，也是出自同一个投射。我们说过，唯有你的诠释，也就是你的批判或宽恕才是决定它的真实或不实的因素，这话绝对错不了。

等你真正活出宽恕之后，痛苦或任何不适之感都会相形地缓解，甚至消失。请小心，我并没有说，痛苦或不适的外在原因会消失。在理论上，一位大师仍可能死于癌症，或是像J兄一样被人谋害，但他不会感受到其中的痛苦。身体的痛若不在了，心里的苦自然不会产生。那么痛苦的虚幻起因究竟还在不在那儿，又有什么影响?

葛瑞: 我从未这样想过，世界一向喜欢凭着外在的模样来评判，但大师很可能不受外表发生的事情所苦，甚至根本不把它当一回事。世人会说这人死于癌症，怎么可能是觉悟之人！其实，那很可能是这人最后的宽恕课程，而他已经顺利过关了。

阿顿: 这是你不该凭表相来评论的另一个重要理由。既没有“苦果”，便没有肇因，我是指真实的肇因，虽然外表看起来，是外在环境或人际关系让你吃尽苦头。这些肇因在你练习宽恕之际未必会全然消失，小我的剧本不会马上跟着你的心态而改写，但你仍然有办法结束小我剧本所引发的痛苦，活得平平安安的，一无所惧。这就是圣灵的剧本。

✡小我的剧本不会马上跟着你的心态而改写，但你仍然有办法结束小我剧本所引发的痛苦，活得平平安安的，一无所惧。这就是圣灵的剧本。

请记住，就像你去戏院选一部自己想看的戏，同样地，你也是在选择自己一生的戏码，你甚至可以选择在别人的戏码里轧上一脚。人的一生都是宿命，却是自己预设的宿命。葛瑞，你的人生曲目早已拍板定案了，就像你下午去看的廉价电影，你很清楚，何苦跟它抗争到底？

请留意，我们并非说你不该发展个人的嗜好，若非它们早已写入你的剧本，你也不会有此嗜好的。所以去发挥你的才能吧！只要你喜欢，去买卖股票吧！继续用你的“股票技术分析”，不时地跟着股票的涨跌而兴奋一下。只需记住，当你在忙着交易时，你的肉眼什么也没看见，你只是在观赏一部早已杀青的电影，而你正在戏中活灵活现地演着呢！

同时在此一提，电影的结局是否令你满意，也毫无影响，反正那也不算结局，而是一个新的开始，除非有一天你再也不需要什么开始或结束。那时，只剩下地道的喜悦，天堂的反面假象当下消失了踪影。

再提醒你一些事情，那些对别人可能有益，或能舒解一时压力的法门，不该是你选择的灵修途径，不要为此而浪费时间。也许有些人会告诉你，不论面对什么问题、什么人或什么事情，你只需要说“我就是那个东西”，问题就会消失。其实，你若跟自己投射之物认同，只会把它变得更真实而已，根本化解不了肉眼看不见的内疚的。唯有宽恕，才化解得了它。

还有人会告诉你，观照觉察你的情绪，你就不会受它控制，你对此已有不少经验。观照自己的情绪，确实能够降低它的冲击力，但还是不如宽恕它更为一劳永逸。唯有彻底宽恕你的人际关系，治愈潜意识的内疚，你才可能真正摆脱情绪的控制。

最后，还会有人告诉你，追求身、心、灵的平衡，或调和阴阳，甚至有人免费帮你调理气场。要知道，平衡这些能量的幻相并不等于宽恕它们，你应专注在你这一生该走的灵修之路，他人再混几世之后自然会跟上来的。别忘了，《奇迹课程》至今还算是新思潮，连摇滚乐都比它老二十岁，你很幸运，两样都玩到了。

给这个新的灵修法门一个机会吧！看它能献给你什么宝贝。

起初，没有人知道该如何宽恕，学习确实需要时间。人们毫不察觉他们批判他人时对自己的心灵所造成的伤害，连身为J兄门徒的我们，当初也没看出这事的严重性。当然，我们那时自以为懂得很多了，我们不都是这样吗？J兄在《课程》里引用了一些《新约》的话。

你若读过门徒所传的教诲的话，你会记得我亲口告诉过他们，有许多事情要等到日后他们才会明白，因为他们那时尚未完全准备好来跟随我。[24]

我希望这段话能打破后人把J兄门徒（包括白莎和我在内）视为高灵上师的迷思。所有的门徒后来至少又转世了二十次以上，重修了许多人生课题以后才大彻大悟的。我知道有些人无法接受这类说法。

无可否认的，我们那一世跟J兄学到了很多，我们特别被他对十诫中的第一诫的信念所震撼：“只有一个上主，我们的主，你要全心全灵全意爱你的主，你的上主。”J兄的祈祷也极其朴实：“上主，我要的只是你！”你想，有多少人准备好说出这样的话，而且句句出自肺腑？你真的准备好结束人间的游戏了吗？

在我最后的一世遇到白莎时，已经六十多岁了，对我们两人来讲，都是最后一世。她的丈夫已经去世多年，我的妻子刚过世不久，白莎和我立刻看出我们注定该在一起。不只因我们两人都在练习《奇迹课程》，连对这部书的看法也相当一致，我们都感到跟彼此有很深的宿世因缘。事实上，我们还能帮彼此记起前几世的事情呢！我们最后一世只是同居，并没有结婚，这是我们想要尊重已逝的原配而又能生活在一起的决定。

葛瑞：不守规矩的小子。

阿顿：我们不会跟你讲生活中的私事，就像我们也会尊重你的隐私，有些事情最好私下宽恕一下就行了，不必讲出来。白莎跟我的年龄相近，我们关系的独特之处在于我们虽然相爱甚深，但仍能把对方交托给圣灵。我们彼此没有要求，也不为对方牺牲。世界不只把苦与乐混为一谈，也把牺牲和爱搞混了。牺牲说白了不就是自找苦吃吗？你难道希望自己所爱的人受苦？

人间的特殊之爱常常变质为某种偶像，被人用来弥补内心的匮乏。人们用罗曼蒂克的爱情来填补自以为的空虚，结果徒劳而无功，因为那个洞其实不存在，只是分裂所引发的感觉而已。那种欠缺感，只有救赎及救恩才治愈得了，唯有它能领你回归你与上主一体的圆满境界。

白莎和我相当幸运，在相遇时已经明白了这一道理，我们不要求对方履行爱的特殊责任，我们让彼此活出自己的样子，我们能够一无所求、自由自在地爱着对方，借此活出我们与基督以及上主的一体无间。

白莎比我先悟道，当我们知道此事时，已经同居八年了，我不知如何解释当时的经验，我们就是知道。我也不担心她比我快了一步，因为我知道，我们走在同一条路上，程度也如此相近。随后那十年，日子过得非常美满。

葛瑞：真令人羡慕，但你说要告诉我的“宽恕”功课呢？等一下，让我准备好“无限的耐心”，才好接受“即刻的效果”。

阿顿：很好，故事其实非常单纯。葛瑞，宽恕不必像“火箭科学”那么复杂或轰动。事情是这样的，白莎先我而去，不等我就羽化登仙了。最后几年，我表面上孤独地活了好几年，那对我来讲，该算是最难宽恕的功课了，没想到那也成了我悟道前的最后一关。几年之后，我终于忆起了自己的真实面目，彻底恢复了对上主的记忆。

最后这一课，一次教会了我“身体毫无意义”的道理。白莎离世前几天，身体感到不适，她曾向我解释，身体健不健康，一点都不重要，反正它也不是你；既然不是你，怎么可能重要？健康与疾病只是铜币的两面，没有一面是真的。白莎明白这个道理，她知道自己的身体快死了，并没有受到小我作祟的任何影响，就平安地去了。

她留给我的功课，就是了解她舍弃身体并不表示离我而去，我确实感到她的临在。在最后几年，我好几次感到她就在身边，当我想评论某事时，好似听到她说“别判断啦”，就像生前那样。我终于宽恕了世界（虽然我以为自己老早就宽恕了），不久之后，我也离开了身体，和白莎、基督、上主重归一体。

话说回来，我是经过多年修炼“真宽恕”，才有那一生的结果的。因此，在此谦虚地给你一个忠告，当你面对世间的关系时，不论属于“特殊之爱”或“特殊之恨”，全都一样，切记别再担心对方是否爱你，你只管去爱他们就成了。他们怎样看待你，一点都不重要，你只需活出那爱，就那么简单。结果呢？爱会成为你对自己的感觉。

葛瑞：我不敢说自己是否做得到，我对喜悦似乎怀着某种恐惧，你能否像白莎那样，概要地为我综合一下你的“真宽恕”法门？

阿顿：没问题，但这些在《奇迹课程》里都讲得很清楚了，你甚至能在那短短的导言里找到答案，当然，还得靠你锲而不舍地研读，勤奋的练习，才能深入其中三昧，它对你也才会显得真实不虚。我的法门和白莎十六个月以前给你的“真宽恕思维过程”大同小异。

世界既然是我营造出来的，表示外面并没有其他的人，是我自己捏造出那些人来充当我所有问题的元凶。还记得导言中“凡是不真实的，根本就不存在”那句话吗？我当时真的感到没有什么好怕的，凡不是上主所造之物，都伤不了我。我常能同时一并宽恕弟兄姊妹跟我自己，我确实感到自己的房子已经牢牢建在磐石上了。你也记得“凡是真实的，不受任何威胁”这句话吧！两者前后呼应，最后把我带入上主的平安中。

葛瑞：听起来简单，做起来可难哩！尤其是有人存心找碴的时候。

阿顿：你愈练下去，愈容易看出，那些找碴的都是你修行的“增上缘”。你会成功的，你固执的个性挺有意思的，继续努力吧！

葛瑞：我会努力的。想想，你和白莎在多玛斯与达太的时代就认识了，又一起度过了最后一世的最后一段时光，实在太酷了！

阿顿：葛瑞，还有更有意思的事呢！你以后自己会发现的。

白莎：我们该“上路”了。这几年来，我们选择同一天来访，不是偶然的，今天是多玛斯的庆节（让你猜猜这话是什么意思），我们借机来跟你庆祝一下，并鼓励你善用这套宽恕法门来迎接新的一年。[15]

我们希望你在这个圣诞佳节从心里和世上所有的人结合，不管他们庆祝的是J兄还是麦克比（Judah Maccabee）。

葛瑞：你说谁？

白莎：去查一下百科全书吧，在犹太 Hanukkan 节庆下面会提到这个人，你也可以顺便认识一下 Hanukkan 节。

葛瑞：我最近才听说了 Kwanzaa 节，我看，这一天快变成国际节庆了。

白莎：每个人都会为自己的名目来庆祝岁末的，如果能将平安带入新的一年，倒还忙得值得。基督徒的 Christmas，犹太人的 Hanukkan 节，非裔美国人的 Kwanzaa 节，伊斯兰教徒的 Ramadan 节，以及印度教徒的 Gita Jayanthi 节……，都象征着一种认知：确实有个大于个人范畴的东西存在！

葛瑞：Gita Jayanthi 是庆祝薄伽梵歌（Bhagavad-Gita）？

白莎：是的。

葛瑞：那么 Yule 的 Wiccan 节呢？

阿顿：异教徒的节日不算！我是说着玩的。这儿大对世界各地的人都很重要。你知道西方文明是怎样篡夺异教徒的庆日而把它变成圣诞节的吧！人们的竞争心理实在很有趣。

葛瑞：那么你也承认J兄不是在12月25日诞生在马槽里了？

白莎：闲话少说了，这是平安与更新的日子，《奇迹课程》教你：

唯有你能圣化这个圣诞佳节，因为唯有你能把基督的时辰带到人间。这是一蹴即至的事，你的知见只需要一个转变，因为你只犯了一个错误。[25]

葛瑞，你的心在哪里，你的家就在那里；你的心若在上主那里，你已经回到家了。放掉这个世界吧！我是指从你的心里而非表面上。

---

[15] 我后来才知道12月21日是天主教庆祝圣多玛斯的节日；在叙利亚教会，则在7月3日礼敬圣多玛斯。——作者注

你好似活在其中的世界，并不是你真正的家。你的心冥冥中知道这一事实。[26]

这种心态会让你宽恕得轻松愉快。下回有人找碴时，忆起上主，然后宽恕。因为你一宽恕，一定会忆起上主的。

上主爱他的圣子。现在就求他指引迷津吧！世界便会失去了踪影；慧见一开始现身，真知便尾随而至。[27]

宽恕你的世界吧，以平等心去释放每个幻相，因为它们都是同等的虚幻。J兄这样劝你：

让我们以“同等”的心对待一切，而使这一年有所“不同”。[28]

阿顿：简而言之，就是爱与宽恕，J兄始终如此。圣诞快乐，葛瑞！宽恕你的弟兄姊妹，因为你们根本是同一个生命，只有这样，你才可能回到你本来的圆满。

如今，他已得救了。他一看到那扇为他开启的天堂之门，就会大步跨入，欣然隐没于上主的心中。[29]

10 治疗疾病

疾病乃是心灵为了某种目的而利用身体所做出的决定，这一认知乃是疗愈的基本要素。不论哪一种疗愈都缺不了这一认知。[1]

我逐渐对“灵性治疗”产生了莫大的兴趣，随后那几个月，我开始研究《奇迹课程》对治疗的观点。它从不用“灵性治疗”一词，因为它主张所有的疾病与治疗都属于“心灵”的杰作。但这一名词倒也名实相符，因为它显示出心灵在这种治疗中是和灵性认同的。

我不觉得自己有“灵性治疗”的天赋，也没有多大兴趣去治疗别人的病，但这一话题非常吸引我，等下回我的老师来时，我打算跟他们谈谈这事。

在一个凉风习习的盛夏，阿顿和白莎再次出现于我家客厅，我一看到他们，忍不住快乐地笑出声来。

阿顿：今天让我们来个短短的郊游吧！我们第二次访问时，曾在时间上动了小小手脚，今天让我们玩玩空间的游戏，准备好了吗？

葛瑞：准备什么？

（在那一瞬间，我惊骇地发现自己不在客厅，却身在异地；不再坐在椅子上，而是坐在一栋大楼前面的石阶上。我突然认出这是波特兰，离我家三十英里左右的海岸城市。过去几年，我和凯伦在这城里溜达过几次。阿顿和白莎各自坐

在我的两边。他们站起身来，示意我跟上去）

阿顿：这是你第一次的经验，相当震撼吧！

葛瑞：你没骗我吧！我们真的在这里吗？看起来挺真的呢！

阿顿：《奇迹课程》里有一句话：**“你只是在梦中流浪，其实你安居家中。”**[2] 这话适用于你在人生旅途上的一切经验，它和人间所有的事物一样，都是心灵的投射，同样是一场梦。宛如四处游荡的身体，绝不会比这个小镇真实到哪里去。

（我们漫步了一阵子，白莎等我开始适应了这突兀又神奇的“心灵出游”［mind-transport］的经验以后，才开始说话。）

白莎：其实，我们带你到这儿来，不是要谈什么时空的问题，我们知道你今天想聊什么。此刻，我们所在之地和治疗的话题有一段相当有意思的因缘。

1863 年，在这一条街上，有位终身为疾病所苦的女人被抬上这个阶梯，送到她所下榻的旅馆，她就是后来受人敬重的玛丽·贝克·艾迪（Mary Baker Eddy）。玛丽的脊椎患有痼疾，一生都在病痛之中，她由心灵界的圈子里听说波特兰有一位名叫昆比（Phineas Quimby）的人。这人可说是心灵工作的先驱，聪明绝顶，却不太为人所知，昆比的方法乃是结合了“追问问题”及“催眠术”两种技术，和后来弗洛伊德及他的伙伴布劳尔（Josef Breuer）所使用的“心理释放”的方法大同小异。弗洛伊德后来自立门户，发明了“自由联想”的技术，成了“心理分析学派”的祖师。

昆比改变了玛丽对自己疾病的看法，她慢慢看清了一个事实：所有的疾病都是心病，与身体无关。不幸的是，那时昆比已到了他生命的尾声，不久便离开了人世，玛丽又掉回了旧有的心态与习性。但种子已经种下了，日后她成了“信仰疗法”（Christian Science）的创立者。

玛丽同时明白了，疾病与神也扯不上关系，她最爱引用的一句圣经，即“同一水泉不可能同时涌出甘甜和苦涩的水来”，换句话说，只有美好之物才可能来自上主，其余的都是我们自己营造出来的。不过，“这类营造不是出自世界的层次”的说法，与当时人所相信的那一套恰恰相反。

> ✡疾病不是你在这一层次形成的，正如婴儿也不是在这一层次选择残疾的。疾病是你的心灵在更广大的层次所做的决定。

让我们再针对“你的一生出自你自己的决定”这个观念补充几句话。疾病跟你个人无关，它不是冲着你而来的。你大概很难接受这种说法，疾病不是你在这一层次形成的，为此，人们不该为自己的疾病而难过，你不是在这一生命层次选择癌症的，正如婴儿也不是在这一层次选择残疾的。疾病是你的心灵在更广大的层次所做的决定，只是以“注定”的形式呈现于这一生而已。你有能力找回这种选择的力量，它足以左右你的感受，有时真能减轻一些痛苦，甚至超越了痛苦。

我说“有时”，因为除非你是大修行者，否则成效难免不彰；即使你克服了病症，也不证明你就是大师了。何况，改变你的心态以及你对疾病的感受才是关键所在。为了好玩，我们也会稍微提一下你对别人可能产生的影响。让我们先回到你的住处再说。

（刹那间，我们已经置身家中了。我感到有些晕头转向的）

白莎：你还好吧！

葛瑞：哎！真不可思议！这可是我这一生最奇妙的经验了，来来去去，竟然是一瞬间的事。

白莎：你以后多的是时间去回味它。要知道，你眼前每一个时空地点都是那超越时空的心灵所投射出来的。与那心灵连线，其实并不是那么困难，治本之道，就是解除那些禁锢意识的重重障碍。任何治疗，不论哪一种，都只是为了帮你解除那些障碍。今天我们就要谈一谈疾病和治愈的问题。

阿顿：记住，我们此刻谈的乃是不同存在层次的事情。但这并不表示，你不必为自己的遭遇负责，也不否定你曾在另一层次做了这项选择，我们只是说，你必须从你目前认为自己所在之处找回你的力量所在。即使你在治疗别人的疾病，也是同样的道理，你所连结的绝不是别人的身体，你也不会祈求圣灵去治愈那个身体，不论身体是健康或生病，都是浮生一梦。《奇迹课程》要你不论从哪个方向下手，都应该去连结那个做梦的人。

✡『灵性治疗』第一条最重要的原则是：『这事跟病患无关。』

重新选择你希望他成为什么样的人吧，请记住，你所做的每个选择同时决定了自己的身份，从此你不只会如此看待自己，而且深信不疑自己确实是这样的人。[3]

说到“灵性治疗”，我们在此要给你第一条最重要的原则是：“这事跟病患无关。”不论哪一种治疗，都与宽恕脱不了关系，而任何宽恕都会带来自我治愈的结果。

葛瑞：你是说，不论治疗什么样的病人，其实都是在宽恕自己的梦境，宽恕我所梦出的那个疾病？

阿顿：没错！《奇迹课程》对心理治疗的观点，全都总结在《心理治疗》那一篇文章里面了：

建立这种关系是需要一段过程的，治疗师需在他的心中告诉病患，他的一切罪过已同自己的罪过一并宽恕了。这么说来，疗愈与宽恕究竟有何不同？[4]

葛瑞：照你这么说，那么，在《马可福音》里，当J兄对一个瘫子说：“你的罪已经宽恕了你。”那人便站起来行走了，J兄是在示范给人看，治愈和宽恕是同一回事。没想到群众却惊惶失措，因为在他们心目中，只有神才有资格宽恕别人的罪过。如今看来，他们都弄错了！

阿顿：确实如此。

葛瑞：那么我应把别人的疾病视为自己有待援助的机会？

阿顿：是的，当你宽恕那个人时，等于给自己的心灵一个治愈的机会。

葛瑞：把别人的病苦当成自己回家的途径，好像太自私了一点，不是吗？

阿顿：看起来有一点自私，实际上，那是最无私的表现。

葛瑞：这话怎么说？

阿顿：“宽恕”，推到究竟，等于说：你以及那个看起来有病的人，并非真的活在上主之外；因此，你们两人其实是自由的。不仅如此，这还是你重获自由的“唯一”途径！解脱病苦本身并没有错，但你必须同时在你们两人身上认出清白无罪的生命本质，才可能解脱。

葛瑞：也许可以这样说，像 Joel Goldsmith 这类伟大的灵性治疗者，必已明白这番道理，知道人们多少都认定自己罪孽深重或毫无价值，因此，也只有宽恕才能治愈他们。

阿顿：是的，所有灵性治疗者对于“宽恕”的诠释不尽相同，但都离不开那源自无条件的爱以及宽恕的神圣本质。在治疗过程中，病患潜意识里的某种记忆突被勾起，刹那间意识到自己原无罪孽，而且早被宽恕了。当然，治愈者的心灵也同时被治愈了，因为根本只有一个心灵，并没有什么病人，他并非真的存在。还记得吗？你的人生不是别人做出来的梦！

葛瑞：记得。

阿顿：顺便告诉你，J 兄当年确实治愈了《马可福音》中的那个人，他在“你的罪已被宽恕”这句话之后，紧接着还说：“但要叫你知道，人子在地上有赦罪的权柄。”他不是说只有他有这个权柄，而是指你也有这个权柄。你在这一存在层次不也活出“人子”的形象了吗？你真的就是基督。

当然，自始至终，根本没有“罪”这一回事，J 兄也不曾把罪当真而予以宽恕。在他心目中，梦里所有的人都同等的纯洁无罪，因为那只是一场梦而已。

葛瑞：为什么他不干脆说根本没有“罪”这一回事，罪不是真的。

白莎：你不妨设身处地想一想，那个时代的人一天能承受得了多少这类“亵渎”的言论？J 兄只能慢慢地开导，用他们所能承受的方式去循循善诱。他私下倒是跟我说过，这些人间游戏只是个梦而已，我当时只能瞠目以对。

我跟你说过，在那个时代，如果公开说出某些话，立刻会让你小命不保。J

兄已经算是处处语多保留了，结果还是被当代人控为亵渎。

阿顿：我们初次来访时曾说过，在你的时代追随 J 兄，远比他的时代容易多了，这不是随口说说而已。你真的不知道自己多么幸运，你对他的那一套思维体系（也就是圣灵的思维体系）所懂的深度远远超过我们当年的了解。你该满心感恩才对。

葛瑞：我是真的很感恩，只不过有时会忘了。

阿顿：我们并不打算在“灵性治疗”这一主题大肆发挥，若要全面深入的话，大概可以写一本书了。我们只想在这里提出一些基本观念，其余的，你自己去慢慢类推吧！

说来说去，最后还是离不开“宽恕”以及“实践的意愿”这两个因素。你有多大的意愿接受“这一切都是自己做出的梦”？你又有多大的意愿放掉自己的梦而选择上主？你可知道，J 兄在《课程》里耍了你一回？他老是说“只需要一个小小的愿心”，但这话可不是说给资深学员听的，他在《教师指南》中对上主之师却说，这需要“充分（abundant）的愿心”。[5]

葛瑞：又是请君入瓮的老把戏！

阿顿：为了让你这类懒学生就范，只好如此啦！我是说着玩的。

葛瑞：你尽量说吧！阿顿，别忘了，我在书里提到你时，可不会手下留情的。

阿顿：我惭愧无言，谨在此俯首受教。

葛瑞：这才像话！

白莎：当我们谈到“灵性治疗”时，不论是治疗病人或治疗自己，必须先厘清几个观念。首先，我们说过，灵性治疗“跟病患无关”；现在，第二个重要的原则是：“病痛不是一种生理现象，而是心理状态。”

✡『灵性治疗』第二个重要的原则是：『病痛不是一种生理现象，而是心理状态。』

我们先前提过 Georg Groddeck 这个人（请留意，Georg 没有 e），Groddeck 博士相当清楚上述道理。当时，他常常追问自己的患者，是否能在自己的疾病上看出某些目的。他为什么会向那些已受疾病所苦的人提出这类刺心的问题？理由很简单，这一追问立刻把病人的心态由疾病之果转到疾病之因上了。他知道有一个“它”（It）造出了一具身体（所谓的“它”，有些类似《奇迹课程》所说的“小我”），用它来达到自己的目的。他追问的目的，是要病患抛弃自己是受害者的观念，而正视自己愿意生病的决定（虽然他未能向病患解释，那决定是在更高的存在层次做出的）。

有些病患真正接受了这个看法，承认身体的病痛出自自己内心的选择，而不是肉体造成的，结果不药而愈。然而，物质世界的原则没有一个是放诸四海皆准的，否则宇宙的不可测性便无法立足了。小我是非常复杂而且极其个人化的，我敢跟你保证，这正是娑婆世界“求仁得仁”的结果。不论如何，Groddeck 倡立的“治疗原则”虽然十分有限（要等到《奇迹课程》的出现才把前因后果交代清楚），立论却相当正确：治愈有待知见或观念的改变。《奇迹课程》为你做了一番自问自答：

若要完成知见上的这一转变，需要具备什么条件？它唯一的条件就是体认出疾病乃是出自心灵，与身体毫无瓜葛。这种认知需要付出什么“代价”？它的代价即是你所见到的整个世界，因为世界从此再也无法佯装为操控心灵的力量了。[6]

葛瑞：我们说过，清白无罪的心灵是不可能受苦的。但你现在好像是说，内疚尚未清除的人仍然有能力扭转病情，甚至恢复健康？

白莎：是的。彻底清白无罪的人绝不可能为病所苦的，但他也可能为了教学的目的而选择某种疾病。尚未修到炉火纯青的人，在成道的过程中仍有可能发挥心灵力量，减轻病痛，甚至做出无数令人赞叹的事情。J 兄在《教师指南》中谈到灵性治疗的对象或是一般病患时，这样说：

谁是医生？就是病患自己的心灵。他决定要什么，就会获得什么结果。表面上他好似得到某人的某种协助，其实那些助缘只是如实地反映出他所做的抉择而已。他选择的那些助缘也不过具体表达出本人的愿望罢了。[7]

不论是病患或是治疗师，一旦接受了圣灵的宽恕，便会产生下列的心态：

世界从未对他做出任何事情。他却认定自己的一举一动都受制于世界。他对世界其实也没有做出什么大事，因为他把世界究竟是怎么一回事都搞错了。认清这一点便足以把人由罪咎与疾病中一并解脱出来，因两者原是同一回事。[8]

葛瑞：这是宽恕的更高境界，但仍不脱宽恕的范畴。

白莎：正是，你这学生真棒！就凭着你知见中的宽恕取向，你已经释放了自己，不只是你自己，连你的弟兄姊妹都跟着自由了。因为：

你眼中所见的疾病、痛苦、无能、苦难、失落、死亡等等，都在诱惑你把自己看成自身难保的地狱之子。[9]

J兄继续说道，凡是拒绝采信眼前历历在目的形象而选择圣灵的宽恕及治愈的人，他们所获得的报偿是难以衡量的。

奇迹已经来临，疗愈了上主之子，结束他那欲振乏力的噩梦，为他开启了得救及解脱的坦途。[10]

究竟谁得到治愈？是病患还是治疗师？被宽恕者还是宽恕者？答案是“两者”，因他们根本就是同一个。你是可能培养出宽恕的习性的。

从此，奇迹成了你的天性，正如在你选择神圣生命以前，恐惧及痛苦成了你的天性那样。所有的分别妄见都会在你这选择中销声匿迹；你终于放下了各种虚幻的选项，再也没有一物阻挠得了真相的来临。[11]

葛瑞：换句话说，你若成了J兄这类大师，本身已无须治愈，但你仍能治愈别人，提醒那些人的心灵：他们其实都是基督，都一样全然纯洁无罪。而且所有上主之师在履行这一任务之际，都已同时接受了圣灵的治疗。你迟早会变得像J兄一样，而且你会成为真理之光，不论以哪一种形式呈现，你都在为其他仍活在潜意识中的心灵做真理的见证。

白莎：说得一点都不错，怀有“正念”的治疗师是这样看待他的病患：

上主的教师就是为这一类人而来的，他们代表了这些人早已遗忘的另一种可能性。上主之师的临在本身只是一种提示而已。[12]

阿顿：别忘了，你说什么话并不重要，重要的是你的心态。当我面对病患时，心中常这样想："你是基督，纯洁且全然无罪，我们如今都被宽恕了。"你自己可以想出最贴合于当时心境的词句，只要记得先探问一下圣灵就行了。

请记住，任何一种疾病不过是死亡的彩排而已。《教师指南》这样描述上主的治疗师：

他们这样温柔地呼唤弟兄远离死亡之途："上主之子，请看永恒生命赐给你的礼物吧！你何苦选择疾病，而不惜放弃这一恩赐？"[13]

葛瑞：这段话让人感到好像需要一个外来的助缘。又让我想起《奇迹课程》所谓的"怪力乱神"（magic）的疗法，不用"正念"治疗，却用幻相（包括疾病在内）来搪塞问题。其实这也没有什么大错，有时，它确实能让病人消除恐惧而接受治疗。

阿顿：这一点非常重要，葛瑞。要你怀着"正念"，并非要你抛弃所有药物，或者拒绝看医生或治疗师。这是"信仰疗法"所犯的通病，他们把原本属于心理上的"念力修持"僵化为一套"行为规范"了。如果服用某些药物能让你舒服一点，那是因为你的潜意识觉得可以接受，它能帮你不再那么害怕那一种治疗方式。

所有表面上看起来有效的治疗都是同样的道理；虽然除了救恩以外，任何治疗都只有一时的效用。然而，对于绝大多数的人，包括你在内，可能更适合双管齐下的方式，在"正念疗法"之外，配合一些"怪力乱神的疗法"，不论它用的是传统药物或是另类疗法；如此，心灵才可能接受康复，而不至于害怕它会引发另一种意想不到的治愈。当那一种治愈出现时，藏在病患潜意识下面的那一套人生信念便受到了挑战。有些人还知道如何去应付，更多人则根本没有准备好去面对挑战，这往往会勾起小我的极大恐惧。

你不用欣羡别人懂得各种治疗偏方，但也别轻视那些爱用偏方的人。大多数的心灵还需要这些偏方才敢面对治愈的问题，你只要记得同时也用"正念疗法"就行了。因为完美的结果有待不断的练习。你还在修炼的过程中，应时时记得，世上这类怪力乱神的手法并非邪恶，否则你反会把它弄假成真了。《奇迹课程》

这样告诉你：

只要识破这些怪力乱神的虚无，上主之师就已达到修行的最高层次了。[14]

葛瑞：资深的上主之师虽然无须去批判那些虚幻的偏方，但心里应该非常清楚《学员练习手册》的这一句话：

只有救恩堪称治疗。[15]

阿顿：正是！那是《学员练习手册》中相当重要的一课，在那一课里，它还说了：

救赎的目的不在治愈病人，因那称不上是一种治愈。救赎能除去导致疾病的内疚。那才算是真正的治愈。[16]

上面两段加上下面两段，可说是J兄的“治愈观”的四大基石：

心灵一经疗愈，便恢复了清明的神智，而有治愈身体的能力。疾病对神志清明的心灵是不可思议的事，因为它从来没有攻击任何一人或一物的念头。[17]

他紧接着又说：

小我相信它若先下手惩罚自己，上主很可能会放它一马。连这种想法都透露了小我的傲慢。它先把惩罚的意图投射到上主身上，然后把这意图视为自己的特权或招牌。[18]

葛瑞：说得不能再清楚了！我还应随时记住，不要去和别人的身体结合，因为我连自己的身体都不该认同；我应透过圣灵和人们结合，进入同一个“心”内。

阿顿：说得极好。《课程》中还有一段话也道出了治愈的原则：

你们的心灵不是分裂的，上主只有一个疗愈的管道，因为他只有一个圣子。上主与他儿女仅余的这一条“交流连机”，不只促进了他们的结合，还会进一步与上主合一。[19]

那个交流的连机是什么？

葛瑞：圣灵！还好我知道答案，否则又要被“挂科退学”了！

阿顿：你该庆幸，你不可能挂掉这一《奇迹课程》这一科的，最坏的下场也不过是继续在这儿混下去而已，至少表面上是如此。

葛瑞：对某些人来讲，这也不是一件坏事。

阿顿：我们已经谈论过这个问题了。总有一天他们会想要“出离”的（我是指正面的含意）。

白莎：老弟，上述的治愈观都是直接引自《课程》的。真理就是真理，但你治愈的形式或风格却是你自己打造出来的。千万别忘了，所有的治愈都属于灵性的，而不是形体上的。

《奇迹课程》一向只在“心”上下功夫，修行的道具也离不开圣灵启发的某种宽恕方式。你所能做的，就是用“正念”去面对病患或自己（如果你自己也在受某种苦的话），那些病征有时会消失。逐渐地，你解除痛苦的本事也会愈来愈纯熟。

✡『灵性治疗』第三个原则：『说到究竟，娑婆世界本身只是个迟早要消逝的一个病征而已。』

现在我要给你“灵性治疗”第三个极其重要的原则了，听起来令人难以置信，却绝非虚言：“说到究竟，娑婆世界本身只是个迟早要消逝的一个病征而已。”

葛瑞：你们愈讲愈离谱了。我曾参加过算是开放的“联合教会”（Unity Church），但比起你们的论调，他们还算是保守的了。

白莎：联合教的创始人查尔斯和墨特尔夫妇（Charles，Myrtle Fillmore），确实是相当了不起的人，他们受了玛丽·贝克·艾迪不少的影响。他们对J兄的爱慕以及致力于一个更宽容、更有爱心的教会的热忱是不可抹煞的。只是他们把身体的每个细胞都看得太认真了，虽然联合教派对《奇迹课程》一向非常友善，他们很多的信徒也都兼修两门，但我们实在不该把它们混为一谈。

葛瑞：你知道，人们一直喜欢着眼于善和恶之间的交战，而把它搞得像真的一样。

白莎：没错。历史上也有不少人深入过《奇迹课程》的“正念”和“妄念”这类观念，例如荣格（Carl Jung），他把这一存在层次显现的“妄念”之境称为

“你的阴影”；林肯总统则把“正念”称为“我们本性中的好天使”。只有《课程》真正把这两个观念阐释得圆融而透彻。

葛瑞：这些观念至少解释出为什么人们常做些伤害自己的事情。

白莎：正是！人们老爱去做对自己有害的事情，不论在大事上或小事上，明知却故犯。就像你一样，为什么你在看电影时老爱吃那些巧克力？你明知它会让你长青春痘。

葛瑞：大丈夫敢作敢当嘛！

白莎：你还真男人腔（butch）呢！

葛瑞：哈，连你也知道同性恋的术语。

白莎：你不会排斥同性恋吧！

葛瑞：怎么会？我那一群亲戚不是男同性恋就是女同性恋。别听我胡扯了，只有少数几个而已。

阿顿：我无意打断斗嘴游戏，但说真的，你何不试试，吃巧克力的时候放下你的罪恶感，可能就不会长痘痘了。我们该走了，最后还有什么疑问吗，好学生？

葛瑞：当然有。不论我在夏威夷或在这儿，都能从心里治愈别人，对吗？

白莎：没错。根据我们上回向“圣谕”打听的结果，确实还有人住在夏威夷，佛教徒多于基督徒，当然还有 Huna 族。

葛瑞：难怪岛上的人比美国大陆的人好多了。我们这回所谈的“治愈”问题，一言以蔽之，就是一切都是心灵造成的，不只是疾病，连治愈的奇迹都是。

阿顿：是的。所有的一切，不论外表上是好是坏，从治愈的奇迹到艾滋病，到厌食症，到身体自燃现象，到圣五伤[16]都是心灵的杰作；每一种你们已知的以及尚未爆发的疾病，也都是心灵的杰作。细菌是什么？不正是一种投射吗？躁郁症是什么？两种极端的情绪除了证明分裂的真实性以外，还会是什么？

---

[16] 有一些天主教圣人身上会呈现耶稣被钉死的五个钉痕。——译者注

葛瑞：即使是艾滋病，也不过是同一个老套心态所玩的新花样而已。

阿顿：反正若不是艾滋病，也是会发生其他病变的。14 世纪时，黑死病导致四千万人丧命，若用人口比例来计算，艾滋病只是小巫见大巫。再发展下去，死于艾滋病的人数会超过四千万。

所有的疾病既然都是心灵造出来的，就算你能消灭一种病变，心灵一定还会造出其他病变的。这有时竟会给人一种进步和希望的假象，掩饰了今人其实跟前人一样在承受恐怖的死亡这一事实。

葛瑞：某研究报告说，如果有人为生病或动手术的病人祈祷，患者的病况会好转，你又怎么说呢？

阿顿：因为心灵本来就是一体相通的。祈祷确实会有一时之效，但那还称不上治愈；只有真正的宽恕能把潜意识的内疚由心中除去。你只要深思一下，便不难看出，《奇迹课程》的治疗观，不过是把"真宽恕"的道理套用在疾病上面而已。

葛瑞：有一天晚上，我做了一个十分清晰的梦，我注意到自己在梦中一点恐惧都没有。醒来之后，好希望自己能够一直活在那种无惧的心境中。我记得早年的恐怖电影常打出这样的广告："你不得不一直提醒自己：这只是电影，这只是电影。"有时，我会在大白天不断地告诉自己："这只是一场梦，这只是一场梦。"

阿顿：这真的只是一场梦！有时，你会奇怪，何以自己不能整天整夜都活在无惧之中。我可以跟你保证，你迟早会修到始终活在那种心境的。其实，你已经比从前更常活出那种心境了，只不过你老是把活得平安视为理所当然，而把注意力全放在不平安的时刻上。

毕竟说来，你真是有福之人，能够继续做你的宽恕功课，当你的心灵完全被圣灵治愈时，恐惧便会彻底由你的生活中消失的。

葛瑞：我以前试过治疗别人，结果别人并没有痊愈，是不是我太没用了？

阿顿：你真是没用（我是说着玩的，别当真）！事实上，你无法根据结果来评估，因为你无法看见心灵层次的事情，你所能仰赖的，就只有这具虚幻不实的身体。《奇迹课程》所说的治愈，是指心灵层面的变化，有时，外形上会有所改变，有时，治愈的结果只发生在肉眼所不及的层次。

如果有位奇迹学员只有一只脚，难道你会因为他长不出另一只脚就认定这人没有学会《奇迹课程》？别忘了，治疗的对象是心灵；让我再叮咛一下，不要从你可能看到、也可能看不到的形体层面去评断结果。

葛瑞：那我还是有希望成为治疗师啰！

阿顿：葛瑞，你已经是个治疗师了，每一个练习“真宽恕”的人都是治疗师。《课程》说过：

上主的教师们没有评估自己的礼物会产生什么效益的任务。他们的任务只是给出礼物，仅此而已。[20]

再说，究竟是谁被治愈了？答案是“同一个”的双方，因为推到究竟，就只有一个。

✡每一个练习『真宽恕』的人都是治疗师。

白莎：我们该告辞了，老弟！说真的，我们为你感到骄傲，继续发出你的宽恕之念吧！

葛瑞：嘿，想起你把我变到波特兰的那个经验，能不能在你们离开以前，再把我变到茂伊岛（Maui）去逛一逛？

白莎：放心，葛瑞，你有的是机会去游夏威夷的，这都已经写在你的剧本里了。事实上，它也已经开始运作了，只是你此刻还无法看到而已。

几年之后，凯伦跟我真的不知为何阴错阳差地去了夏威夷。在当地美丽的小径闲逛时，我们还有一句没一句地谈论着迁居夏威夷的可能性。

11　时间概说

时间在你心中其实仅仅存在了一个刹那，它对永恒毫无影响。过去所有的时间也起不了任何作用，一切依旧是这不知所终的旅程出现以前的本然状态。在造出第一个错误以及由此孳生一切错误的那个刹那里，就已含有第一个错误及其后一切错误所需的“修正”。因此,在那一刹那，时间其实已过去了，因为它只有那一点儿能耐。[1]

从我有记忆开始，“时间”一直是个引我遐思的问题。

1997 年 4 月，阿顿与白莎第十一次来访，距我上回看到他们，间隔了整整八个月。而我已经准备好问题了。

阿顿：嗨，超时空的小子，近来可好？

葛瑞：我不知道，让我检查看看……嗯，还不错的样子！嘿！真高兴看到你们！

白莎：我们也是。既然你已经准备好问题了,让我们废话少说,进入正题吧！

葛瑞：好啊！首先，我真的很感激两位的来访，我从二十岁起就在寻找生命的答案，我读过黑塞（Hermann Hesse）根据佛陀的一生而写的书。

阿顿：*Siddhartha*。[17]

---

[17]　大陆版译为《悉达多》，台湾版译为《流浪者之歌》。——译者注

葛瑞：那本书写得真好。但我从未想到世上竟会出现远比那更博大精深的《奇迹课程》。说真的，我真的好爱你们两位老兄，感谢之至。

白莎：那表示你挺满意的。

葛瑞：何止满意！我简直感激涕零，无以为报呢！

阿顿：我们也很感激你，老弟。感恩是一件好事，但从现在起，你的感恩之心应直接献给上主才对，是他把你的救恩变得"命中注定"的，让你永远也无法把天堂的记忆由你心中磨灭。

葛瑞：好吧！言归正传。有一回，若非这部课程，我大概已经跟别人吵起来了。那一次，我在加油站，加满了油正要离开，有部车子横挡在我面前，当时我正赶着去某个地方，因此，很客气地请他让路。没想到他竟然用一种鄙夷的眼光看了我一眼，说："算你倒霉！"我简直不敢相信！那一刹那，某一部分的我真想给他一巴掌。

白莎：奇怪，人间的是非怎么老和车子离不开关系！说正经的，你看得出来那人极端的无知吧。

葛瑞：岂止无知！在电影院里高谈阔论才是无知，这家伙可称得上天字第一号的恶霸，我想，连特蕾莎嬷嬷大概都会忍不住给他一巴掌的。

阿顿：我们看见你的反应。你气了几秒钟以后，转身回到车上，自言自语：**我仍是上主创造的我。上主之子不可能受苦。而我就是这位圣子。**[2]

葛瑞：没错，我那时在想，我若是上主所创造的我，就不可能是这一具身体，那家伙也不是。我要让自己真正的力量出来，不受这个可怜虫的影响。他内心其实很恐惧，才会装出一副耀武扬威的模样。

我想起了你告诉我的那些宽恕实例，我明白，即使在这有形世界里，宽恕对我也是百益而无一害的。因为当时我如果气昏了头，忍不住动手的话，我大概已经被那家伙宰掉了。

阿顿：没错。不论从哪一个角度去看，你都是赢家。你们人类高估了暴力解决问题的能力，只要看一看国际局势就好了，如果“以牙还牙”真的有用的话，那么发动战争的国家应该更加固若金汤了，不是吗？结果呢？

葛瑞：才不是呢！只会恶性循环下去。

阿顿：你当时不仅没有制造恶性循环，还防止了恶性循环。如果你够聪明的话，宽恕将是你下半辈子安心立命的不二法门。我想你够聪明了。

葛瑞：多谢夸奖。我现在可以提出准备好的一堆问题了。第一个问题，我想，我大概知道答案。在直线性的时间观下，我会认为你们这类觉者，一定在“过去”完成了救恩，“现在”才可能以觉者的身份显现在我面前，对吗？

阿顿：当你说“从直线性的时间观”时，就已经解答了自己的问题了。我们是在你的未来悟道的，你也会如此。然而，其实只有一种时间，若用幻相世界的表达法，可以这样说：曾经有过这么一段时间，你利用这段时间，就像你利用空间的幻相一样，把它一分再分，分割成无穷尽的部分，让它们看起来截然不同，这跟你造出无数截然不同的人是同样的一回事。必须有个“时间”与“空间”，这些人才有地方运作，同时还能帮他们遮掩了自己根本活在梦中这一事实。因为：

终极说来，空间与时间一样虚妄。它们只存于你的信念之中。[3]

葛瑞：你以前曾经说过，我原是非空间性的存在，正经历一个空间世界；其实也可以说，我是个非时间性的存在，正经历一个时间世界。

阿顿：是的。这就是为什么我们先前一直强调：心灵是存在于时空之外的。等你觉醒以后，自会明白，所有的时间空间以及在时空中仿佛发生的一切都只是一场梦。你的心灵不过打了一个小盹而已[4]。《奇迹课程》这样形容你的心灵：

它只是梦见了时间；在那好似出现、其实从未发生的一段时间里，不论发生何种变化，皆无实质或实效可言，最后都是白忙一场。当心灵苏醒过来以后，它只是继续本来的存在状态而已。[5]

葛瑞：我以前经历的那个启示，大概只能算是一个电影预告，将来永远都是那样吗？

阿顿：永远都是。

葛瑞：我不知道自己是否承受得了那么大的喜悦。

阿顿：给它一个机会吧！你会爱上它的，它从不遗弃任何人，包括你所认识的每一个人，你的父母、朋友、亲戚、爱人……每一个人，无一例外。因为他们跟你根本就是一个，那种重归完整的感觉是超越一切之上的。

葛瑞：我要这个喜悦！

好吧！让我们继续讲下去，免得我又忘了原先想问的问题。《奇迹课程》说了，"一切"都是分裂的象征，而你又说连时间也不外乎是分裂的象征。我想，我们每一个如梦似幻的一生，只是为了延续这个分裂状态，事实上，这一切是同时发生的，对吗？

阿顿：正是。不妨深思一下下面这段话：

每一天，每一分钟，每一瞬间，你不断重温那恐怖的时间幻相取代爱的那一刹那。你每天都得这样死去一回，然后又活过来，直到你穿越过去与现在的间隙为止；那其实称不上什么间隙。每个生命都是如此，从生到死、死又复生的那段时空幻相，其实都在重演那早已过去而且无法重生的一刻。所有的时间不过是在为你演出这个疯狂的信念：就这样，过去的一切依旧存于此时此地。

宽恕过去，让它过去吧！因它已经过去了。[6]

葛瑞：所以，每一天都像人的每一生，不论你看起来是沉睡的或是死了，次日又重新开始另一天或另一生。你在每一生中活出的身份，又可分为许多不同的阶段，那跟不同的人生其实也没什么差别。何况，你的身体从小到大发生这么大的变化，简直像是一生内拥有好几个不同的身体。

这一切真的全发生在心灵内，说得更明确一点，全是心灵的投射。上面那段引言为我们指出，这一切只是反复活出我们自以为跟上主分裂了的那"最初"一刻而已。而且，在每一刻中，我们都有能力改变自己对生命真相的看法。

阿顿：美国印第安人常爱说："看哪，这伟大的奥秘！"《正文》中也有这么一段：

这一投射的杰作实在令人叹为观止；只是，当你面对它时，应怀有疗愈的决心，不必心怀畏惧。你打造的世界并没有控制你的能力，除非你想继续与造物主分裂下去，存心与他的旨意对抗到底。[7]

在这之前，它曾说过：

因时间既是你发明的，你就有调度的权利。你不必做时间的奴隶，也无须受制于你自己打造的世界。[8]

J兄继续提醒你：你不可能同时拥有时间与永恒，你必须选择其一：

✵你不可能同时拥有时间与永恒，你必须选择其一。

你无法窃取天堂的一部分，把它编入你的幻梦里。你也无法把任何幻梦偷渡到天堂。[9]

葛瑞：时间和空间这伟大的投射，其实和电影没两样，而且还挺紧张刺激的。

阿顿：你若真正了解这一真相，紧接着面临的问题是：你究竟要跟“谁”去看这场电影？你可以跟小我结伴去看，听它那一套人生观；你也可以跟圣灵结伴观赏，听它的那一套人生观。

葛瑞：你是说“他”的人生观？

阿顿：正确地讲，应是“它”的。不要忘了，J兄是以艺术家的心态修正他那所谓的福音，为此，他才会在《课程》里沿用古经的词汇。

葛瑞：西方宗教真的都把古经里有关“轮回”的说法全都剔除了？

阿顿：是的。这是公元4世纪的教团普遍犯下的错误。我想，我们最好还是把讨论的焦点放在多玛斯与我所活的那一世纪。

白莎：好！我们讲到跟J兄或圣灵一起看电影，接受“正念”的诠释方式。这话带出另一个重要的观点：即使你经验到自己正在“这里”看电影，其实，你并不是在这里，你是在更高的存在层次看电影。你还经验到，你不只在“这里”，你还在一具身体里面看这场电影。更何况，你所看到的，都是早已发生的事情，就像从“电视回放”的画面去看你所压抑或遗忘的故事。

你不妨深思一下下面几段常令读者瞠目结舌的章句。这几段话连在一起，可以说综合了《奇迹课程》的“虚幻时间观”：

“天父与圣子是一个生命”这个启示迟早会进入每个人的心中。然而，那个时刻是由心灵自己决定的，不是靠别人教它的。

时辰已经注定了。这话听起来相当突兀。然而，每个人在人生道路上踏出的每一步，没有一步是偶然的。即使他还未正式上路，其实那条路他早已走过了。只因时间看起来好似单向进行的。其实，我们所踏上的是一条早已结束的旅程。只是看起来好似还有一个不可知的未来而已。

时间只是一种把戏，一种巧妙的手法，一个场面盛大的幻相，台上人物来来去去，好像魔术表演一样。然而，在这人生假相之下，藏有一个永恒不变的计划。剧本已经写定了。某个经验何时会来终结你所有的怀疑，早已注定。我们只是在旅途的终点回首整个旅程，假想自己再走一趟，在脑海里重温一遍陈年往事而已。[10]

葛瑞：*当他说“我们所迈上的旅程”，是否指他会跟我们一起看这部人生电影；只要我们开口，他就会助以一臂之力？*

白莎：一点都没错，J兄随后又把一体的观念跟我们前面提过的那句道尽绝对真理的“永恒如是”连在一起，将时间的主题串联起来：

它会将心灵带入无边无际的当下，再也没有过去与未来的概念。[11]

又说：

世界，从来不曾真正存在过。永恒，方是千秋不易之境。[12]

还说了：

这不是我们所能催生出来的经验。只有透过教与学而得的宽恕经验，才能见证这一时辰的来临，心灵已经决心为此而放下一切了。[13]

它继续解说下去，还把它与圣灵的角色连接起来：

一切学习早已存于天心之中，且早已圆满完成了。他很清楚时间的意义，并教给所有的心灵，使每个心灵都能由时间的终点，自行决定什么时候才愿把时间释回启示与永恒之中。我们已经说过好多次了，你在此只是重走一遭早已

完成的旅程罢了。

一体性必然也存在于此。不论心灵决定什么时候接受启示，丝毫影响不到那永恒不变的境界，过去一向如此，未来也如现在一样永远如此。[14]

葛瑞：如果说，一切都已发生了，我只是在观赏一个由我潜意识投射出来的梦幻电影，再加上我那活得像真的一般的种种作为，说穿了，就跟一个被操纵的机器人没有两样……。这么说来，我大可高枕无忧了，想做什么就做什么，反正救恩迟早会来的，不是吗？

白莎：不对！你还有工作要做。因为J兄下面还有一段话：

你的本分就是尽好自己那一份任务，这就够了。在你完成自己的任务之前，你是不可能看清最后结局的。这也无伤大雅。你的任务仍是所有人的希望所系。尤其是那些心跳频率与上主不一致，始终犹豫不决的心灵，只要你扮演好指派给你的角色，救恩就会离它们更近一点了。[15]

葛瑞：其余的都靠我了？这句话听了让人不太舒服。

白莎：还记得我说的那句话吗？你的人生可不是别人做出来的梦！再说，没有你，世界能得救吗？答案是"不能"。你知道自己的本分，你在那个加油站时就已经意识到了。

葛瑞：宽恕！我其实是在宽恕自己，虽然看起来可能不是那么一回事。

白莎：当然，《奇迹课程》一再不厌其烦地从不同的角度告诉你，而且永远是那么斩钉截铁：

宽恕是贯穿救恩的中心思想，它串联起救恩每一部分的意义，宽恕为救恩指出了途径，它的结局万无一失。[16]

葛瑞：我懂了，这个要命的J！说着玩的，别当真。我说过我会去做的。

白莎：我们知道你会的。你可以无限地拖延下去，也可以就此脱身，全凭你的选择。J兄还要求你随时随地跟他做出下面的选择：

重新选择吧！你究竟想要跻身于救主的行列，还是与弟兄一起堕入地狱？[17]

葛瑞：再也没有比这个讲得更清楚的了。只是……上面那些关于时间的章句，实在很玄，需要两个脑袋才想得通。

白莎：目前你只需记住一点，时间好像给了你一个不可知的未来，其实它早已完成了。你无法改变小我的剧本，你所能做的，只是求助于圣灵的诠释，也就是我们一再提到的“圣灵的剧本”。为此，J兄在两千年以前就提醒我们：“你们中间有谁能够因为操心挂虑就增加一分钟的寿命？”事实上，你的人生故事(真的只是一个故事而已）早已写定了。

虽说是个故事，你并不是真的在此地看它演出的；你以为你身在此地看戏，其实，你是在心灵层次重温旧梦而已。不只如此，你根本就是那个正在观看以及做选择的那一部分心灵，而且，这个梦一般的电影所反映的不过是你与小我所做的最初那几个选择罢了。

至于是否需要两个脑袋？我只能说，加强一点自己的决心，是绝对错不了的。你该记得，不论看起来多么任重道远，不论有多少时间层次，或多重宇宙内的多重存在层面，最后还是脱离不了我们讲过的那“一个”单纯真理：你的救恩最后全凭你“现在”所做的决定，没有第二条路可走。

☆你的救恩最后全凭你『现在』所做的决定，没有第二条路可走。

不论表面上你遭遇到什么，选择本身其实极其单纯，且有立竿见影之效。只要你记住这点，自然知道该去聆听哪一种诠释了，即使你的身体已经离开了人世。

葛瑞：这话让我想起一个月以前所做的梦，真是可怕！我记得我在梦中向J兄求助，而我也感到他真的接管过去了。

白莎：你说的没错。到了某一阶段，《奇迹课程》的思维方式会如此融入你内，即使在梦中，你也能够选择基督的力量；而你已经进入这一阶段了。这表示就算身体死了，你照样能够自动选择那个力量的。那个梦对你该有相当的安定作用，不只让你愈来愈不受死亡的威胁，它也像是在给你一个保证：如果你今天死了，即使尚未觉悟，你所学到的一切仍会紧紧随着你。

葛瑞：你怎么也用直线式的时间观念了？

阿顿：我们这场超越时空的“时间论坛”就讲到这里，别忘了提出你早已拟好的其他问题。

葛瑞：好。我以前提过这个问题：我若能记住《课程》所说的“分裂问题早已彻底答复并治愈了”，将有助于增长我的耐心。它之所以要我们慢慢觉醒，是不想骤然吓到我们。

阿顿：非常正确。实相跟你在此地所经历到的现实，真的有如天壤之别，所以我们一再叮咛，慢慢地适应比较好。

即使早上醒来时，最好也缓缓地从梦中苏醒（除非闹钟硬把你吵醒，那就另当别论了），心灵的更高层面也是如此，由梦中慢慢苏醒，才是万全之策。要知道，每当一个如幻的个体生命由梦中苏醒时，象征着心灵的更大层面也跟着觉醒（虽然前文已经说过，这场梦其实在弹指之间就已经结束了）。关键在于你还想拖延多久才肯进入天国？《课程》这样提醒你：

你的弟兄无所不在。故你无需踏破铁鞋满地寻找救恩。每分每秒都是你拯救自己的良机。不要错过这机会，不是因为良机不再，而是因为实在没有耽搁喜乐来临的必要。[18]

虽说，上主宁愿他的孩子慢慢苏醒，但是，你也得明白，你的心灵大概需要反复思考十来回，那些观念才会逐渐打到心坎里。再说，一切语默动静，不管是所想、所看、所听的，固然是你的心而不是你的身体，但这也表示了，拒绝真正去想、去看、去听正念知见的，也是你的心，不论它化身为何种形式。

这就是为什么《奇迹课程》的整套思想架构那么重要，当你一层一层剥去小我的硬壳时，靠的就是这些基本理念的前后呼应并且彼此印证，才罩得住小我老爱用妄念来应付幻境的习性。

葛瑞：我明白这本书严密的思想架构，以及它特有的运作方式的重要性。但有些人非常排斥所谓的“修心”（mind training）这类法门，因为他们担心被洗脑，或是被骗放弃独立思考的能力。

阿顿：想要被洗脑的人，最好去参加“狂热组织”（cult）。只要能够把握住

《奇迹课程》基本上是一部“自修课程”这一原则，便不难看出这部书其实在训练人们善用“自己”的抉择能力，而不是教他们放弃。何况，他们其实早已被小我洗脑了，除非他们争回心灵的主权，否则永远不得翻身。《奇迹课程》认为我们的心确实有待训练：

你过于放纵自己杂念纷飞，任凭心灵妄自造作。[19]

葛瑞：我才不是这种人呢！哈！哈！许多人认为他们的意识相信什么，才事关紧要；其实，他们的潜意识所相信的，才是问题的关键。然而，潜意识这个层次不是他们自己所能改变的。

阿顿：一语中的。为此，我们才说，圣灵是你的唯一出路。

葛瑞：那么只要我继续玩这个宽恕游戏，就能跳脱出眼前的虚拟现实了吗？

阿顿：这还用说！你就是因着自己的错误信念以及妄念思维而掉入这个虚拟人生的。

葛瑞：这又让我联想起那象征着天人分裂及生出娑婆世界的“大爆炸”，这是否表示宇宙会开始逆转，最后向内彻底瓦解？

阿顿：非也。“大爆炸”象征分裂，没错，但我们仍须记得，在物质世界的层面，如此浩瀚无边的宇宙，已经酝酿出一股大不可测的能量场，是它反过来设定了物质世界“所有的”法则以及每个细胞、每个分子的命运，还有它们进行的轨迹，乃至于进化的方向。

当我们说电影已经拍成了，是在说，凡是注定要发生的，在那一瞬间已经开始运作了，它是不可能转向的。各式各样的存在层次以及存在场景，只是象征着“大爆炸”中无穷无尽爆裂迸射的结果，它们全都发生于同一瞬间。虽然这一切当下就结束了，但你必须觉醒过来，才能认出那一真相。

葛瑞：你是说，活在这一存在层次的人，始终在为“我们能够打造自己的命运”这一假象所苦。事实上，物质世界的每一个法则早已开始运作了，不论我们怎么努力，该发生的事，一定会发生的，分毫也不差。

阿顿：说得很对，身体就像是一部机器，受制于某种看不见的势能，机械性地按着写好的剧本去“照本宣科”。记住这一点，当初是你决定与小我同伙，把分裂之境弄假成真的，因此，我们可以说，即使剧本已经写定，这种宿命却是出自你自己的预设，你曾在另一存在层次同意过，因此，你绝不是它的受害者。如今这部《课程》正是要教你改变你对整个事件的心态。

你在此地的一切所闻所见，就如同小我的录音；你什么时候想听另一种调子，全由你决定，不必等到娑婆世界本身彻底瓦解，一切才会结束。当每个人都觉醒时，娑婆世界便当下失去了踪影，因为它彻头彻尾只是一个无足轻重的梦而已。

为了让你们沉迷其中，小我的剧情会紧跟着时间的脚步而加快节奏，人们的专注力也愈来愈短，直到你们毁掉自己的整个文明为止；然后再凭着一点点记忆来重新建造另一个文明，就像一个人重新开始另一段人生一般。

葛瑞：对于你说的“加快节奏”，听了真是心有戚戚焉，只要反观一下当今的电影，近三十年来电影和电视的编剧方式，情节发展之快，几乎到了滑稽的地步。编剧者一定看准了当今人类全患了“注意力缺失症”（attention deficit disorder），深刻隽永的对话愈来愈少，简直有愚民的倾向。现代的电影编剧好像有一个共识，如果观众能够看清楚屏幕上的影像，就表示剧情进展得太慢了。

阿顿：对。花招愈来愈多，实质愈来愈少，跟你们的政治一样。你可知道，第一个伟大的共和党总统……

葛瑞：也是最后一个伟大的共和党总统。

阿顿：你不必说得那么露骨嘛！你可知道，林肯若生在今日，是不可能当选的，他没有动人的声音，当他答复别人时，竟然还需要花一点时间去思考问题。若在今天的候选人辩论大会中，你一停下来思考，别人会认为你反应迟钝。想一想，一位政客能够给予深思熟虑的答复，而不是早有腹稿的巧言答辩，那将是何种气象！政治和电影都朝着同一方向进展，只着重外在的格调与速度，势必会把群众导向更深的迷惘和疯狂。

葛瑞：没错，人变疯狂的时候，时间也变得飞快。我是个电影迷，但也不能不指出电影编剧的偏差。

对了，你以前提过“多重选择的剧本”，这跟“整部电影已经拍好了”的观念，好像有些矛盾。

阿顿：其实并不矛盾。真的有好几个存在的层次供你选择，你随时都能由一种存在层次转向其他层次，但毕竟而言，它仍在一个已经完成的系统之内。而且，它的有限性和固定性，都跟我们上述谈论的理念不谋而合。

小我的剧情不论如何演，都离不开“胡萝卜”和“大棒”两条主线。它要你相信你在它的剧本里还有选择的自由，其实唯有彻底由这胡闹的剧场抽身，你才可能真正解脱。

葛瑞：所谓“多重选择的人生剧本”，你是说，我若做出不同的决定，某天早上醒来时，自己很可能已经活在不同的层次里了，只因外表看起来跟先前的层次没什么差别，所以自己察觉不到。而且，每一层次都有它自己的大爆炸、小爆炸以及另一套剧情？

阿顿：是可能如此。

葛瑞：哇！真不可思议。

阿顿：有那么不可思议吗？别忘了，这一切仍发生于一个已经定死了的幻相体系内。幻相终归是幻相，连这个也是幻相，而且只有一个出路。小我的剧本说穿了，不过是时间的把戏而已，它实际上早已结束了。

圣灵的剧本则是宽恕你这一生中所有的人，不论你活在哪一层次，唯有如此，时间才有消逝的一天。

白莎：分辨小我的“时间层次”和圣灵的“超时间层次”，最好的办法是把握圣灵的“真宽恕”法门，它会帮你认出时间是不必要的，借此解除时间的桎梏。但这个化解过程是在“超乎时间之上”的心灵层次完成的，而不是靠你去改变时间或瓦解时间。

葛瑞：是否就像我上回看电影，因为散场时间的不同，让我逃过了一劫，只因我已经开始练习宽恕，故不再需要那类宽恕课题了？

白莎：正是，你这走运的老色棍，喔，说溜了嘴。我原想把这尊号留待日后我们谈“性问题”时再封给你的。

葛瑞：你真风趣，该请你上电视才对。

白莎：上欧普拉（Oprah）的脱口秀？

葛瑞：连她那么开放的主持人大概都消受不了你这类论调。

白莎：别那么快下定论！在我们的时间“用尽”以前，还有其他问题吗？

葛瑞：很多人相信轮回是带着灵魂（soul）进化的过程，真的吗？

白莎：用脑袋想一想吧，葛瑞！你的灵魂早已完美了，否则它就不是灵魂，而被你误解成其他东西了，就像你对心灵（mind）的看法那样。有些人把它和灵魂混为一谈，或是把灵魂当作心灵所投射出来的一种状似身体的魂魄魅影，以为那就是灵魂。

进化只会发生在形象的层次，仍属于梦的领域。你的心灵一旦练完了所有的宽恕课题，而悟入灵性或灵魂境界时，一切便消失了，只剩下天堂。绝大部分的人把自己的灵魂当成个人拥有之物，这也难怪，因为他们一向视自己为一个独立的个体。当这种错误信念改变之后，你会恍然大悟，原来只有一个灵魂，就是我们那个“无限”又“一体”的灵性。

葛瑞：那么，轮回也只是一场梦？

白莎：是的，我们一再试着为你澄清，由于轮回看起来好像发生了，所以我们提到它时，也把它当作发生过的事情来讨论。当你这一生的梦结束时，你“看见”自己离开肉体，开始另一个探险，其实，你哪儿也没有去！你只是继续在看心灵的投射而已。我们用电影做比喻，因它是你最熟悉的意象。

✵当你这一生的梦结束时，你『看见』自己离开肉体，开始另一个探险，其实，你哪儿也没有去！你只是继续在看心灵的投射而已。

葛瑞：懂了。我现在要提的问题，可能会让你们误以为我对你们的信心不足，其实并非如此。我只是在想……你说你悟道后还在身体内活了十一年，可是《奇迹课程》好像说过，人的肉体支撑不了一个觉悟的生命，它说，你与上主如果永恒无间地交流下去，身体便无法持续太久；又说，我们在世的任务一旦圆满，形体便由世上消失了。但你悟道以后，还继续在世上混了十一年，好像太长了一点，你要如何解释？

白莎：让我来答复你吧！也顺便提醒你，不要断章取义，死抓着《课程》的片断文字，我们说过，书里的每一章节都该在更大的“宽恕”理念之下去了解。至于我在人间继续混了十一年的光景，是为了帮助阿顿，我才会保持梦中的形体。这有点儿像是我故意把一脚留在门内，这样才能跟他继续生活下去，好让他有一天能永远跟我在一起。

至于身体无法久留的说法，别忘了，J兄悟道之后，也继续宣讲了好多年呢！只要还活在身体内，确实不可能跟上主完全合一的，其间有一过渡阶段，《奇迹课程》称之为“边缘地带”[20]，也就是供你宽恕之处，让你在世间还能做些惠益众生的事情，同时加深自己的悟境。

葛瑞：这是否就是《课程》所谓的“真实世界”？[21]

白莎：对。多谢你还继续相信我们，虽然我们说过，信不信我们两个人，一点都不重要，不论你相信或不信我们，圣灵永远值得你信任。你可记得《教师指南》中“上主之师”的十种特质？

葛瑞：当然，上主之师是值得信任的，忠实的，乐善好施，温文有礼……让我再想一想，我是受过童子军训练的，这难不倒我。

白莎：你快被他们开除了。我要强调的特质是“信任”，《正文》这么说：

圣灵必须懂得时间观念，才能重新诠释时间，而领你超越时间的领域。由于他的服务对象乃是活在二元对立下的心灵，因此他必须借助相对事物来进行他的工作。一边修正一边学习地虚心受教吧！真理不是你造出来的，它却有释放你的能力。[22]

由于你还无法全面经验永恒之境，因此需要奇迹或真宽恕的练习，透过给予别人而让自己真正得以享有你所信赖的圣灵治愈。《课程》说：

在时间领域内，第一步必是付出；在永恒境界里，两者其实是同时发生而

且一体不分的。当你逐渐学到了“施与受根本是同一回事”，时间对你便形同虚设了。

永恒是唯一的时间，它只有一个“恒常不变”面向。[23]

阿顿：我们该做总结了，《奇迹课程》这样教你：

时间与永恒都存于你心灵内，两者势必会冲突迭起，直到有朝一日你能够认出时间只是重获永恒的工具为止。[24]

你若采用当前世上流行的方法去追求上述境界，可说是缘木求鱼。《奇迹课程》这样评论世俗的方法，还当头棒喝地质问你：

分析黑暗能让你得到光明吗？心理治疗师或神学家通常都是先认同了自身内的黑暗，再由远处求取光明来驱逐黑暗，并且再三强调光明遥不可及。[25]

葛瑞：真是得理不饶人。我要向“心灵平安基金会”申诉去。

阿顿：你不妨一边申诉，一边仔细查出我们从《课程》里引用的原文章句，而且牢牢记在心里。你愈深入体会，它们就愈显得深奥，让你回味无穷。在你的未来，白莎跟我读完《奇迹课程》以后，会跟J兄说：“挥戟尊者！”（Your countenance shakes a spear）

葛瑞：我不懂你的意思。

阿顿：写出莎士比亚作品的执笔人是一位伯爵，代表他家族的徽章上面有个挥着矛戟的雄狮。宫廷里的人为了表示对他家族的尊敬，常举杯致敬说“挥戟尊者”（Your countenance shakes a spear）。

当时手揽大权的伊丽莎白女王一世，虽然颇具政治天分，却禁止伯爵在他的作品上署名，因为舞台剧在当时高级社交圈是不入流的，他们从不把戏剧尤其是喜剧当成正经的文学作品，认为那会有辱皇室的品位。

葛瑞：真有趣，莎士比亚的作品不算正经的文学！

阿顿：在虚幻的时间领域里，“十年河东，十年河西”的例子比比皆是。莎士比亚，也就是牛津第十七代伯爵爱德华（Edward de Vere），改变了戏剧的命运。尽管他只是一个已逝的白人，人类历史上也只有这一个莎士比亚。幸好那时女王没有完全禁止他写作，只是不准他在作品上署名而已。

他后来遇到一位演员，竟然叫作 William Shakespeare，他觉得这个巧合简直太妙了，他在宫中被尊为 Shakes a spear 尊者，而剧场里真有一个名叫威廉、姓 Shakespeare 之人。于是爱德华和这个威廉做了一个协议，借用他的名字去署名。演出时，还请这位演员扮演作者的角色，借此暗暗透露自己和这剧本的关系。两人配合得天衣无缝，只是那位莎士比亚在世时并没有获得多大的报酬。他一去世，所有的剧本立刻被人印成总集而流传出去了。

“奇迹”读者大概都已注意到了，《奇迹课程》的文笔就像莎士比亚的作品一般美妙，所以我们戏称 J 兄为 Shakes a spear 尊者。

葛瑞：酷，你们这两个家伙还挺会自娱娱人的。

阿顿：活出一点乐趣吧，朋友！ J 兄如此活过，莎士比亚如此活过，别把时间的把戏看得太认真。你认为已经过去的幻相，正发生于“此刻”，未来也发生在“此刻”，是你的心把它们分割为不同的样子，造出一个看起来像时间的东西。其实，所有的事情当下全都发生了，而且已经结束了。不论小我在你面前玩什么花招，宽恕一下就过去了，然后好好地去活。只要你能够放得下自己的判断：

一旦放下了判断之梦，时间还能立足于何处？[26]

葛瑞：总而言之，《奇迹课程》说了，所有的时间其实都包含在刹那之间，浩瀚无边的幻相不只是当下发生的（虽然究竟来讲，它从未发生过），而且已经过去了。分裂之念以及象征分裂的种种想法，当下也被圣灵修正过来了，只是我们仍在心中不断回放那个分裂的电影，就像阴魂不散的幽灵，直到我们完全接受了圣灵的修正为止。它会帮助我们化解时间，将我们领回上主那里。

✡ 时间并不能疗愈伤痛，只有宽恕才有一切的疗效。

阿顿：你抓到要领了。的确，真宽恕才是人类唯一的出路。

葛瑞：因此，时间并不能疗愈伤痛；只有宽恕才有一切的疗效。

阿顿：不错，我的使者，我们看得出来，你这位尊者已经开始挥戟了。

12 电视新闻

你不可能只看见他的罪而看不见自己的罪的。然而，你也可能与他从罪中一起脱身出来。[1]

我的新闻或信息来源主要是靠“夜间新闻”以及“网络信息”，而大致说来，也没有比这些唾手可得的信息更容易勾起我的情绪反应了。有一天，我正在网上漫游，进入了一个已被奇迹团体公认为“狂热组织”(cult)的网站。在这网站上，我看到这群人竟然在奇迹课文里加入自己的话，来证明自己的理念，让我忍不住惊声大呼：“这简直是在蒙娜丽莎的脸上画胡须！”

数年之后，这个组织还上了社会新闻，有个颇具声誉的新闻节目专程去威斯康星州（Winsconsin）采访他们。那位自封为“上师”（Master teacher）的负责人，一向爱用攻击及侮辱的“反教育法”来训练学生，这是众人皆知的事情；但我却在电视上看到他一步一步被采访记者紧追不舍的问题所激怒，终于大发雷霆，拂袖而去。

这一“焦点新闻”让我感到羞愧，眼见这么有深度的灵修理念竟然是以如此畸形的方式呈现于美国观众前。《奇迹课程》不是说过，“没有一种愤怒是能自圆其说的”？而这位自封为奇迹上师的人，连这基本理念都活不出来，竟然还敢自称他和教皇一样有“绝无谬误”（infallible）的天恩。

我一边看电视，一边咬牙切齿。但很快地，我便觉察到自己的心态了。此刻是“谁”把这一切当真了？此刻是“谁”在做这个梦？是谁在反弹？是谁忘了外面空无一人？是我！此地没有别人，是我正在定他的罪，而他不过反映出我自己始终不敢面对的罪恶感而已。我不也一样抨击那些与我意见不合的人吗？我不也常像他那般恼羞成怒吗？

这让我更加相信阿顿和白莎的话："这个梦不是我镜子里的人梦出来的。"在我的冲突世界里，其实并没有对手；那位奇迹上师是否是让我不痛快的导火线，也并非问题所在。奇迹都是一样的，真理不会模棱两可，它若永远真实，便不可能有例外或妥协的余地。

就这样，我同时宽恕了这位弟兄以及我自己，因为我误以为那是他的罪过，其实眼前的他是我自己的投射，那么，他的罪一定在我自己内。话又说回来，我若相信天人不曾分裂过，那么，我和他都一样纯洁无罪，我之所以造出这个投射以及种种反弹也只是一个错误而已。于是，我决定与圣灵联手，从那一日起，我看电视新闻或阅读网站信息的心态就彻底改变了。

1997 年，阿顿和白莎第十二次来访。那阵子，我对一味地宽恕感到有些厌倦了，我期待这两位访客能为我打打气。

阿顿：老弟，你的世界还好吗？

葛瑞：还撑在那儿呢！只是愈来愈目光如豆了。

白莎：打起精神来，老弟，《课程》的设计，就是有意帮你一边活在现实人生中，一边还能逐渐迈向救恩。按着自己的步调慢慢走吧！这样，你才不会感到自己好似牺牲了什么。总有一天你会看清，这世界真的没有什么。可记得《教师指南》针对所有的奇迹学员（当然包括你在内）所说的话？

绝大部分的教师所接受的训练都是逐步推进的，直到过去的错误一一修正过来为止。尤其是人际关系，必须从正确的角度来正视，所有未经宽恕的死角才能清理干净。否则就会留给旧有的思想体系一个还魂的机会。[2]

葛瑞：我懂。世界有时真像是一根"肉中刺"。

白莎：这话说得一点也不假。让我们来助你一臂之力吧！你看电视时，常会气血翻腾，是吧？你认为那些事件一定是真的，否则就不会在你面前上演了。

葛瑞：我最近正在反省这件事，我看电影时（抱歉，我老是在谈电影，因为那是我的嗜好），目的就是要忘掉这只是电影、并非真的；而好的电影通常能够让人不知不觉地忘却原本的不信心态。我想这和人们看待自己的人生，心态上没有两样，都想放掉原本不信的心态，而宁愿把它当真，还把每一个细节都看得无比重要。

当我在家里看电视新闻时，常常记不住“这一切全是一场胡闹”，于是就跟凡夫一般沉迷其中，与看电影的心情没两样，把生活经历和电影情节一样地当真了。我若能养成习惯，牢牢记住《奇迹课程》的诠释法，就不会跟着电视播放而情绪起伏了。我看得出来，关键还是在于我“是否记得住”。你好像说过“记住是最难的一部分”，我该怎样才能记住？

白莎：第一步，早上起床之后，在你开始一天的活动以前，不妨按照《教师指南》的建议，尽快找一段时间与上主安静一会儿[3]。那样，你才可能记得自己是谁，心才安得下来。

然后，下个决心，让自己今天尽量保持觉醒。你明白小我一定会想尽办法让你坐立不安，不断提醒你，你只是一具身体，为此，《课程》才会这么强调“儆醒”的重要，叫你别再纵容自己的胡思乱想。你所需要做的，其实只有一事，就是专注，在“定力”上多下一点功夫。

有意思的是，你终究做得到的。我想你也经验过，自己是可以做到的。事实上，你已经做得不错了，小我才会那么紧张。你也很清楚小我绝顶聪明，它一定会想出种种花招来陷你于不义。你只需要在心里稍做准备，好整以暇，一切便在你的掌握下了。从此，你不只知道该如何去看新闻节目，也会知道怎样去应付突发事件。

葛瑞：我若怀着奇迹心态看新闻，这和宽恕身边的人际关系，在过程上是否完全一样？或者还有其他诀窍能帮我做出更好的响应？

阿顿：完全一样。当然，仍有几个念头更能帮你面对这类处境。《教师指南》

提醒你，只要你让圣灵帮你判断，你便占尽上风；放弃判断这个重担，对上主之师而言，绝不算是牺牲：

相反地，在这种心境下，有一种判断虽然不“出自”他，却会“经由”他而出现。这个判断无所谓“好”或“坏”。它是唯一真实的判断，就是：“上主之子是清白的，罪根本就不存在。”[4]

葛瑞：你是说，不论是在电视里或具体的人物，只要我能看出他们清白无罪，那么我的潜意识也会明白自己是清白无罪的。

阿顿：我知道你偶尔还会听一听我们的话的。你能做到的，葛瑞，持之以恒！等你到了那里，你就到家了。心志坚定一点，你现在该从“小小的愿心”进入“充分的愿心”这一阶段了。这场游戏，你赢定了，所以安心吧！

葛瑞：只是，看到那些恐怖分子炸掉我们的大使馆时，真的很难看出恐怖分子的清白无罪。

阿顿：我知道，那仍是你释放自己的另一个机会。外表看起来确实很难，但你若能把它当作宽恕的机会，它们真的都是同一回事。

葛瑞：好吧！可是，等我宽恕之后，是否仍可能在某种光照下做出合情合理的反应？

阿顿：可能。我们会慢慢讲到。通常我们不会由有形层次给人任何具体建议的，但在我们回到心灵层次的宽恕以前，还是不妨谈一谈世界层次的问题吧！

在人类历史上，不曾有过一个国家像美国一样发展成这样的强权，因此，美国也理当负起更大的责任去消弭国际间的纷争。就以中东问题为例，恐怖分子确实精神错乱了，竟然大言不惭，称自己是代阿拉行道。其实，《古兰经》的神和古经里的神，根本就是同一个，只是名号不同而已。纵然这个宗教已把自己的神明描绘成一个义怒之神，但只有神志不清的人才会任凭恐怖分子挟持自己的宗教，进行那些惨无人道的暴行。

不错，每一个宗教都可能遭到一群精神错乱的人利用，作为他们疯狂暴行的借口，但这些领袖也必须有足够的群众相信他那一套才可能得势，尤其是金钱方面的资助。你不妨扪心自问，美国的所作所为使得那些狂热分子更难或是更容易博取中东人民的同情？

你们的总统要你们相信，中东的恐怖分子和一般百姓之所以痛恨美国，是因为你们代表着自由与民主的缘故，这说法不止错误，根本是个可笑的谎言。伊朗的国王（Shah）跟自由民主能扯上什么关系？科威特的酋长（Emir）呢？还有沙特阿拉伯的王室？他们为自由民主做了什么？什么也没做！在过去一百年间，那些中东的政权，只要是能保护美国本土的利益，或美国掌控的国际企业之利益（而不是美国一般百姓的利益），美国一概支持，这是全世界众所周知的事实。

恐怖分子恨你们入骨，有他们自己一套疯狂的借口；但中东人民痛恨你的国家，不是因为你们代表着自由民主，而是因为你们根本没有代表自由民主；谁为美国企业带来更多的财富，你们就为谁撑腰。你们从不关心中东的人民，你们关心的是他们的石油；你们关心的不是民主，而是怎样利用当地的资源（不论是本土的还是外国的石油），来为你们的企业赚大钱。全世界的人都知道这一事实，只有你们美国人还在装糊涂。

你们经过半个世纪的电视宣传的洗脑，相信美国只会做正义之事；其实，自从 20 世纪 70 年代年中叶以来，媒体界已经不断被美国企业蚕食，如今，媒体的社论早已全面掌控在它们的手中了。它们对中东国家的策略一向只知剥削，何曾发挥过一丝“利他”的精神！

葛瑞：你是说，因为我们的所作所为才让那些恐怖分子轻易取得百姓的支持。其实，若是设身处地为恐怖分子想一想，一个人若不是穷得无立锥之地，谁会把“殉道”当成他的人生大志。

阿顿：当然！假如中东人民都有一个自由的国家，自由的经济，良好的教育，正常的工作，晚上都能回到自己温暖的家，你想，他们会有兴趣在自己身上绑炸药，去跟一群素昧平生的人同归于尽？当然，我们并不否认，究竟来讲，“真正”的问题仍在他们自己心内。

葛瑞：虽然资本主义并非完善的，但至少它还“可能”做出一些好事来。

阿顿：美国亦善亦恶，典型的二元现象！你的国家虽然有意发挥正面的力量，但袖子里总藏着某个秘密方案，连二次大战之后重建欧洲的“马歇尔计划”也不例外，美国一边进行人道援助，一边扩张它的资本主义。你们企业界的贪欲从那个时候起就一直在以几何级数增长，不论什么计划，都脱离不了那个金元帝国的考虑因素。

葛瑞：就像 1893 年，美国吞并当时的夏威夷这类丑事。

阿顿：很好的例子。大部分的中东人民都厌恶美国人予取予求的心态，看看你们是如何从印第安人手中抢夺这片辽阔的疆土的？虽然，你们并没有白拿石油，还付了不少钱，这仍不足以改变中东人对你们的观点，因为他们也是透过自己潜意识中的内疚来看你们的。

葛瑞：如果我们不再依赖他们的石油呢？

阿顿：从政治的角度来讲，那大概算是最明智的解决方案了，因为如此一来，你们便无需和中东黑暗的政权挂钩，转而协助他们的民主自由，而不是老为自己的利益打算盘。事实上，你们的科技早已无须仰赖国外石油了，但照目前看来，开发那项科技的经济效益，对你们的企业考虑而言，远远比不上进口石油的利润，所以你也就别指望了。

当艾森豪威尔总统下台时，曾经警告过你们的国家，小心军事和工业界的勾结。你们的宪法里不曾提到资本主义，所以也无牵制的力量。美国早已不再“民”主（democracy），它现在已经变成“钱”主（moneyocracy）了。你们的银行、贷款公司、信用卡公司、保险公司，还有几个跨国大企业，都野心勃勃地想要超越司法、并吞世界。他们不断努力稳住你们这个“富者有、富者治、富者享”（of the rich，by the rich and for the rich）的政府，让它继续称霸世界。[18]

---

[18] 此说是仿效林肯的盖茨堡宣言中“民有、民治、民享”（of the people，by the people and for the people）的说法。——译者注

这样下去，迟早会导致更大的悲剧下场，因此，我想有必要提醒你们一下：除了暴政、谎言以及利润这一老套以外，还有其他更好的选择，让人类的前途更加光明。

葛瑞：这番话确实值得我们深思。每个人仍能在自己的本位上为这个世界做点儿事情，就是宽恕。只要我们彻底了解宽恕的道理，没有人能够夺取这一转机的。

阿顿：是的，只要把握了宽恕的道理，你就不再是受害者了。你所看到的一切，不过象征着自己内心的疯狂愚昧投射到外面去。如今，你也知道该如何释放他人而重获自由了；你大可不必为其他人操心，时候一到，他们也会正视自己投射在别人身上的阴暗面，透过宽恕而重获平安的。

你若能不受表相的蒙蔽，便会看清，中东人民也不是美国、以色列或任何民族的受害者；即使像这些仍在黎巴嫩、巴勒斯坦等地流离失所、苟延残喘，连个国家都没有的民族，也不是世界的受害者。他们若一味效法自己的先人，朝着同一族群扔石头，只会重演上一代的悲剧，改变不了这一代的命运的。

✡ 世上的居民都需要治愈自己的人际关系，化解潜意识的内疚，暴力才会消弭，世界才有太平之日。

以色列人和其他民族一样，也在演自己认可的剧本（虽然表面看起来，好像不是这样）。双方都必须心甘情愿地宽恕自己在仇敌身上所看到的“罪孽”，其实，那些人并不比他们自己的存在更真实到哪里去。世上的居民都需要治愈自己的人际关系，化解潜意识的内疚，暴力才会消弭，世界才有太平之日。

葛瑞：照你的话来讲，我们的大使馆被炸之后，我不该在网络上呼吁奇迹学员来个“奇迹泄愤日”？别听我胡扯了。

新闻最能让我们不自觉地把别人看成坏人或罪犯，不论他是恐怖分子或某个政客，或是他们存心诿罪的对象或罪犯、执法官，乃至于新闻媒体为我们揪出的“坏人”；因为怂恿我们把内疚投射到某些人身上，会有利于某些事业或提高他们的政治身价。连某些电视脱口秀的游戏规则，也仿佛在比赛着“谁能让别人出丑”的花样；新闻也是如此，愈能耸人听闻、激起恐慌的，收视率就愈高，这一切存心是要让我们的“心”失控。

阿顿：说得好，那正是小我最乐见的。《奇迹课程》这样教你：

小我存心阻碍心灵的学习进度，它最爱玩的把戏就是让你终日操心那些注定解决不了的问题。这种牵制战术使得身陷其中的人始终无暇反问一句：“这究竟是为了什么？”日后，不论你碰到什么事情，都应学习如此反身自问。这究竟是为了什么？不论目的为何，你都会身不由己地为它效力。[5]

葛瑞：真正的目的应该是宽恕与救赎。电视上五花八门的讯息不外是繁殖演化的作用，也就是将“一”显示为“多”的花招。那个“一”就是我（不是真的我，而是潜意识所象征出来的我），不论怎么千变万化，答案始终一样。我想，只要自己牢记在心，宽恕的路其实是很单纯的。

白莎：是的，而且我们说过，这是你做得到的事，虽然未必容易，但确实是可以做到的。不要忘了，在你认为真实无比的一生中所看到的形形色色人物，并不比电视或电影中的人物真实到哪里去。

葛瑞：我会努力记住这一点，不过，听你这么一讲，我学的那一套股市理论，像斐波那契（Fibonacci）数列、江恩（Gann）角度或艾略特（Elliot）波浪理论一样都不是真的，真令人失望啊！

白莎：每个人都有自己的偶像以及圆梦的道具，用意完全一样。别忘了，我们并没有说你不能在幻境中利用幻境，只要对你有益，什么都可以用。我们曾经提过，偶尔玩玩世间的幻术亦无妨，只要你同时还能宽恕。不论你此生选择何种道具维生，都可以此原则为准。

葛瑞：那样，我才有机会宽恕自己千奇百怪的幻觉；那样，反而能让我早一点回家。

（此刻，贴近我家的树林里传来阵阵枪声，这在圣诞节前后屡见不鲜，虽然猎鹿季节早在几个礼拜前就结束了。电视偶尔还会播报缅因州某个居民在自家院子甚至是屋子里遭到猎人的流弹误杀的新闻。）

葛瑞：别担心，他们打不到我，只是几个爱炫的硬汉想吓吓那些可怜的动物，寻寻开心而已。

阿顿：你这辈子还没开过枪吧！

葛瑞：没有。一个男人如果觉得需要拿起枪管射击，是因为私底下觉得自己的阴茎有问题；一个女人想要握住枪管射击，是因为私底下嫉妒男人有阴茎。抱歉，这是我个人的浅见，大概是因为我还在为窝特维镇（Waterville）那个在院子里跟孩子玩时被猎人误杀的妇女而火大。

阿顿：宽恕！还记得吗？它很容易就溜出我们的念头之外了。

葛瑞：今天我给自己放一天的假。

阿顿：你放你的假，我们照说不误。别忘了，每一件事情都是"同等"的虚幻，不论它大如须弥，还是小如芥子，就算整个文明的毁灭，仍是同一回事。

葛瑞：文明世界真的常常自我毁灭吗？

阿顿：是的，通常如此。就以从火星迁移到地球的人类生命（humanoid）为例（连他们也是从其他地方迁来，而不是在火星上自行演化出来的），那时火星的文明已经奄奄一息了，所以迁移到地球时，等于是逃难。但也有不少星球上的生命毁于陨石的撞击。

葛瑞：娑婆世界里，永远会出状况，是吧？

阿顿：除非回归虚无，否则状况是层出不穷的。当J兄在福音中要你舍弃世界及世上的一切，看出它们一文不值时，就是在提醒你，你所看到的一切其实都不存在，虚无得很。既然它从未存在过，虚无怎么可能有意义？你若赋予它好的或坏的意义，表示你存心将虚无变成某种东西。对娑婆世界，你只能有一种态度，就是不赋予任何意义。

✡ 对娑婆世界，你只能有一种态度，就是不赋予任何意义。

再提醒一下，不要硬生生撤走别人的偶像或梦想。别忘了，你自己也曾经迷恋过某些东西，你可记得你年轻时去波士顿听"披头士"的演唱会那件事？

葛瑞：当然记得。

阿顿：当时若有人跟你讲，这种事实在无关紧要，你听得下去吗？

葛瑞：我懂你的意思。乔治·哈里森（George Harrison）是我当年的偶像，我弹吉他的手法还是模仿他的呢！那时，如果有人跟我讲，“披头士”无足轻重，我才不会甩他呢！

阿顿：当你批评别人追逐无聊的梦时，记住这一点就够了。时候到了，他们自会慢慢放下执著的幻相的。

葛瑞：我很想多问一些关于火星的事情，但这回的讨论内容已经够我慢慢消化一阵子了。

白莎：葛瑞，火星的事情“实在无关紧要”。但你总不会真的相信自己是猿猴的后裔吧！人类生命（humanoid）有很多不同的存在形式。小我造出身体时，其实在刹那间已经完成了，只是在时间模式下，显现为先后不同的个别事件而已。身体的形象出自投射，是内疚和恐惧让它更加实质化。根据小我剧本中的安排，身体变成了自然演化的结果，死亡也变得和生命一样“自然”。其实，死亡根本就不存在。

葛瑞：我懂了。包括了电视新闻在内，都一样是小我设定好的把戏，要我跟着它一起定别人的罪，这和其他幻觉的目的如出一辙。即使我们这儿的地方新闻也在玩同样的游戏。

白莎：是的。那些地方警察为了显示他们不是白白混一口饭的，常常会召集一些新闻记者来拍他们捕捉路边流莺的现场。

葛瑞：喔，我的社交生活前途黯淡了。

白莎：正经一点。临走前，我们还要提醒你一件事，你正着手在写的这本书跟你无关，跟我们也无关。我们来此，只是为了带给人类一个灵性讯息（虽然并不是每个人都准备好接受它），这讯息就是：你这虚幻的一生只有一件重要的事，就是好好完成这“真宽恕”的人生课程；如果你能够接受这个信念，那么你便堪称大智慧者了。

虽然你经常狗嘴吐不出象牙来，但你真的做得很不错，一直努力宽恕，纵使有时会拖延好几分钟，有时甚至需要几小时才转得过来，但你已经胜算在握了，这一认知必会加强你的决心和耐力。

阿顿：以后几个月里，千万不要忘了，只有那个目标值得你活，世界不值得。你把宇宙看得如此崇高伟大，纯粹是因为习惯成自然。这也难怪，除了你最近几次特殊的灵性经验以外，这个娑婆世界成了你这一生仅存的记忆。《奇迹课程》这样问你：

舍弃痛苦岂能算是一种牺牲？成人岂会因为放弃童玩而恼怒不已？已能看清基督圣容的人，岂会留恋人间这座屠宰场？已由生老病死的世界解脱出来的人，也不会回头去诅咒世界的。但他必会庆幸自己摆脱了世俗价值向他索求的一切牺牲。[6]

白莎：今天就到此结束，我亲爱的弟兄，祝你圣诞佳节愉快。当挑战来临时，勇往直前吧！最后让我们再给你一段话，为你打一打气：

你只需相信这一点就够了：上主"愿"你安居天堂，故没有一物阻挡得了你回归天堂或天堂降临于你。你那些离谱的妄见、怪异的想象，或最阴森的噩梦，对此都一筹莫展。它们抵挡不了上主要给你的平安。[7]

13　真祈祷与富裕

我曾这样要求我的门徒：变卖你的所有，施舍穷人之后，再来跟随我。其实我要说的是：不再投资于这个世界，你方能教穷人看出他们真正的财富。我所谓的穷人，是指那些投资错误的人，那才算是真的贫穷。[1]

阿顿和白莎曾经答应过，我们会谈一谈“什么才是真正的祈祷”，他们还会教我如何把圣灵的指引应用在现实生活中。直觉上，这很可能是我们下回要谈的主题，因为我最近突然对《奇迹课程补编》中的《颂祷》一文感起兴趣，不但用心去研读，还试着活出来，而它所谈的正是这一主题。

我的两位朋友说好会在 1998 年的 8 月来访。在他们到来之前，我利用 7 月的国庆假日那周，拜会了那位被白莎推崇为将会名垂青史的奇迹教师。

过去五年间，我们的读书会会长常借我肯尼斯（Kenneth Wapnick）的录音带，我偶尔也会听一听，由于我对阅读的兴致不大，所以这些录音带颇能帮我更深地了解此书的要旨。当然，我也可以纯粹在家自修，但多一些指导也不错，我一直很想参加一次肯尼斯的研习会。

时候终于到了，凯伦与我由缅因州的荒僻小镇出发，驾车前往纽约州的另一乡野小镇 Roscoe，总共十小时左右的车程，磨蹭了五年的心愿总算实现了。当我们抵达“奇迹课程基金会”所坐落的塔拉拉湖（Tennanah），一看到湖畔如诗如画的美景，两人更是欣喜非常。

这三天的“时间与永恒”研习会，大约有一百五十位学员参加，大部分的学员来自纽约州，也有不少来自美国各地，甚至漂洋过海而来的都有。当我怯生生地跟身边的学员交谈时，发现这群人大都是来自各界的精英，我一点都不觉得意外，这或许就是奇迹学员特有的资质。

那三天里，我们在自助餐厅跟肯尼斯照过几次面，最让我惊讶的两个发现即是，他平易近人的态度以及高度的幽默感，这是我不曾由他的录音带里听出的特质。

> ✡ 即使我无法掌控生活中的各种逆境，但如何去看待它们，却永远在我的掌控下。

我很难描述那几天的感受，只能说，那个研习会带给我很大的转变，当我离开时，内心更加深信不疑：即使我无法掌控生活中的各种逆境，但如何去看待它们，却永远在我的掌控下。那是我当时的心得。

两年之后，也就是公元两千年，我又去了 Roscoe 一趟，再度参加肯尼斯的研习会。到了那儿，才知道基金会计划迁离纽约州，搬到三千英里外的加州南部小镇 Temecula。失望之情当然难免，但我相信肯尼特伉俪必然在 J 兄的指引下，知道怎么做是更好的。何况加州本来就是灵修新思潮的大本营，我很期待有一天也能远赴西部去探访他们。不论如何，我由衷感谢那两次研习以及跟肯尼特的会晤。

那个夏天，我在家里常常想到匮乏与富裕的问题，这也是我下回想要和阿顿及白莎谈的主题。我觉得美国人的物质需求之高，简直到了匪夷所思的地步。回顾过去，在“大萧条”时代的美国人，只要有屋栖身，有食物果腹，就感恩不尽了。虽然也有一小撮人活得很阔绰，但绝大多数的民众都在生存边缘挣扎，只要没有挨饿受冻，就谢天谢地了。

一直到 1950 年初，美国人的消费心态，还处在“锱铢必较”的阶段。那时，除了年轻的一代，大部分的美国人仍有“大萧条”的记忆，因此还很强调节俭的美德，这让美国企业伤透了脑筋。但从 50 年代开始，电视广播逐渐普及，可以说，每个家庭、每个角落，都直接浸沐在五光十色的广告诱惑之氛围中，这给企业带来莫大的商机。

首次，全美国人都能从电视广告上看到自己所没有的东西，而且觉得唯有拥有那些东西才会幸福，人们毫不警觉自己的贪欲是那么禁不起引诱。大约到50年代中期，一片欣欣向荣的景象中，商机无限，资本主义乘胜追击，华尔街随之兴起。到如今，人们宁可贷款消费，再也不顾量入为出的原则了，常爱买一些浮华不实，甚至累赘无用之物，去塞满他的屋子尽管他一向没有那些东西也照样过得很好。不仅如此，因着电视广告的推波助澜，街坊邻居或亲朋好友之间，也愈来愈喜欢比较谁更富有了。

从物质的角度来讲，富裕未必是件坏事，但对于人心的影响可大了，它使人的眼光愈来愈集中于物质层面，与小我的秘密伎俩可说是一拍即合；可想而知的，从此，人心也愈来愈缺乏节制了。

另一个有趣的现象则是，凡是电视上没有报道的事情，便失去了重要性。例如1973年9月11日，智利经由民选的总统竟被美国情报局所雇的凶手暗杀了，电视只是轻描淡写地带过，只因美国有意扶持另一个右派领袖。随后数年，被这傀儡政权凌虐屠杀的智利人民多得不可胜计，当全世界为此暴行而发指之际，美国人民却浑然不觉，只因为电视上没有翔实的报道。

1990年，美国人也不知道自己的国家没有资格参加欧洲联盟，因为按照欧洲的法律，死刑的存在让美国落于“不文明国家”的行列，而失去了加盟的资格。

当然，推到究竟，这一切仍是小我预先写好的剧本，而我也只能眼睁睁地看着它们；我承认，宽恕通常不会即刻浮现于我心中，但不论耽搁多久，它迟早还是会现身的。

1998年8月的一个下雨的午后，阿顿和白莎第十三次来访，白莎一脸笑容地开始我们的谈话。

白莎：嗨，葛瑞，真高兴看到你，又会面了，真好。我们很高兴你去看肯尼斯了，当然你不必亲自见他，一样也能学到他的观点，但跑这一趟很值得，不是吗？

欢笑乃是圣灵的招牌，只要你对世界太过认真，你就被它逮住了。

葛瑞：真的如此，很棒的会晤，我真没想到这位博士这么风趣。

白莎：老弟，欢笑乃是圣灵的招牌，只要你对世界太过认真，你就被它逮住了。

葛瑞：嗯！我要记住多笑一点。我的宽恕还是常常慢了几拍，你一定知道我今天想要谈什么，我希望在接受圣灵指引方面做得更好。对了，我非常感激你们这样纵容我，让我想到什么，就问什么。

白莎：一切都在计划之内。我们就讨论一下那超乎世界的指引之源吧！我们今天不会逗留太久，所以让我们马上切入正题。你念过《颂祷》那一篇文章了吧！

葛瑞：当然，我喜爱得不得了。

白莎：那么让我们先说说“什么才是真祈祷”，你该如何在不求“附带利益”之下而获得附带的利益。

葛瑞：能否打个岔?

阿顿：请说，我们正是为你而来的。

葛瑞：我最近想到，从圣方济一直到特蕾莎嬷嬷那些地道的圣人，都是虔诚可敬的灵修人士；这让我不禁怀疑，自己哪里配当上主的使者，你知道我不是那种虔诚派的。

阿顿：随时记住这一点，唯有你的宽恕能证明你的虔诚，而你如今已经愈来愈习惯宽恕了。你大概已经忘了，几年前，宽恕对你绝对不是轻易的反应。现在，你每次宽恕之时，只要记得把它当作你给自己以及给上主的礼物，就没什么好担心的了。

葛瑞：多谢，我会继续努力的。但我真的缺乏那一股劲，不觉得有必要写这本书，也不想东奔西跑，去充当《奇迹课程》的发言人，你知道，我的声音一点都不悦耳动听。

阿顿：如果你真不想做的话，就不必勉强；如果你决定一试，不妨记住一件事：摩西也没有悦耳的声音，希特勒的声音倒是挺动听的。外在的形式并不重要，重要的是讯息的内涵。何况，你如果放胆伸出头来试一试，其结果，可能让你自己都吃惊呢！

总之，别忘了一点，你是说给自己听的，外面没有任何人。你随时都该这样提醒自己。

至于你说的“那一股劲”，人们之所以会有强烈的性欲，或是对工作的狂热，其实是在害怕死亡，或者说是他们感受到生命“大限”的威胁。至于你这类提不起劲的懒虫，只是把死亡的恐惧投射到其他方面去了。这时，你只需记住，害怕死亡或害怕上主，都是何其荒谬的事。

葛瑞：说实话，我还真怕我的夏威夷之梦会破碎，没有想到我对这个岛的执著还挺深的。

阿顿：你大可不必为此而感到内疚，想搬到夏威夷去住，有什么可非难的呢？每个人都得找个地方栖身，只是各有所好而已，所以不必再为此自责了。连鲸鱼都聪明得知道该去夏威夷过冬，你也不笨，为何不能去那里？

葛瑞：“长安居，大不易”，我只担心自己的经济条件在那儿撑不了多久。

阿顿：那是因为你把马车架在马的前面了。算你好运，我们今天所要谈的，正是如何帮你把马放回马车的前面。

白莎：你必须先了解一点，不论你的境遇如何，你都是纯洁无罪的。世上有些人会为自己的贫穷感到内疚，有些人则为自己的富裕感到内疚；你可曾想过，在你数不清的轮回梦境里，你曾经富过多少世，又穷过多少世？但要记得，没有一世是真的，都是一场徒然的梦。

我曾经提醒过你，如果你已经真正把握了这部课程的基本理念，你所学到的那些原则，必然能够套用在具体的生活之中。比如说吧，当你十分渴望某个东西时，表示你一定已经把自己视为一具身体，或是认定自己跟上主分裂了；否则，你怎么可能还会渴望任何东西？你若是一个灵，或与上主一体的，你便一无所需了。只要你能记起自己其实不是这一具身体，便不难退后一步，看清自己渴望之物何其虚幻，何其无价值。

再澄清一次，我们不是要你放弃世上任何物质，我们只是教你如何去看它而已。你若有所需求，表示你是匮乏的，才会有此欲望；这时你应记得，其实是自己有意用它来取代上主。因此，你与他的分裂才是问题的症结，你只是在做一个匮乏的梦，这全不是真的。从此，你不会把世间任何一物的价值置于另一物之上了，你会记得它们全是同样的虚无。

基督一无所需。如果你有所需求，表示你着眼于小我的脆弱；你若一无所需，表示你已着眼于基督的大能。

✡ 如果你有所需求，表示你着眼于小我的脆弱；你若一无所需，表示你已着眼于基督的大能。

葛瑞： 如果我喜欢夏威夷，只是看准了它的美丽才做此选择呢？

白莎： 想要如愿以偿，有一个方法，就是把你见到或想象中的美景，当成富裕的基督的一个象征。例如：在你生日那一天，即使是狂风暴雨，使你无法出门欣赏美景，但美景仍会在它真正所在之处，也就是在你的心中。

阿顿： 在你的个案中，匮乏显现为一种经济问题，那仍是你潜意识的内疚引发出来的。不要为此难过，世上还有更糟的呈现方式的，你的问题远比罹患绝症或其他棘手危机要好多了。你现在已经知道该如何去宽恕它了，你的血压正常，看起来比实际年龄年轻，数一数你的福气并感谢吧，你的人生课题还算是容易应付的。更何况，你的宽恕已经慢慢唤醒你对生命真相的觉知了。

葛瑞： 我已经慢慢明白该如何祈祷，如何与上主同在了，但我还不太明白你说的“附带利益”这个观念。

阿顿： 好吧，我们就简单地解释一下，然后就该告辞了，让你自己好好地练习。“熟能生巧”！记得吗？

你不妨这样去看：如果虚幻的娑婆世界永远变化无常，而上主却是永恒不易的，你会选择哪一个作你所需资源的来源？匮乏的问题只是分裂之念的象征，只因你把信心全放到不可信赖之物上，问题才严重起来。你若认为自己的资源都是来自世间的某物，比如事业、工作或是特殊才能，那么外界一有变动（世界保证是变化无常的），你就落难了。你那虚幻的资源随时都有失落的可能。

除非你的终极资源是不可能变化，也不可能失落的，那么，你才算是把信心放对了地方。如今，你可以把过渡性的工作及努力，当作一种工具，象征着你那源源不绝的资源的一种形式。如今，你的终极源头成了取之不尽的泉源，它会以“灵感”的形式随时给你具体的指引。

万一你谋生的工具“坏了”，又有什么关系，你不必紧抓着不放，因为那不是你真正的“资源”所在。你的终极资源若是源源不绝的，那么一个工具坏了，很快会有另一个工具前来递补，它会很自然地透过“灵光一现”的方式出现的。这是最好的安心法门，因为你知道你绝不可能失落那个终极资源的。

葛瑞： 我慢慢体会到你所说的话了，但你能否更具体地形容一下那个“附带利益”？

白莎： 好的。J兄在《颂祷》中的解说算是相当具体了，但你与上主的合一必然是抽象的。日后，你寻找的答案通常会在你意想不到的时刻突然浮现，你可以称之为“与上主结合的余波或余响”。你既然已经读过这篇文章，让我再为你复诵其中一段精华：

✡ 祈祷的秘诀就是忘却你心目中认定的需求。

祈祷的秘诀就是忘却你心目中认定的需求。祈求具体之物的心态，与“先看出对方的罪过，再设法宽恕”如出一辙。因此，祈祷时，你也应放下心目中的具体需求，一起交托到上主手里。如此，它们变成了你献给上主的礼物；你等于向上主说，自己无意在他面前设置偶像，你唯他的圣爱是求。[2]

我来举个实例吧！当你冥想时，不妨观想自己牵着J兄或圣灵的手，迈向上主。然后想象你把所有的问题、追求的目标以及执著的偶像都当成一种礼物，放在他的祭台上。你不妨告诉上主你对他的爱，并且感激他对你无微不至的照顾，让你的生命永远安全无虞，永远一无所缺。然后，安静一会儿，沉浸在“上主不只把你创造得像他一样，还永远与你同在”这一真相里。此刻，决心放下一切，结合于上主的爱内，让自己全然消失于合一的喜悦中。

数日之后，也许在你吃三明治时，或是在电脑前工作，突然灵光一闪，冒出一个灵感，答复了你的问题。你可知道，灵感的原文 inspiration 的字根就是 in spirit；你一与灵性结合，答案自然出现。人们终日忙着要求上主答复他们的需求，如果他们知道如何祈求的话，也该知道答案会如何出现才对。他的答复绝不会是有形可见的，而是由你心中冒出的一种无声无息的指引，也就是一个灵感，《颂祷》称之为“上主之爱的回音”：

只要是来自上主的答复，它必会按照你自认需要的形式来呈现。然而，这最多只能算是圣灵答复的一个回音罢了。它的主题曲永远是一首感恩与爱的颂歌。[3]

因此，关键在于：与上主结合于爱与感恩之中，忘却其他的一切，消失于他的爱内。这才是所谓的“充满灵光”，它本身即是一首颂祷。那个回音，则是“附带利益”，它原非祈祷的目的，只是当你结合于上主之爱时自然产生的结果。

因此，你祈求的并非那个回音。那首颂歌才是你想要的礼物。为它伴奏的泛音、和音及回音等，都是点缀而已。[4]

葛瑞：这答复可不可能按照我心目中渴望的形式而具体呈现在世界上？

白莎：上主的答复一向是内在的，不是外在的，如果它具体显示于世间，最多只能算是一种象征而已。不要期待上主为你在世间做任何事情，他绝不会的；但当你听从指引所得到的“结果”，却可能以具体的形式显现在世间，然而，那也不过是你生命本有的富裕与安全之象征而已。

阿顿：此后，你的起心动念会从“大能”而非“脆弱”的角度出发，你会发现自己工作时愈来愈有耐心，心情逐渐放松，工作效率也随之提高了。当你迈向上主时，只要放空原有的欲望，便不难感受到他的爱。即使回到你心目中的那个世界，你也愈来愈容易忆起自己真正之所在，即是与他同在之处。遇到问题时，你会很自然也很清晰地知道该用什么方法去解决；面临重要抉择时，你也很清楚自己该做什么决定。

这方法极其灵验，为它的有效性提供了最好的证据。当你由天父那儿领受恩赐时，不要忘了，你永永远远都是跟他在一起的。

上主只会给予永恒的答复。人生枝枝节节的答案早已包含在这个答复内了。[5]

白莎：我们得告辞了，但这只是形体的分离而已，当我们消失时，我们要与你结合于上主内，因我们也在那儿。当你迈向上主时，并不是有所求而来的，纯粹出于爱。只有在你爱他时，才会发觉自己正被他深深地爱着，现在如此，永远如此。

在真祈祷中，你只会听到那首主题曲。其余的一切都是锦上添花。只因你已先寻求了天国，其余的一切自然会赐给你。[6]

14 比“性”更美妙

启示能暂时却彻底地消弭人的疑虑及恐惧。它反映出上主及造化之间原始的天人相通之境，这种关系会给人极其私密的创造感，致使人们企图透过肉体关系追求这种感觉。然而，肉体的亲密是不可能达到这一境界的。[1]

我在生活中观察到不少与“性”有关的现象，最值得玩味的，莫过于下面三点了：

＊虽然“性”和自然界的一切现象一样自然，人们却想尽办法让人对自己的性生活生出罪恶感。

＊即使人们感到罪过，还是照做不误。

＊在这三句不离“性”的西方社会里，没有人愿意面对这一事实：“性”并无法让人真正快乐。

曾在音乐圈混过一阵子的我，认识不少娱乐界的朋友，尽管他们的性生活看似无比风光，却依然活得很不快乐。人们总以为性生活频繁的人一定是春风得意、快乐无比的，事实不然，性经验只是一闪即逝的快感。真正活得心满意足的人，他的快乐通常来自内心，而不是靠一时的快感。

《奇迹课程》最棒的一点即是，它根本不提“性”的问题，当然也不曾对性行为做过任何批判。它关切的只有一点：奇迹学员究竟在和自己的“身体”认同，还是在和“灵性”认同？

当一个人视自己为灵性生命时，并不表示他放弃性生活；但人们若拼命去压抑自己，或老是劝别人禁欲，这就成为一种批判而非宽恕了。话说回来，一个人若心甘情愿地度贞洁的生活，也没有什么不好。

不把自己看成一具肉体生命，就是要你们迟早能够认出自己以及身边伴侣的本来面目。对相爱的人而言，性行为只是他们表达一体之爱的象征，关键在于他们是否“觉知”身边的伴侣并不是一具身体，而是基督（即使一时“热”过头而忘了，也无大碍）。总之，他们怎样看待身边的伴侣，在心中也会怎样看待自己。[2]

《奇迹课程》最有力之处即它不只要你相信自己不是一具身体，还能具体教你如何获得更超越、更美妙的经验，而大部分的人几乎不敢想象人是可能活得那么美妙的。这部课程的目标，就是要把学员带到他的真实身份以及那超乎世间的美好经验中。

奇妙的是，这个“超理性”的境界，必须透过极其“理性”的学习过程，它其实就是圣灵给世界的永恒答复之先声。大部分的人在舍弃世界时，难免踌躇不定。如果他们尝过另一境界的美妙，还会迟疑吗？只要有过一点地道的灵性经验的人，便会知道，物质世界所能给予的，跟那种境界相比，简直像个残酷的恶作剧。

世间所有的经验，包括性经验在内，其实都属于心智的活动，即使这经验看起来好像发生在肉体上。我曾在波士顿教堂聆听两位喇嘛演讲，会后有一段发问时间，听众提出的问题大都相当“灵性”，只有一位女性勇敢地站起来问两位喇嘛说：“你们怎么能够忍受三十年没有性生活的日子？”英文较好也较年长那一位，沉思了一会儿，给了听众一个意想不到的答复：“当你始终都活在高潮之中，性经验就不是那么重要了。”

经过这几年非比寻常的经历之后，我才逐渐了解那位快乐喇嘛的答复，反映出人们在舍弃这无常又虚幻的娑婆世界时的两难心态，与《奇迹课程》的观点有异曲同工之妙。的确，若与分裂的心灵所经验到种种起伏不定的感受相比，圣灵所赐的经验才是持久不变的。上主的永恒“圣道”是不可能真正变成无常的“肉身”的，那只可能发生在虚幻的梦境里；但我们仍可将这血肉之身带入真理实相之中。

到了1999年4月，我每回走进自家客厅，都满怀喜悦，期盼着阿顿和白莎会如约而至，我也早已盘算好要向他们请教“性”的问题。就在我们新英格兰区自定的“爱国节”晚上，我终于等到了他们的大驾。

阿顿：嗨，葛瑞。

白莎：嗨，葛瑞。

葛瑞：伙伴们，看到你们，真太兴奋了。多谢光临，感到好久没见了。

白莎：其实我们一直都在这儿，你只是看不见而已。说到“好久”，顺便跟你提一下，我们最后三次的来访都将安排在12月，也就是1999年到2001年的圣诞季节。你对宽恕已经懂得够多了，我们的到来，只是帮你打打气，顺便再叮咛几句而已。

既然“性”问题是你们所谓的人生的一部分，我们也知道你这回想要谈一谈“性”问题，就让我们言归正传吧!

葛瑞：毕竟是喜欢开门见山的好白莎！你曾说过，这部课程提醒我们，小我会千方百计地诱骗我们相信自己只是一具身体。我想问的是：你既然说，我还是可以过我的凡夫日子，那么我在操练《课程》的同时，如何才不会在这梦幻人生中老为着自己不得不与身体认同而感到不安?

阿顿：只要记住表相之下的真相，适时地宽恕一下就行了。梦，虚无得很；性，也虚无得很。只是请你千万不要在行房以后，转头就跟身边的伴侣说：“那真是虚无得很！”

葛瑞：我就知道又被你们抓到把柄了。

阿顿：然而，只要你愿意，你随时都能看清事情下面的真相。《奇迹课程》一开始就说了：

幻想只是妄用联想能力的一种方式，企图从中获取一些快感。就算你真的看到自己联想或幻想出来之物，也不可能把它弄假成真的，只有你自己会把它当真。你必会相信自己所造之物。如果你给出的是奇迹，你也会同样相信这一奇迹的。[3]

葛瑞：言下之意，一切都是出自幻想，包括性问题，也不过是人们企图透过虚妄的联想，从中汲取快感而已。事实上，性高潮已被我们的社会捧成虚妄的偶像了，但说穿了，它仍是同一个想要取代上主的企图。

白莎：是的。让我念一段《正文》给你听，J兄在此谈到“另类偶像”，性必然也是其中的一尊。

不要被偶像的外形蒙蔽了。偶像纯粹是为了取代你的真相而存在。你内心必然相信偶像多少能满全你那渺小的自我，在危机四伏的世界给你一些安全感，只因世界的强大势力随时都在打击你的自信与心灵的平安。这些偶像有时确能补给你的所需，为你增添一些你原本没有的价值。为此，只有自甘卑微且迷失自我的人才可能相信偶像。他想在渺小的自我之外，寻找更高的力量，让自己抬得起头，不受世界有形的苦难所扰。其实那是一种惩罚，是你不愿往内寻找肯定与安宁的报应，因为只有它们能帮你由世界解脱，让你活得心安理得。[4]

葛瑞：你害我兴致愈来愈高了！

白莎：老弟，别怕，因为J兄曾经这样安慰你：

本课程并无意夺走你所拥有的那一点宝贝。[5]

它只会帮你准备好领回你天赋的资产，比任何生理快感都美妙千百倍呢！

葛瑞：你知道，在学这部《课程》以前，我是不可能接受你这说法的；然而亲身经历过几次灵性境界之后，我必须承认，性快感真的是望尘莫及。

白莎：一点都不错。更何况，他也无意剥夺你心目中怀有的欲望。谈到欲望——凯伦今晚不在家？

葛瑞：不在。她去新罕布什尔州（New Hampshire）陪她母亲逛街购物去了。她今晚会住在妈妈那里。

白莎：我就知道你会这么说。

葛瑞：有趣的是，几个礼拜前，我才跟凯伦谈起年轻时的一件事。有一次，我参加一个天主教堂举办的舞会，我们跳的是慢步的舞曲，自然跟女伴贴得很近，突然一位修女跑过来，在我和女伴中间插进一把尺，说："孩子们，中间留一点空间给圣灵。"我每次想到这件事，就忍俊不住。

阿顿：大多数的宗教都想尽办法压制人们的性欲望；等到结婚之后，又鼓励他们努力增产，为教会生出一群身体出来。其实，要人们压抑潜意识中早已预设的欲望，等于是要鸟儿别飞！

你还记得你高中时那位"自以为义"的浸信会牧师吗？他一天到晚提醒信徒"性"是邪恶的，自己却和教区内一半以上的女性有暧昧的关系。

✡ 要人们压抑潜意识中早已预设的欲望，等于是要鸟儿别飞！

葛瑞：耶！我们给他一个诨号"一面降福一面解衣佬"。

阿顿：高中时代的你，性欲旺盛得可怜，你那时可能听从这类伪善者的话吗？

葛瑞：这是不可能的事。

阿顿：你当然不会听。我们现在要讲些正经事了，但只能概略地提一下。

在西方宗教形成的最初七百五十年中（大约是公元325年到1088年），从来没有人要求神父独身。直到那位缺乏幽默感的格列高利（Gregory）教宗上台，坚持所有的神职人员必须独身，即使当时已经结婚的神父也不例外。这一史实很自然会让我们质疑：这位教宗的决定跟J兄的教诲又能扯上什么关系？

葛瑞：毫无关系？

阿顿：正是。此后的九百年间，天主教的神父必须独身守贞，有些人还可以安之若素，自在地过他"独善其身"的生活，但在另一些人身上，却产生了许多变态性行为的后遗症。想一想，那些神父如果有正常的泄欲管道，便不至于有那么多不幸的丑闻了。

虚幻的娑婆世界本来就是"积压"和"释放"的场所，典型的二元现象，这在所谓的自然界中屡见不鲜，连你们的音乐也处处流露出这两种张力。当人们还没准备好，就强迫他们放弃某种行为，是有违自然的。何况，对大部分的神父而言，实在没有这种必要。至于那些有娈童倾向的人，不论教会怎么规定，根本就不该让他们参与神职工作的。

如今，《奇迹课程》教人用宽恕来释放内在的压力。除非人们已经充分准备好，否则不该要求他们放弃最世俗的欲望。当人们愈来愈懂得“真宽恕”，心灵也愈来愈成熟，自然会放下那类欲望的。

即使J兄也不是一直守贞或独身的，虽然他后来根本没有性需求了，但最后那十五年间，他一直是过着婚姻生活的。

葛瑞：对不起，你在说什么？

阿顿：也许你们这个时代的人觉得这种说法太离经叛道了，但在两千年前，一个犹太人若到了那个年岁还没有成家，才真是离经叛道呢！别忘了，J兄去世将近一千年后，教宗才颁布神父必须守贞与独身的命令。基于西方宗教对历史的扭曲，再加上世世代代人们习惯把潜意识的罪咎投射在“性”上，你们今天才会觉得J兄理所当然应该独身才对。

葛瑞：嘿，也许有人很在意他是否独身，我才不在意呢！干我屁事！

阿顿：那么，就让人们知道这一真相：把性看成负面的这种观念绝对不是来自上主，也不是来自J兄。你若认为“性”有问题，那么，吃饭也该成为问题才对，两者都是身体的正常活动。凡是持有相反论调的，都是后天人为的观点，并非圣灵启发出来的。

当然，如果有人受到圣灵感动，自愿放弃性生活，以此表达自己本来圆满的真相，也未尝不可。

葛瑞：我最近也在想这件事，J兄究竟跟谁结婚了？是“抹大拉的玛利亚”（Mary Mag’dalene）那妞儿吗？

阿顿：确实是她。现代很多人把她当成妓女，其实古经里从来没有这样说过，只因古经提到了不少的妓女，人们便臆测“抹大拉的玛利亚”也是其中之一。其实，她是J兄的爱妻。

在那个时代，犹太法律规定得很严格，当人过世后，只有家人才准许为死者的身体膏油。根据新经的记载，“抹大拉的玛利亚”获准进入墓穴为J兄膏油(虽然那时J兄的身体已经不在墓穴中了)。这一记载，不已清清楚楚地透露了她的身份吗？

葛瑞：嗯，有意思！

阿顿：问题出在人们心中一堆先入为主的成见。J兄来到世界，可不是为了建立某个宗教来批判别人的身体所干出的事情。他以前教的是宽恕，至今教的还是宽恕；唯有如此，才能帮人认清身体的无足轻重，慢慢接受自己的真实身份——基督。

葛瑞：你是说，我可以一边宽恕，一边过我的凡夫生活；我也可能同时享受性高潮和复活的喜悦。

阿顿：可以这样说，但绝不是“同时”！到了某一阶段，你仍须在身体与灵性之间做一个永久性的选择。

白莎：说到身体，人们常会认为人的身体有一些最性感、最引人注意的部位，你也一样，你心目中也有最吸引你的部位。其实，身体没有任何部位会比其他部位更重要，就像没有一具身体会比另一身体更为重要，道理是相同的。它们全都一样地虚幻不实。对了，你的性癖好也是同一回事。

葛瑞：你是指我对女性的小腹与肚脐最有“性”趣那一回事？

白莎：正是。顺便一提，这种“性癖好”在中东地区倒是挺普遍的。你该知道，这种联想原本出自心灵层次，为了激发人的某种感觉而在有形世界中演出，但大多时候，它故意让你生出罪恶感来。

一般人可能不太清楚，人类身体的性成长分为两个阶段，人人都知道第二个阶段，就是“青春期”，很少人意识到人的性倾向通常在性成长的第一阶段（也就是孩童时代）已经定型了。可还记得“亲子关系只是你营造出来取代上主的一种关系”这个观念？让我举个例吧，一个孩子若从小习惯在母亲的脚边玩耍，在潜意识中，他会把这一双脚和母亲联想在一起，到了“青春期”，他会发现女人的脚常会勾起他的性欲。他的母亲象征着上主，那一双脚则象征着母亲。

说穿了，“性”不过是一连串虚妄的联想及取代作用而已。本来单纯得很，却因为压抑与投射，而变得扑朔迷离。这一切其实早已设定好了，只是以这一方式呈现于人间而已。以你而言，女人的肚脐眼最容易让你亢奋，其实，不论是什么部位激起人的性欲，一概可以推溯到童年某种联想存留在潜意识中的记忆，而这种联想，会逐渐发展为某种特殊的性需求。

葛瑞：听起来很有道理。因着这类联想，我在不同阶段确实有过不同的偏好。推到究竟，最后都脱离不了一个“疚”字。正确的回应方式，也还是同一个宽恕。

白莎：很好。请记住，不论你有什么性癖好，这部课程无意改变你的行为，如果你能改变习性，当然很好，如果改不了，也不必担心，何况你未必真想改变这一习性。只要你还记得自己是全然纯洁无罪的，这才是最重要的。

『性』不过是一连串虚妄的联想及取代作用而已。本来单纯得很，却因为压抑与投射，而变得扑朔迷离。

葛瑞：多谢。

阿顿：提到联想，男人常把子宫和天堂联想在一起，女人亦然。只是男人想要进入女人体内的冲动比较强烈，有时女人也有类似的倾向。

葛瑞：这大概解释了为什么男人从女性的阴道出生之后，终其一生都想要回到那儿去。

阿顿：很高兴你不打自招了。

葛瑞：说到“癖好”，为什么中东的伊斯兰教徒可以有四个老婆，我们美国男人只准有一个？

阿顿：其实你们国家的法律也允许你有四个老婆啊！只是不可同时娶四个而已。

葛瑞：啊！说得倒没错，也许这样更有趣一点。让我继续问下去吧！下一个问题，恐怕我会自找麻烦！

阿顿：你会惹麻烦？保证不会！

葛瑞：好，白莎！你能不能给女性一些性方面的忠告？

白莎：当然，小心那“独眼蛇”！

葛瑞：够幽默！还有呢？

白莎：你大可不必为女人与性操心，她们谈的可多了，终日开秘密会议，没有你们这些阳性病毒闹场，她们其实挺知道如何彼此扶持的。说来说去，最后还是回到宽恕。

葛瑞：你知道吗？我以前总以为自己年事稍长后会安定下来，养三个小孩，一男一女一中性，过个家庭生活。如今，我愈来愈不确定了。我觉得所有的特殊关系都和所有的判断一样，脱离不了过去与未来。我并不是说有小孩不好，只是愈来愈不觉得自己需要小孩了。

阿顿：继续与上主结合吧！他必会指引你该走的路。究竟说来，人间救主与上主的结合和教会里修女嫁给耶稣的说法，基本上并没有两样。如果你目前还没准备好，也没有人会勉强你的。但葛瑞，不妨提醒你一下，你其实早已为人父了。

葛瑞：别瞎扯，我才没有呢！

阿顿：我不是指那一类父亲，老弟！可还记得《学员练习手册》这一段意味深长的话：

释放这世界吧！你真正的创造正引颈盼望着解脱，它才能尊你为“父”（我指的不是幻相世界的父亲，而是真理之境的天父）。你是他的圣子，他让你分享他的天父身份，他从不在“他自己的生命”以及“仍是他自己的生命”之间作任何区分。他所创造的一切，从未离开过他，你绝对找不到天父的尽头以及圣子独立出去的那一点。[6]

葛瑞：酷！你是说，当我回归天堂时，就和天父完全一样了？

阿顿：没错，完全一样。

葛瑞：真是不可思议。

阿顿：你既然懂了，好好修你的宽恕吧！当你准备好回归自己的本来境界时，就会跟上主团圆了。这可不是我们说着玩的，是他的许诺。J兄在同一课里继续叮咛你：

否认幻相而接受真相吧！否认自己只是一道阴影走过一个濒死的世界而已。你一旦释放了自己的心灵，就会看到整个世界也随之解脱了。[7]

白莎：好了，老弟，我们就要回到所来之处了，你还有什么要问的吗？

葛瑞：目前想不出来，经你们这样一说，好像所有的问题都如水落石出一般，真有意思！当我还是孩子的时候，总以为我这一代会比上一代酷多了。我父母也都是乐师呢。我如今明白了，音乐也好，性也好，每一代都认为那是自己的新发明，都嫌父母落伍。转眼之间，这些人自己也生了一堆小孩，小孩长大了，也觉得音乐与性是他们的专利，父母太落伍了。

白莎：观察得很透彻，的确，都是风格和荷尔蒙在作祟；隐藏在它们背后的，仍是小我的分裂意识，千古以来，始终一成不变。而你这一生的工作，就是用圣灵的爱去取代那个分裂感。

葛瑞：是的。我发觉自己愈来愈惊叹心灵的大能了，包括了它在有形世界中的能耐。我读过一篇新闻报道，提及现代女孩的"青春期"征候出现得愈来愈早了，针对这个现象，科学家拼命想由遗传学及社交环境的改变去找出线索；这类科学研究，根本不允许人们从心灵的因素这一角度去思考。其实，各式各样的电视广告，为了促销商品，不断用充满性暗示的意象来洗每个人的脑子，刺激了孩童身体的变化。我说这些，并无意批判"性"，只是指出来，是心灵在主导身体的运作，而非遗传、环境或进化的因素造成的。

阿顿：你说的一点也不错，愈与身体认同，愈巩固了身体；愈与心灵认同，则愈能释放身体。每个人迟早都要为自己做一选择的。宽恕梦中的人物吧，老弟！你所得到的报偿就是真实的你、你的自性。

白莎：临走前，不妨再留给你一段《正文》里的话，它会指

愈与身体认同，愈巩固了身体；愈与心灵认同，则愈能释放身体。

点你回家之路。下个圣诞节再见了！在这期间，记住你来此的目的，也就是圣灵的目的。好好记住下面的话：

上主之子就这样轻松地从一个被宽恕的世界升往自己的天乡。到了那儿，他才会知道原来自己始终安息于彼处。连救恩都如南柯一梦，从他心底消失得无影无踪。因救恩乃是梦境的终点，梦境一旦结束，救恩也失去了存在的价值。有谁在天堂觉醒后，还会继续做着得救的梦？[8]

15　展望未来

恐惧是你信赖自己能力的一个最显著标志。[1]

千禧年的岁末，对凯伦与我都是一大转变。我们告别了居住十年的屋子，迁居到镇里的公寓，市区的便利取代了我们在乡下逐渐磨练出来的调适能力。虽然我们曾经动过几次搬家的念头，但为了我们的密友爱犬努比，始终不忍迁到市区。

努比无条件地爱了我们十五年以后，终于在这一年超生到狗儿的另一梦境去了。袄教一向认为狗和人在灵性上是平等的，据我多年的体验，我完全同意这一说法；佛教徒也相信，心灵终是心灵，不论承载它的外壳长得什么样子，我对这一观点也毫无异议。虽然我们都很怀念努比，但心里明白，我们终会在天堂，也就是在生命实相中重逢的。

那年秋天，我们终于拜访了向往已久的夏威夷；我们之所以愿意接受公寓式的住家环境，乃是暗中盘算不久的将来可能搬到欧胡岛（Oahu）或茂伊岛（Maui）去住。在这期间，世界正准备过渡到新的千禧年，供我不少深思反省的题材。

过去十年之间，我们陆续听到不少世纪转换之际的灾难预告，“新时代”的作家或名嘴争先恐后地预言地球即将面临的气候大变动，除了一些已知的因素以外，地球磁场的移位将会引发洪水、地震；温带地区会结冰，寒带地区会变得酷热；大地震会为大地重新布局，只有灵修高超的人才能幸免于难……这些灾难预言，其实和《圣经 · 启示录》里的末世警言没有什么差别；每个人都能信口雌黄地诠释《启示录》的说法。

后人对《启示录》的诠释，未必真的是那位信仰狂热的原作者之初衷。例如：有些人预言末世出现的“反基督”和数字666有密切关联；其实根据考证，那个数字很可能是希伯来人暗指当时的暴君尼禄（Nero），除了这位被基督教徒恨之入骨的煞星之外，此书并非暗示未来会有另一个“反基督”。何况，《启示录》的作者好像也犯了当时基督徒同样的错误，以为J兄会在数年内再度现身于人间；结果，这一差，差了两千年。

现代的宗教人士若想要一举成名，最快的快捷方式即是向世界宣告末日已经来临了，神的义怒即将显现于人间。这种利用人性弱点的手法，成功地控制了一群充满内疚的信徒长达两千年之久，其效力至今不衰，不只对西方宗教的信徒，还深深影响到“新时代”台上台下那一群人。有趣的是，在保守派基督徒的眼中，“新时代”正代表着“反基督”或魔鬼的工具。

人类历史上，地球表面不时地移位，将来依然会如此，但都不是人为的，这些事件其实受制于人们存心想要遗忘一切的潜意识。阿顿和白莎说得很对，小我乐于被吓醒，而人间惨剧自古以来确实常常发生在人们毫不觉察之际。即将来临的千禧年，开始时很可能会带来一些好运，也会带来一些厄运，但绝不是所谓的末日。小我的把戏玩得正在兴头上，它岂会轻易放弃这个游戏。

阿顿和白莎很早就声明过，他们不会透露太多未来的事情，但我是个喜欢冒险的投机商人，总想试一试，看能否从他们那儿窃取一些有关下个千禧年的天机，要是可以得知一二，肯定是很有意思的。

我知道他们一直在看顾着我，我也知道自己所做的宽恕功课并没有让他们失望。纵然我面对某些事件，开始时可能会看不顺眼，但最后还是记得宽恕我的弟兄姊妹。何况，当我决心宽恕且不再定人的罪时，我真正宽恕的究竟是谁？我清楚记得自己常常引用的这几句话：

上主这样请求你：“释放我的圣子吧！”你若明白他要你释放的其实是你自

己，你还会充耳不闻吗？[2]

我刚把堆在新家的箱子一一拆封，阿顿和白莎的身影突然出现于同一张沙发上，跟往昔没有两样。

阿顿：嗨，哥们儿（bro，夏威夷的招呼法），夏威夷的度假玩得可好？

葛瑞：玩得真好，多谢。我真喜欢那个地方，那儿的人都懒洋洋的，一副“哥们儿，没事”的模样，其实这话倒说得一点也不假。真是令人难忘的夏威夷之旅！

白莎：只要不是“内疚之旅”就好了，我们很高兴看到你玩得这么开心。你这小公寓挺不错的，你大概很快就会习惯公寓式的生活了。

葛瑞：说对了，从此再也不用剪草坪了。

白莎：你在夏威夷还拜访了两个奇迹读书会，是吧！

葛瑞：是的，看到不同的人对这部书的不同看法，挺有意思的。我觉得在欧胡岛的读书会比较能够体会《课程》里的“一体观”，而茂伊岛的读书会好像还没把握到这一重点。只需听一听他们的分享，便能看出其中的差别。不过当时我并没有发表自己的“高”见。

白莎：总算上道了！随时记住容许别人有他们自己的信念，你不需要别人附和你的想法，别人（不论他是否读过《奇迹课程》）也没有义务同意你书里所说的那一套。你只需把真理公开，其余的圣灵自会照料。到了因缘成熟之时，每个人自然会学到该学的东西；就算你想改变他们，也爱莫能助的，何况你根本不该有那种心态，要记得，一切毕竟只是一场梦。

还有，你可以说出自己的想法，但别去指正人家；表达清楚之后就静静退下，不要逞口舌之快。懂吗？哥们儿！

葛瑞：够清楚了。现在，能否告诉我，在即将来临的千禧年中，世界可能和平吗？

阿顿：嗯，不会。原因是，只要人们还一味和自己的国家认同，无法体认所有兄弟姊妹（包括你自己在内）都是灵性

> ✡ 随时记住容许别人有他们自己的信念，你不需要别人附和你的想法，别人也没有义务同意你书里所说的那一套。

生命的话，世界是不可能和平的。你的生命既然浩瀚无边，就没有什么疆界需要你去守护，世上没有一事一物值得你大动干戈的。我并不是说，你不该在国庆日大唱你的“星条旗”歌，只是当你表面上活得跟常人无异之际，我希望你心里仍是了然的，明白哪儿才是你真正的家乡。回家的途径不是靠幻相来防卫幻相，而是靠你宽恕那些幻相。

葛瑞：说得好极了！你能否跟我直讲，末日是否快到了？虽然我不以为然，但还是听你说比较可靠。

阿顿：末世的预言比你们的山河大地还要古老，它在犹太民族形成以前就有了，可以一直追溯到波斯及祆教的时代。当然，我们那时代的人，对《但以理书》的预言也有自己特定的诠释，就像今日的基督徒对《启示录》有自己的解说，新时代的哥儿姐儿们也有自己一套“地壳大变动”的观点。说穿了，都是同一个恐惧心理在背后作祟而已。

你可知道，《启示录》最有价值的地方是什么吗？就是：最后战胜邪恶的，不是靠武力，而是靠爱；“羔羊”所象征的意义即在于此。爱比恐惧强大多了，当古经说，慈善永远战胜邪恶，所强调的也是这个爱。

我来举一个“爱能战胜恐惧”的实例，让你看出圣灵如何帮助人们解决自己浑然不觉的危机。那个事件若爆发的话，很可能一举毁灭了你以及所有你认识的人。

1983 年，苏联认定你们的里根总统预备攻击他们，因为那时虽无战事，美国却大肆扩张军备。就在那个冷战期间，出了一个大家都没有料到的纰漏。9 月 25 日，苏联的军事机制软件发生小小的故障，使得电脑把云端反射的阳光解读为美国射来的火箭，按照军事程序，苏联将在五分钟内下令全面反击。如果此令一下，双方都会丧失千万条人命，美苏两国的大城市也将毁灭殆尽；至于侥幸存活的人，世界对他们来说，成了生不如死的地狱。

葛瑞：天哪，最后是谁阻止了这场浩劫的？

阿顿：一个人，这是最好的例子，只要有一个人聆听圣灵的声音（即使当事人根本未做此想），就足以扭转一切。他就是佩特洛夫（Petrov）上校，他鼓起勇气，没有遵照紧急状况的“程序”行事，他坚持电脑可能有问题，断然遏止了即将启动的攻击程序。因着他这崇高的表现，后来被他的上司当成把柄，逼他退出军职。如果当时是这位心智蔽障的上司当班的话，他很可能不愿承担失职之责而按照“程序”发动攻击了。佩特洛夫上校没有听从恐惧的呼唤而选择了爱，你和身边的亲友才可能活到今天。

葛瑞：哇！军备主义以及民族主义真厉害，世界因着它们愈来愈安全了！不是吗？

阿顿：这还用说！这位上校做出了史上大慈大爱的决定，拯救了世上所有的人种，竟然没有人知道他的名字！

葛瑞：人间哪一天变得公平正义了，我一定会打电话通知你。

阿顿：只有天堂里才有公平正义可言，因为它完美无缺，那是上主之子本来应有的生活。我们也无妨告诉你下一世纪的大致走向，你大可拭目以待：每一件事情都变得愈来愈大，愈来愈快，也愈来愈可怕。20 世纪的暴力事件、工业科技的快速发展以及报纸杂志耸人听闻的头条新闻，已经够荒谬了，而下一个世纪也不会有太大的改变，只会更大、更快、更可怕而已。对小我而言，简直是大快“我”心！

地壳不会移动，但气候会恶化，气温的变化更大，不论是冷或热。人们认为地球的温室效应是因为空气污染，说得固然没错，但地球的最低温同时也会变得更低。人类若一味跟地球的大气层闹着玩，势必会引发冷热两极的变化，而不只是温室效应而已。这一因素使得现有的科学研究呈现出种种矛盾，人们无所适从，这可给了大企业们最好的借口，一意孤行下去。既然科学都无法下定论，只要不违法，他们自然就百无禁忌，为所欲为了。谁顾得了世上患哮喘病的孩子愈来愈多？谁顾得了酸雨会毁掉所有的湖泊？

同样这一批大财阀，他们还挖空心思，在交易协议上附加一些细小字体的备注，设法用国际协议来取代当地的法令，这样，他们就不必接受地主国的法律约束，省下一大笔和消费者打不完的官司费用，如此，他们就名正言顺地凌驾于地主国的法律之上了。

20 世纪的美国，钱远比人重要，到了 21 世纪，钱会比法律更重要。透过民主机制选举出来的立法者，他们的选举费用都是来自这些财阀，所以他们不只欠这些财阀的钱，还欠下助选的人情。顺理成章地，透过大笔大笔的金钱，这些财阀便为自己挣得了无上的权势。民主政治虚有其表的立法程序，愈来愈像你们的职业球赛，纯粹是秀给民众看的，胜负其实早已预先敲定了。

葛瑞：地壳不会移位吗？

白莎：下一世纪当然还会有地震、海啸、龙卷风这类灾难，旦夕之间夺走成千上万的人命，把全世界吓个半死。但你想一想，哪一个世纪不曾发生过地震、海啸、龙卷风这类灾难，而在旦夕之间夺走成千上万的人命，把全世界吓个半死？

1960 年，东方某国发生大地震，死了数十万人，这事若发生在今天的加州，大概每个人都会认为世界末日到了；但这绝不会是世界末日的。不幸的是，同样的灾难只会照样发生，以前地震频繁的地带，继续会有地震，只是更强烈、更吓人而已。

你们为了经济目的，不顾后果地在海岸建立一个个港口城市，而且大都集中在太平洋海岸。连紧贴着密西西比河的圣路易斯城，也坐落在地震断层上；很少人意识到，纽约市也一样坐落在地震断层上。小我真是编写惊悚剧的能手。

阿顿：在气候方面，你们这一世纪所面临的最大挑战乃是水灾和旱灾的不断轮替。另外，将从欧洲开始，在三十年内，氢气引擎以及混合式的引擎汽车将会成为主流交通工具，但在美国，要等到你们的大财阀赚饱了汽油钱以后，才会慢慢跟上。许多石油公司还会继续存在，因为它们还有其他的副产品；但不论如何，氢气将是未来的主要能源。

至于交通方面，目前由纽约飞到洛杉矶需要五个小时，到了世纪末，民营客机只需三十分钟。

下一个世纪，可说有好有坏，但永远都脱离不了二元的现象。世界依旧分为“一无所有的”与“享有一切的”两种人。若从好的方面说，人类史上空前的经济成长已经起步了，你们的道琼斯工业股票指数，在五十年内会达到十万点。[19]

葛瑞：还说什么世界末日就要到了呢！

阿顿：现在，让我问问你，有一次你游览纽约时，曾经参观过帝国大厦的顶楼，对吧？

葛瑞：嗯，那次旅游挺有趣的。

阿顿：你为什么想要去那顶楼？

葛瑞：我想，它对我充满了意义，不少经典电影都曾在那儿拍外景，何况，很久以来，它一直是世界最高的大楼。

阿顿：对。为什么世贸大楼硬要盖得比它高几层呢？

葛瑞：才能把帝国大厦比下去啊！

阿顿：正是。但你还是去了帝国大厦，只因为它对你比较有意义？

葛瑞：对啊！你的意思是……？

阿顿：某栋大厦对你比较有意义，另一些地方对别人意义深重，每个人都有自己的偶像，但不论是哪一类偶像，它们仍有一个共通处，就是它们究竟能给人什么？《奇迹课程》这样告诉你：

必须多一点，不管什么东西，多一点美貌，多一点智慧，多一点财富，甚至多一点烦恼或多一点痛苦都好。希望获得更多，乃是偶像崇拜的目的。一个偶像若不成，再换一个，总有一天能找到更多的东西。不要被那些东西的外形蒙蔽了。偶像只是帮你得到“更多”的一种手段。这种心态彻底违背了上主的旨意。

[19] 阿顿讲过这话的那个礼拜，道琼斯工业股票指数打破纪录，高达11750点，不久，股市便陷入了“熊市”。阿顿的预言如果一语成真的话，在下个五十年内，道琼斯与大部分的股票市场必须继续制造惊人的成长假相才有此可能。——作者注

上主只有一个孩子，他没有成群的儿女。怎么可能有人拥有较多，有人获得较少？ [3]

葛瑞：这话一点也不假，但未必制止得了我想要“更多”的本能；除非我全然宽恕，否则我不可能不想要的。你知道，有一回我去攀登“钻石山”，山顶上的景色真是壮观极了，我即时将它献给上主。因为我突然明白了，自己一直想往上爬，反映出我暗中想要篡夺上主地位的意念；因此，我选择在那高峰上与他结合。我想，宽恕的形式有很多种，往往也随着环境而有所不同，但关键只有一个：宽恕就对了，管它什么形式呢！我并非反对人们去攀登高山，欣赏美景，我想说的只是：不论爬到哪里去，迟早我们还是得宽恕的。

阿顿：这是你此生唯一需要做的事情，老弟！我敢跟你保证，21 世纪会给你很多很多的宽恕机会。就以我们前面提到的恐怖分子为例吧！怎样才会让他们觉得更痛快？

葛瑞：我猜，他们一定会愈做愈大，而且是前所未见的，不把人们吓得魂飞魄散，他们是不会善罢甘休的，不只如此，他们还会想尽办法打破自己及前人的纪录。

阿顿：正是！一回会比一回更加惨烈，他们不惜投入更多的时间和精力。整个 21 世纪，西方国家的最大威胁就是恐怖分子的核武器及生化武器的攻击。当然，人们还会继续使用传统的轰炸方式，但因着“更大”的心理需求，未来情势的惨烈是不难预见的。

葛瑞：下一世纪里，恐怖分子真的会在大城市里引爆核弹吗？

阿顿：我无意吓你，答案不幸是：可能的。在那事件之后，地球上的生活会产生极大的变化，但世界还会继续撑下去的。问题在于，人们该如何利用这一局势？不同的人会找不同的解决办法，但对奇迹学员而言，只有一个答案：你必须用它来学习宽恕。

葛瑞：你能告诉我哪一个城市会遭殃吗？

阿顿：你知道我不会说的；我若告诉你地点，可能会改变某些人的选择。然而，不论发生什么状况，每个来到娑婆世界的人，潜意识中都冥冥知道将会发生的事，而他们自己选择了这一命运，就是要给自己一个学习宽恕的机会。

✡每个来到娑婆世界的人，潜意识中都冥冥知道将会发生的事，而他们自己选择了这一命运，就是要给自己一个学习宽恕的机会。

你也许以为如果我们帮他们逃过一劫，等于帮了他们一个大忙；其实，就算逃过这一劫，他们迟早还是必须经历类似的情形。因为在你宽恕以前，潜意识的内疚会不断提供你类似的状况，即使你目前也许还看不见这一真相。最好的应对办法仍是：不论外界发生什么大事，你都能学会宽恕。这是让你由整个梦魇脱身的唯一真正出路。虽然世界对某些人来讲，并不像个噩梦，但它迟早都会变成一个噩梦的。

至于这一世纪人们的普遍心态，因着传播信息的普及，每个人都想拥有他们在电视上看到的东西，世人的物欲会变本加厉。这并不是说，资本主义比法西斯主义还糟，它当然胜过法西斯；在资本主义下，人们起码还有追寻真理的自由。凡是真心追寻真理的人，必会如愿以偿的。

大致说来，会有更多的人把金钱奉为新的神明，包括老想用自以为“灵性”的方法追求富裕的那一群人在内。我们先前说过，金钱本身无罪，但它与灵性八竿子都扯不上关系。唯有以追寻上主为首要之务的人，才会最先寻到上主。

世间的人还需要一段时间才能了解《奇迹课程》的思想原则，绝大多数的人仍会继续相信以前的那一套，继续活在逃避和否定的心态下。他们会把上主请到世界来，设法把娑婆世界装点得灵气一点，冀望有个仁慈的大智慧在世界背后运作着，其实，是凶杀之念在背后推动着世界的运转。他们会把死亡视为生命的一环，其实，它只是那个根本“妄念”的一个象征而已。

总之，人们愈来愈习于粉饰太平，没有人敢面对现实的真相：那些无家可归的人以及你们的囚犯，半数以上都该送到精神医院去治疗；你们的警察死于自杀的比例远大于殉职的。

在你们这个愈来愈退步、愈来愈不文明的国家，只有国会议员才真正享有国家健康保险，一般民众根本沾不到这种福利。明年美国将会有八千人左右死于枪下，而邻国加拿大只有一百人死于枪下。你们的国家一向有暴力的传统，主张“极端的问题需要非常的解决办法”。国内那些狂热分子爱惜枪支甚于爱惜人命，他们将会不顾多数民众的意愿，一意孤行下去，绝不承认他们制订的那些政策是如此疯狂愚昧，每年夺走了无以计数的人命。小我眼看着这一发展，简直乐不可支。

在下一世纪，人类会登上火星，而且会有惊人的考古发现，证明确有智慧生命在那儿生存过；人类会首次和其他星球的生命进行接触，但那个人种并非来自火星。

整体来讲，好像有很多的变化，其实，骨子里跟以前并没有不同。

也许你目前还看不出来，这一切的一切全都指向宽恕课程，因为它们全都和身体脱离不了关系；而且不论外在情势如何，最后都会归结到某种“关系”上去。你这一生的功课不只是宽恕电视上的人物或是网站上的无聊新闻而已，最最重要的，还是宽恕你日常生活里与之建立关系的一具具身体。那些人绝不是无缘无故出现在你眼前的。

救恩并非只准你着眼于灵性而不看身体。它只愿你明白你是有选择的。你无须任何协助就能一眼看见身体，但对身体之外的世界你却如此无知。救恩的目的就是化解你的世界，好让你看到超乎肉眼的另一世界。[4]

你当然也可以继续去供奉你的偶像，但何苦来哉？这部课程一再苦口婆心地劝告你：

别往身外追寻了。那注定会落空的，每当偶像破碎一次，你就会哭泣一回。你无法在天堂不在之处找到天堂，而天堂之外绝无平安可言。[5]

葛瑞：这么说来，在我练宽恕的功课时，我仍能过自己的日子，追求我的人生目标；它只是要我们放弃心理上的执著而已。真不错！

阿顿：没错，但你很快便会发现，当你练习真祈祷和真宽恕以后，在灵性的启发与指引之下，你的人生目标很自然就改变了。事实摆在眼前，你已经在接受上主使者的训练了，这也不是你第一世充当上主的使者，所以没什么好大惊小怪的。要常常记住下面这段话：

天堂使者的角色与人间的信差之间有一个基本的不同处。他们传递信息的首要对象乃是自己。唯有自己先接纳这些信息，他们才能传递信息，将它送到指定之处。那些信息并非出自他们之手，这与人间信差一样；不过，他们的的确确是第一个收信人，而收信的目的只是准备再传出去而已。[6]

葛瑞：我懂，而且正在努力做——只是并非经常如此。

阿顿：其实，你算是经常了，只不过在某些情况下，你需要多一点时间才转得过来；但你这样持之以恒地宽恕，已经够令人刮目相看的了。如果你能稍微缩短一点拖延的时间，你内心的平安必会增长并且加深的，那不正是你想达到的近程目标吗？

每个人都有自己特定的宽恕课程，当他一路走下去，跟着圣灵一起宽恕，也愈来愈习惯把一切作为都交托给他管理，这些人迟早会跟你一样完成这个近程目标的，那么《奇迹课程》的终极目标也就不远了。J兄在《教师指南》劝诫每一个学员：

遵循圣灵的指示，能够帮你消除自己的罪咎。[7]

接着又说：

因此，切莫认为你必须遵照圣灵的指示是因为自己的不才或无能。其实它是带领你出离地狱的善巧方便。[8]

葛瑞：你们这番话，我听得耳朵都快长茧了；不过，我知道你们的用意，除了我确实需要叮咛以外，这番话并不只是针对我而说的，是吧？

阿顿：你猜对了，老弟。

白莎：《奇迹课程》所呈现的都是绝对性的真理，我们说过，可以把它浓缩为几个字："上主永恒如是"，但只有准备妥当的心灵才接受得了它。即使两千年后，这几个字仍是绝对的真理，上主也仍是完美无缺的爱。

真理是不会改变的，但你必须经过这部课程的"心念训练"，才可能领会这一真理。有些人这一生还没准备好接受它，老想扭曲上主和世界的意义来迎合自己原有的观念。如果他们真想如此，倒也无妨，只是 J 兄会这样反问：

上主岂会把世界存在的意义交由你来诠释？[9]

葛瑞：又是他那让人无话可说的雄辩问法！

白莎：当一个人了知一切真相之后，实在不太容易装出一派谦虚无知的模样。整体来讲，J 兄已经表现得够谦虚的了。

阿顿：只要是愿意像我们一样与 J 兄结合的人，我们都会很荣幸地与他（也就是你）结合的。《教师指南》最后说了：

你带来了一个新世界，

眼所未见，耳所未闻，

却是无比的真实。[10]

白莎：亲爱的葛瑞，如果你真的把今年当成 1999 年而打算开个千禧年庆祝晚会的话，我们也会宽恕你的。

16　关于复活

死亡之念显得神通广大，因为它已成了恐惧的化身、罪恶的渊薮、罪人的神明、一切幻相及谎言之主。[1]

一天晚上，我在离家十三英里外的商场购物，正巧碰到我们这一区向来极少发生的凶杀案，一位年轻男子在停车场被人刺杀，我望着这人从停车场那儿冲进来，一手捂着被割的喉咙，跌跌撞撞地穿过药店，然后倒在人来人往的商场中间走道上，满脸惊恐，一阵挣扎后，倏地翻过身去，脸部紧贴着地面，血流不止，好像断气似的。

这可怜的人伤势严重到在场的人（包括我在内）都手足无措，幸好救护人员很快就赶到了现场，我只能帮忙拦住好奇的旁观者，让救护人员进行他们的急救。我回头望一眼那个被刺的男子，不敢相信人的身体内竟然藏有那么多的血液，从他喉头冒出的血不只围住了瘫在地上的身体，那椭圆的血圈还继续缓缓地向外扩散着。周遭的人全都一语不发地走过，好似葬礼中的一幕送别式，亲友们无言地绕着开启的棺木，瞻望死者最后的遗容。大家都被笼罩在生命上头的死亡之念震慑得说不出话来。

我望着那一具身体，对他说："那不是你，它不可能是你，也不是我们，我们原是基督。"就在那可怕的现场，一瞬之间，我仿佛觉得自己不是真的在那儿，那具身体、那一滩血、死亡之念，不会比电影中的影像真实到哪里去。这并不表示我已经修到"八风吹不动"的境界了，往往在情绪起落不定时，我照样会反弹回去；只是眼前这个骇人的景象，猛然地，让我深深感受到身体的虚幻不实。

认为这个无常且脆弱的肉体能够容纳得了人的生命，这想法何等荒谬！这年轻人还没活到常人寿命的三分之一，他所有的希望、梦想、恐惧及喜乐都会回归它们所来之处——虚幻的妄心。它们真的配称为“生命”吗？

事后，我探问了一下圣灵，我这想法会不会是压抑或否定的心态？我所得到的答复是：“是的，那正是你对小我的否定！”显然，这种想法当初并没有阻碍了我在现场尽我所能地帮忙，套用我老师的话，我还是做了自己注定该做的事情，只是在我行动之际，心念并没有随着这个幻相跑，反而帮我看到了另一面。

接下来那个2000年的岁末，我一直在思考死亡的问题；那阵子，我也正在为美国总统的大选而怄气。眼看美国政府罔顾民意，竟然把具有高度争议性的选举结果交给高等法院来决定，真是愤怒不已。

阿顿和白莎第十六次出现在我眼前。

阿顿：购物商场发生的事件没有什么好说的，它只是让你看到人世间的本来真相而已。

葛瑞：说得没错，我知道这并非我们的真相，我对此已经有相当的体验了。只是，小我以前的把戏通常是骗我把别人的身体表现当真，这回竟然被圣灵借力使力，教我看到相反的真相，这倒是生平第一遭。

阿顿：很好。我们等一下再回到这一主题，先跟你谈谈你对这次总统大选结果的反应。

葛瑞：那算什么选举，不选也罢！那个被财阀收买的候选人，输了五十万票，还没算那一百万的废票（大多出现在少数民族区域）呢，而最高法院竟然判定他当选总统！你知道吗，最后一票还是当年被他老爸举荐的大法官投下的。另一位大法官还帮腔说，他和他的对手所打的乃一场“文明之战”，他甚至这样为自己的决定辩护：不该继续去重新计算佛州的选票，因为那会伤害到布什选举的合法性。老兄，让我告诉你一个新闻：民主政治已经死了！

阿顿：还没死，只是受伤了。你们美国的民意确实常被当政者背后的势力所操控，包括已经掌握在大财阀手中的新闻媒体。他们如果扭曲不了事实，就干脆封杀新闻，不准新闻媒体报道。根据《纽约时报》的调查，如果重新计算佛州的全部选票，戈尔（Gore）会赢得这场选举的，但电视新闻故意不报道这个调查结果。

大部分的美国人都忙着自己的生计，没时间理会大众的福祉，加上一般民众对政治的无知，常被政客骗得团团转，接受一堆贻害无穷的决议，完全被蒙在鼓里。

不过，这些决议有时未必出自总统之手，让我跟你讲个内幕故事，在70年代末到80年代初期，美国银行界和“美联储”（Federal Reserve Board）联手，故意制造通货膨胀，使得梦想购屋置产的一般公民，一辈子都欠银行的钱。以前只需贷款三万就够了，如今必须举债十三万甚至二十三万之巨，可以说，想要拥有一个属于自己的栖身之处，你得连本带利付出四倍的价钱。你注意到没有，通货膨胀平缓之后，房价并没有随之降低，你们的收入永远跟不上房价的飙升。卡特这个善良而有灵性的总统，最容易被政治利用，成为代罪羔羊了。

葛瑞：我对这事记忆犹新。福特总统在位时已经意识到通货膨胀的问题，大家也察觉到这个危机了，他甚至还打出WIN的口号，就是Whip Inflation Now（现在就打倒通货膨胀）。但当卡特当选总统时，“美联储”硬把利率压低，对外宣称此举会扭转经济萎缩的趋势，其实是雪上加霜。这个天大的骗局，大多数人根本不闻不问。人民确实需要多关切选举的后果。但就算关切，恐怕也是无济于事。

阿顿：从好处着眼，这次大选之后，你大概会对政治兴味索然了。

葛瑞：这算是好事吗？这不正中那群财阀的下怀？

阿顿：从某一方面讲，会有点儿好处的，因为我们敢跟你保证，政治永远都是这么一回事，不论你站在哪一方，都会看到另一方老在你面前张牙舞爪。我们并非劝你别用投票来表明你的观点，我们知道你每次大选都会投票，不少自诩爱国的人士还懒得投票呢！只是当你投票的同时，仍要记得宽恕，那才是你对政治的真正贡献。

葛瑞： 即使选举结果是作弊出来的？

阿顿： 老弟，这全凭你怎么去看。共和党人士也会说，肯尼迪在 1960 年大选时盗取了伊利诺伊州的选票呢！

葛瑞： 这话也没错，虽说芝加哥市长奇迹般地从死人堆里为肯尼迪拉了一堆选票，但即使没有伊利诺伊州的"做票疑云"，肯尼迪仍有足够的选票赢得那场选举的。布什在佛州的情形可不是这么一回事！何况，肯尼迪在全美的选民普选中已经囊括了多数的选票。

你曾经指出，从 1960 年之后，美国发生了许多光怪陆离的事情，改变了我们国家的走向，不是往好的方面，而是每况愈下。依我看来，艾森豪威尔总统针对军事和工业的勾结所发的警告，确有先见之明。两者联手掌控大权之后，第一个杰作就是暗杀肯尼迪。

阿顿： 我们可不打算深入那一事件的内幕，只是跟你泛泛地谈论一下政治和选举的问题。我们要强调的是，即使有些选举充满了诈欺，你永远都会有失也有得，这正是人间最典型的二元对立现象。唯有跟上主在一起，你才不致失落。为此之故，你的功课最后仍需回到宽恕上头。现在，你可以宽恕这次选举了吗？

葛瑞： 好吧！好吧！老兄。我也不想在自己撒手西归之时，身后还悬着一堆没有宽恕的蠢事！

阿顿： 好极了！因为你有时自视为投机商人及资本主义者，我们才会花时间跟你谈金钱和政治的事，其实，你并不真的是那种人。不论你对世间问题所抱持的观点正确与否，你所看到的那一切根本就不存在，是你自己营造出来的。

基于你已学到的那一套思想，你再也没有借口把潜意识的内疚投射在富人身上了，更何况你心中不也暗暗希望自己有一天能够跻身于《福布斯》的排行榜吗？这一切都会带给你一个借宽恕别人而宽恕自己的大好机会。

总而言之，人间一切光怪陆离的事情都在宽恕课程之内，而所有宽恕课程都是同等重要，没有轻重难易之分，包括了死亡在内。

目前为止，当你遇到较大的挑战时，可能还无法马上把宽恕发挥出来，但最终你还是会加以宽恕的，即使是这次的总统大选。当你宽恕之后，心里会安定一点；转眼可能又落入另一陷阱，开始妥协，这又会引发另一种不安。

苦难最喜欢招兵买马，寻求盟友了；但你大可不必接受它的邀请。你现在应该知所坚持，别再轻易妥协了，这就带入我们今晚要讨论的主题。

你已经确切知道自己并不是一具身体，你也不可能真正死亡的，对吗？

葛瑞：是的。我也相信《课程》中所引用的《新约》的话：“最后有待克服的大敌即是死亡。”[2]

阿顿：如果你不可能死亡，那么别人也不可能；如果他们不可能死亡，你也不可能。两者其实是一体的两面。

白莎：死亡只是象征你与上主分裂的幻相罢了。当你面临所爱的人死去时，有什么感觉？你会感受到一种分裂，好像突然失去了他，一如当初你以为失去上主一样。事实不然，你不可能真正失去他们的，一如你不可能失去上主，你们是分不开的。当你所爱的一具身体死去时，你会伤心哭泣，其实，你哭的是你对上主和天堂的怀念：

✡ 当你所爱的一具身体死去时，你会伤心哭泣，其实，你哭的是你对上主和天堂的怀念。

有谁能不为自己所失落的纯洁本性而哭泣？[3]

葛瑞：是的，我曾为父母过世而哭泣。不论我们哀悼的是谁，其实我们真正想念的是本来的家乡以及与上主同在之境。只因我们已经把它埋藏在潜意识底下，所以无法看出这两件事的内在关联。

白莎：正是。你在无量劫以来，不知有过多少父母、配偶及儿女，有些亲人在你生前便离你而去，这是梦幻世界的常态。然而，一切毕竟都在梦中，你其实一直都跟上主在一起。圣灵的思想体系就是为了唤醒你这一真相，但你必须做好自己的功课，也就是在你有生之年随时记住这套人生观。

葛瑞：正因如此，只要我时时提醒自己不该紧抓着新仇旧恨不放，那么我就能够不再怨恨了。更何况，这一切果真是我自己别有用心地营造出来的话，就没有所谓公平或不公平那一回事了。当我记住这点时，心里确实笃定了一点，但转眼之间就忘了，又掉回小我的陷阱。

白莎：你这一句话正道尽了所有认真的奇迹学员他们心中的痛。

葛瑞：就算你曾一度明白了真相，但状况一发生，真的很不容易记住，尤其是面临自己最在意的事情时。

白莎：没错，“随时警醒”不是一件容易的事，却是必备的条件。所以你该每隔一会儿就发个随时警醒的愿。你若记不住圣灵给你的真理，你耽误的其实是自己的幸福。《奇迹课程》这样反问每一个人：

所谓奇迹，不正是这个记忆吗？有谁心内没有这个记忆？[4]

葛瑞：根据我的经验，我知道只要我记得去做，是可能做到这部课程的要求的。

白莎：当然可能，不论面对任何人生难题，你都可能做到的，即使失去你所爱的人，或是面对自己的死亡。我们已经说过，这在你自己写的剧本中都早已预设好了，何苦为那些事情操心？它们不过给你另一个宽恕的机会而已。不论发生什么事情，最聪明的应对之道，就是善用这个机会加以宽恕，而且愈早愈好。

阿顿：你在意识的层次十分害怕死亡，但在潜意识的层次，死亡对你其实具有无比的魅力，你曾用“飞蛾扑火”的比喻形容它。《奇迹课程》提出了平安道上的四大障碍，死亡的吸引力乃是第三个[5]。其实你对死亡的恐惧是源自于你对上主的恐惧，甚至可以说，畏惧死亡不过是畏惧上主的象征。若非潜意识里的内疚，你是不可能畏惧这两者的。J兄不怕死亡，也不会害怕上主；你也应像J兄那样无惧于你的天父。

> ✡你该把虚幻肉体之死亡看成你的毕业典礼，表示你已经学完了你在这个具体而短暂的教室里该学的东西，理当庆祝一番。

你该把虚幻肉体之死亡看成你的毕业典礼，表示你已经学完了你在这个具体而短暂的教室里该学的东西。课程既然修完，理当庆祝一番，我敢保证那情境一定很有意思的。如果人们知道，在绝大部分的情况下，肉体解脱时所经验到的那种自由，就不会为死者哀悼了，他们应该嫉妒才对。

问题是，那个快乐也维持不了多久。我们前面提过，内疚会回头找你，逼得你不能不赶紧躲到身体的安全毯下。生死循环的梦，就是这样一幕幕演出来的。

葛瑞：为此之故，我该尽量善用此世的宽恕机会，这样，临终之际，也会充满趣味，不论那时我是否仍在身体内，都能趁机向前跨出一大步。如果这一生能够开悟最好，若不能，日子也会好过一点。你曾经谈论过轮回，我现在了解了，那也是一种假相，我只是梦见自己由一具身体转换到另一具身体而已。

阿顿：没错。说到轮回，只要懂得宽恕，信不信轮回都无关紧要，因为：

总之，他只需把握住一点，即诞生不是生命的起点，死亡也非它的终点。[6]

葛瑞：如此说来，人的意识即使不是真的存在，身体死亡之后，它仍会继续运作下去。只有当你彻底由梦中觉醒，意识才会消失，你才能经验到你与上主以及一切造化的一体性。

白莎：老弟，你说的一点都不错。每个人都会一起重归天国的，因为我们说了，时间只是幻相，在你开悟以及等别人开悟之间，并没有一段"等候期"，因为悟境属于实存的境界，它超越了时间和空间的限制。

心灵既然能够营造出时空，表示它必然存在于时空之外。让我再提醒一次，在你失去亲人的初期，难免会哀悼一段时日，但人们迟早都得宽恕这种失落之苦的。当你面对别人的感受时，也得顾及人间的情理。

葛瑞：你以前提过J兄真的治愈了已经死去的人，我猜拉撒路（Lazarus）也是其中之一吧！J兄怎有这般能耐？

阿顿：让死人复活和治愈病人并没有什么不同，真正的治疗师最后还是病人自己的心灵，你只需与他的心灵结合，提醒它自己的真实身份就行了。凭着J兄如此高深的境界，绝不会在这关键问题上掉以轻心的。他曾这样向你解说过你们之间的关系：

你的心灵迟早会选择与我结合的；我们一旦携手并进，必然所向无敌。你与你的弟兄会相聚于我名下，而恢复了清明的神智。我能使死者复活，因为我知道生命是永生上主的造化，永远不朽。你为什么会相信，为心神不坚的人坚定信心，或为了无灵气的人激发他的灵气，对我是更难的事？我从不相信奇迹有难易之分，而你却深信不疑。[7]

葛瑞：你是说，对J兄而言，让死人复活，和治愈病人、宽恕别人的毁谤，或其他种种奇迹，都毫无差别，而且也没有什么出奇之处，只因J兄深知上主所创造的一切都拥有永恒的生命，死亡并不存在，只有上主创造的才是真实的，他所创造的永远不死。

阿顿：也不要忘了，身体只是一个象征，J兄使拉撒路复活，并没有把他的身体变得与众不同，他连自己的身体都不认为有何特殊可言。他透过心灵复苏了这一具投射出来的身体，这当中，只具有象征的意义，肉体本身无足轻重。借着这个事件，他只是要透露一个讯息：死亡并不存在。

何况，拉撒路并没有像新经记载的那样；J兄让他复活之后，他并没有留世太久，很快又舍下身体，平安喜悦地进入生命另一阶段，因为他已经看到了，真的没有什么好怕的。

葛瑞：你是说，当每个人的注意力都集中于躺在墓穴里的拉撒路时，J兄却与拉撒路进行心灵的结合，就像他与自己的基督自性或圣灵结合那般，那么，他必然同时也与拉撒路合一了。心灵本来就是一体的，J兄才能将爱照入拉撒路的心灵，一起结合于圣灵之内，J兄知道那原是他们的本来面目。就这样，他向拉撒路显示了生命的真相，帮拉撒路的心灵复苏了他自己投射出来的身体形象，借以表达他对死亡的否定。

阿顿：老弟，我们总算选对人了，只是别忘了，J兄能进入人的心灵深处而提醒他的纯洁无罪的这种能力，是一般人望尘莫及的，正因如此，他才堪称为历史上最伟大的心灵治疗师。如果你第一次想要使死人复活而结果失败了，也别太失望就是了。

葛瑞：我明白。如果有一天我在祝福死人时，他突然爬起来走路，那表示我大概也走对路了。

阿顿：说得好！几年前我们就说过，你那时不可能了解我们是如何投射出身体的；如今，你懂得够多也愈来愈上道了。现在，让我们再为你总结一下：你投射出身体形象的方式跟你晚上做梦的方式完全一样，你的心先投射出一段影片，然后你经验到你的肉眼好像真的看到了自己的身体以及别人的身体，事实上，那是你自以为分裂的心灵在观看自己的心从另一隐秘层次所投射出来的心念而已。

当心灵复归于生命整体之后，再也没有层次之别，那么也没有什么电影情节需要投射，也不需要身体演给你看，于是你的身体便由电影中消失了。身体和世间所有的事物一样，都属于心识中的经验，而非生理或物质性的经验，它们其实是不存在的。但是已经开悟的生命，仍可能基于爱的缘故，在梦中显示形状的，好比J兄被钉十字架之后显示给门徒那样；他的爱如今成了圣灵之爱。话又说回来，你若不与圣灵合一的话，你也不可能悟道的。

白莎：亲爱的老弟，随后的岁月，继续学习、继续成长吧！等到你觉力加深，自然会明白这类事情的。容我再提醒一下，此后，你若能再加强一点宽恕的愿心，对你将更有帮助。过去几年来，你已经长进不少了，何不再发个更大的愿心。

葛瑞：我会的。《奇迹课程》多次提到真理的不可妥协性，我想我是该认真一点了。

白莎：好极了，别人若想用折中或妥协的方式去解说这部课程，无须你去纠正或阻止，你的责任只是宽恕。但你自己别再走折中或迎合大众的路了，何况，说穿了，除了你以外，外面没有任何人，只是同一个小我的千百万化身而已。当人们自视为一个分立的个体时，没有比死亡之梦的信念更让人甘心妥协的了。《奇迹课程》这样说：

除了你以外，外面没有任何人，只是同一个小我的千百万化身而已。

> **如果死亡有一点真实的话，生命就不可能存在。因为死亡否定了生命。然而，生命若有一点真实的话，死亡就被否定掉了。两者毫无妥协并存的可能。不是可怕的神明，就是慈爱的上主。**

这世界试过上千种方法企图让两者并存，将来还会继续如法炮制。但上主的教师绝对不会接受任何一种妥协的观点，因为上主是不接受任何妥协的。他从未创造死亡，因为他不会创造恐惧。对他而言，两者都是同样的无意义。

死亡的“真实性”深深扎根于“上主之子是一具身体”的信念中。如果上主真的创造了身体，死亡必然变得真实无比。而上主便不可能是慈爱之神了。真实世界与幻相世界两种知见之间的对比，在这一点上显示得再清楚不过了。[8]

葛瑞：换句话说，必须等我完全宽恕了世界，且不再把自己潜意识的内疚投射到世界时，我才会看到“真实世界”；当然，不是用肉眼去看，而是一种辽阔无边的心胸。到那时，表示我也完全受到了宽恕；到那时，知见或时间对我来讲，也自然而然告终了。[9]

白莎：说得很正确，老弟，看到你不只精读这部课程，还老老实实地做宽恕功课，我们真的感到欣慰。

葛瑞：多谢。说到人们总把上主之子视为身体的这类信念，让我想起今年科学家提出的“人类基因谱”（human genomics），把人类基因密码完整地排列出来了，他们自诩为“生命书”，而且声称这一系列密码决定了你是什么。

白莎：没错，科学家们特别热衷于生命的复杂性，即所谓的“身体之美”，却彻底漠视操纵身体的心灵。这种心态，好比只知重视那一无所能的电脑硬件，却彻底漠视写程序的人。小我这类阴谋在世上有时还挺炫人眼目的。

只要是有助于研究人员找出医疗妙方的事情，我们都不反对，我们已经说了，如果某种治疗能够消除病患的恐惧心态，将会有助于心灵进行身体的疗愈；但也别忘了另一事实。有些人在生理上有心脏病或阿兹海默症的倾向，或是因为血管阻塞，或是由于家族遗传，但他们并不一定会罹患这种病症。究竟要生病或是痊愈，最后都取决于自己的心灵。

葛瑞：酷！还有一件事情，这些年来一直想问你，却老是忘了。意大利杜林教堂的尸布（Turin Shroud），真的是J兄当年的裹尸布吗？他真的故意把自己的面容留在布上，作为复活的证据吗?

阿顿：我们真不愿浇你们的冷水，但我必须说，那块尸布是个天才的仿冒杰作。目前所有的科学研究结果出现不少矛盾之处，有些研究显示尸布是真的，但是连那个结论都可能有其他解释。你该明白，那块尸布的制作时代正是教会史上特别重视圣人遗骨的时代，人们对那些遗骨所具有的神力坚信不疑。

让我问你，你真的认为J兄会在身后留下一些东西来炫耀自己的形体吗?绝不可能的！人一旦复活，身体就消失了。顺便告诉你，尸布上的面容和历史流传的耶稣圣像，并不是J兄真正的模样。葛瑞，这些有形的证据其实都是多余的，你所需要的只是信心，J兄的身体对他而言一文不值，你也别在这些形象上大做文章了。

身体、宇宙以及娑婆世界中的一切只是心灵显示出来的图像，好比虚拟现实的电脑游戏，即使它们仿冒的人生有时几乎足以乱真，其实就像那块尸布一样，全都是假造的赝品，别再从那儿寻找救恩了。永远记得往终极答案所在之处去寻找，也就是圣灵所在的那一部分心灵，你终会找到答案的。记住“我们只能说：‘上主永恒如是’，然后便缄默不语”这一句话，因为此外真的别无他物。

白莎：我们就要结束这回“死亡”的讨论了，随时记住《课程》是怎样为你描绘虚拟人生与死亡现象的：

活在天堂之外的生命全是幻相。最好的时候，它看起来像是生命；最糟的时候，它与死亡无异。然而，这两种形式只会告诉你什么“不是”生命，两者同样的不正确，同样的无意义。生命不可能不在天堂内；凡不在天堂内的生命，也不可能存在于任何地方。[10]

J兄呼唤你与他同在，与他结合于生命真正所在之处：

基督的第一次来临只是创造的别名，因基督即是上主之子。基督的第二次来临不过宣称“小我结束统治”以及“心灵已获疗愈”而已。在第一次来临时，我和你都是受造；在第二次的来临，我邀请你与我共襄盛举。[11]

如果你已经准备好答复他的呼唤，而且已经警觉到潜意识里的内疚埋藏得多深，你便会更坚定地把握每一个宽恕弟兄的机会的。

时间结束之后，你就会与他同在；先前随着死亡哀歌而起舞的那个噩梦从此无迹可寻。[12]

17 告别娑婆

你自己造出的种种形象丝毫抵挡不了上主亲自赋予你的真相。[1]

九年以前，当阿顿和白莎首次现身于我家时，那时的我，身心都处在交战状态。如今，我的心灵已渐趋宁静，但我的国家却陷入了交战状态。

2001 年 9 月 11 日。这一天，世贸大楼、五角大厦以及四部客机都陷入恐怖分子的魔掌，他们一举命中了所有的攻击目标，五角大厦虽然幸存，但也严重受创，数千个手无寸铁的百姓惨遭横死。举国上下大概没有几个人有心情去想宽恕这一问题。

在日趋复杂的世界里，这算是一种新型战争，就小我剧本而言，以前界定俨然、敌友分明的传统战争似乎已经不够看了。再没有比这种既看不见又无法预测而且阴魂不散的敌人更可怕的,他们不仅不遵守战争中“盗亦有道”的协议，还疯狂地认为是真主安拉要他们屠杀美国人的，这类战争一打下去，岂有了结之日？

那个星期二早晨，我和千百万人哑口无言地盯着电视现场转播第二栋世贸大楼的倒塌，剪接镜头在我们眼前呈现出一幕幕惨不忍睹的画面。它确实是天人分裂、天堂失陷、人类流离失所最具体的象征了，但一般观众未必意识到这一点。从世间的角度去看，这是小我疯狂的思想体系推展到极致的必然结果；无可避免地，这一世的迫害者将会在另一世的剧本中沦为受害者。

眼看着地狱一般的惨烈现场，不难想见大楼内外的人所曾历经的恐怖，泪水忍不住夺眶而出。在那一刻，我习惯性地向J兄求助了，心中顿时浮现好几个念头。那些观念我不知道读过多少遍，只有这一回，我才深深体会到它们的意义：

奇迹没有难易之分。一个奇迹不会比另一个奇迹“更难”或“更大”。[2]

面对如此惨剧，我甚至会为自己竟然还能怀有与J兄同行的平安而感到不安。事情真的那么简单吗？我真的只需否定“任何非出自上主之手的事情有左右我的能力”就够了吗？这些假相，包括死亡的形式，真的没有轻重之分吗？我真的能够真心只为上主及天国而活吗？难道这类尘世影像纯是设计好要诱使我相信自己果真只是一具身体，让我理直气壮地批判那群人而保全我潜意识的内疚、梦中的轮回及小我的存在吗？圣灵的宽恕真的是唯一解脱之道吗？它真能将我导向上主、回归天国，而整个娑婆世界就会如此告终吗？

我明明知道这些问题的答案都是“是的”，然而，我的心情依旧消沉了好几天。我也明白，若非J兄以及这部《课程》，我此刻的感受大概已经跌到谷底了。我并不认为在此局势下我们不该付诸行动；但有一点是可以确定的，小我为我们设计了一个注定“赢不了”的陷阱。

美国若不动武，这些丧心病狂的人就会像希特勒那样，因着西方国家睁一只眼闭一只眼而更加肆无忌惮；但如果美国动武（看起来是免不了的），就算打了胜仗，大概也只会引发更多的恐怖攻击和暗杀行动。没有人能预测那些恐怖行动何时来临，世贸大楼的两次受袭，前后相距八年，那些恐怖分子还能耐住多久才会再次攻击美国本土？美国报复的话，会受到攻击，不报复的话，照样受到攻击；它可能发生于旦夕，也可能拖上一些时日。这种两难的处境没有一个现成的解答，小我的剧本不是一向如此吗？它扣人心弦之处不正在于：“你做的话，下场堪怜；不做的话，也是下场堪怜。”

不论如何，我的责任只是宽恕，我把我们国家该怎么回应的决定交给政客去处理，这是他们的工作，也是他们的选择。如果他们懂得如何宽恕，他们仍然可以在决策过程中发挥真宽恕的精神。至于我，我只是捐钱、捐血、捐我的宽恕。不论以哪一种方式回应，我们是有可能不怀着报复、批判或内疚的心态的。

✡小我的剧本不是一向如此吗？它扣人心弦之处不正在于：『你做的话，下场堪怜；不做的话，也是下场堪怜。』

不论外面发生了什么事，我一再提醒自己：美国本土受到攻击，不过证明了这个世界真的不是上主的世界，任何具备正念的人是不会进入这一世界的（除了前来度我们的少数觉者以外）；然而，我们仍然可能在这儿做个宽恕的美梦，慢慢迈向“真实世界”。

当我想到阿顿和白莎答应我今年年底还会来访一次，心里踏实了一点，我很需要跟他们谈谈这个意外事件。说实话，难道我还猜不出他们会说什么吗？我此刻几乎可以听见白莎说：“葛瑞，奇迹全是同一回事，不论你相不相信。如果连奇迹学员都无法宽恕，世上还有谁能够宽恕！”

10 月末，我参加了在缅因州贝索城（Bethel）举行的“奇迹课程第十届大会”，在那儿，我碰到了许多很棒的奇迹学员与教师，Jon Mundy 是其中之一。他算是所有教师中最早入门的学员了，早在 1975 年，海伦 · 舒曼与比尔 · 赛佛就在肯尼斯的公寓里向他介绍了这部《课程》。我十分喜欢贝索城的大会，我第一次发现一直困扰着我的羞怯感竟然消失了。那时我心中生起一念，如果圣灵认可的话，我倒很想四处旅行去拜会各地的奇迹学员呢！

12 月 21 日，阿顿和白莎出现，这是我们计划中的最后一次会晤了。

白莎：哈啰，我亲爱的弟兄！还记得吗？我们首次会晤时，我就是这样称呼你的。很高兴看到你，我们知道美国正面临相当大的挑战，你还好吧？

葛瑞：相形之下，我算是不错的了。身为股票交易员，我对世贸大楼里的证券公司那些来不及逃生的职员的遭遇难免感同身受。我知道这是我们自己选择的剧本，但你们说过，这一选择不是这一世做出来的；若由这一世着眼，这种经历对许多人和他们的家人，都是难以承受的痛苦。美国人的不安全感也愈来愈深了，至少目前是如此。

我想你一定知道，在纽约受到攻击之后的一周，家兄特地从佛州赶来，跟我一起去芬威球场（Fenway）看红袜队棒球赛，以行动表示我们的生活不受恐怖分子的摆布。最让我感动的是，到了第七局时，我们红袜队球迷通常都会向纽约的洋基队大开汽水，但这回大家都站起来高唱“New York，New York”那首流行歌，表示我们对“大苹果城”市民的支持，现场的气氛十分感人。

白莎： 它表达了一种结合心态，大部分的纽约市民听到这个消息也很感动。我必须说，你在世贸受袭的那一天，宽恕的功课做得不错！

葛瑞： 那天，我正在编辑这本书，根本没开电视，等我打开电视时，看了好半天都还搞不清究竟发生了什么事，直到电视报道一栋世贸大楼已经倒塌了，我还不敢相信，那个庞然大物怎么可能倒塌！等我亲眼看到第二栋大楼倒塌时，我都快抓狂了。

阿顿： 但你想起了 J 兄。

葛瑞： 是的，这一招确实有效，只要我一记起他来，分裂便结束了（虽然我知道分裂不曾发生过）。只是面对这样的惨剧，我若不同情受害者，反而会感到有些不对劲。

阿顿： 这是自然的反应。你知道，我们绝不反对合情合理的情绪反应，只是你仍可以和他们内在的基督自性认同。感到难过与感到内疚并没有什么不同；微微的不悦与大发雷霆也没有什么差别。这些层次的观念都是你自己制造出来的。

忆起真相必会带给你平安，不论外表上有待宽恕的是什么事或何种人，只要你能忆起真相，你就已经尽到责任了。

你们的人生梦境有时候看起来很不错，但平地一声雷，它就突然转成一场噩梦。不论噩梦也好，好梦也好，都是重演天人分裂的老戏码而已，全不是真的。《奇迹课程》这样提醒你：

童话故事不论是快乐还是可怕的，没有人会把它当真。只有孩童才会相信，而他们最多也只会当真一时而已。只要真相一现身，幻相就会自行隐退。即便在幻相当道之际，真相也不曾消失过。[3]

白莎：你只需要把握一个原则：不论外面发生什么事，你照旧宽恕下去就对了。外在的事件都是为了怂恿你把自己看成一具身体，首先它要你以血肉之躯的身份去回应“911”惨剧，然后再以美国人的身份觉得“是可忍，孰不可忍”，认为没有一个善良且有骨气的美国人该承受这种侮辱，如此一来，你又掉回同一个恶性循环了……除非你能宽恕。

有些人会认为，宽恕那种邪恶或“教人爱而非恐惧”这类观点太不实际了。这些人不妨想一想，如果人们以前肯投入一点时间去教那些疯狂的恐怖分子如何宽恕的话，他们今天就不会做出这类天理不容的事情了。

平常最爱问“耶稣在世的话，他会怎样做”的信徒，一遇到这类事件，就不再问了。因为他们知道J兄的答案不会迁就他们内心感受的。我们前面说过了，答案永远只可能是：“他会宽恕。”毫无争议的余地。当年他连杀他的人都宽恕了，今天还会去报仇吗？当然，我指的是那个毫不妥协的历史上的J兄，而不是指那被宗教塑造成“这也好,那也好”的教主偶像。我这番话是专门讲给“有耳的”信徒听的。至于美国受袭事件，待会儿我们会提出最好的回应之道。

随时记住一点，你的心境及最后的成就都掌握在自己手中，因为你只有两种选择：批判他们或宽恕他们。前者是恐惧的表现，后者是爱的表现；一种知见能带给你上主的平安，另一种知见则会导向战争。《奇迹课程》这样说：

你若不着眼于血肉之躯，就会认出灵性。两者之间没有中间地带。一个若是真的，另一个必是假的，因为真的必会否定假的。你只能看到一个选择。[4]

它又说：

有待学习的人生课题只有两种。它们各自为你架构出不同的世界，而每一个世界又会对自己的源头唯命是从。你所学的若是“上主之子有罪”的课题，结局就是你眼前的世界，一个充满恐怖与绝望的世界。[5]

阿顿：你愿把你的财宝藏在何处，在于你的选择，你会选择哪一条灵修道路来帮你把宝藏存于天堂里，也在于你自己。如果你选择这条路，效法我们最后那一世，那么我们就会要求你认真去听这一部自修课程里面真正要说的话，踏实地去做，别老想改变它的原意，因为J兄这样解释：

对于还不了解上主天律之人，圣灵就是他的“伟大译者”。你自己是无法胜任此职的，因为矛盾的心灵不会只听信一种意义，它还可能为了保全形式而不惜改变原意。[6]

✡ 先结合于上主内，体验到他的爱，那么答案自会以某种形式出现的，这是自然的结果。

葛瑞： 好吧，我不想再拖延下去了，你快告诉我怎样才是回应“911”这类惨剧的最佳心态吧！

白莎： 你不妨试着回想一下，我们谈真祈祷时所提到的接受神圣指引的方式，唯有那样，你才可能获得灵感而找到更具创新意义的解决办法；不论哪一类的问题，都可如法炮制。先结合于上主内，体验到他的爱，那么答案自会以某种形式出现的，这是自然的结果。

世上没有比甘地的解决方案更具启发性了，他没有开过一枪，就把大英帝国赶出印度。他的“非暴力原则”可是经过深思熟虑且周详计划的，最后终于赢得英国人民的同情，宁愿跟自己的军队为敌，也要拥护印度独立。

葛瑞： 确实如此，但甘地的方法奏效是因为英国本身的文明素养；“非暴力原则”并不适用于那些草菅人命甚至以杀人为乐的恐怖分子身上。

白莎： 你说的也有道理，这就引出了另一个要素：受灵感启发的解决方案必会因时因地因人而有所不同，没有一个答案能够解决所有的问题，但真实的灵感必能具体答复现实之所需。甘地的表现大概只有在那个时代那个地区才行得通，而你们如今面对的问题大不相同，需要更具创新性的解决办法。但人们若不知道究竟是什么引来真实灵感，也无从练习的话，他们哪有机会获得灵感的启发？

我们说过，身为史上最大强权的美国，比任何国家更有责任去探讨创新性的解决方案。虽然你没有选择参政为你的职业，你仍能在这一生中将自己的经验分享出去；总有一天，美国会出现一位知道如何透过真祈祷而结合于上主的总统，为人类找出真能利益众生的灵感。圣灵进行的方式常是因人而异的，那么，如何与他配合也应成为每个人时时刻刻的课题才是。

葛瑞：我们过去曾经聊过，如果美国不受制于石油的因素，根本不必插手中东的事情，除非对那儿的百姓真正有益。这似乎是个最合理的下手处。

白莎：会有点儿帮助的，只是近期内不可能实现，以你匹夫之力也爱莫能助。但你仍能在灵感的指引下做你该做的事情；如果每个人都能如此，这虚幻的世界不可能不从中获益的。

阿顿：你得在基督的大能及小我的软弱之间作一选择，世界仍在昏睡之中，如果你能及早觉醒，不可能影响不到别的心灵的。你通常看不出自己的宽恕所带来的成就，我可以向你保证，它极其关键，缺了你，圣灵的计划便难以完成，《奇迹课程》这样说：

你必须把知见的法则扭转过来，因为它们与真理之律背道而驰。[7]

你只需专心去做自己的宽恕功课，少管别人的功课，你就已经参与这个“反转”大业了。我们很荣幸能与你共事，帮助更多的人了知真相。我们并非要你去领导别人，那是圣灵的工作，你只需跟随他，扭转自己的知见。你一旦把握住自己的学习机会，所省下的时间是难以估计的。

你对小我概念中那个无常身体所构成的世界，早已习惯，甚至上瘾了，因此，你需要多一些魄力及锻炼才能慢慢摆脱它的控制。我们对你有足够的信心，你做得到的。

白莎：别再囚禁你梦里那群机器人了，当他们演出你的剧本时，释放他们吧！《学员练习手册》下面这一课的观念有助于你调整每一天的生活方向：

今天，我要让基督的慧见为我去看一切，放下自己的评判，给每一个人爱的奇迹。[8]

阿顿：千万别忘了白莎给你的那个“真宽恕思维过程”。圣灵要你在这一生活层次中开始用这方式去想，他才能够带领你迈入那超越层次的境界。其实，当娑婆世界消失了，你发现自己安坐家中时，这些层次性的观念，你连想都想不起来。

你不可能记得天堂曾经发生任何改变的。只有在世上才需要变化作为对比。对比与差异是人间必备的教学工具，使你从中学到什么是你该避免的，什么又是你应追求的。你一旦学会这本事，便已找到了答案，从此再也无须差异或对比来协助你学习。[9]

白莎：你愈深入这部书，就愈容易看出我们所说的真实不虚，下面这段话颇能代表J兄对小我（也就是世界）思想体系的看法：

罪咎要求惩罚，而它必会如愿以偿。但绝非在真相境界，而是在那奠基于罪且充斥着魅影的幻相世界里。[10]

这部课程也教了你另一套与小我无法并存，只能用来取代它的一套思想体系。你已经学得很好了，你会以J兄教你的心态去宽恕世界的：

我们也由所有的天谴中得救了，我们原以为那是来自上主的惩罚，结果发现那只是一个噩梦而已。[11]

葛瑞：我相信。我早就知道J兄的教诲绝不只是我从小由宗教所学来的那一套。你说的这些，听起来相当耳熟；我想，这套爱的思想体系与两千年前的J兄心境如出一辙，是吧？

白莎：当然。那时的他彻头彻尾只剩下一个爱，他的宽恕完美无瑕。

葛瑞：那么你有时嘴下不留情的教法也纯粹是为了我好？

白莎：不只为你，也为其他的人。这一世代的人大多像是"尖叫俱乐部"的会员，有时你不能不夸张一下，才能引起他们的注意。至于你，老弟，你已经稳稳地踏上正途了，你在此所学的宽恕课程，与所有高灵上师过去所学的一样完美。

天堂里，除了完美的爱以外，你一无所知。请记住一点，当你由梦中醒来，梦境就消失了，而且消失得无影无踪。你不会失去任何人的，因为你所认识或爱过的人全都在那儿，他们和你原是同一个生命。那一境界真是美妙极了。

葛瑞：我懂了。最后，你们对这本书可有任何指示？

阿顿：由于你会录下我们引用的《奇迹》章句，我们特意作了一些安排，当全书结束时，你所录下的奇迹引言整整有三百六十五则，一天一则，正好凑上一年。即使只念这些引言，也能编成一套《奇迹课程》的进阶教材，虽然有些句子是用转述的方式掺杂在我们的话语里，读者仍可以按照你书中的排列顺序读下去。我们尽量用J兄自己的话来呈现他的思想，只有几处是重复的。读者甚至可以把它当成一年的练习，一日一段，稳住他们在世间的脚步。不论如何，将来读者爱以什么方式去读这本书，就以什么方式去读。

还有，很久以前你曾说过，等你写完这本书以后，会把所有的笔记和录音带毁掉，你不希望有一天看到网络上在拍卖这些资料，记得吗？此外，你只需把书写完，并且按照我们吩咐你的话去进行。你的心不要慌乱，这些讯息是不受时空限制的。

葛瑞：酷！你知道这些录音带的质量有时也很差，不少地方还空白无声，幸好我记了笔记。你说过，这本书不必以“逐字稿”的方式去写，是吧！

白莎：是的。你可知道，两千年前J兄曾跟达太及我说过同样的话：“你们的心不要慌乱。”时机成熟时，救恩自会降临每个人的心中。想想，那位众人认定已经死去的人竟然还站在那儿苦口婆心地叮咛我们：只需把你们的爱、宽恕以及所经历到的一切分享出去，其余的，圣灵自会照料。

葛瑞：哇！那个场面一定很震撼吧！真希望那时就认识那个身为圣多玛斯的你，你一定是个很酷的人，想也知道。

白莎：我那时还没成圣呢！那是后人搞出的名堂。当我身为多玛斯时，你其实认识我的，说得更明确一点，你比任何人都了解我。

葛瑞：你这话是什么意思？

白莎：你跟我近得超乎你的想象。

葛瑞：你究竟在说什么？

白莎：葛瑞，你就是多玛斯。

葛瑞：你说什么？我是多玛斯！

白莎：两千年前你是多玛斯，到了下一世时，你就变成了我。

葛瑞：什么？

白莎：老弟，剧本早已写好了，你得演完自己的角色。你有好几世活得很精彩，有几世只是混日子而已。其实，所有的人几乎都是如此。

葛瑞：你是说，你只是现身给前一世的自己？我就是你？两千年前我是那个与达太一起追随J兄的多玛斯？我写了《多玛斯福音》？再来的一世，我就变成你，一个女人？那将是我最后一世，我会在那一世成道？

白莎：你的脑子总算转过来了。葛瑞，若没有一些灵修背景，你不可能领会得这么快的。你不妨这样了解，我和阿顿来此帮你，透过你再帮助更多的人，这正是圣灵的"全像式"宽恕计划。

你和阿顿认识好几世了，包括我们身为多玛斯与达太那一世；其实，你在这一世也认识他的，我让你自己慢慢揣摩他是谁。我是按照圣灵的计划化身为未来的你，以白莎的形象示现于你，在这一世中助你一臂之力。到头来，我帮助的其实是我自己，这与天堂之律正好不谋而合：不论你帮谁，其实都在帮自己。在此打个岔，我为了让你认真一点，故意显现为白莎三十二岁的形体，效果果然不差。

你心内有一部分其实彻底清楚过去、现在与未来的你，圣灵从时间的尽头回顾世界，有时会用未来的形式来治愈某些人的过去；有时他会利用现在的存在来治愈未来的形式。世间的人真需要学习放下传统的直线性思考，多熟悉一下"全像式"的思考方式了。

葛瑞：你是说，我是你的前一世？

白莎：但是，我们其实是同时存在的，此刻的我们是由超越时空之境来访的。

葛瑞：我简直不知道该说什么了。

阿顿：好极了，这正是最佳的学习条件，还记得这句话吗？我知道这类观点会把你搞得晕头转向，你最好努力适应一下，还有好多不可思议的事情等着你呢！你只需继续做你的宽恕功课，再提醒一次，你得宽恕"所有的"事情，不论未来会以何种假相呈现；只有上主才是真实的。

我们很抱歉没有早日透露此事，因为你那时还没准备好。你以前若知道自己是那位有名的圣人再世的话，岂能不生出特殊感？如今，你已经能够看出这不过是人生教室中的另一堂课而已。

许多人以为教会既然封我们为圣人，表示身为大宗徒的我们一定在那一世就悟道了，事实并非如此。所以我们说，没有人能够判断别人的灵性成就，只有圣灵才具备了作此判断的完整信息。

在此之前，你尚未准备好忆起自己原是多玛斯；如今，你总算明白了为什么自己心中一直渴望知道两千年前受教于J兄的感受，因为你在那儿活过，两千年前，你曾是他的入门弟子，你现在只是一直想要忆起此事而已。

葛瑞：我懂了，就如同我想要记起前一晚的梦，却无论如何也想不起来的那种感受。我想，那种感受大概跟我们怀念天堂却想不起它的模样差不多吧！我们还需要一些暖身运动。我真不敢相信是我写了《多玛斯福音》！

白莎：是你写的。但身为多玛斯的那一生并非你的最后一世，你后来还写了另一本灵修书籍，这本书将来会流传得更广，带领更多的人迈上正道，书名叫作《告别娑婆》(*The Disappearance of the Universe*)。今晚一别之后，你会在几个月内完成它，你甚至可以称它为《多玛斯福音续集》。加把劲吧，懒虫！

葛瑞：这么深的开示，我担心自己一时消化不了呢。不过，听到我即使修此课程一辈子，还需要一世才能大彻大悟，心里有一点不甘。

白莎：有些人需要练这《课程》好几世才能悟道，有些人练一世就悟了，不论哪一种情况，都只是过程而已。你已经进步神速了，还会继续进步。你和大部分的人一样，心里仍藏着一些埋得很深的内疚，连自己都意识不到，为此，你才会至今摆脱不了恐惧。你需要更多的宽恕才能慢慢消除潜意识里的内疚，直到彻底觉悟为止。

这就是我们为什么不厌其烦地强调宽恕的原因，只有宽恕才能帮你觉醒。你已经上道了，眼睛也开启了，再用最后两世的时间修完这部课程，总比花上好几百世要强得多吧！我敢跟你保证，若非这部课程，你大概还需轮回个上百次才悟得了道呢!

根据我的经验，当你在白莎那一世学这部课程时，会感到轻松愉快，因为你这一世已经相当熟悉它的观念了。

葛瑞: 我下一世还会记得这一切吗?

白莎: 老弟，你很会问问题。有趣的是，你会记得够多，也会忘得够多，才可能在最后一世继续你的学习。那时，你会找到许多借口无暇去读你这一世所写的书，直到我先前告诉过你的那个“大学事件”所带给你的宽恕课程。在那之前，你已经阅读了不少其他书籍，包括了肯尼斯（Kenneth Wapnick）的经典著作；直到你开始阅读《告别娑婆》，拼图游戏里的所有碎片才算兜拢了，你突然忆起了一切。你的觉力会提升到高灵上师的境界，而且，阿顿也会出现在你的生活中，那一阵子，你们会一同记起许许多多的事情。

我之所以用“过去式”来叙述，是因为它对我们而言已经发生了。由更高层面来看，这一切全都发生了。你们两人一起宽恕了一切，放下了所有的怨尤，活得一无所惧，因为你的价值放对了地方，而且利用每个日常机会选择基督的力量。

顺便跟你讲一下，我们并没有用那一世的真名，免得未来的读者会四处探访我们究竟是谁，这会把事情搞得很复杂。我确实有个南亚国家的名字，但为了我们谈话的目的，我用了假名。

葛瑞: 眼看着你所谈到的事情慢慢兜拢起来了，真有意思。

白莎: 这就是“全像式”的本质。若想彻底解脱，连这些片段你都需要与圣灵一起宽恕。你必须先认清娑婆世界的虚幻本质，你才可能真有解脱的愿望。

不要迷失在你的成就中，也不必期待别人的认同，更无须等到世上所有的人都觉醒之后，才闻得到实相的芬芳。

你非常幸运，在上千次的轮回中亲近过J兄及“伟大的太阳”这些善知识，但你若因此而自命不凡，不妨记住：世上每一个人至少都有一世有幸结交到一位住世的觉者。有些觉者名闻遐迩，但大部分都是无名之辈。我们说过，悟境高超的人通常不会追求领导地位的，然而他们会很自然地吸引一群朋友或追随者，为那些人的学习过程打下重要的基础。我也告诉过你，J兄在世时，远没有施洗者约翰有名；J兄要等到被钉十字架而又复活之后才开始有名的。在他成名以前，我们这群忠实的朋友及门徒一直跟在他的身边。

你们这一代会有更多有福之人，让圣灵治愈潜意识里的内疚，有些人已经觉醒了，有些将在这一世醒悟。正因很多人已经开始研读并操练这部《课程》，这几十年间觉醒的人数会激增。你大概希望我说这是因为世界比较进化或觉醒的缘故，抱歉，事实并非如此。幸好，救恩绝不是靠着最近流行的说法“决定性的多数”（a critical mass）而完成的，人们若老寄望着其他的高人或追逐善知识的话，是永远不可能悟道的；高人最多也只能为他们指出一个正确的方向。

而这群觉者或即将觉悟之人，大部分都不会名留青史，也没人在意此事；梦里的事有什么好在意的。他们若真的看透人生梦境，有谁会在意别人知不知道他们？他们的生平事迹又有何意义？纵然没有意义，仍有不少人会因着他们所分享的经验而获得极大启发的。

✵救恩绝不是靠着最近流行的说法『决定性的多数』（a critical mass）而完成的，人们若老寄望着其他的高人或追逐善知识的话，是永远不可能悟道的。

阿顿：你知道自己这辈子注定要学什么了，没有比研读《正文》及《学员练习手册》更重要的事，即使你已经练过一遍《学员练习手册》了。记得护守你的心念，随时在身体与真实的灵性之间做一选择，借此而宽恕世界，唯有宽恕才能化解得了你的小我。《课程》中有这么一段生动的描述：

救恩即是化解。你若决心着眼于身体，就会看见一个分裂的世界、互不相干的万物，以及诸多不可理喻的事件。这个生命出现于你眼前，转眼便在死亡中消逝了；那个生命又难逃失落与受苦的命运。没有一个人能在前一分钟和后一分钟保持不变。有谁会对这种瞬息万变的人生产生信心？迟早会化为尘土之人又有什么价值可言？只有救恩能化解这一命运。只要决心放下罪咎，他的双眼便会在救恩中获释而看到永恒之境冉冉上升；因他已决心放下罪咎，不再着

眼于它的苦果。[12]

白莎： J兄说得不能再清楚了，你的救恩对他何等重要。当小我逐渐化解之际，你会愈来愈接近一切之始，也就是你做出那错误的基本选择的那一刻（日后一切错误均由此而生）。在此，你能够重新做出最后的选择，将你领回天堂，与上主永恒一体。J兄一路上都会伴随着你，他在《学员练习手册》中对你这样说：

✡ 当小我逐渐化解之际，你会愈来愈接近一切之始，也就是你做出那错误的基本选择的那一刻（日后一切错误均由此而生）。在此，你能够重新做出最后的选择。

我从未忘记过任何一人。现在就让我领你回到旅程的起点，跟我一起重新再做一次选择吧！[13]

没有比这一句话更合适作为我们引用的三百六十五则奇迹章句的总结了。J兄，我们爱你，也更感谢你赐予我们的永恒光明与确切的指引，我们尊你为师，直到世界穷尽之日。

葛瑞，我们也一样爱你，我们还有最后一个讯息请你转达，但你会听到我们的声音融为一个声音，因为它们其实就是圣灵之音。我们消失之后，他会一直与你同在的。

葛瑞： 将来还有机会看到你们吗？

阿顿： 这要看你与圣灵的决定了，老弟，你不妨问问他，所有的事情都该如此。

葛瑞： 拜托！慢点走嘛！

阿顿： 没事的，你会明白，一切都没事的。

（说完这话，阿顿和白莎的身体开始融为一团庄严美丽纯净无瑕的白光，渐渐弥漫整个房间，最后我所能看到及感受到的，只有那笼罩在我身边的温暖而美丽的光辉。然后，我从那声音中听到下面的讯息。话一说完，那一团光辉，灿烂地闪动瞬间就消逝了，留下我独坐房中，沉思这段不可思议的经历，还有我日后这一路上所需要的援助）

阿顿与白莎合一之声：

我的弟兄姊妹，我如此爱着你们，你们其实就是“我”，只是目前还无法彻底觉知这一真相而已。请你们为彼此所给予的宽恕机会，尤其是宽恕自己的机会而感恩吧！从此，以爱取代你们的怨尤，让你们的心灵接受上主的平安，你们迟早会悟出那存于自己内的真理实相的。

你们也许还记得我们开始对谈时，阿顿把J兄形容为带领孩子回归天乡的光明，确实，所有的孩子最后都会找到回家之路的。当他们一旦看清了彼此原是一体，而且纯洁无罪的，基督自性里好似分裂且迷失的那一部分便不复存在了，上主会亲自将它迎回永生的天国。于是，虚妄的娑婆世界便消失了，回归它从未真正存在的虚无；虚幻的心识也被释放到灵性内，进入它当初受造的爱里。

如今，基督的喜悦已经满盈了，推恩至无穷尽，那些幼稚的梦魇也不复记忆，再也没有疆界或限制，只有完整与圆满；再也没有过去或未来，只有安宁和喜悦。因为基督无所不在，因为上主无所不在，永世无穷；他们之内亦无分别，一切终归于一，因为“上主永恒如是”。

本书引文与《奇迹课程》章句代码对照索引

前　言

本书的批注均是直接或间接引自《奇迹课程》的章句。《奇迹课程》共分三部，《正文》《学员练习手册》与《教师指南》。本书还引用了《奇迹课程》前面的《序言》和附于《教师指南》之后的《词汇解析》，以及海伦·舒曼生前笔录的《心理治疗》与《颂祷》两篇文章（以上皆收录于《奇迹课程》新译本中）。

本索引的章句代号如下：

T	正文
W	学员练习手册
M	教师指南
PR	序言
intro	导言
CL	词汇解析
P	心理治疗——目的、过程与行业
S	颂祷

对照索引

本索引之排序为：本书引文批注、奇迹课程章句代码

1 阿顿与白莎的出现

1.M-26.2：1 ～ 6 2.M-25.2：2

2 J 的真面目

1.T-6.V. 三 .2：8 2.W-92.2：1 ～ 2 3.T-19. Ⅳ .17：4 ～ 7

4.T-8. Ⅶ .12：3 ～ 4 5.CL-1.4：1 6.T-5. Ⅶ .2：6 7.W-169.5：4

8.W-139.10：2 9.T-31. Ⅶ .7：7

3 奇迹

1.W-P Ⅱ .13.5：1 2.M-intro.2：1 3.T-23. Ⅱ .1：6 ～ 2：3

4.T-1. Ⅶ .4：1 5.W-intro.1：3 6.PR- Ⅲ . 第 12-18 行 7.M-3.1：6

8.CL-6.1：4 ～ 5 9.M-4. Ⅰ .3：3 10.T-1. Ⅵ .2：1

11.T-1. Ⅱ .3：10 ～ 12 12.W-15.3：1 ～ 5 13.T-1. Ⅵ .2：1

14.T-15. Ⅹ .4：2 15.T-1. Ⅰ .48：1 16.T-1. Ⅱ .6：7 17.CL-4.1：1 ～ 3

18.T-1.V.5：1 ～ 3 19.W-intro.1：1 20.W-intro.8：3 ～ 6 21.T-24.intro.2：1

22.T-intro.1：1 ～ 2：4 23.T-5.V.6：5 ～ 8 24.T-16. Ⅳ .3：1 ～ 3

25.T-11.V.1：1 26.T-6. Ⅱ .2，3 27.T-8.I.1：1 ～ 3

28.W-161.2：1 29.CL-6.4：5 ～ 6 30.T-5.V.5：1

31.T-3. Ⅱ .2：1 ～ 5 32.PR- Ⅶ . 第 5-17 行 33.T-29. Ⅸ .8：1 ～ 3

34.W-intro.9：1 ～ 3 35.W-P Ⅱ .12.1，2 36.T-2. Ⅱ .1：11 ～ 12 37.CL-3.1：3 ～ 4

38.T-6. Ⅰ .11 39.CL-6.2：2 ～ 3 40.T-21. Ⅶ .7：8

41.T-21.intro.1：7 42.T-29. Ⅶ .1：9 43.T-11. Ⅵ .2：1 ～ 3

44.M-4. Ⅱ .2：5 ～ 6　45.T-1. Ⅰ .50　46.CL-intro.2：1 ～ 3

47.PR- Ⅴ . 第 1 段第 4-8 行　48.T-19. Ⅱ .6：1 ～ 8

4　人类存在的秘密

1.T-23. Ⅱ .19：1 ～ 2　2.W-intro.3：1　3.W-intro.1：1

4.M-12.3：3 ～ 4　5.T-31.V.17：6 ～ 9　6.T-13. Ⅶ .17：6 ～ 7　7.T-27. Ⅷ .6：1 ～ 2

8.T-5. Ⅱ .2：1 ～ 2；3：8　9.T-13.intro.3：1 ～ 2　10.T-1. Ⅰ .24：3

11.T-10. Ⅰ .2：1　12.T-3. Ⅳ .2：1 ～ 2　13.T-3. Ⅳ .1：5 ～ 6

14.T-3. Ⅳ .5：1　15.T-15.V.2：2　16.T-4. Ⅵ .1：6　17.T-5. Ⅰ .5：2

18.T-6. Ⅱ .10：5 ～ 7　19.T-4. Ⅲ .3：3 ～ 5　20.T-18. Ⅰ .5：2 ～ 6

21.W-31　22.T-8. Ⅰ .2：2 ～ 4　23.T-4. Ⅲ .3：6 ～ 8

24.T-intro.1：7　25.T-8. Ⅶ .16：5　26.T-intro.1：8　27.T-19. Ⅳ . 四

28.T-5.V.3　29.T-11.V.1：1 ～ 4　30.T-10. Ⅱ .1：2 ～ 3

31.T-8.V.1：1 ～ 4　32.T-30. Ⅶ .2：1 ～ 5　33.W-169.9：3

34.T-9. Ⅷ .7：2　35.CL-intro.1：1 ～ 3　36.T-29. Ⅷ .6

37.T-9. Ⅶ .8：4 ～ 5　38.T-8. Ⅳ .6：3 ～ 4

5　小我的计谋

1.T-8. Ⅰ .3：1 ～ 2　2.T-17. Ⅲ .1：5　3.T-12. Ⅰ .1：7 ～ 8

4.T-31. Ⅲ .5　5.T-1. Ⅰ .5　6.W-68.1：1 ～ 4：3

7.T-31. Ⅷ .9：1 ～ 2　8.T-29. Ⅶ .1：9　9.T-31. Ⅷ .1：1 ～ 2

10.W-72.9：2 ～ 5　11.T-20. Ⅵ .11：1 ～ 3　12.T-19. Ⅳ . 二

13.T-19. Ⅳ . 一 .（1）标题；T-19. Ⅳ . 二 .（1）标题

14.T-19. Ⅳ . 二 .（1）12　15.T-1. Ⅱ .6：1　16.T-18. Ⅱ .5：5 ～ 14

17.T-12. Ⅳ .1：4　18.T-11.V.1：1　19.T-12. Ⅰ .9：5

20.W-161.8：1 ～ 9：1　21.T-21. Ⅳ .2：3　22.T-21. Ⅳ .2：8 ～ 3：3

23.T-3. Ⅶ .6：11　24.T-30. Ⅵ .1：1 ～ 3　25.T-27. Ⅷ .10

26.T-13. Ⅰ .10：1 ～ 3　27.T-13. Ⅰ .11：2 ～ 3　28.W-46.1：1 ～ 2：1

29.T-13. Ⅰ .11：4　30.T-20. Ⅵ .11：1 ～ 2　31.T-18. Ⅱ .3：5

32.T-8. Ⅲ .4：2　33.PR- Ⅷ倒数第 9 ～ 10 行　34.T-2.V.11：3

35.T-1. Ⅱ .6：9 ～ 10　36.T-16. Ⅵ .8：8　37.W-79.6

38.T-9. Ⅳ .4：1 ～ 6　39.T-31. Ⅲ .1：4 ～ 6

6　圣灵的另一途径

1.T-5. Ⅲ .11：1　2.CL-6.1：3 ～ 4　3.W-156.1　4.T-6. Ⅱ .6：1

5.T-6. Ⅱ .12　6.W-99.10：1 ～ 2　7.W-100.7：7　8.T-31. Ⅲ .1：1

9.T-5. Ⅵ .10　10.W-132.6：2 ～ 7：2　11.T-12.I.8：6 ～ 13

12.T-20. Ⅷ .7：3 ～ 5　13.T-4. Ⅱ .10　14.T-13. Ⅶ .17：6

15.T-13. Ⅶ .14　16.T-5. Ⅳ .4：4 ～ 6　17.T-27. Ⅶ .7：4

18.CL-5.2：1 ～ 2　19.PR- Ⅶ第 3 段第 1 ～ 5 行　20.W-P Ⅱ .7.3：2 ～ 3

21.CL-5.2：5　22.CL-6.4：1　23.CL-6.4：6　24.T-6.V. 二 .6：3 ～ 5

25.W-200.6：5 ～ 6　26.T-1. Ⅲ .1：10　27.T-16. Ⅶ .6：1 ～ 3

28.T-13. Ⅸ .2：5 ～ 6　29.T-3. Ⅶ .5：10 ～ 11　30.T-15.XI.2：1 ～ 2

7　宽恕法则

1.W-332　2.CL-intro.4　3.W-92.1：5 ～ 2：2　4.W- 跋 .1：1 ～ 2

5.CL-intro.3：1　6.T-2.V.5：1　7.W-201　8.W-199.3：3 ～ 4

9.T-5. Ⅳ .6：4　10.W-P Ⅱ .1.4：4　11.T-6. Ⅰ .16：3

12.M-20.4：8　13.T-28. Ⅱ .7：1 ～ 4　14.T-28. Ⅱ .9：3

15.T-28. Ⅳ .10：1　16.T-28.V.3：1 ～ 2　17.T-20. Ⅲ .9：1 ～ 2

18.W-134.9　19.T-10. Ⅱ .3：3 ～ 4　20.T-28. Ⅳ .7：1 ～ 2

21.W-23.5　22.W-23.5：3 ～ 4　23.T-1.I.1：1 ～ 3　24.W-188.1：1 ～ 3

25.W-185.1：1 ~ 2　26.W-185.5：1　27.W-332　28.T-6. Ⅰ .4

29.T-6. Ⅰ .13：1 ~ 14：1　30.T-29. Ⅶ .8：4 ~ 9：3　31.T-26. Ⅹ .5：7 ~ 6：1

32.T-31. Ⅷ .8：6　33.T-1. Ⅰ .45　34.M-4.I.7：7 ~ 8　35.M-4.I.8：1 ~ 5

36.T-6.V. 三 .2：7 ~ 3：2　37.T-1. Ⅰ .43　38.T-31. Ⅷ .9：2 ~ 3

8 悟道

1.W-188.1：4　2.W-P Ⅱ .1.1：1 ~ 4　3.T-18. Ⅵ .3：1

4.T-4. Ⅵ .1：7　5.T-12. Ⅲ .5：1 ~ 2　6.W-P Ⅱ .2.3：4

7.T-6. Ⅰ .7：1　8.T-5. Ⅵ .12：1　9.T-1. Ⅱ .1，2　10.W-169.5：4 ~ 7

11.W-P Ⅱ .8　12.CL-intro.2：5 ~ 6　13.T-8.V.4：1 ~ 2

14.T-30. Ⅳ .7：2 ~ 3　15.T-27. Ⅶ .13：4　16.T-31. Ⅶ .15：5

17.M-28.1：1 ~ 2　18.M-28.2：1 ~ 2　19.M-28.2：6

20.M-28.3：1 ~ 7　21.W-P Ⅱ .9.4　22.W-P Ⅱ .10.5

23.T-11. Ⅷ .15：4 ~ 5　24.T-18. Ⅵ .1：5 ~ 6　25.T-11. Ⅰ .2：3

26.T-11. Ⅰ .5：10　27.T-11. Ⅰ .6：1 ~ 2　28.M-27.6：10 ~ 11

29.W-169.5：1 ~ 3

9 濒“活”经验

1.S-3. 四 .10：3　2.W-184.9：1 ~ 4　3.W-184.10

4.T-5. Ⅳ .2：9 ~ 10　5.W-70　6.W-158.1：1 ~ 3

7.W-155.1：1 ~ 3　8.W-155.5：3 ~ 4　9.W-166.9：2

10.T-15. Ⅸ .1：1　11.T-1. Ⅱ .1：5　12.T-1. Ⅱ .5：4 ~ 5

13.T-1. Ⅱ .3：1　14.T-1. Ⅱ .2：7　15.T-4. Ⅲ .3：6 ~ 7

16.T-1. Ⅶ .5：9 ~ 11　17.T-1. Ⅱ .1：1　18.M-25.2：1　19.M-25.2：5

20.M-25.2：7　21.M-25.3：7）　22.M-25.4：1

23.M-25.1：4 ~ 6

24.T-6. Ⅰ .16：1　25.T-15. Ⅹ .4：1 ～ 2　26.W-182.1：1 ～ 2

27.W-168.4：1 ～ 2　28.T-15.XI.10：11　29.W-P Ⅱ .14.5：4 ～ 5

10　治疗疾病

1.M-5. Ⅱ .2：1 ～ 2　2.T-13. Ⅶ .17：7　3.T-31. Ⅷ .6：5

4.P-2. 七 .3：1 ～ 2　5.M-17.8：4　6.M-5. Ⅱ .3：1 ～ 4

7.M-5. Ⅱ .2：5 ～ 9　8.M-5. Ⅱ .3：8 ～ 11　9.T-31. Ⅷ .6：2

10.T-31. Ⅷ .6：4　11.T-31. Ⅷ .5：6 ～ 7　12.M-5. Ⅲ .2：1 ～ 2

13.M-5. Ⅲ .2：11 ～ 12　14.M-16.9：5　15.W-140　16.W-140.4：4 ～ 6

17.T-5.V.5：2 ～ 3　18.T-5.V.5：6 ～ 8　19.T-10. Ⅲ .2：5 ～ 6　20.M-6.3：1 ～ 2

11　时间概说

1.T-26.V.3：3 ～ 6　2.T-31. Ⅷ .5：2 ～ 4　3.T-1. Ⅵ .3：5 ～ 6　4.W-167.9：1 ～ 2

5.W-167.9：3 ～ 4　6.T-26.V.13：1 ～ 14：1

7.T-22. Ⅱ .10：1 ～ 2　8.T-22. Ⅱ .8：7 ～ 8　9.T-22. Ⅱ .8：1 ～ 2

10.W-158.2：8 ～ 4：5　11.W-169.6：3　12.W-169.6：6 ～ 7

13.W-169.7：1 ～ 2　14.W-169.8：1 ～ 9：2　15.W-169.11

16.W-169.12：1　17.T-31. Ⅷ .1：5　18.T-9. Ⅶ .1：4 ～ 7　19.T-2. Ⅵ .4：6

20.T-26. Ⅲ .2：1 ～ 3；3：6　21.T-26. Ⅲ .3：1 ～ 2

22.T-5. Ⅲ .11：2 ～ 5　23.T-9. Ⅵ .6：4 ～ 7：1　24.T-10.intro.1：2

25.T-9.V.6：3　26.T-29. Ⅸ .8：7

12　电视新闻

1.S-2. 一 .5：7 ～ 8　2.M-9.1：7 ～ 9　3.M-16.4　4.M-10.2：7 ～ 9

5.T-4.V.6：6 ～ 10　6.M-13.4：2 ～ 6　7.T-13.XI.7：1 ～ 3

13 真祈祷与富裕

1.T-12. Ⅲ .1：1 ~ 3 2.S-1. 一 .4：1 ~ 4 3.S-1. 一 .2：7 ~ 9
4.S-1. 一 .3：1 ~ 3 5.S-1. 一 .4：7 ~ 8 6.S-1. 一 .3：4 ~ 6

14 比"性"更美妙

1.T-1. Ⅱ .1：1 ~ 3 2.T-31. Ⅷ .6：5 3.T-1. Ⅶ .3：6 ~ 9
4.T-29. Ⅷ .2 5.W-133.2：3 6.W-132.12
7.W-132.13：4 ~ 6 8.T-17. Ⅱ .7

15 展望未来

1.W-48.3：1 2.T-31. Ⅶ .15：5 3.T-29. Ⅷ .8：7 ~ 9：2
4.T-31. Ⅵ .3：1 ~ 4 5.T-29. Ⅶ .1：1 ~ 3 6.W-154.6
7.M-29.3：3 8.M-29.3：10 ~ 11 9.T-30. Ⅶ .1：1 10.M-29.8：5

16 关于复活

1.W-163.2：1 2.M.27.6：1 3.P-2. 四 .1：7 4.T-21. Ⅰ .10：4 ~ 5
5.T-19. Ⅳ . 三 6.M-24.5：7 7.T-4. Ⅳ .11：5 ~ 9
8.M-27.4：2 ~ 5：4 9.W-P Ⅱ .8 10.T-23. Ⅱ .19：3 ~ 6
11.T-4. Ⅳ .10：1 ~ 3 12.CL-6.5：6

17 告别娑婆

1.T-31. Ⅷ .4：1 2.T-1. Ⅰ .1：1 ~ 2 3.T-9. Ⅳ .11：6 ~ 9
4.T-31. Ⅵ .1：1 ~ 4 5.T-31. Ⅰ .7：1 ~ 5 6.T-7. Ⅱ .4：5 ~ 6
7.T-26. Ⅶ .5：2 8.W-349 9.T-13.XI.6：1 ~ 4
10.T-26. Ⅶ .3：1 ~ 2 11.W- 最后的几课 .intro.5：3 12.T-31. Ⅵ .2
13.W- 复习五 .intro.7：4 ~ 5